Die Jakarta Trilogie

Es war die CIA, mit der alles anfing, als sie ihn 1955 über Indonesien abwarfen. Mit einem Fallschirm, sehr viel Geld und dem Ziel, das Land endlich von Präsident Sukarno und den Kommunisten zu befreien. Doch dann kam alles ganz anders. Und er blieb. Bis heute, als sein Nachfolger kam, um seine Geschichte zu erzählen ... diese Geschichte

Axel Weber verzaubert die Stadt Jakarta zu einer Traumkulisse, vor deren Hintergrund drei Geschichten des modernen Indonesiens den Protagonisten alles abverlangen.

Die Jakarta Trilogie ist Agentenroman, Krimi, Liebesgeschichte und journalistische Erzählung und verbindet auf brillante Weise die harten Fakten der Geschichte und der Stadt Jakarta mit der Fantasie einer neuen Stimme der deutschen Weltliteratur.

MIX
Papier aus verantwortungsvollen Quellen
Paper from responsible sources
FSC® C105338

DIE JAKARTA TRILOGIE

Ein Buch der Garuda-Serie

Bereits erschienen von Axel Weber:

People Business. Headhunter - die Jagd nach dem Placement

Sukarno und die Idee Indonesiens. Die Geschichte des indonesischen Nationalismus (Deutsche Ausgabe)

Sukarno and the idea of Indonesia. A history of Indonesian nationalism (English version, abridged)

DIE JAKARTA TRILOGIE

Die Jakarta Trilogie:

Jakarta is for Lovers

Ondel-Ondel

The Big Durian

Axel Weber

Ein Buch der Garuda-Serie

Bibliografische Information der Deutschen Nationalbibliothek: Die Deutsche Nationalbibliothek verzeichnet diese Publikation in der Deutschen Nationalbibliografie; detaillierte bibliografische Daten sind im Internet über dnb.dnb.de abrufbar.

Zitat auf S. 71 von Raymond Chandler: © Chandler, Raymond, The Long Goodbye, Penguin Random House UK 1953, S. 24.

Coverdesign: Sonja Kaminski, Grafikdesign/Kunst - https://www.sonja-kaminski.de/

© 2022 Weber, Axel - Alle Rechte, einschließlich des vollständigen oder auszugsweisen Nachdrucks in jeglicher Form, sind vorbehalten

"Schreiben ist Freiheit"

Herstellung und Verlag: BoD - Books on Demand, Norderstedt

ISBN: 978-3-7557-7631-4

Für meinen Vater und meine Mutter

It is not the critic who counts, nor the man who points out how the strong man stumbles, or where the doer of deeds could have done them better. The credit belongs to the man who is actually in the arena, whose face is marred by dust and sweat and blood.

-- Teddy Roosevelt --

Die Jakarta Trilogie ist ein Werk der Fiktion, das sich an wahre, historische Begebenheiten und Personen anlehnt.

Darüber hinaus habe ich die Handlung und die handelnden Personen frei erfunden. Sie entsprechen nur der Vorstellungskraft meiner Fantasie.

Mit Ausnahme der bekannten Persönlichkeiten ist jegliche Ähnlichkeit mit lebenden oder verstorbenen Personen nicht gewollt und wenn, dann rein zufällig.

Axel Weber
Frankfurt am Main, 2022

INHALTSVERZEICHNIS

1 - JAKARTA IS FOR LOVERS

65 - ONDEL-ONDEL

227 - THE BIG DURIAN

355 - Glossar

Die Jakarta Trilogie:
Jakarta is for Lovers

Axel Weber

DARREN

EINS

1955.
Verdammt lange her.
Beinahe ein ganzes Leben.
Auf jeden Fall sein ganzes Leben.
Als Agent.
So lange ist es her, seitdem Darren über Indonesien abgeworfen wurde. Sprichwörtlich. Und zwar von Uncle Sam. In geheimer Mission.
Central Intelligence Agency.
C.I.A.

Der umgebaute B-26 Bomber warf ihn über Ambon ab, als Sukarno die Vertreter der Non-Aligned Nations in Bandung in Empfang nahm. Der grüne Dschungel, das blaue Meer, die gelben Strände. Das Paradies rauschte unter ihm vorbei und kurze Zeit später rauschte er mit einem Affenzahn in Richtung Paradies.
Mit einem Fallschirm auf dem Rücken und 500.000 US-Dollar um seinen Bauch.
In Cash.
Sein erster Auslandseinsatz als Agent der Central Intelligence Agency.
Und sein einziger.
Stolz wie nie.
Er war 20 Jahre alt, grün hinter den Ohren und er hasste den Kommunismus. Sein Professor für Politikwissenschaften an der Cornell University hatte gesagt:
"There is a specter haunting this world. Now that the Nazis are history, the U.S.A. is called upon to fight an even

bigger and mightier enemy. This enemy is deeply embedded in the minds and the weapons of the peoples of the East. This enemy is called Communism. We need to conquer it and vanquish it and destroy it, or it will do so with us."

Bei diesem Professor hatte Darren erfolgreich als Bester seines Jahrganges den Abschluss gemacht. In einem dreiteiligen Anzug aus Tweed, einem Tumbler Bourbon in der Hand und einer Churchill im Mund hatte genau dieser Professor Darren dem Recruitment Agent der C.I.A. vorgestellt. Einem Alumni der Uni. An einem eisigen, verschneiten Wintertag in Upstate New York.

Es fiel ein Fuss Neuschnee an diesem Tag.

Es war kalt wie am Polarkreis.

"How would you like it if we dropped you on a warm and sunny beach in Southeast Asia, son?" hatte ihn der Mann im schwarzen Anzug und mit schwarzer Krawatte gefragt.

Irgendwie war er immer ihr Sohn.

Darren sah aus dem Fenster: Kälte und Schnee. Darren nickte.

"Your professor here tells me that you have a bright mind and a clear and loud voice for the mission of the U.S.A., to free the peoples of this world from Communism."

Nichts hörte sich für Darren an diesem eiskalten Tag besser an als Sonne, Strand, Exotik.

Abenteuer.

Und er würde Dulles in seinem Vorhaben unterstützen, die Commies platt zu machen.

Sie zu vernichten.

Churchill hatte gesagt:

"We killed the wrong pig."

Und damit gemeint, dass die Kommunisten genauso gefährlich waren wie die Nazis?

Was hatten die eigentlich vor?

Nord Korea?
Vietnam?
Die Chinesen?
Und nun auch noch: Indonesien!
Die beiden alten Männer stießen mit ihm und drei Gläsern Whisky an.
Darren hatte seinen ersten Job gelandet.
Ganz ohne eine Bewerbung zu schreiben.
Offizieller Arbeitgeber war die Civilian Air Transport mit Standort Taipei, eine Fluggesellschaft als Front Company der C.I.A. in Asien.
Einige Zeit später, nach Basic Training und Bootcamp in Virginia, saß er im Flieger nach Taiwan, von dort weiter auf die Philippinen.
Und Präsident Sukarno war nichts Besseres eingefallen, als alle Kommunisten ins Land zu einer Konferenz einzuladen.
Sogar Zhou Enlai war gekommen.
Das Reich der Mitte auf dem Vormarsch in Südostasien.
Ein No-Go.
Fallende Dominos sind okay, solange sie in das Lager von Uncle Sam fallen. Und Indonesien, mit seinen mehr als 100 Millionen Einwohnern, war bei weitem der größte Domino. Viel größer und viel schwerer als Vietnam. Wenn Indonesien den Kommunisten in die Arme fällt, dann verändert dies die Laufbahn der Erde.
Vietnam: peanuts.
The big prize: Jakarta.
Die Mission der Männer und Frauen der C.I.A.: Destabilisierung des Landes durch Stärkung der Rebellionen auf den Outer Islands, vor allem auf Sumatra und Ambon. Mit

dem Ziel, dass sich führende Teile des indonesischen Militärs gegen Sukarno wenden.

Und ihn absetzen.

Oder töten.

Weil er ein Kommunist war.

Oder es werden könnte.

Oder so ähnlich.

Niemand wusste genau, was in Indonesien passiert, aber es war auf keinen Fall gut. Die U.S.A. würden sicherstellen, dass das neue Militärregime den Quatsch mit der Neutralität und dem Non-Aligned Movement lassen würde.

Der Westen brauchte Verbündete gegen den Kommunismus in Südostasien. Die PKI, die Partai Komunis Indonesia, hatte über drei Millionen Mitglieder. Sie war groß, stark und dominant. Ihr junger Anführer, Aidit, hatte zuvor im Exil die Feinde des Westens getroffen: Ho Chi Minh und Mao Zedong. Aidit stand ihnen ideologisch nah und er wollte diese Ideologie in sein Heimatland bringen. Mit Hilfe der von ihm herausgegebenen Zeitschrift "Bintang Merah" - Roter Stern - gelang es ihm, sich seiner Widersacher in der Partei zu entledigen. In den ersten freien, demokratischen Wahlen Indonesiens sollte die PKI zur viertstärksten Partei des Landes werden. Diese Entwicklung galt es aufzuhalten, bevor die PKI durch freie Wahlen an die Macht kam. Demokratie ist nur gut, solange den U.S.A. wohlgesonnene Regierungen an die Macht kommen.

Sukarno stand der PKI nah.

Zu nah.

Sie nannten dies "subversion by democracy". Sie konnten den Asiaten einfach nicht zutrauen, an der Wahlurne das richtige Kreuz zu setzen. Die C.I.A. war sehr gerne bereit, Hilfe zu leisten.

In Washington, D.C., hatten sie Sukarno einen "Closet Communist" genannt: einen Kommunisten, der sein Coming Out noch nicht hatte.

Darren's Rolle? Mit einer halben Million US-Dollar im Gepäck den Einfluss der lokalen Militärs in Ambon sichern.

Darren's Boss, Chief of the Southeast Asia Desk, hatte Darren in seinem texanischen Akzent gesagt:

"Bring 'im down, son."

Vernichte ihn, mein Sohn.

Der Texaner mit dem dicken Bauch und den Cowboystiefeln hatte die Gesichter führender kommunistischer Staats- und Regierungschefs an der Wand hängen: Mao Zedong, Ho Chi Minh, Walter Ulbricht, Nikita Khrushchev, Kim Il-Sung, Sukarno. Er lud Darren ein, mit ihm Bourbon zu trinken und Darts in ihre Gesichter zu werfen.

Die wenigsten blieben hängen.

Sie hatten Darren versprochen, dass die Kämpfer der MRA, der "Maluku Revolutionary Army", ihn erwarten. Darren würde sie mit westlichen Mitteln und nachrichtendienstlicher Unterstützung zum Sieg gegen die Zentralregierung in Jakarta führen. Und ihnen helfen, die Kommunisten zu besiegen.

Darren als "king maker."

Er würde in die Vereinigten Staaten als Held zurückkehren, als Kämpfer gegen die Roten in Asien. Er sah sich in einem offenen Cadillac durch den Konfettiregen die 5th Avenue in Manhattan hinunterfahren.

Neben ihm: der Präsident der U.S.A.

Sie würden ihn als Helden feiern.

Seine Karriere bei der C.I.A. könnte gar nicht schief gehen. Die C.I.A. lebte von den Helden aus Übersee. Ihr Ruf eilte ihnen voraus.

Darren wollte ein Held werden.

In Übersee.
Es stellte sich heraus:
Gut gedacht, schlecht gemacht.
Oder besser:
Schlecht gedacht, schlecht gemacht.
Keiner in der C.I.A. kannte Indonesien, sprach die Sprache, oder hatte irgendeine Ahnung, wie der Plan genau vonstatten gehen sollte. Alle vertrauten Darren, dem jungen Mann mit den blonden Haaren und blauen Augen, der Inkarnation des Bule, des weißen Ausländers. Er würde es richten, wenn er landete.

Nur hatte er, der junge Darren, noch weniger Ahnung von Spionage, Bestechung ausländischer Militärs und Anstachelung einer Revolution als alle anderen.

Und er sprach kein Wort Indonesisch.

Darren war froh, als er mit seinem Fallschirm am Boden landete ohne sich ein Bein oder einen Arm zu brechen. Oder beides.

Filmreif war die Landung am Strand, Darren mit Sand in den Augen und im Mund. Menschen in Uniform erwarteten ihn.

Die falschen, wie Darren herausfand.

Auf ihn warteten Sukarno's Truppen. Die Leichen der Revolutionskämpfer lagen im Gebüsch. Mit vorgehaltenen Maschinenpistolen und einem Lächeln im Gesicht beendete das indonesische Militär seine Mission bevor sie losging. Da sein Land - die Vereinigten Staaten von Amerika - Indonesien nie den Krieg erklärt hatte, galt auch keine Genfer Konvention über Kriegsgefangene, schliesslich war er kein Kriegsgefangener. Die Indonesier hätten ihn an Ort und Stelle erschießen können: In ihren Augen war er ein Krimineller, vielleicht ein etwas dummer Agent des westlichen Imperialismus, der in ihr Land eindrang um lokale Beamte zu

bestechen. Gegen die Zentralregierung und Präsident Sukarno - Sukarno! Und der so dumm war und eine Menge Cash mit sich führte.
Devisen.
In Cash.
Auf Ambon.
Geht's noch?
Das Geld kam gut an und sie nahmen es ihm direkt nach der Landung ab. Mit einem Grinsen so dick wie eine Banane quer im Mund bedankten sie sich für das Geld bei ihm, als wäre Darren de Soto mit seinem Fallschirm als Überraschungsgast auf einer Geburtstagsfeier aus dem Himmel gefallen.
"Do you need a receipt?" fragte ihn ein indonesischer General, der sich laut lachend auf die Knie schlug, während die anderen Soldaten sich kaum halten konnten.
Die Indonesier waren klüger als die C.I.A. es angenommen hatte. Sie zeigten weder Wut noch Rache. Und vor allem: Sie behandelten Darren gut und wollten von ihm so viele Informationen wie möglich über die U.S.A., die C.I.A. und deren Pläne.
Niemand sagte Darren, wie es weiterging, was sie vorhatten. Sonne, Strand, Exotik - davon hatte Darren nun genug. Es war super heiß, er war am Strand gelandet, er verstand kein Wort der Sprache, die die Menschen um ihn herum sprachen. Linguistisch war Darren komplett isoliert, auch wenn sie ihn nie alleine ließen. Darren wurde nie gefesselt oder angekettet und konnte sich in dem Dorf, in dem sie ihn unter Hausarrest - oder besser: Dorfarrest - gestellt hatten, frei bewegen.
Diese Insel war sein Gefängnis.

Nicht, dass es etwas gab, wohin er hätte gehen können. Hinter ihm Reisfelder und eine Wand aus Dschungel. Vor ihm die flache Scheibe der Banda See.
Nichts am Horizont.
Keine Insel, kein Boot.
Er hatte keinen blassen Schimmer wo er war.
Die Männer im Dorf hatten permanent ein Auge auf ihn. Er war in einem Gefängnis ohne Mauern. Die Strände der Insel und die Wellen der Banda See glichen einer unüberwindbaren Gefängnismauer.

Nur wenn der Major kam, um ihn zu verhören, konnte er Englisch sprechen - und wurde verstanden. Der Major kam mit dem Helikopter. Anfangs täglich, dann mehrmals wöchentlich, dann immer seltener. Ansonsten sprach keiner der Einwohner des Dorfes Englisch - zumindest gab es niemand zu. Vielleicht lauschten sie ihm, wenn er in seinem Wahnsinn anfing, mit sich selbst zu sprechen.

Er hatte Angst. In der C.I.A. hatten sie ihm nie erzählt, dass er vom Feind gefangen genommen würde. Sie hatten ihm nur erzählt, dass er keine Angst haben müsse. Nun hatte er Angst. Was hatten sie ihm beigebracht?

Fear =
F ALSE
E VIDENCE
A PPEARING
R EAL

Das war es.
Seine Angst war keine Angst.
Alles nur Einbildung?

Er hatte Angst.

Anfangs versuchte Darren mit Strichen an der Wand seiner Hütte die Tage zu zählen, die er so verbrachte. Bald jedoch nahm der Wahnsinn der Tristesse unter der tropischen Sonne überhand. Die Nächte waren am schlimmsten: Einsamkeit, Hilflosigkeit und Heimweh suchten sein Herz und fanden es.

Darren sehnte sich nach einer Ausgabe von Robinson Crusoe: Er hätte in seiner Qual gerne einen Paten gehabt, der ihm die Richtung und Spiritualität gab, die ihm in den dunkelsten Stunden beinahe abhanden gekommen wären.

So vergingen die ersten Wochen.

Die Sonne prallte mit voller Wucht seit dem frühen Morgen auf das Dorf. Es gab keinen Kaffee, kein westliches Essen, nur Reis, Fisch, Hühnchen, Tofu, Tempeh, Gemüse.

Und scharfes Sambal Kecap: Chili in Soja Sauce.

Sehr scharf.

Jeden Tag.

Dreimal am Tag.

Er liebte das Essen.

Natürlich, frisch, gesund.

Kein Zucker, kein Fett.

Darren nahm einige Kilo ab.

Zwischen den Mahlzeiten arbeitete er auf den Reisfeldern, angelte und tötete zum ersten Mal in seinem Leben.

Mit seinen bloßen Händen.

Hühner.

Das Gefühl des Schlachtens verlieh ihm ein neues Bewußtsein seines Lebens und seiner Rolle.

Demut.

Reduzierung auf die Basics.

Manchmal kam ihm sein Gefängnis wie ein Kloster vor. Dann wurde er dankbar für das, was er erlebte und dass er es erleben durfte. Und nicht tot war.
Abends saß er am Strand und beobachtete den Sonnenuntergang.
Magisch.
Die Tropen.
Lange Nächte, heiße Tage.
Von Freundschaften konnte während seiner Gefangenschaft keine Rede sein. Darren, der Politologe von der Cornell University, der mit dem Anspruch in die C.I.A. eingetreten war, einen intellektuellen Kampf der Ideologien und Weltwirtschaftssysteme zu unterstützen,
- er, der wortgewandt, wie er nun einmal war, beim ideologischen Feind Spione rekrutieren wollte, die zum Sturz des Regimes in Jakarta führten,
- er, der den Menschen in diesem unzivilisierten Archipel die Vorteile des amerikanischen Kapitalismus zeigen wollte, ihnen den Spiegel vorhalten wollte, was sie alles falsch machten,
- er, der als stolzer Amerikaner die Welt besser machen wollte indem er die Welt amerikanischer machte -
ausgerechnet er wurde auf einer Insel gefangen gehalten, auf der sich die Menschen nicht weniger hätten um Ideologien und den Kapitalismus scheren können. Die meisten der *Marhaen*, der Bauern in seinem Dorf, konnten weder lesen noch schreiben. Viele hatten keine Zähne mehr. Sukarno war für sie eine göttliche Erscheinung, die ihnen *Merdeka*, Freiheit, gebracht hatte.
Auch wenn sie nicht wussten, was *Merdeka* für sie bedeutete.
Sie waren nicht frei von Arbeit, so viel war klar. Sie mussten immer noch an sieben Tagen in der Woche ihre

Felder bestellen und fischen gehen, nur um genügend zum Essen zu haben.

Merdeka war für sie ein ungreifbares Konzept, mit dem sie nichts anfangen konnten. Sukarno war ihr Fürsprecher. Mit Sukarno konnten sie etwas anfangen.

Sukarno war gut.

Er hatte ihnen, den *Marhaen*, eine Stimme gegeben, er setzte sich für sie ein.

Auch die Kommunisten waren gut für sie, denn sie wollten mit der Landreform allen *Marhaen* Eigentum in Form von Feldern geben, um in einer Subsistenzwirtschaft *unabhängig* leben zu können.

Da war es wieder: Freiheit, Unabhängigkeit.

Merdeka!

Die Kommunisten standen für Unabhängigkeit. Dagegen hatten die *Marhaen* nichts einzuwenden.

Und was gaben ihnen die Amerikaner?

Bomben.

Tote Söhne, Brüder, Schwestern, Mütter und Väter. Die Amerikaner bombardierten ihr Land und hofften, dass die Indonesier sie liebten.

Spinnen die?

Nun mussten sie einen von ihnen auch noch mit durchfüttern. Und zu allem Überfluß schmeckte diesem Bule ihr Essen. Und unglaublich: Er wollte ihre Sprache lernen.

Darren hatte weder die linguistische Fähigkeit, mit seinen Nachbarn in einen Dialog einzusteigen, noch hätten sie ihn thematisch verstehen können, hätte er ihre Sprache gesprochen.

Der gemeinsame Nenner war die Arbeit, zu der er sich freiwillig meldete, denn er suchte den menschlichen Kontakt, die Nähe zu anderen Individuen und das Erfolgserlebnis, etwas erreicht zu haben. Auch wenn es nur das Steuern eines

Büffels durch ein Reisfeld war und er bis zu seinen Knien im Sumpf versank. Darren wollte abends müde sein, gut schlafen, seine Misere vergessen, sich nicht wundern müssen, wo das Exfiltration Team der Agency blieb, um ihn aus dem Albtraum dieses Paradieses zu befreien.

Die C.I.A. hatte keine Ahnung, wo er war. Sie schickten Flugzeuge um nach ihm zu suchen.

Vergebens.

Schliesslich wurde ein Suchflugzeug der C.I.A. abgeschossen, die Insassen getötet.

Mehr vertrug Uncle Sam im geheimen Krieg gegen den Garuda nicht. Die C.I.A. erklärte Darren für M.I.A. - Missing In Action.

Sie stellten die Suche ein.

Sie gaben Darren auf.

Sie sagten es seinen Eltern.

Seine Eltern weinten.

Die Arbeit auf dem Feld veränderte Darren's Körper: Er baute Muskeln auf.

Er lebte gesund.

Der Austausch mit den Männern beim Fischen, beim Schlachten und beim Bestellen der Reisfelder war freundlich und sie lachten immer, selbst wenn er mit dem Büffel alles falsch machte. Sie redeten in ihrer Sprache vor sich hin und auf ihn ein und Darren tat das Gleiche in seiner Sprache. Mit der Zeit verlor er jegliche Hemmnisse und brüllte die Männer morgens auf Englisch an:

"Na Du Vollidiot, wie hast Du geschlafen?"

Schließlich gesellte er sich zu den Frauen im Dorf, um das Kochen zu lernen. Die Frauen lachten, als er das Chilli zerstampfen wollte und sich dabei mit dem Stein auf den Fuss schlug. Er war sich nicht sicher, ob sie ihn auslachten, über ihn lachten oder einfach nur Mitleid hatten.

Sie lachten immer.

Darren nahm das - wie bei den Männern - als gutes Zeichen. Er hatte bislang niemanden erzürnt, niemand hatte ihn physisch bedroht und er hatte immer genügend zu essen bekommen.

Enak - lecker, war das erste Wort, das er in ihrer Sprache lernte.

Wenn sie lachten zeigten sie ihm die Lücken zwischen ihren braunen Zähnen. Das Essen schmeckte ihm wahrhaftig und er wollte zumindest das Wissen über die Küche von der Insel mitnehmen, wenn er sie endlich verlassen würde.

Was er hoffte.

Dass er hier nicht sterben würde.

Manchmal war er sich nicht sicher, denn es gab absolut niemanden, mit dem er hätte sprechen können.

Außer wenn der Major kam.

"You Americans have no patience. The world is not revolving around you."

"Doch," sagte Darren, "meine Welt dreht sich um mich. Hast Du keine Eltern, die Dich vermissen?"

"Deine Eltern sollten sich schämen für Dich und das, was Du hier gemacht hast."

Darren gelang es nicht, in den Gesprächen mit dem Major irgendwelche Informationen zu erhalten, was ihn erwartete. Oder Mitleid zu erzeugen, zumindest seine Eltern anrufen zu können. Oder die US-Botschaft.

Der Major war eine lachende, muskulöse Wand des Schweigens, wenn es um die Zukunft von Darren ging.

Darren prallte an ihr ab.

Die Wand des Schweigens verwundete ihn.

Er wunderte sich, was die US-Regierung, die C.I.A. und die Presse über sein Verschwinden berichten würden. Vermutlich wenig, denn seine Mission war:
Top secret.
Need to know only.
Sie hatten nicht einmal den Präsidenten - "Ike" - über die geheimen und völkerrechtswidrigen Missionen in Indonesien informiert. Auch wenn er sie angewiesen hatte, dass sie "all feasible covert means" anwenden müssen, um Indonesien vor dem Fall in das kommunistische Lager zu bewahren.

In diesem Fall war Darren in seinem Fallschirm mit Devisen und einem Revolver ein "covert means".
Dulles hatte ihn autorisiert.
Ike hätte ihn nie springen lassen.
Was Darren schützte war, dass er nur das wusste, was ihn und seine Mission betraf. Dass die C.I.A. in Ambon Bomben abwarf, genauso wie in Sumatra, konnte er vermuten, hatte ihm aber niemand gesagt.
Need to know only.
Die C.I.A. hatte das Wissen über die Missionen unterteilt ("compartmentalised" - wie sie es im Jargon der Agency nannten), so dass kein Agent einen anderen verraten konnte.
Selbst unter Folter nicht.
Vor Folter hatte Darren Angst, als er merkte, dass der Major immer weniger Geduld hatte, die wenigen Infos, die bei jeder Befragung die gleichen blieben, nach Jakarta zu berichten.
Darren hatte nach einer Woche Verhöre den Informationsgehalt einer ausgequetschten Zitrone.
Er stellte für den Major keinen Wert dar.

Die Befragungen waren alles andere als ein nachrichtentechnischer Durchbruch für die Indonesier.

Es blieb bei der psychologischen Drohung der Möglichkeit der Anwendung der Folter. Aber die Indonesier folterten anders.

Sie ließen ihn auf dieser Insel verrotten.

Darren bemühte sich, so viele indonesische Worte zu lernen, wie er nur konnte. Ohne Buch, Papier und Lehrer war das schwierig, doch manches kam von selbst, wie "Pagi", das ihm die Bauern jeden Morgen zuriefen und er zur Schlussfolgerung kam, dass dies "Morgen" meinen musste. Sein restliches Vokabular erstreckte sich auf landwirtschaftliche Begriffe wie "Kerbau" - Büffel, "Ayam" - Huhn, "Sawah" - Reisfeld und so weiter. Sein Leben war nicht nur in Realität das eines Bauern, sondern die Isolation stufte ihn auch intellektuell auf das Level eines *Kerbau* zurück. Er sehnte sich nach Seife, Bier und Abkühlung.

Und Pizza.

Und Hot Dogs. New York Style.

Und nach Negronis, trockenen Martinis und schönen Frauen in Abendkleidern, die gelangweilt an einer Bar in New York City saßen, ihre Beine übereinanderschlugen und Erdnüsse aus Georgia knackten. Er sprach jede Nacht in seinen Träumen eine andere von ihnen an und nahm sie mit nach Hause.

Und er sehnte sich nach Büchern.

Nach etwas zum Lesen, etwas für seinen Geist und seinen Kopf. Die Tage zogen sich sinnentleert in die Länge und es passierte nichts. Die Hitze ließ nicht nach, auch nicht, als die Regenzeit einsetzte. Dann war es nicht nur heiß, sondern auch nass. Das Wasser tropfte in seine Hütte aus Bambus und Bananenblättern. Mit ein paar Mäusen und Kakerlaken hatte er sich angefreundet. Er gab die Hoffnung

nicht auf, dass die C.I.A. und die US-Regierung nach ihm suchen und ihn hier rausholen würden.
Die Hoffnung stirbt zuletzt.
Auch bei einem Agenten der C.I.A..
Aus Tagen wurden Wochen, aus Wochen Monate. Die Monotonie machte den Alltag unerträglich, die Langeweile zermürbte seinen Geist. Nirgendwo gab es Papier, Stifte oder Radio. Darren befand sich im Hinterwasser des Hinterwassers.
Am Arsch der Welt.
Der letzte Platz, an dem die Zivilisation, wie Darren sie kannte, keinen Einzug gehalten hatte.
Vielen Dank für nichts. Seine Wut auf die C.I.A. stieg von Tag zu Tag, und Darren empfand die Enttäuschung, dass sie ihn nicht fanden und herausholten, als emotionalen Schock. Musste er als junger Mann nun seine besten Jahre auf dieser Insel verbringen?

Darren ging regelmäßig im warmen Wasser der Banda See schwimmen - auch, als die Regenzeit einsetzte und der Regen auf das warme Wasser fiel.

Die Bewohner des Dorfes waren Christen. Das war ihm klar geworden, als kein Muezzin fünf Mal am Tag zum Gebet rief. Die Lage verbesserte sich für ihn, als sich Weihnachten näherte. Er hätte es nicht bemerkt, wäre nicht einer der Dorfältesten zu ihm gekommen und hätte zu ihm "Merry Christmas" gesagt.

Er stellte Darren eine Flasche Bier Bintang auf den Tisch. Darren versuchte, auf Englisch mit ihm weiter zu sprechen und herauszufinden, ob an diesem Abend *wirklich* Weihnachten war.

Kein Wort kam zurück.
Eine Wand des Schweigens.

Weihnachten unter Palmen hatte sich Darren anders vorgestellt.

Dann passierte etwas, worauf Darren nicht vorbereitet war und nicht vorbereitet sein konnte. Der Blitz schlug in Form einer jungen, hübschen Frau ein. Die junge Dame beobachtete ihn, als er im Meer schwimmen ging, die Älteren beim Fischen unterstützte und half, mit den Wasserbüffeln des Dorfes Reis anzubauen. Darren hatte sich, so gut es ging, in das Dorfleben eingefunden.

Gone native.

Ob er es wollte oder nicht.

Kharolina änderte alles auf einen Schlag.

Sie war hübsch. Vor allem: gepflegt.

A city girl.

Mit Nagellack, engen Jeans und den Haaren in einem Ponytail wirkte sie im Dorf genauso deplatziert wie er. Zumindest bildete er sich dies ein.

In ihm machten sich Lust und Verlangen bemerkt, wie er sie seit seiner Ankunft nicht gespürt hatte. Unter seinem Sarong, zwischen den Beinen, erwachte er zu Leben.

Darren beobachtete sie, wie sie den Strand entlang schlenderte, mit ihren Füßen im Wasser, einer dunklen Sonnenbrille im Gesicht. Ihre schwarzen Haare hatte sie zu einem Pferdeschwanz gebunden und sie präsentierte ihm den rundesten Kopf, den Darren je gesehen hatte. Sie sprach mit dem Dorfältesten. Er sprach sie an, bevor sie die Chance dazu hatte.

"Do you speak English?"

"Of course," sagten ihre roten Lippen.

"I am Darren."

"I know who you are. I am Kharolina. With a K and an h."

"Nice to meet you, Kharolina, with a K and an h. It's a pleasure to have you here."
Dachte er wirklich, er wäre der Gastgeber?
War es wirklich eine Freude?
Sie war zu gut, um wahr zu sein.
Er wollte auf keinen Fall *desperate* klingen, auch wenn er es war.
Seine Haare und sein Bart hatten seit Monaten keine Schere gesehen. Sein braungebrannter Oberkörper war muskulös geworden und ließ Darren wie einen Surfer aus La Jolla wirken. Niemand hatte ihr gesagt, wie gut Darren aussah.
"It's not pleasure, it's business for me. How do you enjoy your little village?"
"Well, I must say that I have probably gone native, if not completely berserk, not that I was given any choice to do otherwise."
Darren litt unter dem, was später als Stockholm Syndrom bekannt wurde. Wäre die Geschichte anders verlaufen, würde die Welt heute vom "Ambon Syndrom" sprechen.
"What are you doing here? You are not from here, are you?" sagte Darren. Er konnte die Freude über die Konversation in seiner Muttersprache nicht verbergen.
Er blühte auf.
Strahlte.
"Not by far."
Sie lachte und schaute ihn an.
"Jakarta."
"Jakarta. The capital."
"Yes. Our Ibu Kota."

Ein Ort der Magie und des Handels. Darren hatte Bilder von Jakarta gesehen. Das alte Batavia war die neue, stolze Hauptstadt der Republik Indonesien.

"Well, I am here to give you a voice. To speak your mind. To let the world know what you are thinking. Within means, that is. If you want."

"Was soll das heißen?"

Sie lächelte ihn wieder an und ihr Gesicht verzauberte ihn. Sie war die schönste Frau der Welt. Oder hatte er nur so lange keine schönen Frauen gesehen?

"Ich bin von Antara, der staatlichen Presseagentur meines Landes. Ich bin die Liaison Offizierin zwischen Präsident Sukarno und der Agentur. Wir entscheiden, was berichtet wird und was nicht."

Sie steckte sich ihre Sonnenbrille in den Mund und band sich ihren Pferdeschwanz neu.

"Und was möchtest Du berichten?"

Für Darren war Kharolina der politische Feind. Auch wenn ihre Erscheinung ihn wie ein Engel blendete. Darren fand schnell zu seiner rhetorischen Stärke zurück.

"Dass ein US-Agent im Sarong auf einer gottverdammten Insel Gefangener ohne Rechte ist, die Indonesier ihn jeden Tag demütigen und sie ihm noch nicht einmal Zugang zu einem Vertreter der US-Botschaft gewähren?"

"Im Meer zu baden und sich den ganzen Tag lang zu sonnen und nicht in einer Gefängniszelle mit hunderten anderer zu sitzen, die Dich fertig machen, weil Du ein Imperialist bist, das nennst Du Demütigung?"

Darren war natürlich klar, dass es besser war, sich auf seiner Insel frei zu bewegen, als in einer Gefängniszelle zu sitzen. Die Monate auf der Insel hatten dennoch einen profunden Einfluss auf seine Persönlichkeit. Der Verlust der eigenen Kleidung kam einem Verlust seiner Identität gleich. Er war so gekleidet wie die Bauern auch: Sarong, Hemd, Sandalen. Ein Strohhut gegen die Sonne. Er hatte nichts an sich was ihm gehörte. Sein Haar war verfilzt und lang. Seine Hütte stand auf einem Lehmboden; jede Garage in New York State war besser als das. Er war sich sicher, dass er stank. Nach *Kerbau* und Reisfeld. Keinen Menschen zu haben, mit dem er reden konnte, kein Buch, keine intellektuelle Betätigung. Das war Folter. Er wollte ihr all das sagen, all das um die Ohren hauen, ihr klar machen, was sie ihm antaten. Bevor er dazu kam, setzte sie nach:

"Ich dachte mehr in Richtung warum ein C.I.A.-Agent über Indonesien aus einem Flugzeug springt und 500 K US-Dollar" - und sie betonte die *five hundred K* - "im Handgepäck hat und dennoch kein Haus am Strand kaufen wollte. Nicht dass die Grundstückspreise hier so hoch wären."

Darren wusste, dass Kharolina keine normale Journalistin war. Vermutlich Spionageabwehr. Wenn es so etwas in Indonesien gab. Er blickte in das Angesicht des Feindes.

"Oh. Oh. I get it. I get it. You let me boil in my own juices on this forsaken island, and when you think I am done, well, then they send you. You want to use me, you want to showcase me as a piece of decrepit Western imperialism that tried to bring down your president. And failed doing it. You want me to be the face of the West's imperialist failure in Southeast Asia?"

Sie sah ihn an und verzog keine Miene.

"Deine Worte. Nicht meine."

"Vergiß es."

Sie widerte Darren an und er wäre gerne aufgestanden und gegangen, wenn er irgendwo hätte hingehen können.

Kharolina blieb ruhig. Sie hatte die Oberhand. Ihr gefiel sein nackter Oberkörper, braun und muskulös. Darren schämte sich seiner Nacktheit und Kleidung und dies ließ ihn schwach wirken.

Kharolina gefiel genau diese Schwäche. "Sieh es mal von unserer Seite. Wir haben Deinem Land nichts getan. Und doch fliegt Ihr durch unseren Luftraum, bombardiert unser Land, tötet unschuldige Menschen und wollt Euch dann mit Eurer Währung einen *Machtwechsel* in unserem Land *kaufen*. Wenn das Deine Definition eines *guten* Imperialismus ist, dann möchte ich wissen, was Deine Definition eines *schlechten* Imperialismus ist. Nicht, dass Imperialismus jemals gut sein kann. Das steht nicht zur Debatte. Dein Land betreibt staatlichen Terrorismus gegen eine demokratisch gewählte Regierung."

Sie kreuzte ihre schlanken Beine und Darren sah ihre rot lackierten Fußnägel in den Sandalen. Sie provozierte ihn, ob sie es wusste oder nicht; vermutlich wusste sie es. Er konnte ihr Parfüm riechen. Einen süßlichen Duft, den er seit Monaten nicht mehr in seiner Nase gehabt hatte. Ihr Duft zog ihn an und machte sie unwiderstehlich. Gleichzeitig schämte er sich seines Zustandes. Kharolina musterte seinen Körper, der kein Gramm Fett an sich hatte. Nur Muskeln.

Es folgte ein Augenblick des Schweigens in dem sich ihre Blicke kreuzten und aneinander hängen blieben. Da war etwas in ihren Augen, eine Öffnung in ihre Seele. Sie ließ Darren tief in sie hineinblicken. Sie öffnete sich ihm und zeigte ihm ihr Herz. Darren wusste, dass dies der Augenblick war, in dem sie sich in ihn verliebte.

Denn er tat es auch.
Ihre Augen verrieten sie.
Sie sprachen Bände.
Sie war nicht so stark, wie sie es vorgab.

Sie war eine junge Frau mit der Sehnsucht nach der großen Liebe.

"Du, Deine Regierung, Ihr seid die Täter, die Schuldigen. Wir sind das Opfer. Indonesien ist das Opfer. Unser Präsident verteidigt uns gegen Menschen wie Euch."

Darren ertappte sich, wie er sie anstarrte, ihren Mund anstarrte und sich machtlos fühlte. Er konnte ihr nicht widerstehen.

Egal, was sie sagte.
Er genoss, dass sie da war.
Kharolina ging es genauso.
Egal, was er sagte.
Sie genoss, dass er da war.

Kharolina saß vor ihm, ihr dunkles Haar wehte im Wind des Meeres, welches hinter ihr flach wie eine Scheibe dem Horizont Konkurrenz machte. Er hätte sie gerne bei der Hand genommen und wäre mit ihr am Strand spazieren gegangen, hätte sie gerne im Bikini gesehen, wie sie mit ihm im Wasser spielte. Er fing an zu träumen.

Sukarno war clever, wenn er diese Frau schickte, um sein Gehirn zu waschen. Keiner in Darren's Situation kann ihr widerstehen. Sie werden mich instrumentalisieren, dachte Darren.

Sukarno war der Meister, der Strippenzieher, der *Dalang*, der es verstand, die Masse der Menschen hinter sich zu bringen. Nun war Darren an der Reihe, der gefangene C.I.A.-Agent. Es war klar, dass Sukarno alles unternehmen würde, den größtmöglichen politischen Nutzen aus der Gefangenschaft eines C.I.A.-Agenten zu schlagen.

Wo war das Exfiltration Team?

Holt mich hier raus bevor ich keine Kraft mehr habe, dem Feind zu widerstehen.

"Ihr seid Kommunisten. Oder wollt welche werden. Dein Land unterstützt den Kampf gegen den Kommunismus nicht. Das können wir nicht zulassen."

Kharolina lächelte ihn an. Keine von Darren's Beschuldigungen blieb an ihr haften.

Ihr Lächeln entmachtete ihn.

Er hätte sie am liebsten an Ort und Stelle geküßt.

"Ich sehe, wie gut die Propaganda Deiner Regierung bei Dir wirkt. Ihr habt jegliche Objektivität verloren. Und wer glaubt Ihr zu sein, anderen Ländern vorzuschreiben, was deren Menschen und Präsidenten sagen oder denken sollen?"

Das Fragezeichen in ihrem Satz war der Punkt für ihre Unterhaltung. Kharolina stand auf. Im Gegensatz zu Darren hatte sie einen anderen Ort, an den sie gehen konnte.

Ihre Jeans saßen wie in einer Werbung von Levi's.

Zwei Soldaten mit Maschinengewehren holten Kharolina ab und gingen mit ihr zu einem Geländewagen ohne Dach und Fenster. Kharolina drehte sich um.

"Denke über mein Angebot nach."

"Habe ich eine Wahl?"

Sie schüttelte ihren Kopf und sagte:

"Nur wenn Du jetzt sterben willst."

Er schluckte. Niemand hatte ihn bislang mit dem Tod bedroht. Auch die Soldaten nicht. Und nun kam dieser Engel und stellte ihn vor die Wahl: das Gesicht der gescheiterten C.I.A.-Mission zu werden.

Oder zu sterben.

Als ob er nicht mit ihr und für sie alles tun würde. Nur um diese verdammte Insel endlich zu verlassen.

"Ich komme morgen wieder."

Darren saß da, schaute ihr hinterher, auf ihre Beine und ihren Po in den Jeans. Und er wusste nicht, wie ihm geschah. Nur dass sein Kapitel auf dieser verdammten Insel hoffentlich bald zu Ende ging. Was auch immer sie von ihm wollten, er hielt es hier keine Minute länger aus. Er wollte weg. Was folgte war die schlimmste Nacht seines Lebens.

Darren drehte sich auf seiner Matratze in der kleinen Hütte auf seiner Insel und schlief keine Minute. Er wägte die Unwägbarkeiten seiner Mission gegeneinander ab und legte sie wie Sauerstoff auf eine Waage, in der Hoffnung, dass diese ihm die richtige Antwort auf seine Frage geben würde: Was soll ich tun?

Darren wägte drei Szenarien gegeneinander ab. Da war zum einen die Möglichkeit, dass die Indonesier ihn zwar bedrohten, aber nicht ermorden würden. Warum, nach so vielen Monaten in der Einsamkeit dieser Insel, sollten sie das tun? Vielleicht würden sie ihn sofort oder irgendwann der C.I.A. übergeben. Das hieße, Darren würde nach der Gefangenschaft beim Feind als Held in die U.S.A. zurückkehren. Eine Parade im Konfettiregen auf der 5th Avenue neben dem Präsidenten der U.S.A., Dwight D. Eisenhower, wäre in diesem Falle nicht unwahrscheinlich.

Eine andere Alternative war, dass die Agency ihn mit einem Exfil-Team von seiner Insel befreite. Das war hier leichter als irgendwo sonst. Darren hatte keine Militärinstallationen wahrgenommen. Ein paar Sikorsky Helikopter hätten leichtes Spiel und genügend Firepower, um die Insel platt zu machen, am Strand zu landen und Darren in Freiheit zu bringen.

Und dann war da das andere Szenario, das Szenario, das ihm Angst machte und lange Nächte in Albträume verwandelte: Was, wenn ihn weder die Indonesier auslieferten noch die C.I.A. nach ihm suchte und sie ihn wirklich umbringen? Und er, der junge Darren, zu einem Bauernopfer des Krieges zwischen den Mächten dieser Welt würde, zum toten Spielball der Präsidenten und der unterschiedlichen Ansichten der gerechten Systeme für diese Welt?

Wie lange war er nun schon auf dieser Insel? Was, wenn sie ihn auf der Insel verrotten und verdummen lassen? Ist das nicht so etwas wie Mord? Mord an seinem Leben, seiner Freiheit? An alle dem, für das Darren steht und gekämpft hat, immer noch kämpfen würde, wenn sie ihn nur ließen?

Suchte sein Arbeitgeber, die Central Intelligence Agency, noch nach ihm oder hatten sie ihn bereits aufgegeben? Sie hatten ihm gesagt, dass die Agency nie einen Agenten aufgibt, aber manchmal verleugneten sie aus Selbstschutz die Existenz eines Agenten. Gefangenschaft sei bei seinem Einsatz auf den Molukken sehr unwahrscheinlich (die Freunde der C.I.A. erwarteten ihn ja am Strand), so der dicke Texaner vor seinem Abflug, also brauchte er sich auch keine schlaflosen Nächte zu machen.

Die er nun hatte.

Denn was machte er, wenn Kharolina und der Hochverrat sein einziges Ticket weg von der Insel waren?

Die C.I.A. hatte acht lange Monate Zeit gehabt, ihn zu finden. Jeden Tag hat Darren den Himmel nach Flugzeugen abgesucht und war bereit, seine Hütte abzufackeln um auf sich aufmerksam zu machen. Er hatte das Rauchen angefangen, nur um an Streichhölzer zu kommen.

Nie sah er ein Flugzeug oder einen Helikopter am Himmel, außer den von Kharolina.

Es war beinahe so, als hatten sie die Insel unter einem Schutzschirm versteckt und für die Aufklärungsflugzeuge seines Landes unsichtbar gemacht.

Darren schmiedete in dieser Nacht seinen Plan, den Plan der sein Leben änderte: Er würde Kharolina benutzen, um nach Jakarta zu gelangen. Und von dort weiter in die US-Botschaft und in Sicherheit.

Es war kurz vor Sonnenaufgang als Darren mit einem sandkorn-großen Gefühl der Hoffnung einschlief.

Sie kam am nächsten Tag wieder. Die beiden Soldaten flankierten sie mit ihren Gewehren in dem Geländewagen ohne Dach und Fenster wie den Papst.

"Selamat pagi, Kharolina."

"We are going to take a little trip today."

Der "little trip" entpuppte sich als Fahrt mit dem Geländewagen zu einem Helikopter, als Flug im Helikopter zu einer Militärbasis und als Langstrecke in einer Antonov nach Jakarta. Der Flug dauerte mehrere Stunden. Die Soldaten beobachteten ihn. Einmal gaben sie ihm Nasi Goreng und eine Flasche Wasser. Es war dunkel als sie auf der Halim Air Force Base landeten. Darren war zum ersten Mal in seinem Leben in Jakarta.

"Du wirst zum Friseur gehen und wir werden Dich in Batik einkleiden. Dann triffst Du Präsident Sukarno."

Darren's Mund stand offen. Er starrte Kharolina an.

"Mach Dir keinen Kopf."

Darren machte sich einen Kopf.

Mehrere sogar.

Er sollte den Mann treffen, den er aus dem Amt jagen sollte, ermorden sollte?

Den Feind in Person?

Das Gesicht, auf das er mit Bourbon in seinem Glas Darts geworfen hatte?

Würde er seine Mission erfüllen und Sukarno ermorden können? Und wie würde er nach der Ermordung entkommen?

"Wir fahren in das Gästehaus des Außenministeriums. Meine Kollegen werden auf Dich aufpassen. Ich habe ein Zimmer neben Deinem. Du brauchst nicht auf dumme Gedanken zu kommen. Alles was Du machst kann die Situation nur schlimmer machen. Sie werden Dich erschießen, wenn Du fliehen willst."
"Warte. Ich muss mit Dir sprechen."
Sie zögerte.
"Was habt Ihr vor? Was soll das alles?"
Sie lächelte ihn an.
Sie hatte gewonnen.
Er war eingeknickt.
"Lass' uns zusammen abendessen," sagte sie.

ZWEI

An diesem Abend nahm Kharolina ihn an der Hand. Jakarta war der brüllende Gegensatz zur flüsternden Gefangeneninsel, die Opiumhöhle der Versuchung, nicht nur geografisch weit weg vom einsamen Traumstrand an dem das Land so ursprünglich und unberührt war wie nirgendwo sonst. Die Stadt war ein gigantisches open air Restaurant mit Garküchen und Händlern und Menschen, wo immer er hinsah.

Die Straßen und Grachten zerteilten die holländische Altstadt in symmetrische Blöcke voll dichter Vegetation. Für Darren aus dem Big Apple war the Big Durian mit seinen historischen Gebäuden das Fenster in die Vergangenheit europäischer Kolonialmächte in Asien. Dunkelheit fiel schnell und die Lichter der Stadt verwandelten Jakarta zu dem verheißungsvollen Ort, wie nur der Orient sie hervorbringen kann. Die Exotik der Nacht machte Darren zu einem Marco Polo. Seine Augen klebten an der Kulisse der Stadt und ihren Menschen. Kharolina hielt seine Hand. Der Militärjeep bahnte sich seinen Weg durch die Trauben der Menschen, der Fahrräder und Tiere wie durch einen Dschungel. Der Fahrer setzte die Hupe des Geländewagens wie eine Machete ein. Die Soldaten machten Kharolina und Darren die kleine Tür auf, und die beiden besuchten ein traditionell javanisches Restaurant mitten in Jakarta. Hinter den Mauern leuchteten Fackeln und begrüßten Kharolina und Darren mit ihrem Spiel des Lichts. Darren hatte so etwas noch nie gesehen und glaubte, dass dies nur eine Filmkulisse in Hollywood sein könnte.

Tropischer Garten.

Javanischer Pavillon.

Sie waren die einzigen Gäste. Die Banyan-Bäume und die mannshohen Bananenstauden verschlangen die Wachen wie fleischfressende Pflanzen, der Gamelan spielte seine Melodie als Soundtrack des Abends.

Ihr Kebaya aus Seide und der goldene Sarong machten sie zum schönsten Wesen, das er je gesehen hatte. Das Essen kam, ohne dass Kharolina es bestellt hatte: Rendang, Gado-gado, Nasi Goreng, Rawon, Kerupuk. Die Kellnerin brachte Es Teh Manis in kleinen Flaschen.

Ihr Gespräch war zweigeteilt, wenn nicht zwiegespalten. Kharolina hatte eine offizielle Agenda, mit der sie Darren klar machte, dass weder er noch sie freiwillig hier waren. Es gab eine politische Agenda, die sich um Darren drehte. Er war der ausländische Spion, der Gefangene ihres Landes. Präsident Sukarno hatte einen Plan für Darren. Ihre Augen verrieten sie und mit ihren Fragen bohrte sie in eine Richtung, die nichts mit der offiziellen Linie ihrer Regierung zu tun hatte.

"Präsident Sukarno nimmt die C.I.A. ernst, aber nicht ernst genug, um in Angst und in Schock zu verfallen. Die Holländer haben Präsident Sukarno inhaftiert und exiliert und Malaria hat ihn krank gemacht. Er hat alle Hürden genommen um sein Land in die Freiheit zu führen. Kein Geheimdienst dieser Welt kann dies ändern."

Sie schaute ihm in die Augen. Das Restaurant wurde leise, die Geräusche der Stadt verschwanden in der Dunkelheit.

"Auch Du nicht."
"Danke für die Wertschätzung."
"Das liegt nicht an Dir."
"Woran denn?"
"Es sind Kräfte an der Macht, die größer sind als Du und ich."
"Ich weiß nicht, ob ich das verstehe."
"Das musst Du auch nicht."
"Warum lachst Du?"
"Präsident Sukarno ist auch ein Lebemann."
"Was soll das heißen?"
"Dass es ihm immer auch um die schönen Dinge im Leben geht."
"Zum Beispiel?"
"Kunst, Literatur, Malerei."
"Und?"
"Und Frauen."

Ihre Augen bohrten einen Tunnel in seine Augen und sie suchte nach der Bestätigung, dass er endlich verstand, worauf sie hinaus wollte.

"Vor allem Frauen."
"Worauf willst du hinaus?"

War er wirklich so verklemmt, oder sah er den Wink mit dem Zaunpfahl nicht? Sie bemerkte, wie seine Augen ihren

Körper abtasteten und wie Darren den Blick abwand, als sie seine Augen suchte.

"Zu Hause, in New York, hast Du ein schönes Ding?"

"Ein schönes Ding? Was meinst Du?"

Mein Gott, dachte sich Kharolina.

"Eine Freundin? Eine Frau?"

"Warum willst Du das wissen?"

"Warum nicht?"

Sie winkte der Kellnerin und sie brachte mehr süßen Tee. Darren überlegte und war unsicher, ob das der Augenblick war. Darren als Doppelagent, bis er einen Weg hatte, die US-Botschaft zu erreichen.

Der einzige Weg: Kharolina zu benutzen, sie zu lieben, sie zu manipulieren, bis sie ihn freilassen würden. Darren war sich nicht sicher. Die einzige Möglichkeit, es heraus zu finden war, sie zu fragen. Er trank den süßen Tee, stellte das Glas auf den Tisch und legte seine Hand auf ihre. Ihre langen, schlanken Finger mit den roten Nägeln machten keine Bewegung weg von ihm. Ihr Gesicht zeigte keine Empörung.

Es zeigte Erleichterung.

"Was ist, wenn ich nicht zurück will? Wenn ich in Indonesien bleiben will?"

Ihre Hand drehte sich um. Sie hielten sich nun ihre Hände auf dem Tisch und die Finsternis des tropischen Gartens an diesem Abend verschlang sie.

Sie ließ ihn nicht los.

"Was ist, wenn ich bei Dir bleiben will?"

Sie schaute ihn an.

Er schaute ihr in die Augen.

Tief.

Sehr tief.

Bis er im Brunnen ihrer Augen auf ihre Seele fiel wie auf ein weiches Kissen.

"Bist Du Dir sicher?"

"So sicher wie ich mir noch nie in meinem Leben war."

Das würde alles ändern. Darren, der gefangene C.I.A.-Agent würde nach seiner Gefangenschaft nicht in sein Heimatland zurückkehren wollen, dachte Kharolina mit ihrem Kopf in den Wolken. Ihr Lächeln verwandelte sich in ein Lachen.

"Bist Du Dir sicher?"

Er nickte.

Antara, die nationale Presseagentur, könnte dies als nationale Propaganda ausschlachten. Es gäbe keine größere Demütigung für die C.I.A. und die Feinde ihres Landes.

"Ja, ich bin mir sicher. Sehr sicher."

Sie mochte ihn.

Sehr sogar.

Vielleicht zu viel.

Sie fühlte etwas, das sie noch nie in ihrem Leben vorher gefühlt hatte.

Sie war glücklich.

Wirklich glücklich.

Sie war verliebt.

Kharolina fing an zu träumen.

Sie besuchten ein Wayang Kulit, ein javanisches Schattenspiel und hörten dem Gamelan zu. Sie aßen Sate Kambing mit Erdnusssauce. Darren verschlang die Fleischspieße aus Ziegenfleisch, die am Rande der Vorstellung von fliegenden Händlern über offenem Feuer gebraten wurden, als hätte er nicht zu Abend gegessen. Die Stimme des Dalang, des Puppenspielers, erzählte in lauten, abgehackten Worten die Geschichte des Kampfes von Gut und Böse, der nie ein klarer Gegensatz von Schwarz und Weiß war. Die Linien verschwammen und aus dem Graubereich heraus entstand die Energie die in dieser Stadt und ihren Menschen loderte wie Lava unter dem Ring des Pazifiks.

Darren wischte sich mit einer Serviette den Mund und die Finger ab. Chinesische Händler dominierten den Norden Jakarta's. Sie nutzten die Nähe zum Hafen um Waren umzuschlagen. Hier gab es Schweinefleisch und Alkohol. Der alte holländische Stadtkern war nicht weit weg und sie schlenderten gemeinsam durch die Altstadt. Die beiden Soldaten folgten ihnen. Darren hatte sie gefragt, ob sie einen Spaziergang machen möchte und sie hatte den Wachen zugerufen,

"Ayo, jalan-jalan."

Kommt, lasst uns spazieren gehen.

Nun überquerten sie die Grachten in der heißen javanischen Nacht und sprachen außerhalb der Reichweite der beiden Soldaten. Für Darren war es der romantischste Abend in seinem Leben. Er tat etwas Verbotenes - er bandelte mit dem Feind seines Landes an. Zumindest wollte er, dass Kharolina das glaubte. Das Schlimme war: Es fühlte sich richtig gut an, und vor allem fühlte es sich mit ihr richtig gut an. Dieser Abend verwischte die Linie zwischen Freund und Feind, zwischen Ost und West, zwischen Kommunisten und Kapitalisten wie eine Welle eine Burg aus Sand. Darren sah die Armut Jakarta's vor sich und der Unterschied zu seiner Heimat in New York hätte größer nicht sein können. Darren verstand, dass es nicht um Kommunisten und Kapitalisten ging, sondern um das Recht der Völker, in Frieden und in Freiheit zu leben. An diesem Abend lebte Darren das erste Mal in seinem Leben wirklich. Er hörte auf seine Gefühle und seinen Bauch, atmete die stinkende Luft dieser Stadt ein als hätte er noch niemals in seinem Leben geatmet und seine Augen erlagen dem Spiel der Lichter ihrer Dunkelheit. Darren verliebte sich nicht nur in Kharolina. Er verliebte sich in

Jakarta, die Stadt und ihr Chaos, ihre Menschen und ihren Willen, zu überleben. Er liebte die Energie die Jakarta zu einem Ort der Sehnsucht machte.

Die fliegenden Händler, die Javaner und die Chinesen, das holländische Erbe, der Islam und die Mystik Javas, der Duft des Essens, des Weihrauchs, die Opiumhöhlen. Jakarta ergriff ihn und mit Jakarta das Fieber, das seinen Kopf einwickelte und nicht mehr los ließ.

Was wenn er hier blieb? Wohin würde ihn sein Weg führen? Darren hatte keine Lust mehr darauf, für seine Regierung - die ihn auf seiner Gefängnisinsel im Stich gelassen hatte - eine Revolution anzustacheln und ein Regime zu Fall zu bringen.

"Wie können wir das machen?"

"Du musst Dir sicher sein, dass Du das willst. Wirklich willst."

Sie pausierte und verlieh ihrer Aussage Nachdruck.

"Denn es gibt kein zurück. Sie werden Dich nicht gehen lassen. Wenn Du mit Präsident Sukarno spielst, wird er Dich verrotten lassen. Dann wird die Erinnerung an Deine Insel das schönste in Deinem Leben sein."

"Dessen bin ich mir bewusst."

"Vermisst Du Dein Land, Deine Familie und New York nicht?"

"Klar vermisse ich mein Land und meine Familie, aber ich würde Dich mehr vermissen, wenn ich dort wäre."

Darren sah sie von der Seite aus an. Gerne hätte er ihre Hand genommen. Kharolina hatte ihm erklärt, dass das auf keinen Fall möglich war: Zum einen wegen der Wachen, zum anderen, weil das nicht Brauch und Sitte war.

"Oh sayang, kamu manis sekali."

Oh Liebling, Du bist so süß.

Auch sie wollte ihn küssen und sich an ihn schmiegen. Beide waren bereit, ihre Liebe zu konsumieren. Solange die Wachen bei ihnen waren, unmöglich.

"Ich will bei Dir bleiben. Neu starten. Mit Dir."

"Ich will das auch. Das Land und die Menschen werden es uns nicht einfach machen. Du bist der Spion, der unseren Präsidenten stürzen wollte. Dein Land führt einen verdeckten Krieg gegen unser Indonesien."

"Ich weiß. Aber für mich ist es vorbei. Wie lange bin ich jetzt schon hier? Ihr habt mich gedreht, einen Indonesier aus mir gemacht."

"Ein Indonesier wirst Du nie sein. Genauso wenig, wie ich jemals eine Amerikanerin sein werde."

*

Darren traf Sukarno am übernächsten Tag.

Sie hatten alles medienwirksam inszeniert.

Vertreter der Botschaften waren eingeladen, das diplomatische Corps war versammelt. Die Diplomaten der U.S.A., der Volksrepublik China, der Sowjetunion, Großbritanniens, Japans, Hollands und anderer Länder saßen nebeneinander.

Sukarno spielte sie alle gegeneinander aus.

Der Gewinner des Tages:

Sukarno.

Der Präsident trug seine maßgeschneiderte Uniform, seinen Peci und seine dunkle Sonnenbrille. Sein *Tongkat Komando*, sein Kommando-Stab, verlieh ihm magische Kräfte. Der Star der blockfreien Staaten und der Menschen mit brauner und schwarzer Hautfarbe lächelte in die Kameras der Journalisten.

"Sehr verehrte Diplomaten und Journalisten, Ihr seid heute alle Freunde Indonesiens. Ihr seid Zeugen wie sich zwei gute Freunde im Palast der Freiheit treffen," sagte Sukarno.

Sukarno war wie immer. Er sah blendend aus. Der Herrscher über das Majapahit, der Herr der Lage. Das Zentrum des indonesischen Universums. Ohne ihn ging nichts.

"Wie Sie alle wissen, stehe ich dem *Ratu Adil*, dem Messias, dem gerechten König, sehr nahe. Es gibt Stimmen in meinem Land, die behaupten, ich bin der *Ratu Adil*. Ich will dazu nicht näher Stellung beziehen und lasse Sie sich Ihre eigene Meinung bilden. Ich vertraue auf Ihre Kenntnis der Situation und dessen, was richtig ist. Wie Sie alle wissen, verteidigt der *Ratu Adil* die javanische Ordnung, die *Tata*, gegen die Eindringlinge von außen. Nun, wie könnte ein Mensch, der das weiß, auf die absurde Idee kommen, den *Ratu Adil* als Bedrohung einzustufen, wenn er doch die Verteidigung darstellt? Und ist das nicht genau die Aufgabe des Präsidenten eines Landes, sein Land zu verteidigen? Und bin ich nicht der Präsident dieses wunderbaren Landes? Ist es daher nicht das, was ich tun muss?"

Präsident Sukarno schaute in die Augen der Diplomaten als forderte er sie zum Widerspruch auf. Er pausierte, sein Blick wanderte von Gesicht zu Gesicht. Es war wie der Moment vor der Eheschließung, in dem ein Einspruch noch möglich war. Nichts tat sich.

"Ist es nicht meine rechtmäßige Aufgabe, die C.I.A. und ihren illegalen Krieg abzuwehren und damit die *Tata* zu erhalten? Die Ordnung meines Landes? Und ist nicht der C.I.A.-Agent der Eindringling, der die Ordnung zerstören wollte? Mit 500.000 US-Dollar im Gepäck?"

Der amerikanische Botschafter räusperte sich und sah weg von Sukarno auf den Boden vor seinem Stuhl.

"Sehen Sie nicht, wie kleinlich die Amerikaner sind? Was glauben Sie, denken die Amerikaner von meinen Soldaten? Welches Preisschild haben sie? Glauben Sie, nur weil der imperialistische Kolonialismus uns, die braunen Menschen zur Armut verdonnert hat, dass sie die Indonesier billig haben können?"

Die Pause von Sukarno dauerte länger, als es seinen Zuhörern lieb war. Die Stille wurde unangenehm laut.

"Ich bitte Sie. Gehen Sie nachts in ein javanisches Dorf, sehen Sie sich ein *Wayang Kulit* an, den seit Jahrhunderten tobenden Kampf zwischen Gut und Böse. Danach kommen Sie zu mir und erzählen mir, was Sie gelernt haben: Das Gute gewinnt. Immer. Unser aller Leben ist ein *Wayang Kulit*."

Sukarno nahm einen Schluck Wasser. Ein kleiner Deckel aus Papier schützte wie ein Hut einen Kopf. Sukarno trank langsam. Seine Worte wirkten. Der chinesische Botschafter musste auf Toilette und traute sich nicht, aufzustehen.

"Sie alle sind heute hier, um den Sieg des Guten über das Böse zu feiern. Wir sind auf Java, einer besonderen Insel, so wie alle Inseln Indonesiens besonders sind. Das Gute besiegt seine Gegner nicht mit Tod, Krieg und Verwüstung, wie die U.S.A. und die C.I.A. es wollen, sondern das Gute macht seinen Feind gefügig und hilft dem Bösen, das Gute zu erkennen. Dann wird aus dem Bösen das Gute."

Wie in einem Wayang Kulit kam Darren auf die Bühne und stellte sich rechts hinter Sukarno. Der Keris, der traditionelle indonesische Dolch, in den Präsident Sukarno die U.S.A. laufen ließ, saß tief, als sie Darren sahen.

Und erkannten.

Darren de Soto, von dem sie vermutet hatten, dass er tot war. Und seinen Eltern mitgeteilt hatten, dass sie seine sterblichen Überreste nie finden würden.

Need to know only.

Den Menschen im Saal wurde klar, wer auf der Bühne neben Präsident Sukarno stand. Ein Raunen ging durch die Reihen. Die Journalisten schossen mit ihren Kameras um die Wette. Das Gesicht des US-Botschafters wurde weiß. Die Fotografen entleerten ihr Blitzlichtgewitter wie einen tropischen Regenfall.

Darren trug ein schwarz-gelbes Batikhemd über schwarzen Hosen und Schuhen. Sein blondes Haar war gekürzt, der Bart gestutzt. Braune Haut, blaue Augen. Seine Muskeln schimmerten durch seine Kleidung.

Sukarno wandte sich an Darren.

"My friend Darren, do you want to share some words with the representatives of the world's nations, who have all come here today to see you?"

Was natürlich nicht stimmte, denn keiner der geladenen Diplomaten hatte mit Darren gerechnet. Präsident Sukarno schob den Dolch ein wenig tiefer in den Torso seiner Feinde.

"Vielen Dank, Präsident Sukarno," sagte Darren, "ich bin gesund und glücklich. Ich freue mich, heute hier zu sein. Meinen indonesischen Gastgebern bin ich sehr dankbar für die Gastfreundschaft, die mir Indonesien und seine Marhaen entgegengebracht haben. Es ist ein Moment der Völkerverständigung und der Freundschaft aller Brüder und Schwestern weltweit."

Darren und Präsident Sukarno schüttelten sich die Hände. Hinter ihnen thronte die indonesischen Flagge.

Das waren die Fotos, die um die Welt gingen.

Der Bule und Bung Karno.

Inmitten des Blitzlichtgewitters Präsident Sukarno: "Wenn Sie mir nun folgen möchten. Wir haben etwas für Sie vorbereitet."

Die Diplomaten und Journalisten folgten Präsident Sukarno und seinem Stab inklusive Darren nach draußen in den Palastgarten. Dort stand eine Pyramide aus Banknoten auf einem Scheiterhaufen.

Grüne Banknoten.

Die Audienz reihte sich in sicherem Abstand hinter der Absperrung um den Scheiterhaufen.

"Das ist das Geld der C.I.A., das wir Darren de Soto bei dem Versuch, unser Land zu unterwandern, abgenommen haben. 500.000 US-Dollar."

Blitzlichtgewitter. Sukarno lächelte als wäre das Geld kein Geld.

"An Washington richte ich die Nachricht: Mein Land und meine Landsleute pfeifen auf Euer Geld."

Ein Soldat der Palastwache übergoß das Geld mit Benzin und warf eine brennende Lunte hinterher.

Die halbe Million brannte lichterloh.

Wieder Blitzlichtgewitter.

Die Bilder von Präsident Sukarno vor dem brennenden Geld gingen um die Welt.

Nachdem die Journalisten ihre Fotos vom brennenden Geld und dem Präsidenten geschossen hatten, verabschiedete sich Sukarno von ihnen und den versammelten Diplomaten, wünschte allen ein *Selamat Tahun Baru*, ein frohes neues Jahr, und verwies darauf, dass er und sein Land sich auf die Fortsetzung der guten Zusammenarbeit auch im neuen Jahr freuen.

Der amerikanische Vertreter schaute mit ernster Miene. Die ganze Veranstaltung war ein Desaster für ihn und

sein Land. Er hatte bis heute nicht gelernt, dass er auf Java am besten alles mit einem Lächeln quittiert.
Lass Dein Gesicht Dich nicht verraten.
Wie im Poker.
So auch in der Diplomatie.
Und auf Java.

Am Ausgang des Präsidentenpalastes reichte ein Presseoffizier jedem Besucher eine Goodie Bag. Die kleine rot-weiße Tasche enthielt eine indonesische Flagge, ein Batikhemd sowie ein Päckchen Kaffee aus Toraja. Ein von Präsident Sukarno handsignierter Brief lag in einem Kuvert bei, in dem der Präsident Indonesiens sich für die exzellente Kooperation auf internationaler Ebene bedankte.

Mit einem Lachen auf seinen Lippen verließ Präsident Sukarno den Garten in Richtung Palast. Darren war sich nicht sicher, was er tun sollte, war er doch bis gerade eben im Rampenlicht gestanden.

Sukarno nahm ihn an seinem Ellenbogen und zeigte mit seinem Tongkat Komando in Richtung der großen Doppeltür, durch die sie in das Oval Office Indonesiens kamen.

In das Zentrum der Macht.
Mit dem Machthaber.

Darren war alleine mit Sukarno. Weder die Bodyguards noch Kharolina waren ihnen gefolgt. Hinter einem schweren Sofa war die Wand voll mit Büchern: Jefferson, Marx, Koran, Bibel, Franklin, Sun Tzu, Machiavelli, von Clausewitz.

Der Fußboden bestand aus poliertem Marmor, in dem sich der blaue Himmel und die weißen Wolken über der Stadt durch die hohen Fenster spiegelten als wären sie im Palast zu Hause. Schwerer roter Teppich verlieh dem Raum den Anstrich des königlichen Majapahit. Darren sank auf ihm bis zu seinen Knöcheln ein.

Sie setzten sich auf schwere, weinrote Ledersessel und waren alleine im Büro des Präsidenten mit Blick über die Palastanlage vor dem Istana Merdeka, dem Palast der Freiheit, wo Präsident Sukarno gerade eine halbe Million US-Dollar abgefackelt hatte.

Er sah die Sorgen im Gesicht von Darren.

"Mach' Dir keine Gedanken, mein Sohn."

Da war er wieder, der ewige Sohn.

"Es war kein echtes Geld."

Darren sorgte sich nicht um das Geld. Darren sorgte sich, wie er Präsident Sukarno umbringen und aus dem Palast fliehen sollte. Wenn das noch sein Plan war.

Dann verzog sich das Gesicht von Präsident Sukarno in ein Grinsen das breiter war als das Amazonas Delta. Darren war sprachlos und nervös. Präsident Sukarno sprach langsam und leise.

"Meine Mitarbeiter erzählen mir, dass Du in mein Land gekommen bist, um mich aus dem Amt zu vertreiben."

Kurze Pause.

Java ist die Insel der Langsamkeit.

"Und um mich umzubringen."

Sukarno hatte einen Keris in die Hand genommen und spielte damit. Er sah Darren in die Augen.

Darren wäre gerne in seinem Sessel versunken. Hier saß Sukarno vor ihm, den die C.I.A. ermordeten wollte - Ike hatte die Freigabe erteilt - wenn sie einen Insider für den Job gehabt hätten.

Darren und Sukarno waren alleine.

Vielleicht war Darren der Insider, auf den die C.I.A. die ganze Zeit gebaut und ihn deswegen nicht gerettet hatte?

Jetzt war die Chance, ihm den Keris abzunehmen und ihn damit zu erstechen. Darren war sich sicher, dass dies seinen Tod bedeuten würde. Und nie würden sie den Mörder des Präsidenten ihres Landes davon kommen lassen. Darren war zu jung zum Sterben, sein Leben und seine Mission noch vor ihm.

Darren hatte Angst.

Er hatte Sukarno unterschätzt, genauso wie sie die Indonesier und Indonesien unterschätzten.

Darren war sich sicher, dass Sukarno seine Schwäche spüren und seine Angst riechen konnte wie ein Spürhund Drogen. Sukarno war der Mann, der so etwas konnte, der Angst und Unsicherheit in den Augen seiner Feinde und Freunde lesen konnte wie ein Buch.

War Darren sein Feind oder sein Freund?

Bevor Darren antworten konnte, sprach Sukarno zu ihm.

"Mein Sohn, wir alle machen Fehler. Was die Klugen von den Dummen unterscheidet ist, dass sie jeden Fehler nur einmal machen."

Sie sahen sich an.

"Die Frage ist, bist Du ein Dummer oder ein Kluger?"

Darren schaute Sukarno an, den Keris in seinen Händen.

"Mit klugen Menschen kann ich leben. Dumme Menschen sind gefährlich. Sie haben in meinem Land nichts zu suchen."

Darren zögerte nicht. Er setzte sich auf.

"Ich gehöre zu den Klugen, Präsident Sukarno. In meiner jugendlichen Naivität habe ich mich zu etwas verleiten lassen, dass ich niemals hätte tun sollen. Ich habe Orientierung für mein Leben gesucht, die ich hier in Ihrem wunderbaren Land bei Ihren wunderbaren Menschen gefunden habe. Manchmal ist Exotik und das Verlassen der eigenen Kultur und des eigenen Umfeldes das, was uns befreit und uns eine neue Richtung vorgibt. Bei mir auf jeden Fall ist es so."

Sukarno hatte seine Entscheidung bezüglich Darren längst gefällt.

"Ich gebe Dir eine Chance. Du musst Deine Rolle spielen. Wenn Du Deine Chance verspielst, wird es unangenehm werden für Dich. Sehr."

Sukarno hob seinen Keris. Ihre Konversation war zu Ende. Wie mit einer Fernbedienung öffneten sich die Türen zum Palast. Darren's Chance, Sukarno mit seinem eigenen Keris zu erstechen: vorbei.

Kharolina trat ein, gefolgt von zwei Palastwachen und dem persönlichen Adjutanten. Kharolina suchte in den Augen von Sukarno und Darren nach Antworten. Die beiden saßen in der Sitzecke aus rotem Leder. Mit dem Wink seiner Hand entließ der Präsident seine Mitarbeiter. Nur Kharolina blieb zurück. Im Oval Office waren sie nun zu dritt.

Dann sprach Sukarno:

"I cannot refuse my daughter to be with the man she claims to love."

Darren verstand nicht, was Sukarno gesagt hatte. Er sah den Präsidenten an, der ihn anlächelte, was nichts zu bedeuten hatte, denn das hatte er während des gesamten Gespräches getan. Dann suchten seine Augen Kharolina. Sie lachte ihn an, ihre Augen begegneten sich und da war es wieder: das Gefühl von Schmetterlingen in seinem Bauch.

Dann wurde ihm schwindelig.

Sie war die Tochter des Präsidenten?

Warum hatte sie nichts gesagt?

Mit einem Mal hatte Darren Heimweh. Alles fühlte sich fremd an und er wusste nicht, wo er war, wo er hingehörte, was er hier machte. Er war ein junger Mann, ein Sohn. So fühlte er sich in diesem Augenblick.

Zum Glück war Kharolina da.

Kharolina hatte Tränen in ihren Augen und Probleme, ihre Contenance zu bewahren. Sie rieb sich die Hände.

"Unter einer Bedingung."

Sukarno suchte die Augen von Kharolina, dann von Darren. Er nahm seinen Tongkat Komando und zeigte auf den jungen Amerikaner und seine Tochter.

"Ihr heiratet."

Die Schlagzeilen würden um die Welt gehen:

C.I.A.-Agent heiratet Tochter von Sukarno nach Haft am Tropenstrand

Warum die Feindestochter sein Herz erobert hat

und

Sukarno und der totale Brainwash: Amerikanischer Agent zieht Nasi Goreng dem Hot Dog vor

und

**The C.I.A.'s biggest failure:
How to lose a spy - and a war**

Sukarno sah die Zeitungen der Weltpresse auf seinem Schreibtisch. Der kommunistische Wochenanzeiger der Volksrepublik China würde schreiben:

**Die Schöne und das Biest:
Wie eine indonesische Frau
zur Agentenfängerin wurde**

gefolgt vom Text unter dem Hochzeitsbild von Kharolina und Darren:

Chinesische Männer! Schenkt dem Land Eure Frauen. Die sozialistischen Frauen Asiens sind so viel besser als die imperialistischen Frauen des Westens!

Die Zeitschrift "Sowjetunion - USSR im Bau" würde titulieren:

From Indonesia with love

Warum der Westen dem Osten nicht widerstehen kann!

Sukarno träumte mit offenen Augen und sah die Zeitungen der Weltpresse auf seinem Schreibtisch. Bilder von Darren und Kharolina gingen um die Welt; Sukarno und Indonesien standen im Rampenlicht. Nichts brachte mehr Aufmerksamkeit als die Liebesgeschichte zwischen Ost und West, mitten im Kalten Krieg, der nur eins wurde: kälter.

Die Liebesgeschichte ließ Sukarno als den Mann dastehen, der er in Wirklichkeit war: Als Präsidenten, der über dem Kampf zwischen Ost und West stand und sich um die Menschen in seinem Land kümmerte, egal ob sie Indonesier oder Amerikaner waren, der alle Menschen liebte. Er ermöglichte Liebe, wo auch Tod und Hinrichtung möglich gewesen wären.

Darren de Soto als Schwiegersohn: sein Publicity Gag. Der größte, den er und sein Land je hatten.

Die Entmachtung des Westens durch dessen eigene Schwäche. Eine Liebesgeschichte zwischen Feinden.

Hatte nicht er, Sukarno, ausdrücklich darauf hingewiesen und es zu seiner persönlichen Angelegenheit gemacht, den Bule, den Amerikaner von der Cornell University, den smarten Jungen, den C.I.A.-Agenten mit dem Look eines Surfer Boys, gut zu behandeln, und ihn nicht - wie unzählige andere und wie er, Sukarno selbst es einmal war - in eine stinkende und von Kakerlaken heimgesuchte Gefängniszelle zu stecken? Malaria wäre dem Bule sicher gewesen, und damit auch der Tod. Sukarno hatte in seinem Exil mit Malaria gekämpft. Und hatte er nicht darunter gelitten wie kein anderer? Viele Gefangene in Einzelhaft in den Gefängnissen hatten Selbstmord begangen. Vielleicht hätten sie den Amerikaner auch durch den Tod aus seiner eigenen Hand verloren?

Die Sonne, der Tropenstrand auf der Insel in den Molukken war Sukarno's Antwort gewesen, den Amerikaner an einem sicheren Ort verschwinden zu lassen, anders als seine Generäle es gewollt hatten, nämlich die öffentliche Hinrichtung des C.I.A.-Agenten, den kurzen Prozess. Sie wollten ein Foto des toten Amerikaners um die Welt schicken, um den Feind zu schockieren, um ihm unmissverständlich zu zeigen: so nicht, nicht mit uns.

Sukarno hatte ihn auf der Insel verschwinden lassen. Und nun warf seine Geduld Zinsen ab. Und besser noch: Der Bule hatte sich in das Land und seine Frauen verliebt.

Seine Tochter.

Sie mussten ihn nicht in diese Rolle zwingen, der Bule spielte diese Rolle aus Überzeugung.

Und es stellte sich heraus, dass der Bule das Essen liebte und ihre Sprache lernte, ja sich gar als *Marhaen* deklarierte und die Bauern im Dorf bei ihrer täglichen Arbeit unterstützte.

Die Geschichte mit Darren hatte sich besser entwickelt als Sukarno es hätte planen können. Die Tugendhaftigkeit seiner Geduld hatte sich bezahlt gemacht.

Der Dalang, der Strippenzieher, hatte gewusst, dass der C.I.A.-Agent mehr war als ein politisch Gefangener, mehr als ein Stück Pfand, aus dem sie irgendwann Gewinn schlagen konnten.

Kharolina und Darren sahen sich an, sahen Sukarno an. Sie schwiegen.

Darren wusste nicht, was er sagen sollte.
Hatte er sein bisheriges Leben aufgegeben?
Wer war er?
War er Gefangener?
Schwiegersohn des Mannes, den er zu Fall bringen und ermorden wollte?
War er frei?
Merdeka?
"Worauf wartet Ihr?" sagte Sukarno.

DREI

Die nächsten Wochen wirbelten Darren durch die Luft wie ein Taifun. Heiraten war harte Arbeit.
Vor allem in Indonesien.
Als Ex-C.I.A.-Agent.
Der die Tochter des Präsidenten heiratete.
Die Liste der einzuladenden Menschen war so lang wie das Telefonbuch der Stadt Jakarta, wenn es eines gegeben hätte.

Präsident Sukarno stellte Kharolina und ihm einen persönlichen Adjutanten zur Seite sowie zwei Palastwachen. Die beiden suchten ein Haus, das groß genug war für sie und ihren geplanten Nachwuchs. Kharolina begann die Vorbereitungen für die Hochzeit, die eine immense Bedeutung für alle Beteiligten hatte:

Für Sukarno und Indonesien der Sieg über den Feind.
Für Kharolina die Liebe ihres Lebens.
Für Darren die Entscheidung, in Indonesien zu bleiben und das Ende seiner Karriere als C.I.A.-Agent.

Machte er sich damit des Hochverrates in den U.S.A. schuldig? Würde die C.I.A. versuchen, ihn zu eliminieren? Die Fragen trafen Darren wie tropischer Regen: Es gab kein Entkommen vor ihnen. Doch Kharolina's Liebe war ein wasserdichtes Pflaster für seine Sorgen. Sie konsumierten ihre Gefühle intensiv und hitzig, als ginge es um ihr Leben. Sie liebten sich nicht nur mit ihren Körpern sondern auch mit ihren Seelen. Darren's Wunden begannen zu heilen.

Sukarno forderte Darren auf, seine Eltern zur Hochzeit einzuladen. Die indonesischen Behörden informierten die US-Botschaft über das Vorhaben und baten die Diplomaten der U.S.A., die notwendigen Papiere zu beschaffen, damit die Hochzeit auch nach US-Recht Gültigkeit bekommen würde - ein Detail, das Präsident Sukarno besonders wichtig war.

Sukarno setzte Allen Dulles, den Director der C.I.A., mit einem persönlichen Schreiben darüber in Kenntnis, dass Darren den Dienst quittiert hatte (eine Originalversion des Kündigungsschreibens legte das Außenministerium der diplomatischen Depesche bei - rückdatiert auf den Tag seiner Gefangennahme am Strand von Ambon und mit Darren's freiwilliger Unterschrift). Sukarno lud auch Dulles zur Hochzeit seiner Tochter ein.

Der Director der C.I.A. verfluchte Sukarno, Darren, Indonesien und die Indonesier. Ein weiteres Mal warfen sie in Washington, D.C., Darts auf das Gesicht von Präsident Sukarno. Und wie damals blieb keiner stecken.

Sukarno streckte den USA die Hand der Freundschaft entgegen. Er wies darauf hin, dass er es einem US-Amerikaner, der ihn stürzen wollte, erlaubte, seine Tochter zu heiraten und dass er ihn auch hätte zerquetschen können wie eine lästige Kakerlake in einer stinkenden Latrine. Die Liebe und Großzügigkeit Sukarno's entmachtete den Westen.

Kharolina und Darren fanden ein Haus im Süden von Jakarta. Das Haus, in dem die beiden heute noch wohnen, hat sich im Laufe der Zeit verändert und Darren hatte es vergrößern und modernisieren lassen. Darren zeigte Besuchern gerne den angebauten Flügel für die Kinder und den Swimmingpool. Für Darren war das Ankommen in Jakarta mit Kharolina ein Kulturschock, den er mit Bravour meisterte.

Er lernte Indonesisch.

Dann Sundanesisch.

Darren fing an, ein Buch über seine Zeit in Indonesien zu schreiben. Sein Tagebuch erschien später als erstes seiner mehr als zwanzig Werke über Jakarta und Indonesien.

Bis zu ihrer ersten Schwangerschaft ging Kharolina ihrem Job bei der Nachrichtenagentur nach. Darren rief den Lehrstuhl für Englisch an der Universität Nasional ins Leben.

Die Zeit verging im Flug. Kharolina wurde dreimal schwanger und die beiden bekamen drei gesunde Töchter: Fina, Dina und Kim.

In den USA kamen die Demokraten an die Macht und mit ihnen eine neue Generation von Politikern: John F. Kennedy führte sein Land in eine neue Richtung. Kennedy und Sukarno waren Anhänger schöner Frauen. Kennedy lud

Sukarno auf einen Staatsbesuch nach Washington, D.C., ein und mit ihm flogen auch Darren und die schwangere Kharolina. Es war Darren's erster Besuch in seiner Heimat. Robert Kennedy, der Bruder des Präsidenten und Justizminister, hatte Sukarno zugesichert, dass Darren in den U.S.A. nichts zustoßen würde und dass das Land froh war, im Sinne der internationalen Freundschaft Darren und seine Familie bei diesem Staatsbesuch zu empfangen.

Darren war seit seinem Absprung aus dem Bomber der C.I.A. einen langen Weg gegangen. Er liebte seine neue Heimat. Jakarta wuchs und gedieh und Darren mit ihr. Über seine Lehrtätigkeit kam er in Kontakt mit vielen jungen Indonesiern, vor allem Studenten, die Interesse hatten, Englisch zu lernen und sein Land kennen zu lernen. In diesen Zeiten lebten Kharolina und er autark von Präsident Sukarno, der ein weiteres Mal geheiratet hatte.

Zudem änderte sich die politische Situation im Land. Schliesslich gelang General Suharto, was Darren und der C.I.A. nicht gelungen war: General Suharto setzte Präsident Sukarno ab. In der Nacht vom 30.09. auf den 01.10.1965, im Jahr des gefährlichen Lebens, kam es zu einem angeblichen Putsch der Kommunisten gegen Sukarno. Das Militär wiederum schützte den Präsidenten vor den Kommunisten mit dem Ziel, seine eigene Machtposition auszubauen.

Zwei Jahre vor diesen dramatischen Entwicklungen hatte Darren ein Telegramm empfangen. Darren erinnert sich genau an diesen Tag und wie er das hauchdünne Papier öffnete und es Kharolina vorlies:

Amsterdam, 01 October 1963

Dear Mr de Soto:

The East Asia Press Agency has made it the utmost priority to report on developments in the formerly colonial territories of this world. We are offering our services to all major newspapers and news services from around the world.

Most of our customers do not have proprietary staff on location and request textual as well as photographic coverage on unfolding events.

Your story being unique, and knowing, due to the chosen path of engaging with your new home country, that you are holding a dear emotional connection to President Sukarno, Indonesia and the Indonesians, while at the same time retaining the nationality of the country of your birth, we would like to request the engagement of your services to become our local representative to cover events in Indonesia.

Any legal requirements withstanding, we are in a position to offer you engagement as an employee or as freelance staff. Financial budgets have been set accordingly, also to cover an office as well as an assistant position to help you with clerical work.

Accreditation as a journalist in the country of your current residence shall not constitute a problem and will be a matter taken care of by our staff.

We are looking forward to hearing from you with a positive answer.

We remain at your service and hope for immediate commencement of our cooperation.

Yours truly,

(signed)
ANDRIES VAN GELDEREN
MANAGING DIRECTOR
EAST ASIA PRESS AGENCY
Amsterdam, NL

VIER - Jakarta, 1998

Darren hatte seinen Schwiegervater am Zenit seiner Macht erlebt und dann den Fall als Journalist und Familienmitglied dokumentiert. Es waren die traurigen Monate als er das Land von seiner dunklen Seite kennen lernte. Das Morden auf dem Archipel kannte keine Grenzen. Die Kommunisten wurden ausgerottet, und mit ihnen viele andere, die den neuen Machthabern im Weg standen. Darren hatte noch wenige Wochen vorher Aidit interviewt, den Vorsitzenden der Kommunistischen Partei des Landes; dann war er tot. Ganze Familien und Dörfer verschwanden von der Oberfläche der Erde. Das Militär instrumentalisierte Bürgerwehren, um Feinde auszurotten und um alte Rechnungen zu begleichen. Darren war zu diesem Zeitpunkt der einzige westliche Journalist, der fest in Jakarta lebte, die Sprache sprach und Zugang zu den Indonesiern hatte.
    Er war gefragt wie nie.
    Er sah Dinge, die er lieber nicht gesehen hätte.
    Er gewöhnte sich nicht an den Anblick von Leichen.
    Tahun vivere pericoloso, das Jahr des gefährlichen Lebens, das Sukarno in einer schicksalshaften Rede zum

Unabhängigkeitstag 1964 angekündigt hatte, wurde zum journalistischen Durchbruch für Darren. Der Untergang Sukarno's wurde zu seinem besten Jahr. Darren wurde zum Welterfolg.

Für seine Berichterstattung aus Indonesien erhielt Darren den Pulitzer Preis. Sein Buch "The Year of the Snake: the C.I.A. and the fall of Sukarno" wurde ein internationaler Bestseller; es veränderte die Sicht auf die Arbeit westlicher Geheimdienste in den Ländern der Dritten Welt während des Kalten Krieges.

Sein Schwiegervater, Sukarno, verstarb 1970. Darren schrieb die Todesanzeigen für Sukarno. Zeitungen auf der ganzen Welt druckten seine Worte und er tauchte im Fernsehen auf. Er schrieb ein Buch über seine Erlebnisse mit Sukarno und als Schwiegersohn des Präsidenten von Indonesien. Das Buch nahm wochenlang Platz eins der Bestsellerliste der New York Times ein. Darren wurde zur Ikone, nicht nur in Indonesien.

Sie hatten ihm alles angeboten: Die Leitung der EAPA, der East Asia Press Agency, im Headoffice in Amsterdam; einen Lehrstuhl für Ostasienwissenschaften in Oxford; Cornell hatte ihn angerufen, sie machten ihn zum Ehrenvorsitzenden und schickten ihn in der First Class von Jakarta nach New York City und fragten ihn, ob er nicht bleiben wollte, um regelmäßig aus seinem Leben und über das Land zu berichten. Den Ehrenvorsitz hatte er angenommen - einmal First Class hin und zurück war OK, alles andere hatte er dankend zurückgewiesen. CNN hatte ihn gefragt, ob er Chief Political Correspondent Asia werden wollte.

In Hong Kong.

Danke, aber Nein Danke.

Darren wollte in Jakarta bleiben. Er wollte einmal im Jahr auf die Insel fliegen, auf der sie ihn gefangen gehalten und deren Marhaen ihn gut behandelt hatten. Mittlerweile gab es dort ein Hotel. Das Cottage direkt am Strand mit Blick über das Meer trug seinen Namen: Darren's Cottage. Der Strand hatte Berühmtheit erlangt in einem Film, den ein Hollywood-Regisseur dort drehte. Mit einer Filmgröße, die den Oscar dafür erhalten hatte. Kharolina und er machten in dem Hotel jedes Jahr Urlaub. Das war Vergangenheitsbewältigung und Aufarbeitung. Die Bauern auf der Insel empfingen ihn wie einen der ihren und als ihren Helden. Es war nicht die 5th Avenue, es rieselte kein Konfetti und Darren war glücklich damit.

Die Ehe zwischen Kharolina und Darren florierte, Fina, Dina und Kim wuchsen zweisprachig auf - Englisch und Indonesisch - und besuchten die internationale Schule. Der Erfolg von Darren's Büchern, gezahlt in US-Dollar, sicherte das Einkommen, das die beiden benötigten, um ihre drei Töchter nach Singapur und Sydney zum Studieren zu schicken. Darren hätte seine Töchter gerne in die USA geschickt, doch Kharolina legte ihr Veto ein, denn sie hatte ihre Töchter lieber so nah an Jakarta wie nur irgendwie möglich. New York City war einfach zu weit weg, und zu kalt. Darren schaute auf die Bilder seiner drei Mädels zusammen vor dem Sydney Opera House; Fina mit vollen Einkaufstüten in der Orchard Road; Dina auf einem Fahrrad am Strand an der Gold Coast; Kim vor dem Ayers Rock. Er war glücklich mit Kharolina und seinen Mädels und sie hatten als Familie den Machtwechsel von Sukarno zu Suharto problemlos, aber nicht ohne Angst, überstanden. Nun fühlte er, dass das Land wieder vor einer Veränderung stand. Er spürte es am Puls des Landes als wäre es sein eigener. Die Finanzkrise hatte vielen Menschen zugesetzt.

Dazu kam sein Bein. Der Mopedunfall auf Lombok hätte ihm beinahe sein Leben gekostet und sie mussten ihn mit International SOS nach Singapur ausfliegen. Seitdem hatte er schlaflose Nächte. Der Unfall hatte sein Leben in eine neue Perspektive gerückt.

Darren war alt geworden und das Land unberechenbar. Vielleicht war es schon immer unberechenbar. Es gab zu viele *Amoks* hier, zu viele Verrückte.

Unter der höflichen Oberfläche der Javaner und Balinesen lauerte die blanke Wut. Wenn sie einmal ausbrach brachte sie den Wahnsinn hervor.

Noch einmal auf die Straße, um Suharto's Ende mitzubekommen?

Nein Danke.

Es ist an der Zeit, einen Nachfolger ins Land zu holen.

Darren liebt die Stadt wie keinen anderen Ort auf der Erde. Die kleinen Gassen und die großen Straßen, das Essen und die Nachtclubs, die Shopping Malls, die Massage-Studios und ein Cream Bath nach dem Mittagessen in einem der Food Courts, die Restaurants mit Live Music in denen Essen und Essen gehen Lifestyle ist und nie nur Zweck. Und der Zweck rechtfertigt alle Mittel und so leben und essen und lieben die Menschen in Jakarta: Es ist nie nur Zweck, sondern immer der Puls des Lebens.

Und vor allem sind es die Menschen, die es Darren angetan haben. Die Indonesier lachen und ertragen die Überflutungen und den Stau in ihrem Glauben - woran auch immer sie glauben mögen. Du bist in dieser Stadt nur alleine wenn Du Dich in Deinem Zimmer einsperrst; draußen sind überall Menschen, und wenn sie nur unbeteiligt am Straßenrand sitzen und dem Stau zuschauen. Die Menschen halten Jakarta am Leben und lachen dabei; und Jakarta ist vor allem eines: Jakarta ist die Stadt ihrer Menschen, der Betawi, die hier leben und die diese Stadt zu dem machen, was sie ist.

Sie sind immerzu unterwegs und ihre Autos bewegen sich im Stau wie das Blut der Stadt.

Darren ist ein Teil von ihnen.

Geworden.

Für Darren ist ein Leben an einem anderen Ort der Erde undenkbar und schon gar nicht vorstellbar.

Jakarta trägt den Duft von Nelkenzigaretten und der Geburt und Verwesung der tropischen Vegetation und der Luftverschmutzung des Verkehrs von den Adern der Stadt und zusammen ergibt es den Geruch von Heimat und das beste Parfum der Welt. Und das einzige, das er riechen will. Jakarta ist das Aphrodisiakum seines Lebens.

Und jetzt, mehr als dreißig Jahre nachdem Suharto seinen Schwiegervater, Sukarno, abgesetzt hat, steht dem Land ein Erdbeben bevor. Darren fühlt es und mehr noch, er hofft es. Das Ende des Diktators ist nahe.

Wie viele Menschen werden diesmal sterben?

Wie viele Studenten werden ihr Leben lassen, in der Hoffnung auf eine bessere Zukunft und eine demokratische Gesellschaft, in der Bestechung, Amtsmissbrauch und Vetternwirtschaft der Vergangenheit angehören?

Die Nacht zu Beginn des Jahres 1998 ist schlaflos für Darren. Sein Bein schmerzt und seine Gedanken an die Zukunft des Landes quälen ihn. Er schält sich aus dem Bett ohne Kharolina aufzuwecken. Im Salon schenkt er sich einen Whisky ein und steckt sich eine Zigarre an. Die stillen Momente der Nacht sind die kreativen Momente. Dann wird die Stadt leiser und das Knattern der Mopeds weniger, es hört nie ganz auf und nachts ist manchmal das einzelne Moped lauter als die Horde der Mopeds tagsüber und dann verändert sich seine Wahrnehmung. Irgendwann wird der Muezzin die Gläubigen zum Gebet aufrufen, dann wird es wieder laut und die Stadt erwacht zu neuem Leben und die tropische Sonne klettert gnadenlos auf ihren Zenit und heitzt der Stadt ein als hätte sie noch eine Rechnung mit ihr offen. Die Stunden bis dahin sind die besten Stunden für Darren. Dann ist die Hitze erträglich, bevor sie sich wie ein Bügeleisen auf seine Brust legt. Der Morgen zieht Menschen auf die Straße, die dort ihre Übungen machen oder Tango und Cha Cha Cha tanzen. Schnell wird die Hitze unerträglich und das Spazierengehen findet nur nur noch in den Shopping Malls statt, unter der kühlenden Luft der Klimaanlagen.

Er wirft seinen Computer an und bringt seine Gedanken zu Papier. Er schreibt einen Artikel für ein führendes Politmagazin. Chander, die treue Nummer zwei der EAPA in Jakarta, liefert die Fotos. Viel später wacht Kharolina auf und bringt ihm einen Kaffee an seinen Schreibtisch. Sie nimmt seinen Artikel aus dem Drucker und liest, während sie auf seinem Schoss sitzt.

*

Der stolze Garuda steht vor einer Zerreißprobe

Indonesien könnte vor einem Machtwechsel stehen - der erste seit mehr als 30 Jahren, mit erheblichen Folgen für das Land und seine Menschen

Darren de Soto, East Asia Press Agency
Jakarta, Indonesien, 1998
Fotos: © EAPA / Chander

Jakarta ist eine außergewöhnliche Stadt und nur etwas für Liebhaber und Enthusiasten. Keiner wird sich dieser Stadt zuwenden, wenn ihn nicht etwas Besonderes in das alte Batavia bringt. Dazu liegt Jakarta für die meisten Menschen zu weit weg vom Mainstream Asiens. Sie lieben es, eine einfache Landkarte von Asien zu haben: Schwarz oder weiß, Freund oder Feind. Und sie lieben es, 'asiatisch' Essen zu gehen und werfen dabei einen riesigen Kontinent mit einem adjektiv in eine Küche zusammen. Sie kommen nicht auf die Idee zu fragen, wie das bei den Europäern ankommen würde, wenn die Asiaten 'europäisch' Essen gehen wollen und alles, angefangen vom bayerischen Leberkäs bis zur sizilianischen Fischsuppe und dem norwegischen Pinnekjøtt mit der Titulierung 'europäisches Essen' zusammen werfen. Genauso ist es mit den Städten: Jeder liebt Singapur, findet er sich doch in der Sauberkeit und Ordnung wieder und ist das asiatische Chaos, der Schmutz und das Durcheinander in begreifbaren Verhältnissen gezügelt, ist Asien kontrollierbar und hübsch und daher mit der westlichen Struktur des Denkens und Rationalisierens vereinbar, ist Singapur Exotik genug, um den Okzident hinter sich zu lassen, aber eben nicht fremd genug, Angst zu machen oder dem Besucher die Unverständlichkeit einer asiatischen Sprache zuzumuten. In gewisser Weise finden sich die Besucher in Singapur wieder, weil die Stadt so ist wie sie sich ihr Land wünschen: Warm, sauber, erfolgreich, kosmopolitisch, reich. Alles ist so geregelt wie es sein muss, wenn auch nicht demokratisch. Die Luftverschmutzung ist gering, Englisch ist die lingua franca und die Stadt ist genauso gut navigierbar wie ihre Heimat. Sie haben mit Singapur ihre Herkunft gedanklich in einen perfekten, kleinen, globalisierten Stadtstaat übertragen, von dem sie als Bürger nur träumen können.

So verhält es sich auch mit Bali und Phuket. Keiner kommt von den Inseln zurück und hat keinen Spaß gehabt oder hat sich nicht in die Strände, das Essen und das Nightlife verliebt. Zu groß und stark ist die Inszenierung der lokalen Kultur für den Konsum. Es ist alles dafür getan, dass sich das westliche Auge in der Exotik der Strände und Reisfelder wohl fühlt. Zu gut schmeckt das kalte Bier beim Sonnenuntergang und 'zu cool' ist danach die Party am Strand bis in den tropischen Morgen. Gleichgesinnte Menschen aus aller Welt reisen von weit her an um ihren Alltag zu Hause zu vergessen und um endlich das Leben zu genießen, auf das sie schon seit geraumer Zeit Anspruch erhoben haben.

Ein Buch begegnet dem Reisenden in Südostasien in diesen Tagen an jedem Flughafen und in jeder Buchhandlung. Von den Backpackern wird das Buch von Generation zu Generation vererbt: 'The Beach' von Alex Garland. Alex Garland hat in seinem Buch, das bereits 1996 erschienen ist, die perfekte Vision dieses Paradieses einer westlichen Parallelkultur als Aussteigerparadies und Zufluchtsort beschrieben und das Ende traumatisiert. Für die einen ist das Buch ein 'Lord of the Flies für die Generation X', für die anderen das Ende des Traums von den perfekten Stränden Asiens. Publikationen wie der 'Solitary Planet' und andere Backpackerguides wollen auch die letzten Paradiese dieser Welt der westlichen Subkultur zugänglich machen. Damit werden sie diese zerstören. Die Populärkultur hätte dann auch die letzten Ecken Asiens erreicht.

Muss Asien dem westlichen Geschmack entsprechen, damit es attraktiv und akzeptabel ist? In Indonesien wurde diese Frage 1965 beantwortet, als der Westen das Ende der politischen Freiheit des Landes mit dem Tod einer Millionen Menschen signierte und Indonesien mit dem Blut seiner Toten der Dominanz des Systems der U.S.A. unterwarf.

In der Populärkultur mag das anders sein. Die Enthusiasten haben sich genau deswegen schon vor Jahren nach Jakarta abgesetzt, weil sie hier eine minimal globalisierte und endemisch authentische Kultur vorfinden. Jakarta ist an manchen Plätzen der Strand, den andere auf einer Insel weit weg vom Lärm der Zivilisation suchen. Die Parallelkultur für westliche Ausländer ist weniger ausgeprägt als beispielsweise in Bangkok. In Jakarta ist die Jalan Jaksa das, was die Khao San Road in Bangkok ist. Die gerade einmal 400 Meter lange Straße - eigentlich ist der Begriff 'Gasse' zutreffender - ist das Paradies für die Anhänger der Generation X, die günstige Unterkünfte und kühle Drinks mit Gleichgesinnten zu bezahlbaren Preisen suchen. *Krismon*, die Krisis Moneter, der indonesische Begriff für die asiatische Finanzkrise, hat den Kontinent fest im Griff und droht die Welt in einen dunklen Abgrund zu ziehen. Sie ist auch hier zwischen den Hostels und Bars mit dem günstigen Bier angekommen. Für die Reisenden bedeutet Krismon vor allem eines: Alles ist billig. Während Anfang 1997 ein

US-Dollar 2.600 indonesische Rupiah erwarb, liegt der aktuelle Wechselkurs bei über 14.000 Rupiah - und ein Ende der Abwertung der Währung ist nicht zu erkennen. Übernachtungen, Essen und Trinken sowie Vergnügungen sind für Ausländer deutlich günstiger als noch vor wenigen Monaten. Die Krise hat Werte in Milliardenhöhe vernichtet. Das Land blutet.

Jakarta ist für den Erstbesucher wenig greifbar. Die Stadt lässt sich nicht mit europäischen Kriterien wie Architektur und einer tausendjährigen Geschichte verstehen, wie das im alten Europa der Fall ist. Die Stadt ist immens und eine Mischung aus Hauptstadt der größten, muslimisch dominierten Diktatur der Welt, und gleichzeitig - und das, obwohl nur zirka 90 Flugminuten von Singapur entfernt - ein tropisches Hinterwasser, gedanklich sehr weit weg für die meisten Menschen, die Indonesien als viertgrößtes Land der Erde nicht auf ihrem Radar haben. In Jakarta vereinen sich Dinge, die die meisten Menschen im Westen nicht mögen, weil sie unangenehm sind: Jakarta ist chaotisch, verstopft, schmutzig, extrem schmutzig, arm, sehr arm sogar, gleichzeitig reich, sehr reich sogar; Jakarta ist ungerecht, Macht und Geld haben hier eine andere Wirkung als im Westen, soziale Unterschiede sind ausgeprägter. Korruption und Amtsmissbrauch gehören zur Tagesordnung und behindern eine demokratisch-transparente Entwicklung. Der Islam Indonesiens ist mehrheitlich moderat, und dennoch kommt es in regelmäßigen Abständen zu sogenannten 'sweeps', bei denen radikal-gläubige Muslime den Konsum von Alkohol unterbinden und die Schliessung von Vergnügungslokalen forcieren und dies mit Baseballschlägern 'pragmatisch' umsetzen. Westliche Ausländer wurden bislang verschont, richtete sich der Zorn gegen die eigenen Landsleute, die mit der Bedienung der Dekadenz der Ungläubigen Kasse machten. Der Diktator des Landes, General Suharto, der sich und das Militär an die Macht putschte, hat dem Land einen unmissverständlichen Stempel aufgedrückt. Und General Suharto hat jede Wiederwahl sorgenfrei gewonnen, denn seine Machtvehikel *Golkar* und das Militär sind seit 30 Jahren auf Linie. Es gibt keine freien Wahlen und das Land kennt keine politische Freiheit. Die Wahlen sind Alibi-Maßnahmen für eine Pseudolegitimisierung seiner Herrschaft.

Jakarta versinkt aber nicht nur in Korruption und Vetternwirtschaft: Der ewige Stau macht die Stadt zu einem Albtraum jedes Automobilisten, der es gewohnt ist, in wenigen Stunden hunderte Meilen zurückzulegen, während er in der gleichen Zeit in Jakarta wenige Meilen weit kommt - wenn er Glück hat. Dazu kommt das Wasser, Jakarta's größter Feind: Die Stadt liegt zu einem Großteil unter dem Meeresspiegel und sie sinkt jeden Tag und jeden Tag etwas tiefer. Im Norden Jakarta's hält in vielen Fällen nur eine Mauer die Wellen der Java See von den Menschen fern, die dort leben. Das ist eine tickende Zeitbombe, denn mit dem steigenden Meeresspiegel ist es nur eine Frage der Zeit, bis die Stadt untergehen wird.

Das Wasser bedroht die Stadt auch in anderen Teilen: Der heftige Regen und die zubetonierte Stadt, sowie die durch Müll und illegale Ansiedlung verstopften 'Flüsse' des Großraums ergeben eine teuflische Mischung. Mit Einsetzen der Regenzeit gehen die Überflutungen los und das Wasser steht binnen kürzester Zeit kniehoch in den Straßen der Stadt und in den Häusern ihrer Einwohner - mehrfach in der Saison. Aktuell gibt es kein Entrinnen vor den Wassermassen. Die Beeinträchtigung durch die Wassermassen lässt den Autoverkehr komplett zum Erliegen kommen, auch wo er davor im Schneckentempo vor sich hin gekrochen ist. Viele Ursachen sind selbstgemacht, wie die Rodung von Wäldern in den Hügeln südlich von Jakarta, wo die Reichen sich Platz geschaffen haben, weil es oben kühler ist und die Luft gesünder. Die Wassermassen preschen ungebremst in die Stadt und spülen Müll, Abfälle und Teile der Kanalisation durch die Straßen.

Jakarta ist nicht nur Hauptstadt, sie ist das Herz und die Seele Indonesiens, die *Ibu Kota*, die Hauptstadt des riesigen Archipels. Jakarta ist für viele Indonesier auf den 'outer islands', den Provinzen, ein magischer Ort mit einer unglaublichen Anziehungskraft. Dies liegt vor allem daran, dass sich in Jakarta Macht, Geld, Kultur, Bildung und Politik zusammenfinden. Diese Anziehungskraft macht Jakarta zu einem Schmelztiegel der verschiedenen Kulturen, Religionen und Sprachen Indonesiens.

Dies alles ist getrübt durch einen ins bodenlose fallenden Rupiah-Kurs, verschlimmert durch das historische Tief an der Börse von

Jakarta und die Entscheidung von Moody's, den Kreditstatus Indonesiens auf 'junk', also 'Müll', herabzusetzen. Während die Langzeitfolgen nicht abzuschätzen sind, steigt die Arbeitslosigkeit in erschreckend schnellem Maße und viele Firmen können ihre Schulden in US-Dollar nicht bedienen. Sie werden in die Pleite getrieben. Die Situation gleicht einem Pulverfass, in dem alles möglich ist. Am letzten ASEAN-Treffen nahm Präsident Suharto nicht teil und das Land spekuliert über seinen Gesundheitszustand - ein Dejavú, das an das Ende von Sukarno's Herrschaft erinnert. Beinahe flächendeckend verleihen Menschen ihrem Unmut Ausdruck. Oft sind chinesisch-stämmige Mitbürger die Opfer dieser brachialen Gewalt. Es kommt zu Brandstiftungen, Vergewaltigungen, Mord und Totschlag. Die Polizei scheint oft, wenn überhaupt, zu spät einzuschreiten. Auch ist die Rolle des intern zerstrittenen Militärs unklar. Offen sprechen die Javaner nicht über einen Machtwechsel, auch wenn Präsident Suharto angedeutet hat, im Laufe des kommenden Jahres zurücktreten zu wollen. Die unübersichtliche Situation auf den Straßen erinnert stark an die Situation in der Mitte der 1960er Jahre, als Studenten, damals unterstützt vom Militär, einen Machtwechsel forcieren sollten. Auf der Welle der damaligen Empörung schwamm General Suharto an die Spitze des Landes. Davor hatte sich der damals 44-jährige Kommandant des Reserve Commands KOSTRAD erfolgreich gegen einen angeblichen Putsch der Kommunisten durchgesetzt und zugelassen, dass das Land in einem Blutbad mit mehreren hunderttausend Toten (offiziell bestätigt ist diese Zahl nicht; ich gehe von mehr als einer Millionen Toter aus) versank, welches die PKI, die Kommunistische Partei Indonesiens, de facto ausrottete. Der Westen dankte General Suharto dafür, dass aus Java kein zweites Kuba wurde.

  Seit dem Ende des Kalten Krieges, der Öffnung der Volksrepublik China und dem Zerfall der Sowjetunion, ist Indonesien als Bollwerk gegen eine kommunistische Bedrohung in Südostasien nicht mehr von Bedeutung. Heute sind viele Investoren aus dem Westen, die den Aufstieg des Tigerstaates Indonesien unter der Herrschaft Suharto's begleitet hatten, besorgt, was mit ihren Investitionen vor Ort passiert. Klaus Müller, der

Vorsitzende der EKONID, der Deutsch-Indonesischen Handelskammer in Jakarta, berichtet, dass aktuell fast alle deutschen Firmen ihre Mitarbeiter und deren Familien aus Indonesien abziehen, da eine in seinen Worten 'berechtigte Angst' umgeht, dass 'Leib und Leben von Ausländern und deren Familien' bedroht sind. Wir gehen davon aus, dass die lokalen Sicherheitsbehörden die Situation nur noch mit Gewalt unter Kontrolle bekommen können. Bilder wie vom Tiananmen Platz in Peking 1989 sind heute auch in Jakarta vorstellbar. Die Deutsche Botschaft und das Auswärtige Amt in Bonn unterstrichen in einer Mitteilung die Bedeutung der aktuellen Situation und haben einen Krisenstab eingerichtet, um die sich dynamisch entwickelnde Lage zu beobachten und um deutschen Staatsangehörigen und anderen EU-Bürgern Unterstützung zu ermöglichen. Auch hat die Lufthansa Sonderflüge für in Indonesien lebende Deutsche zwischen Jakarta und Frankfurt am Main eingerichtet. Andere westliche Staaten wie Australien, die U.S.A., Großbritannien und Japan haben ein ähnliches Vorgehen angekündigt oder bereits umgesetzt. Das letzte Mal, als ich dies sah, war 1965, als das Land kurz vor seiner großen Revolution stand. Es bleibt abzuwarten, was passiert und vor allem auch, wann sich Präsident Suharto an sein Volk wendet und zur aktuellen Situation Stellung bezieht. Erst dann werden wir in der Lage sein, eine exakte Einschätzung der Situation vor Ort abgeben zu können.

Bis dahin breitet der Garuda auch weiterhin seine Flügel wie einen Schutzschirm über den Inseln des Archipels und seinen Menschen aus.

DDS/EAPA

Die Jakarta Trilogie:
Ondel-Ondel

WOLF

EINS - Jakarta, 1998

Sie steht am Rand des Pools und zeigt mir ihre schmalen Hüften. Ihr langes blondes Haar fällt wie ein gefährlicher Wasserfall über ihre Schultern. Mit einem Grinsen auf ihren Lippen köpft sie in den Pool. Ihr Gesicht ist jung und unverbraucht. Sie taucht ein und das Wasser schließt hinter ihr und ist wieder eine blaue Scheibe. Sie bleibt lange unter Wasser. Ihre Abwesenheit erregt ein Verlangen in mir und eine Sehnsucht. Später taucht sie auf der anderen Seite des olympischen Pools auf. Ich höre auf zu tippen. Meine Augen suchen sie und verfolgen ihre Bewegungen im Wasser. Joe, der Poolboy, steht mit einem Lächeln auf seinen Lippen vor mir und sieht was ich sehe in den verspiegelten Gläsern meiner Sonnenbrille.

"Mr Wolf, is your apartment number still the same?"
"Yes, it is."

Er stellt die grünen Flaschen mit den roten Sternen auf den Tisch unter dem Sonnenschirm vor der blauen Lagune des Borobudur Hotels im Herzen von Jakarta. Das Hotel hat 695 Hotelzimmer und 110 Serviced Apartments. In einem der Apartments wohnen wir. Die Anlage steht auf sieben Hektar Land und ist umgeben von 2,3 Hektar tropischer Gartenfläche. Die Architektur und das Design der Anlage orientieren sich an der Kunst der Sailendra Dynastie des 9. Jahrhunderts auf Java. Die Anlage ist atemberaubend und die schönste Hotelanlage in Jakarta. Präsident Sukarno hat sie entworfen.

"Sign here, please."

Er reicht mir dieses labbrige Lederbuch in dem die Rechnung für die Getränke liegt, zusammen mit einem silbernen Kugelschreiber. Auf dem Kugelschreiber ist das Logo der Tempelanlage von Borobudur zu sehen.

Ich unterschreibe und lege einen Geldschein in das Buch. Joe strahlt.

"Thank you so much, Mr Wolf."

"Sama-sama."

"Enjoy your drinks."

Er ist weg und die Ruhe kehrt zurück an den Pool. Wir sind die einzigen Gäste in der Hitze. Das Wasser des Pools ist tropisch und blau und in der Mitte des Pools ist unten auf den Fliesen die Tempelanlage von Borobudur abgebildet. Unzählige Male bin ich hinab getaucht und habe die Fliesen angelangt die mich an diesen sehnsuchtsvollen Ort erinnern, die Tempelanlage von Borobudur. Es gibt in der Stadt keinen besseren Pool als diesen, inmitten der Anlage, die das riesige Hotel wie ein Paradies umgibt. Ein Frosch hüpft aus dem Gebüsch auf die Poolliege neben mir. Er quakt und schaut mich mit seinen dunklen Augen an. Ich bin nicht interessant genug und er hüpft weiter. Die Liege neben mir ist wieder leer. Anastasia krault durch den Pool. Dann füllt das Tippen meines Laptops wieder die Stille der Hitze. Ich schreibe das Vorwort zu diesem Buch, das Sie gerade lesen:

"Die Pflicht des Journalisten ist es, die Wahrheit zu berichten und die Geschichte zu erzählen, die sich in Wirklichkeit zugetragen hat. Wie immer gibt es dabei Tote und Verletzte und wie so oft sind sie ungesühnt und ihre Schreie verhallen in der Dunkelheit der Lügen, die sich wie eine Decke über sie und die Wahrheit legt. Es gibt Gewinner und es gibt Verlierer in diesem Kampf um die Macht und das Geld. Es sind immer Macht und Geld, die die Menschen dazu bringen, sich gegenseitig zu töten. Manchmal ist es auch die Liebe."

Worüber schreibe ich?
Warum schreibe ich?
Und wer hätte gedacht, dass ich diese Geschichte zu Papier bringe?
Ich nicht.
Und deswegen tue ich es.
Und wer bin ich? Wer ist der Mann, der zusammen mit der schönen Blondine am Pool sitzt und der schreibt und trinkt und schreibt und schwimmt?
Meine Eltern haben mich Wolfgang genannt. Wenn es einen spießigeren Namen gab, dann kannte ich ihn nicht. Ich wurde gehänselt, weil ich Pickel im Gesicht hatte und anders war als sie und dann wollte ich jemand anderer sein als ich und ich wollte auch anders sein als sie. Ich war ein Opfer, ein Verlierer des Alltags, in einer harten Nachbarschaft in Frankfurt am Main. Mein Umfeld bestand aus Verlierern und ließ nur Gewinner zu. Als Teenager machte ich aus mir den Mann, der ich heute bin. Ich verbannte den letzten Teil meines Namens aus meinem Leben: Aus mir wurde Wolf. Als ich jemand anderer war wollte ich weg, weit weg, und meldete mich für die Assignments, die schmutzig, gefährlich und nicht Primetime waren. Je weiter weg und gefährlicher, desto besser. Ich wollte Geld verdienen und habe mir die Uni geschenkt und angefangen, Fotos zu machen. Professionell. Ich machte gute Fotos. Sehr gute. Ich kannte keine Angst und ging dahin, wo sich niemand hin traute und ich fotografierte das, was die Welt nicht sehen wollte. Meine Fotos zeigten den unangenehmen Schmutz dieser Welt. Die Menschen sahen meine Aufnahmen und mussten wegsehen.
Dann mussten sie wieder hinsehen.
Die Augen der Opfer in meinen Aufnahmen suchten die Betrachter in ihren Träumen heim. Sie konnten meine Bilder nicht vergessen, denn die Menschen, die ich ihnen

zeigte, waren die Verlierer der Welt die wir die "Dritte Welt" nennen. Wir hatten sie zu dem gemacht, was sie waren. Meine Bilder zeigten unsere Schuld.

In Dschibuti, meiner ersten Auslandsstation als Fotograf, drehten wir eine Dokumentation über den Missbrauch an Frauen und den Menschenhandel. Wir zeigten die Gesichter der Frauen, die dieses Leid ertragen hatten. Ich kann nicht in Worte fassen, was ich dort erlebt habe. Meine Bilder zeigen es viel besser. Dort ließ ich mir das Gesicht eines Wolfes auf mein Herz tätowieren.

Seitdem bin ich Wolf Kimmich.

Oder einfach nur: der Wolf.

Wolfgang Kimmich ist Historie.

Mit der Namensänderung, die auch in meinem Pass steht (Wolf Kimmich, Nationalität: Deutsch, geboren am 01.07.1967 in Frankfurt am Main, Beruf: Journalist), gab ich mir das Image des Tieres, dessen Lebensstil ich führe: der Anführer des Packs, des Rudels, das Alphatier, der Kämpfer.

Wenn es sein muss.

Ansonsten lieber alleine, in Ruhe.

Bevor ich den Auftrag erhielt, nach Jakarta zu fahren, hatte ich keine Ahnung, was passieren würde und dass ich irgendwann mit meinem Laptop am Pool sitzen und dieses Buch schreiben würde.

Aber alles der Reihe nach.

ZWEI - Frankfurt am Main, 1998

Der Tiger in meinem Kopf weckt mich auf. Er fühlt sich da oben zu Hause und es ist beinahe so, als wäre er fest bei mir eingezogen. Er tritt gegen die Wand meines Kopfes und versucht von innen meine Augen auszukratzen.

Vermutlich ist es kein Tiger sondern der Alkohol. Aber ich bin mir nicht sicher. Ich höre ein Fauchen. Sehr deutlich, laut und klar.

Ich habe gestern Abend zu viel getrunken.

Viel zu viel.

Das passiert immer wieder. Ich kann es nicht verhindern.

Oder will.

Nicht, dass ich zu *viel* trinken *will*.

Aber ich *will* trinken.

Es hilft.

Was hatte Raymond Chandler geschrieben?

"Alcohol is like love. The first kiss is magic, the second is intimate, the third is routine. After that you just take the girl's clothes off."

Der Alkohol ist in meinem Leben zur Medizin geworden. Ich bin in den Krisengebieten der Dritten Welt unterwegs: Da musst Du high sein. Genauso wie es die US-Soldaten in Vietnam waren. Ohne Drogen ist der Wahnsinn nicht auszuhalten. Du kannst nüchtern nicht durch die Täler der Hölle gehen, gleich ob am Horn von Afrika oder im Nahen Osten. Der Job gibt mir die Berechtigung zu trinken. Zuerst wird er zur Sucht und dann wird es zur Sucht. Für viele meiner Kollegen ist Alkohol kein Thema.

Sie brauchen Stärkeres.

Das ist bei mir Tabu. Ich brauche etwas anderes in meinem Leben, in meinem Job:

Ich bin ein Adrenalinjunkie.

Ich arbeite als Springer für eine Nachrichtenagentur, die EAPA, die East Asia Press Agency. Wir covern die Dritte Welt und die Länder, die es im Westen nur dann in die Nachrichten schaffen, wenn das Blut der ermordeten Menschen die Straßen rot färbt oder wenn die Ereignisse einen direkten Effekt auf die Ölpreise und das Wohlbefinden der Menschen in den Wohnzimmern der Ersten Welt haben.

Die Agentur setzt mich da ein, wo sie mich braucht, dort, wohin keiner mit einem gesunden Menschenverstand will. Wo es nur mit Alkohol auszuhalten ist.

Wie in Somalia.

Die Warlords hatten das Land unter ihrer Kontrolle, Piraten machten die Küste unsicher, ein hässliches Monster namens Anarchie beherrschte die Straßen und brachte die Gewalt zu den Menschen.

Fiese Gewalt.

Die entstellten Opfer in den Straßengräben schauten mich mit toten Augen an und beklagten sich, dass sich niemand um sie kümmert. Ihre Münder gaben einen lautlosen Schrei von sich, der meine Ohren quälte. Sie hatten ungemeine Folter erlitten und waren alleingelassen in ihrem Tod. Niemand nahm sich ihrer an, nur meine Kamera und ich.

Die Augen der verstümmelten Kinderleichen verfolgen mich jede Nacht. Sie ermahnen mich, die Wahrheit zu erzählen, und nichts als die Wahrheit. Die Wahrheit ist brutal, und meinem Leben gibt die Suche nach der Wahrheit den Sinn. Meine Berichterstattung gibt den Opfern, den Kindern, eine Stimme. Dabei hätten sie mich beinahe selbst zum Opfer ohne Stimme gemacht.

Ich war von Frankfurt am Main nach Addis Abeba geflogen und von dort mit einem alten Toyota Landcruiser nach Somalia gefahren. Drei Tage auf Straßen, die diesen Namen nicht verdienen. Ich überquerte die Grenze im Schutz der Dunkelheit. Es gab keine Akkreditierung: *undercover journalism*. Niemand wusste, dass ich da war. Kein Warlord konnte mich als Propaganda-Tool nutzen. So lieferte ich die besten Stories, so kam ich der Wahrheit am Nächsten.

Ich hatte kein Sicherheitsnetz. Ich arbeitete alleine, auf der Suche nach der perfekten Story.

Die ich dort fand.

Als sie die Leiche des US-amerikanischen Soldaten durch die Straßen zogen, stand ich direkt daneben, in der Menge, mit dichtem Bart, dunkler Haut, einem Turban und einer schwarzen Sonnenbrille.

Ich schoß.

Mit meiner Kamera.

Die Bilder und Videos zahlten ein ganzes Jahr lang meine Miete.

Die nackte Angst ergriff mich.

Beinahe wäre ich aufgeflogen und sie hätten meine Leiche durch die Straßen gezogen. Ich fuhr mit dem Landcruiser durch die Wüste zurück nach Addis Abeba. Ich konnte es nüchtern nicht ertragen.

Ich bin ein Söldner im Nachrichtenbusiness. Ich gehe dahin, wo ich die besten Stories berichten kann. Und ich die Freiheit habe, die ich haben will. Die Jagd nach den besten Stories und Fotos ist mein Leben.

Mein Privatleben leidet darunter und ich leide unter meinem Privatleben. Die Hotelbars in den Ländern der Dritten Welt sind Destinationen verlorener Seelen. Reporter wie ich sind gestrandet im Niemandsland zwischen den Konfliktparteien. Wir sehnen uns nach einer Heimat, die wir nicht haben, ansonsten würden wir diesen Job nicht machen. Das volle Glas in meiner Hand täuscht das Gefühl von Geborgenheit vor, die es in Wirklichkeit nicht gibt. Das leere Glas und der volle Wolf sind der Geborgenheit ein ganzes Stück näher. Die Gewalt, die ich dokumentiere und die ich jede Nacht in meinen Träumen als Abbild der grausamen Realität unserer Welt sehe, verfolgt mich überall hin. Dann wache ich schweißgebadet auf und öffne die Minibar meines Hotelzimmers und stelle fest, dass ich sie bereits geleert habe. Die Nähe zu einer Frau aus der Hotelbar ist dann die einzige Medizin und die Idee von Liebe der Ausdruck, den ich brauche, um weiter zu machen.

Ich bin gut gebaut, mein Bauch ist noch nicht größer als meine Brustmuskulatur. Ich bin nicht schlank und ich bin nicht dick. Solide. Ich trage entweder einen Vollbart oder einen langen Goatee und manchmal einen kahlgeschorenen Kopf.

Mein ansonsten langweiliges Gesicht schmückt sich mit einer Narbe, die von meinem Kopf über die Stirn bis zu meinem Mund reicht. Die Narbe habe ich einer Treppe und einer Flasche Wodka zu verdanken. Die Treppe bin ich runter gefallen. In einem Club, in Sarajewo. Betrunken. Die Flasche Wodka zerschnitt mein Gesicht.

Die Narbe ist mein Markenzeichen.

Die, die die Story kennen, nennen es das "Sarajewo-Tattoo".

Fair enough.

Die Narbe ist auf jeder Party der Eisbrecher. Die Frage ist immer die gleiche, egal ob Mann oder Frau sie stellt.

Meine Antwort auch.

"What happened to you?"

"I fell down the stairs."

"No, I mean seriously, what happened to your face?"

"With a bottle of Vodka."

Ich ziehe überall den gleichen Typ Frau an. Und nicht den besten. Sex kommt sehr schnell und ist der Ausgleich für den Tod, der mir jeden Tag begegnet. Danach setzt eine Leere ein. Die Frauen, die genauso viel trinken wie ich und die genauso schnell mit mir ins Bett gehen wie mit anderen Männern (das zuzugeben, hat mich eine gewisse Zeit gekostet), sind keine Kandidatinnen für eine feste Beziehung oder eine Ehe. Nach so vielen Affären in so vielen Hotelzimmern in so vielen Ländern ist dies klar, und dennoch will ich immer wieder auf sie reinfallen.

Sie sehen einfach zu gut aus.

Und sie sind zu leicht zu haben.

Die Frauen aus den Hotelbars sind die Belohnung für die Gewalt und den Tod, die meinem Job die Daseinsberechtigung geben.

Der Tiger tritt von innen gegen meine Kopfwand und die Augen aufmachen schmerzt als läge mein Gehirn unter einem Panzer. Meine Blackout-Decke kühlt mein Gesicht. Das Nokia vibriert und wandert über den Nachttisch, gefährlich nah an den Rand, bevor es auf den Teppichboden fällt.

Alles, nur kein Anruf.

Jede kleine Welle Lärm schlägt in meinem Kopf als Tsunami ein und richtet Zerstörung an.

Das Telefon weckt Anastasia auf. Sie liegt auf ihrem Rücken neben mir.

Nackt.

Ihre Oberweite macht sie auf einer Skala von eins bis zehn zu einer 12. Langes, blondes Haar, eine Ewigkeit an Beinen, flacher Bauch. Das Gesicht eines Engels, das im Bett zum Teufel wird. Anastasia ernährt sich von Wodka, Salat, Sushi. Zumindest habe ich sie noch nie etwas anderes zu sich nehmen sehen. Sie ist die Liebe meines Lebens und bei mir, wenn ich nicht die stillen Schreie der Opfer von Tod und Gewalt in den Dreckslöchern der Welt fotografiere.

Das Nokia schaltet die Mailbox ein.

Anstelle eine Nachricht zu hinterlassen, wählt der Anrufer die Nummer erneut und fügt mir Kopfschmerzen zu wie ein Feind, der noch eine Rechnung mit mir offen hat. Auf dem Teppichboden macht das Vibrieren des Telefons weniger Lärm. Ich vergrabe meinen Kopf im Kissen.

Schon lange habe ich aufgehört mir einzureden, keinen Alkohol mehr zu trinken. Das "never again" hatte am Anfang einen ganzen Tag lang gehalten.

Aktuell hält es bis zum Mittagessen.

Anastasia's Bein legt sich um mich wie eine Schlange. Ihre Haut ist warm und weich. Sie hat sich ihre Nägel an Händen und Füßen machen lassen. Auf dem Boden neben dem Bett liegen ihre Louboutins und ihr kleines schwarzes Stück Stoff, das sie gestern im Ivory Club anhatte und das nicht nur mir die Sprache verschlug.

Ohne Unterwäsche.

Sie drückt ihre Brust an meine Brust und ich bin wieder Mann. Sie fühlt es unter der Decke.

Dann brummt das Nokia mit einer SMS.

Anastasia schnappt sich das Telefon und ich sonne mich in der Vorstellung, dass sie eifersüchtig ist. Sie liest die Nachricht vor:

```
Call me back. U r going to Jakarta. Situation
perceived to escalate. Flight scheduled for
2moro night. Pack bags. Ticket @airport.
Singapore Air via Changi 9 pm. Darren de Soto
expecting you w pickup at Soekarno-Hatta
```

"Andries?"

"Uh-uh."

Erleichtert lässt sie das Telefon auf meine Brust fallen. Ich gebe keiner der Frauen in den anderen Ländern meine deutsche Nummer.

Andries van Geldern ist mein Boss und der Boss der EAPA, der East Asia Press Agency mit HQ Amsterdam. Andries ist sensationell, er hat eine lange Vergangenheit in Vietnam und kennt das Land wie seine Westentasche. Er ist fair und gut zu mir. Deswegen bin ich seit Jahren bei der EAPA unter Vertrag. Die EAPA hat es geschafft, mich regelmäßig mit Aufträgen zu versorgen, die es in sich haben. Schliesslich muss ich mir meinen Lebensunterhalt verdienen. Nachdem die Holländer ihr Weltreich verloren und sie ihre Handelsgesellschaft in Fernost dicht gemacht haben, handeln sie mit Nachrichten und Bildern aus den Dreckslöchern dieser Welt. Ich war vor allem in sub-Saharan Africa unterwegs und dem Bogen, der von Israel über den Irak, Iran bis nach Afghanistan und Pakistan geht, weiter nach Indien, Bangladesch, Myanmar, Sri Lanka. Überall da, wo Menschen mit dem Erbe der postkolonialen Welt kämpfen. Und ihre Kämpfe verlieren. Und die Gewinner das Blut der Verlierer vergießen wie sauren Wein.

Ich dokumentiere immer Verlierer. Es ist leichter. Sie sind tot, sie liegen am Boden, sie haben keine Stimme mehr. Ich bin ihre Stimme und ich erzähle ihre Geschichte.

Krisengebiete sind das Eldorado für Menschen wie mich und nichts für einen schwachen Magen. Ich bringe Andries das, was er will: die besten Bilder und Stories.

Dafür gehe ich jedes Risiko ein.

Anastasia schaut mich mit diesem Blick an und legt ihren Kopf auf das Tattoo und ihre manikürten Finger spielen mit den Haaren auf meiner Brust. Sie trägt ihren Ehering. Ihr blondes Haar ist weich und riecht nach Liebe.

"Was bedeutet das?"
"Dass ich nach Jakarta muss."
"Muss das sein?"
"Ist mein Job."
"Kannst Du den nicht hier machen?"
"Wenn ich meinen Job hier machen kann, dann wollen wir nicht mehr hier sein."
Ich weiß nicht, ob sie die Implikation meiner Aussage nicht versteht oder einfach nur ignoriert.
"Wann entführst Du mich und heiratest mich?"
"Wann lässt Du Dich scheiden?"
Anastasia gibt mir einen Kinnhaken.
"Dafür müsstest Du hier sein und nicht Monate lang im Nirvana verschwinden."
Sie schaut mich an als wäre es mein Fehler.
"Ich komme immer zurück aus dem Nirvana."
"Ich erreiche Dich nie und Du meldest Dich nicht wenn Du weg bist."
"Als ob es in Somalia Telefonzellen an jeder Ecke gibt."
"Weiß ich nicht, war noch nie da. Du nimmst mich ja nicht mit."
Ich beantworte ihren Sarkasmus mit einem Kuss.
"Wann kommst Du zurück?"
"Weiß ich noch nicht."
"Wirst Du mich vermissen?"
"Ich vermisse Dich immer."
Sie küßt meinen Mund. Lange. Mit ihrer Zunge.
"Die haben bestimmt schöne Frauen dort."
"Hoffentlich."
Sie gibt mir einen Kinnhaken.
"Sei nicht eifersüchtig. Schöne Frauen gibt es überall. Und ich fahre da hin, um zu arbeiten."

"Kannst Du nicht einfach nur Strände und Hotels fotografieren und vom Pool aus arbeiten?"

Sie lehnt ihr Gesicht auf ihren Arm und schaut mir in die Augen.

"Bali. Was ist mit Bali? Du kannst da Fotos von mir im Bikini machen. Oder auch ohne."

Ihre Hand wandert unter die Decke, meinen Bauch entlang nach unten.

Anastasia schaut mich mit blauen Augen an. Das Blau verführt mich und der Rest ihres Körpers auch.

Ich werde sie vermissen.

"Der Büroleiter vor Ort ist alt und hatte einen Unfall."

Anastasia beißt in meine Brust.

Ich forme ihre langen blonden Haare in einen Pferdeschwanz und ziehe sie von meiner Brust weg. Ihr Kopf hat die perfekte Form und ein Abdruck ihres Bisses bleibt auf meiner Brust wie ein nasser Fußabdruck auf einer Fliese am Pool. Sie meint es ernst.

"Du ziehst einen alten Mann nicht wirklich mir vor?"

Mein Kinn bewegt sich rauf und runter.

"Du bist unglaublich."

Ich ziehe die Decke über Anastasia und sie macht das, was sie am besten kann.

"Du auch."

Wir haben 36 Stunden bis zu meinem Abflug.

Anastasia ist dieser Mensch, dem Gott Perfektion geschenkt hat. Alles an ihr ist makellos, egal ob Fußnägel oder Oberschenkel. Anastasia ist genauso betörend in engen Jeans und hohen Absätzen wie im Badeanzug. Ihre Perfektion wäre langweilig, wenn die Verkorkstheit ihres Lebens nicht der Kontrast zu ihrem Aussehen wäre. Sie hat viel zu früh den falschen Mann geheiratet der ihr alles versprochen hat.

Anastasia hat den Fehler gemacht, Geld mit Glück zu verwechseln. Ihr Mann ist genauso selten da wie ich und versucht, seine Abwesenheit mit teuren Geschenken auszugleichen. Er ist doppelt so alt wie sie und Anastasia ist in die klassische Falle einer "trophy wife" gefallen. Seitdem versucht sie aus der Nummer heraus zu kommen. Bei diesem Versuch bin ich ihr über den Weg gelaufen und wurde zu einem Ausweg für sie. Anfangs verwechselten wir Sex mit Beziehung. Später wurde aus Sex eine Beziehung die so tief ging, dass ich Angst davor hatte. Anastasia ist sehr anhänglich und ich habe Angst mich zu verlieben, weil ich an 300 Tagen im Jahr im Ausland unterwegs bin. Meistens on short notice und auf Abruf. Dann bin ich froh ihr nicht gesagt zu haben, dass ich sie liebe und trinke auf meine Unabhängigkeit und sehe einen der Filme im Flieger auf dem ausklappbaren Bildschirm und wenn ich Glück habe, dann schlafe ich ein wenig und komme nicht wie ein ausgespuckter Kaugummi an.

DREI - Jakarta, 1998

Der Landeanflug auf Jakarta im Regen ist so holprig wie eine Piste durch den Dschungel auf Java. Unter meinem Airbus ziehen Dörfer vorbei, Inseln, Fischerboote, ein Tanker. Der Regen klatscht auf die Scheibe meines Fensters wie die Ohrfeige einer empörten Frau auf meine Wange. Eine Stewardess sieht aus wie Angelina Jolie. Nach der Landung verabschiedet sie sich von mir als wäre ich Brad Pitt.
Singapore Airlines.

Das Terminal des Flughafens ist voll mit dem Charme der Menschen von Soekarno-Hatta und dem Geruch von Kretek-Zigaretten. Die Ordnung und Sauberkeit von Changi wirken langweilig und aus einer anderen Welt. An den Einreisekontrollen der *Imigrasi* stauen sich die Menschen mit ihren Taschen wie die Autos auf den Straßen. Der Diplomatencounter ist der einzig freie Schalter. Mit meiner BRIC-Tasche in Tarnfleck überhole ich den Stau rechts.

Ich gehe ganz vor.

Ich bin an so vielen Flughäfen dieser Welt in so viele Länder eingereist. Und überall das gleiche Spiel. Die Beamten entscheiden von ihrem Thron aus, wer in das Land einreisen darf oder nicht. Sie sehen mich mit fieser Miene an, bevor sie meinen Pass abstempeln. Ihre Bewegungen sind auch hier so phlegmatisch wie überall sonst auf der Welt. Die Beamten der Einreisekontrolle sind die einzigen Indonesier, denen sie das Lachen verboten haben. Der Beamte der *Imigrasi* am Diplomatenschalter trägt ein Namensschild auf der Uniform. Dort steht *Herman*.

"How are you, Herman?"

"Are you a diplomat?"

"Here is my passport."

"You have to go back to the other lane. You are not a diplomat."

Er untermalt die Ernsthaftigkeit seiner Aussage mit einem Lachen, das keines ist.

"Check my passport."

Er schaut in meinen Pass.

Beamte in allen Ländern der dritten Welt sind bestechlich. Am Telefon hatte Darren gesagt, wenn das Land schon an KKN zu Grunde geht, dann solle ich zumindest KKN nutzen, um möglichst schnell einreisen zu können. Selbstlos, nur um den Untergang journalistisch dokumentieren zu können.

"KKN?" habe ich zu Darren gesagt.

"Korruption, Kollusion, Nepotismus."

Herman lächelt und stempelt.

"Welcome to Indonesia, Mister Wolf."

Der grüne US-Dollar Schein mit dem Gesicht von Alexander Hamilton verschwindet aus meinem Pass in seiner Hosentasche.

Ich gehe zum Karussell Nummer drei und warte auf mein Gepäck. Die Koffer kommen direkt vom Vorfeld durch die Klappe auf das Fließband. Der Duft von Kretek ist das Parfüm der Stadt und hat den Flughafen im Griff wie eine schöne Frau ihren Liebhaber. Ich schaue mir die Menschen an, die um die runden Fließbänder stehen, auf das der schwarze Mund aus Plastik die Koffer spuckt. Ein paar Geschäftsreisende aus Afrika und Südasien, Frauen mit Kopftüchern und Männer mit langen, grauen Hosen und Plastiksandalen ohne Socken. Ein paar hippe Jungs aus Singapur, die zum Party machen nach Jakarta kommen. Wenig westliche Reisende: Die verlassen das Land in diesen Tagen lieber. Die Crew des Flugzeuges kommt. Angelina Jolie stellt sich neben mich und lächelt.

Ich lächle zurück.

Die Männer in den blauen Serviceuniformen sind wie eine Straße aus Ameisen. Sie lachen mir zu. Oder mich an. Auf jeden Fall lachen sie.

"Mister, you need transport to city? You need Hotel? Let me take your suitcase."

Das Lachen ist ihr normaler Gesichtsausdruck. Ich sage Nein. Sie akzeptieren kein Nein. Angelina's Koffer kommt zuerst. Sie gibt ihn nicht aus der Hand. Sie sieht mich mit

Rehaugen an und geht mit ihren Kolleginnen durch die Zollkontrolle, durch die alle Einreisenden müssen.

Ich gebe nach und reiche einem der Kofferträger die beiden Schnipsel, mit denen er meine Koffer identifizieren und durch den Zoll bringen kann.

Der Ankunftsbereich draußen ist ein Basar aus Menschen und Autos. Die Luft ist schwül-heiß und eine Sauna wäre eine Abkühlung. Der Dunst von Kretek hängt blau über allem. Ich halte Ausschau nach einem Schild mit meinem Namen. Die Stewardessen verschwinden in einem Bus auf dem "Pariwisata" steht. Angelina ist schon weg, als ich aus dem Terminal komme.

Nichts im Leben ist so wichtig wie das Timing.

Andri, der Fahrer der Nachrichtenagentur, ein kleiner frommer Mann mit einem *Songkok* auf dem Kopf, sammelt mich auf.

"Herzlich Willkommen in Jakarta, Mr Wolf. Mr Darren erwartet Sie."

Dem Kofferträger drücke ich 20.000 Rupiah in die Hand bevor ich in den Wagen steige, Andri die Tür hinter mir zu macht und mit mir in die Stadt fährt. Andri navigiert den Wagen durch das Chaos auf indonesische Art und Weise: Ein fester Glaube an einen Gott macht Sicherheitsabstand und Gurt unnötig.

Das Wetter ist grau. Die Wolken kratzen an den Wolkenkratzern und werfen den Regen in dicken Tropfen auf die Stadt. Auf den Straßen steht das Wasser knöcheltief und der Verkehr still. Nur der Blick aus dem Fenster hätte getäuscht, dass ich es mit einem trostlosen Wintertag in Europa zu tun habe. In Wirklichkeit ist es tropisch heiß und viele Menschen haben ihre Hosen hochgekrempelt, um sie vor den flutartigen Wellen auf der Straße zu schützen. Plastiktüten-ähnliche Konstruktionen um die Körper vieler

Mopedfahrer lassen sie amüsant erscheinen und nehmen der Situation die Tragik. Die Klimaanlage bläst kalte Luft in den Innenraum des Wagens. Vor den Belüftungsschlitzen baumeln Lufterfrischer; der Innenraum des Wagens riecht nach Zitrus.

Auf der zweispurigen Straße fahren die Indonesier zu dritt oder viert nebeneinander. In unregelmäßigen Abständen nutzen Nudelverkäufer den Standstreifen, um ihre *Gerobak*, ihre kleinen Verkaufswagen, auf der Schnellstrasse in Richtung Stadt zu schieben. Manchmal auch aus der Stadt heraus oder einfach nur über die Fahrbahn, so als wären sie alleine in ihrer Stadt und als würde die Hauptstadt des Archipels, Jakarta, nur für sie alleine existieren. Dabei kümmert sich die Stadt um sie wie eine Mutter um ihre Kinder und passt auf sie auf, damit ihnen nichts zustößt.

Alle arrangieren sich miteinander. Es ist das normalste auf der Welt. Mir gefällt die Logik.

Lösungsorientiert.

Jakarta.

Die gewaltige *Ibu Kota* gibt mir einen Einblick wie eine Dame, die ihren Rock hochhebt und mir sagt: "Das ist es was ich habe und das bin ich und bist Du gut genug für mich?"

Sie ist eine gestandene Frau und nichts für Anfänger. Du musst wissen, wie Du eine solche Frau zu nehmen hast, ansonsten wird sie Dich nicht lieben. Sie wirft mir ohne Scham und Makeup ihren Stau, ihre Kanäle, Hochhäuser, Shopping Malls und *Kampungs*, die Dörfer aus denen sie besteht, ins Gesicht. Sie will sich nicht von jedem lieben lassen. Sie hat es nicht nötig und hat bereits zu viele Kinder. Sie ist keine Schönheit auf den ersten Blick. Auch nicht auf den zweiten. Es sind die unsichtbaren Tentakel ihrer Kultur und ihrer Menschen, die mich in ihren Bann ziehen. Die Schönheit wartet unter der Oberfläche und belohnt nur den Besucher, der sich mit ihr beschäftigt und der nicht nur an ihrer Oberfläche kratzt. Um Jakarta zu lieben muss der Besucher eine Beziehung mit ihr eingehen. Sie ist nichts für einen One Night Stand wie andere Städte, die den Besucher mit ihrer Oberfläche wie eine Modeerscheinung am ersten Tag blenden und die jeder liebt wie das schöne Gesicht eines Models auf einem Billboard an einem Highway, wo Liebe zu Konsum wird. Um Jakarta zu lieben musst Du Dich ihr hingeben und beugen und sie machen lassen was sie will, weil sie es besser weiß als Du.

Jakarta verführt langsam und fordert heraus. Einmal verliebt, lässt sie mich nicht mehr los. Ihre Tentakel werden mich fest umschlingen und mich nicht wieder gehen lassen. Nach ihr gibt es keine andere. Keine kann es so gut wie sie.

Immer wieder und überall Moscheen, Essensstände, Menschen, Autos. Viele kleine Gassen und Wege sind nur zu Fuß oder mit dem Moped navigierbar. Wolkenkratzer, Shopping Malls und *Kampungs*. Überall gibt es Essen und Trinken und in dieser Stadt verhungert niemand, denn das Essen ist die Muttermilch und sie will ihre zahlreichen Kinder ernähren und füttert sie an Essensständen die so zahlreich und allgegenwärtig sind wie woanders der Sand. Andri deutet irgendwann nach vorne.

"Monumen Nasional, Mr Wolf. Das nationale Phallussymbol," sagt Andri. Er lacht.

"Das Zeichen der Virilität des Landes und seines Gründers, Präsident Sukarno."

Mich wundert es nicht, dass dieser Mann seiner Ibu Kota ein solches Bauwerk hinterlassen hat, als Zeichen seiner Liebe zu ihr und seinem Land.

Wie in den meisten Städten der Dritten Welt ist in Jakarta das Stocken des Verkehrs der Normalzustand, und das Fahren der Wagen eine beliebte Ausnahme. Die *Betawi*, die Einwohner Jakarta's, nehmen den Stau mit Gelassenheit. Ihr Glaube an Gott schützt sie vor der Verzweiflung. Die Autos und Mopeds fahren im Abstand von Milimetern nebeneinander. Sie sind so dicht beieinander, dass es scheint, als verlieren sie ihre Individualität und gehen im Kollektiv unter. Der Verkehr schiebt sich als dickflüssiges Gelee durch die Stadt. Am Menara Cakrawala, dem Skyline Building, spuckt das Gelee uns in die Parkgarage aus. Der Fahrer parkt den Wagen der Agentur, einen in die Tage gekommenen rostbraunen Ford Explorer, in der Garage des Gebäudes, in dem sich das Büro der Redaktion befindet (die Räumlichkeiten des lokalen CNN Studios sind ebenso hier, genauso wie das Büro einer deutschen politischen Stiftung). Normalerweise würde der Fahrer mich in der Drop Off Zone am Haupteingang des Gebäudes absetzen; da Andri mich nicht allein lassen soll, komme ich an der Hinterseite des Gebäudes an, da wo kein Bule auftaucht. Die stickig heiße Parkgarage ist die Heimat aller Fahrer, hier machen sie Pause und hocken auf ihren Fersen, rauchen eine Zigarette nach der anderen und rufen sich lautstark einen Witz nach dem anderen zu. Alle lachen und haben eine gute Zeit. Die stehende Schwüle in der Garage nimmt mir den Atem. Mein Hemd klebt an meinem Körper wie ein Kaugummi an einer Schuhsohle.

Eine Lautsprecheranlage informiert die Fahrer, dass ihre Fahrgäste in der Lobby warten. Die monotone Stimme aus dem blechernen Lautsprecher klingt unverständlich und hat auf die Fahrer einen pawlowschen Effekt. Sie sind in der Lage, ihrer amüsanten Konversation zu folgen und in ihr zu partizipieren und gleichzeitig zu hören, wenn die Stimme sie zu Diensten ruft. Die Passagiere warten derweil in der eleganten Lobby auf der anderen Seite des Gebäudes, geschützt vor Regen und gekühlt durch die Klimaanlage, bis ihr Auto vorfährt, ein Dienstjunge mit Regenschirm ihnen die Tür öffnet und sie in ihren Kijangs verschwinden. Dann reihen sie sich auf der Aorta der Stadt, der Jalan Thamrin, in die endlose Schlange der Autos ein und erfüllen die Stadt mit Leben.

Oben, im 8. Stock des Menara Cakrawala, nimmt Darren mich in Empfang. Dämmerung fällt als ich Darren's Büro betrete. Das Panorama gibt den Blick auf den benachbarten Sarinah-Komplex, die Repräsentanz der Vereinten Nationen und die Straßenkreuzung von Jalan Thamrin und Jalan Wahid Hasyim frei. Auf Strassenniveau gibt es einen McDonald's (den ersten in Indonesien), das Chilli's Grill & Bar (eine Institution, nicht nur aber auch Dank des Pool Tables), einen Starbucks, das Hard Rock Café Jakarta (*die* Institution gegen einsame Nächte, wie mir Darren erklärt) und einen Pizza Hut. Die Kreuzung ist voll mit Menschen, Essensständen, fliegenden Händlern und Moped-Taxis, die im Regen auf Kundschaft warten. Der Verkehr an der Kreuzung staut sich in alle Richtungen und Mopeds zerschneiden im strömenden Regen die eng an eng stehenden Autos wie ein Messer das Gelee. Fliegende Verkäufer waten durch Verkehr und Regen und verkaufen Schirme, Zeitungen, Zigaretten - einzeln und in der Packung - und allen möglichen Trödel.

Die vergilbten Wände des Büros sind ein Monument an den Dienst der Berichterstattung aus Jakarta: Die Fotowand ist Beweis von Darren de Soto's Tätigkeit als führendem ausländischen Journalisten des Landes, der keine Heimat hat außer Indonesien und der mit dem Land durch alle Höhen und Tiefen gegangen ist.

Die Wand ist auch ein Mahnmal an all diejenigen, die zwischenzeitlich gekommen und wieder gegangen sind. Darren ist immer noch hier, er hat alle überlebt, er kennt alle,

alle wollen ihn kennen. Die Bilder an der Wand zeigen den jungen Darren mit Sukarno vor vielen Jugendlichen im Hintergrund: Beide Männer strahlen in die Kamera, Sukarno in seiner olivgrünen Uniform, weißem Hemd, schwarzer Krawatte, mit Peci auf seinem Kopf, dunkler Sonnenbrille und makellos weißen Zähnen; Sukarno sieht aus wie ein Schauspieler aus Hollywood. Auf einem eingerahmten Bild, in Schwarz und Weiß, zusammen mit Dipa Nusantara Aidit im Headoffice der Kommunisten im Norden Jakartas. Aidit war der Vorsitzende der PKI, der Kommunistischen Partei Indonesiens. Nach der Machtergreifung durch das Militär 1965 ermordeten sie ihn. Aidit war damals die heißeste Story, die ein westlicher Journalist kriegen konnte - Darren kriegte sie und das Time Magazine druckte sie. Darunter zusammen mit dem aktuellen Präsidenten Suharto vor der rot-weißen Flagge Indonesiens. Ich mache auf einem anderen Bild das Konterfei von Darren zusammen mit Wimar Witoelar aus, dem Talk Show Host, dessen Show ich im Inflight Entertainment auf irgendeinem Flug gesehen hatte. Seine Locken und das sympathische Grinsen auf seinem Gesicht sind sein Markenzeichen. Das Foto ist in einem Restaurant mit Blick über Jakarta aufgenommen und zeigt die beiden in guter Laune bei einem gemeinsamen Essen. Mein Blick schweift über ein anderes Foto, aufgenommen in einer Gefängniszelle.

"Pramoedya Ananta Toer. 1975. In seiner Gefängniszelle auf Buru. Die Insel ist ein Paradies. Dort eingesperrt zu sein, die Hölle. *Neraka di bumi*, die Hölle auf Erden."

Darren streckt mir seine Hand entgegen.

"Herzlich Willkommen in Jakarta. The Big Durian. Smells like hell, tastes like heaven."

"Freut mich sehr. Schön hier zu sein. Dein Ruf eilt Dir voraus."

"Oh, mein Ruf ist alt und beschädigt. Nur Jakarta kann mich ertragen. Jakarta ist eine verführerische Frau, die sich dauernd neu anzieht um mich interessiert zu halten. Mir wird nie langweilig mit ihr."

"Wie geht es Deinem Bein?"

"Hat Andries Dir davon erzählt? Seit dem Unfall laufe ich am Stock und würde mein Haus am liebsten gar nicht mehr verlassen. Indonesien ist ein Land voller junger Menschen. Ich fühle mich so alt wie nie zuvor."

"Das tut mir leid zu hören. Was ist passiert?"

"Kharolina und ich waren auf Lombok. Warst Du mal da?"

Ich schüttele den Kopf.

"Ich hatte ein Moped gemietet und fuhr nach einem Abendessen zurück zum Hotel. Vor mir fuhr einer dieser kleinen Überlandbusse. Er hielt mitten auf der Landstraße, weder Blinker noch Bremsleuchten funktionierten. Ich krachte dagegen. Es hat ein paar Stunden gedauert, bis der Krankenwagen kam."

Ich verziehe mein Gesicht und versuche nicht, mir die Schmerzen vorzustellen.

"Seitdem geht es mir nicht gut und mein Bein bleibt steif und die Haut wächst nicht nach."

"Und das ist sicherlich ein Grund, warum ich hier bin."

"Ich bin zu alt, zu müde, um auf der Straße rumzurennen. Ich treffe mich mit Abgeordneten und Generälen des Militärs, sitze auf den Ledersofas im Mandarin Oriental und im Grand Hyatt - sie wollen eingeladen und umgarnt werden - und betreibe Lehnstuhljournalismus. *Armchair journalism.* Und komme mir so vor wie die Ethnologen, die nie raus kamen um das zu sehen, worüber sie berichteten."

"Ich hoffe nicht, dass es so schlimm ist."

Darren lächelt mich an wie ein Vater seinen Sohn. Er ist mehr als doppelt so alt wie ich.

"Dieser Job ist mein Leben. Ich habe nichts anderes gemacht. Jakarta ist meine Stadt, Indonesien mein Land."

"Ich habe viel Respekt."

"Wovor?"

"Vor Dir und dem, was Du getan hast."

Darren nickt und meint damit nichts. Vermutlich kann keiner verstehen, was er getan hat. Da ist dieser Blick in seinen Augen.

"Es ist eine lange Geschichte, seitdem ich vor dreiundvierzig Jahren nach Indonesien kam. Etwas für einen langen Abend. Und eine gute Flasche Wein."

"Das hoffe ich."

"Wie war Dein Flug?"

"Lang und holprig."

Darren ist Kult unter Journalisten, wenn auch nicht unkritisch, da Konkurrenten ihm immer wieder mangelnde Objektivität vorwerfen. Aber keiner hat eine Story wie er. Sie öffnet bis heute Türen. Er kennt das Land wie kein anderer.

Darren de Soto ist eine Institution.

"Wie Du weisst, ist Suharto an der Macht, seitdem er Sukarno das Präsidentenamt geklaut hat. Das war 1965."

"Ich habe Dein Buch gelesen."

Sein Buch "The Year of the Snake: the C.I.A. and the fall of Sukarno" war wochenlang ein New York Times Bestseller.

"Wenn Du Sukarno reden gehört hast, wusstest Du, dass nur er, wirklich nur er, Indonesien erschaffen konnte. Er war Indonesien. Indonesien war sein Blut. Er wollte es nicht nur, er war dafür geboren. Es war sein Kampf. Ich habe keinen Politiker erlebt der so charismatisch ist wie Sukarno. Auch Kennedy nicht. Im Leben von Sukarno gab es nichts anderes.

Sukarno sah das Big Picture. Er ist das einzige Staatsoberhaupt, das über Kapitalismus und Sozialismus hinweg sehen konnte und eine Vision für eine bessere Welt sah. Er hatte keine Angst, keine Zweifel. Er wusste, dass er das Richtige tat. Diese Überzeugung habe ich in jedem Satz gespürt, in seinen Augen gesehen. Sie war eine Wand um ihn herum, die niemand durchbrechen konnte. Nur wenige haben ihn verstanden, er war eine mystische Erscheinung, ein Eklektiker. Für den Westen war er zu wenig westlich, für den Osten zu wenig sozialistisch. Keiner konnte so gut improvisieren wie er. Er machte aus jeder Situation das Beste und beritt so viele Pferde gleichzeitig, wie er konnte. Er spielte das Militär gegen die Kommunisten aus, die Russen gegen die Chinesen, die Blockfreien Staaten gegen den Westen. Er tat immer das Beste für sein Land. Seine Gegner hatten lange keine Chance. Doch die Welt war gegen ihn: Die U.S.A. hatten Angst vor den Kommunisten im Land. Lass Dir das auf der Zunge zergehen: Die U.S.A. hatten Angst vor den Kommunisten. In Indonesien. Hast Du die Bauern hier gesehen? Ich habe mit ihnen gelebt. Sie wussten weder was Sozialismus noch was Kapitalismus war. Sie wollten einfach nur genug zu essen haben. Wenn ich zurückschaue, sehe ich mich auf meiner Insel. Dann verstehe ich auch, warum Sukarno mich dort versteckt hielt. Kein Geheimdienst hat mich gedreht, sondern die Wahrheit."

Darren sieht mich mit seinen blauen Augen an. Er ist fit und hat kein Gramm zu viel auf den Rippen.

"Sukarno hatte weder Angst vor den U.S.A. noch den Kommunisten. Als sie mich gefangen nahmen, wurde mir klar, was für einen aussichtslosen Kampf wir führten. Ein paar Bomben und ein paar US-Dollar dafür, dass Teile des Militärs diesen Mann zu Fall bringen sollten? Diesen Mann, der alles überragte? Der größer war als alle anderen? Der jeden rhetorisch in die Tasche steckte? Der die Holländer und die Japaner besiegt und das Land friedlich geeinigt hat?"

Darren redet sich in Rage. Ich weiß nicht, ob es daran liegt, dass Sukarno sein Schwiegervater war, oder ob es wirklich so war.

Vermutlich beides.

"Die U.S.A. hatten Angst. Angst ist ein schlechter Ratgeber. Sie befürchteten, dass Vietnam und dann ganz Südostasien in kommunistische Hände fallen. Wie ein Domino. Erinnert Dich das an Politik oder an einen Kindergarten?"

Ich weiß, dass ich mit "Kindergarten" antworten soll. Bevor ich dazu komme, macht Darren weiter.

"Die C.I.A. unterstützte das indonesische Militär dabei, Sukarno abzusetzen. Weil sie an Dominos glaubten. Und weil Indonesien der größte Domino war. Viel wertvoller als Vietnam. Es war ein Feldzug des Westens im Kampf um die globale Vorherrschaft. Die 1960er Jahre waren nicht nur in Südostasien blutig. In Südafrika half die C.I.A. dem Apartheid-Regime, Nelson Mandela zu verhaften. Im Irak brachten sie die anti-kommunistische Baath-Partei an die Macht. Saddam Hussein."

Darren zündet sich eine Zigarre an. Der Qualm steigt auf und er bietet mir eine an. Ich akzeptiere.

"War Sukarno ein Kommunist?"

Ich nehme den Schneider und das Gasfeuerzeug.

"Sukarno war kein Kommunist. Für ihn waren die U.S.A. und der Westen Imperialisten. Sukarno weigerte sich, einem der beiden Lager des Kalten Krieges anzugehören. Er wollte seinen eigenen Weg gehen und die Völker der Welt mit brauner Hautfarbe der Dominanz des westlichen Wirtschaftssystems - und der Abhängigkeit des westlichen Kapitals, der US-Dollar - entziehen. Darum ging es in der

Konferenz von Bandung, als sie mich über Indonesien abwarfen. Ich hatte keine Ahnung, ich war jung und naiv und glaubte, dass die Welt so sein musste, wie wir im Westen es wollten. Und mein Land setzte seinen Willen durch, mit viel Leid und Millionen toter Menschen. Wie hier in Indonesien."

Ich sage nichts. Ich weiß aus den Krisenregionen dieser Welt, dass wir, der Westen, diese Krisenregionen geschaffen haben. Ich ziehe an meiner Zigarre.

"Sukarno war ein Verführer. Nur wenige konnten ihm widerstehen - weder Frauen noch Politiker. Er war neun Mal verheiratet und hat nebenbei ein Land regiert. Er nutzte die Kommunisten als Machtbasis. Er schlief aber auch mit dem Militär und mit den Muslimen. *Promiscuous* würden wir das heute nennen. Für ihn waren sie alle ein Mittel zum Zweck, zu seinem Zweck, der viel größer war als die einzelnen Teile. Er war ein Moslem und nahm die Sache mit dem Islam nicht so ernst. Er war zur Hälfte Balinese."

Er pafft an seiner Zigarre.

"Die Kommunisten hatten in Indonesien eine gewaltige Plattform, weil sich ihre Partei aus einer muslimischen Organisation heraus gebildet hatte. Und gerade hier auf Java, der am dichtesten besiedelten Insel der Welt, hatte die PKI einen enormen Zuspruch, weil sie den *Marhaen*, den Bauern auf dem Land, versprach, eine Gutsbesitzerreform gegen die Großbesitzer einzuleiten. Denn es gab schlichtweg zu wenig Land für alle. Auf Java war es kein Widerspruch, Moslem und Kommunist zu sein. Mit den Hindus auf Bali war es genauso. Das ist die Einmaligkeit Indonesiens. Das hat im Westen niemand verstanden. Die PKI hatte nichts mit den gottlosen kommunistischen Parteien in der Sowjetunion oder der Volksrepublik China zu tun. Suharto hat nach seiner Machtübernahme Kommunisten ermorden lassen. Als er fertig war, war kein bekennender Kommunist mehr am Leben.

Suharto hat den Rest in Konzentrationslager eingesperrt. Ich weiß, dass jeder Vergleich mit den Nazis für Euch Deutsche schwierig ist. Aber so groß ist der Unterschied nicht."

Er zieht an seiner Zigarre und der Qualm steigt in dicken Schwaden auf.

"Der Westen hat Suharto unterstützt und als Helden gefeiert. Den U.S.A. war hier alles recht, genauso wie in Brasilien und Chile, solange das Land nicht kommunistisch wurde. Egal, wie viele Menschenleben es kostete. Menschenleben waren billig, vor allem wenn es die Menschenleben in einem anderen Land waren. Suharto hat die Drecksarbeit gemacht für den Westen."

Darren nimmt ein Stück Tabak aus seinem Mund.

"Westdeutschland hat vom Kommunismus profitiert. Der Kommunismus war für Deutschland die Rettung. Ohne Stalin hätten die U.S.A. Deutschland nicht als Ostgrenze gebraucht. Als Bollwerk gegen den Warschauer Pakt. Dann hätten sie Euch in einem Grüngürtel aus Wald und Feldern verhungern lassen."

Darren hat seine eigene Meinung, und ich will ihm nicht widersprechen. Vor allem nicht, weil er Recht hat.

"Die Kommunisten in China sind zu den größten Kapitalisten geworden und die Sowjets gibt es nicht mehr. Sie haben keinen Einfluss mehr. Daher ist das Bollwerk gegen die Kommunisten, welches Suharto während des gesamten Kalten Krieges in Südostasien darstellte, überflüssig geworden. Die C.I.A. braucht ihn schon lange nicht mehr. Das Fiasko in Ost-Timor hat ihm in einer von den Medien, also uns" - hier zeigt Darren mit seiner Zigarre auf seine Brust, so dass Asche auf sein Hemd fällt - "getriebenen Welt wichtige Stimmen gekostet. Die Medien haben einen viel stärkeren Einfluss als früher. Ost-Timor wird irgendwann unabhängig werden. Die Menschen dort haben die Nase voll von den

Besatzungstruppen und ihrer Gewalt. Die Besetzung Ost-Timors war Völkermord. Ich war dort, ich habe es gesehen, mit meinen eigenen Augen. Mir wurde schlecht."

Ich blicke an die Wand hinter ihm und auf das Foto von Darren mit Suharto.

"Wann hast Du Suharto getroffen?"

"Ich habe ihn oft getroffen. Ich hatte eine ganze Zeit lang persönlichen Zugang zu ihm. Wann immer er eine besondere Nachricht in die Medien setzen wollte riefen sie mich an. Ich war so etwas wie ein unfreiwilliger PR-Consultant. Ich weigerte mich natürlich, seine Propaganda zu verbreiten. Dann wusste er, dass seine Message die richtige war und ließ irgendeinen anderen Journalisten anrufen, der ihm aus der Hand fraß."

"Ist es kein Problem, dass Du mit der Tochter von Sukarno verheiratet bist?"

"Natürlich. Meine Familie hasst die Suhartos. Ich auch. Er hat meinen Schwiegervater abgesetzt und die Familie aus der Politik verbannt. Er ist auch für seinen Tod verantwortlich. Ich glaube, genau das macht unsere Beziehung für ihn interessant. Keep your friends close and your enemies closer. Suharto ist ein Machtmensch. Nichts außer Macht interessiert ihn."

Wir ziehen an unseren Zigarren und schauen uns durch den Qualm in die Augen. Der Qualm färbt die Luft in Darren's Büro graublau. Der Rauchmelder an der Decke ist zugeklebt.

"Das ist natürlich nicht richtig. Geld. Geld interessiert ihn genauso viel. Das System Suharto steht für Bestechung."

"KKN."

"Genau. Die letzten Wahlen hat Suharto mit einer großen Mehrheit gewonnen. Es waren natürlich keine freien

Wahlen. Das hättest Du genauso in der DDR oder Nord Korea abziehen können."

"Und was sagen die Indonesier?"

"Die Lage verändert sich. Wir stehen vor einer Revolution."

"Sind die Menschen hier so weit, dass sie für einen Wechsel auf die Straße gehen?"

"Das tun sie ja schon. Aber noch nicht genug. Die Menschen hier sind vor allem finanziell frustriert. Vor wenigen Monaten war der Wechselkurs zum US-Dollar bei 2.400 Rupiah. Wie viele hast Du für einen Dollar am Flughafen bekommen?"

"15.000."

"Siehst Du. Die Abwertung der Rupiah ist eine Sache. Und Suharto scheitert mit allen Maßnahmen, eine Lösung zu finden. Ich kenne sehr viele Indonesier, die sich einen Wechsel wünschen. Viele Kontakte, die ich in Regierungskreise habe, sind gegen Suharto. Auch in der Polizei und im Militär. Ich kann darüber nicht berichten, es wäre für meine Quellen zu gefährlich. Sie formieren sich, warten ab, was auf der Straße passiert, was die Studenten machen werden. Es braut sich etwas zusammen. Suharto hat ausgedient. Sie warten auf den richtigen Moment. Und sie wollen ein Blutvergießen vermeiden. Der Druck erhöht sich täglich. Sie suchen den Kontakt zu Megawati, Kharolina und den anderen Geschwistern, denn die Sukarno-Familie kann ein gewaltiges Sprachrohr des Widerstandes darstellen. Der Internationale Währungsfond stellt Forderungen an Suharto, die ihm das Genick brechen werden, wenn er sie umsetzt. Die Menschen haben kein Geld mehr, sie werden Preiserhöhungen für Benzin, Öl und Reis nicht mitgehen."

Ich schaue runter auf die Straße und das Chaos dort.

"Verstehst Du? Wir sind am Ende angekommen. Nach dreißig Jahren. Meine Frau hat Tränen in den Augen, wenn sie die Demonstrationen sieht und die jungen Menschen, die auf die Straße gehen für die Zukunft ihres Landes. Zu viel erinnert sie an damals und an ihren Vater."

Auf der Straße bahnen sich Polizeifahrzeuge mit Sirene ihren Weg durch den Stau. Ihnen voraus fahren Polizisten auf Motorrädern und machen Platz. Im Konvoi folgen drei schwarze Mercedes G-Klassen mit getönten Scheiben.

"Ein Regierungsmitglied auf dem Weg in die Stadt. Die Reichen und Mächtigen in diesem Land leben ein privilegiertes Leben. Die meisten Indonesier werden nie auch nur annähernd die Chance haben, so viel Geld zu verdienen um sich den Reifen einer G-Klasse leisten zu können."

"Warum haben die Menschen so wenig Geld?"

"In einem Land, das auf so viel Erdöl, Erdgas und anderen Bodenschätzen sitzt, müsste eine breite Masse der Bevölkerung sehr viel daran verdienen. So wie in Dubai. Hier nicht. Die Spritpreise haben sich über Nacht verdoppelt. Das Geld wird dafür genutzt, dem Währungsfond und der Weltbank Zinsen in US-Dollar zu bezahlen, die durch die Krise unerschwinglich geworden sind. Viele Zinsen sind für Geld, das Suharto sich in seine eigenen Taschen gesteckt hat. Wir sprechen über zig Milliarden US-Dollar, die der Alte veruntreut hat. Und der Alte lässt sein Volk dafür zahlen. Mit mickrigen Einkommen, die keine Kaufkraft mehr haben. Die Menschen leiden darunter, sie haben Haß und Wut."

"Was heißt das?"

"It is going to burn. Es wird schlimm werden. Suharto ist das Feindbild. Es wird Tote geben. Viele."

Darren sieht mir direkt in die Augen.

"Darum bist Du hier."

Er steht auf, nimmt seinen Stock und blickt aus dem Fenster. Mit seinem Rücken zu mir spricht er über das Ereignis wie über ein Fußballspiel seines Lieblingsvereins, auf das er gewettet hat und sich des Spielausgangs sicher ist. Seine Zigarre brennt im Aschenbecher weiter.

"Ich fühle das. Damals war es genauso. Das Land hat einen Puls. Spürst Du ihn?"

Ich bin mir nicht sicher, ob das Land einen Puls hat. Ich spüre nichts außer einem ausgetrockneten Mund und der Müdigkeit hinter meinen Augen. Meine Zunge bleibt an meinem Gaumen kleben. Die Zigarre hilft nicht.

"Er wird schneller. Der Druck steigt. Es ist eine Frage der Zeit. Die Studenten demonstrieren jeden Tag, sie werden jeden Tag mehr und lauter. Die Menschen sind desillusioniert von der Korruption im Land. Nach langen Jahren der Diktatur gehen sie auf die Straße. Sie trauen sich. Das ist das, was sich verändert. Die Menschen trauen sich. Sie kümmern sich einen Dreck um die Konsequenzen. Sie wollen Veränderung. Suharto hat sich Unmengen an Geld in seine eigene Tasche gesteckt, während das Land stehen geblieben ist. Und glaub mir, Indonesien ist arm. Immer noch. Bestechung hat das Land kaputt gemacht. Eine kleine 'Elite' von Menschen" - beim Wort Elite benutzt Darren seine beiden Hände um das Wort in Anführungszeichen zu setzen und sein Stock fällt auf den Boden - "besitzt das Land und macht, was sie will. Die rechtsstaatlichen Strukturen sind ein Witz. Das System Suharto ist ein System der Willkür. Wir nennen es 'Crony Capitalism'. Es hat viele Jahre funktioniert. Nun kommt es ins Stocken. Endlich."

Er atmet tief aus und blickt aus dem Fenster auf die Kreuzung. Ich hebe seinen Stock auf und lehne ihn an den Schreibtisch. Darren nickt und schaut mir in die Augen. Seine Augen sind blau und viel jünger als er und voller Kraft.

"Gott sei Dank."

Dann fragt er mich:

"Wie oft kannst Du als Journalist in Deinem Leben beobachten und darüber berichten, wenn ein Diktator nach so vielen Jahren aus seinem Amt vertrieben wird?"

"Keine Ahnung."

"In Indonesien zwei Mal."

"Woher weisst Du das?"

"Ich weiß es nicht, ich fühle es. Es ist ein Vibe und eine Gewalt zu spüren, die es davor nicht gegeben hat. Wie ein Erdbeben, das sich mit einem Tremor ankündigt. Die Finanzkrise hat Öl ins Feuer gegossen. Sie hat sprichwörtlich Suharto und das Land in Flammen gesetzt und gezeigt, dass alles falsch läuft. Ohne die *Krisis Moneter* würde es länger dauern."

Der endlose Strom von Autos und Mopeds fließt durch die Stadt. Die vom Polizeikonvoi geschlagene Schneise füllt sich mit Kijangs, die ihre Warnblinkanlage eingeschaltet haben und versuchen, dem Konvoi hinterher durch den Stau zu schwimmen.

"Wir bleiben in Alarmbereitschaft. Ich bin krank, ich kann draußen nicht rumlaufen. Chander und Du, Ihr seid unterwegs, auf den Straßen, mit beiden Beinen und mittendrin."

Zum Beweis stößt Darren mit seinem Stock auf den Boden.

"Chander?"

"Meine Nummer zwei. Er ist von Anfang an dabei. Jakarta ist ein Pulverfass. Es kann jede Minute hochgehen. Das ist unsere Zeit. Westliche Firmen ziehen ihre Mitarbeiter ab. Die wenigsten Agenturen haben Journalisten hier. Sie versuchen aus Singapur oder Hong Kong heraus zu berichten.

Sie sprechen die Sprache nicht. Sie haben keine Ahnung, was abgeht."

Ich will nicht anmerken, dass ich die Sprache auch nicht spreche. Noch nicht. Ich habe mir fest vorgenommen die Basics zu lernen, wie in jedem Land, in dem ich zum Einsatz komme.

"1965 haben sie die Grenzen dicht gemacht. Curfew. Lockdown. Keiner kam rein, keiner kam raus. Es gibt immer weniger Zeugen, die über die aktuelle Lage berichten. Wir können ihnen allen die Story und die Fotos, die wir machen, verkaufen. Big money, my friend, big money. Vor allem, wenn Du gute Fotos und Videos lieferst."

Darren hebt eine Kamera hoch, die auf seinem Schreibtisch wie ein Beweisstück liegt. Er schießt ein Foto von mir. Ich bin hier für die Story. Darren pafft weiter an seiner Zigarre. Ich habe keine andere Tirade von Darren erwartet. Andries hat mich gewarnt. Darren ist nicht der normale Agency Director, der für ein paar Jahre ins Land kommt, um dann weiter zu ziehen.

Darren ist Jakarta.

Jakarta ist Darren.

Die Stadt fließt durch seine Adern.

Für ihn ist die Sache mit Suharto persönlich.

"Hast Du ein Bier?"

"Natürlich."

"Es war ein langer Flug."

"Wie konnte ich das vergessen? Es freut mich zu sehen, dass Du auch an die magische Macht des Alkohols und seine heilenden Kräfte glaubst. Aber dann, was sage ich: Du bist ja Deutscher."

Darren lacht. Er lässt den Bürojungen zwei Bier Bintang bringen. Die Flaschen sind kalt und tragen Schweißperlen.

"Die Absetzung von Sukarno hat vielen Menschen das Leben gekostet. Chinesen, Kommunisten und sehr vielen Unbeteiligten. Heute würdest Du sagen *collateral damage*. Ich erinnere mich an einen Trip nach Bali. Das war Anfang '66. Dort, und nicht nur dort, hatten sich die Flüsse rot gefärbt mit dem Blut der Toten, die sie ins Wasser geworfen hatten. Kinder nahmen mich bei der Hand und führten mich zum *Sungai Merah*, zum roten Fluss, um mir zu zeigen, wo die Toten sich an einer Staustufe stapelten und das blutrote Wasser des Flusses über die Ufer trat, weil es nicht mehr durchkam. Es stank fürchterlich in der Hitze und Millionen von Fliegen hingen in der Luft. Die Menschen hatten Angst, die aufgeblähten Leichen wegzuräumen und zu beerdigen. Das Militär und die Vigilanten hätten sie dann verdächtigt, selbst Kommunisten zu sein. Dann wären auch sie erschossen worden und im Fluss gelandet."

"Was haben sie dann gemacht?"

"Sie haben die Staustufe eingerissen, damit die Leichen weiterfließen konnten. Es war ein *Gotong Royong*, eine Gemeinschaftsarbeit des Dorfes. Dann konnten sie eine Zeit lang die Reisfelder nicht bewässern, es kam zu einer Reisknappheit, dann zu einer Hungersnot. Es starben noch mehr Menschen. Das Meer spülte die Leichen bis nach Singapur. Singapur beschwerte sich mehrfach beim indonesischen Botschafter. Aber letzten Endes war der Westen froh, dass sie die Kommunisten beseitigten."

"Wie viele Menschen haben sie umgebracht?"

"Eine Million oder mehr. Ich war in Jakarta und auf den Inseln unterwegs. Kharolina, meine Frau, hatte Angst um mich, die Kinder waren jung. Ich hatte Angst um meine Familie. Wir standen im Fadenkreuz. Uns war unklar, was passiert und wie es enden würde. Es verschwanden ganze

Dörfer und Familien und in manchen Landstrichen eine ganze Generation."

Darren und ich stoßen mit den grünen Bierflaschen an. Ich leere die Flasche. Darren auch.

Ich bin beruhigt.

Mit Darren werde ich gut auskommen.

Dann holt er eine braune, breite Flasche und zwei kleine Gläser unter seinem Schreibtisch hervor.

"Don't tell Kharolina," sagt er und schenkt uns ein.

"Es war ein Holocaust. Es sind ganze Dörfer von der Bildfläche verschwunden. Solange Suharto an der Macht ist, wird es keine Aufklärung geben, denn das Militär und die muslimischen Organisationen sind zu tief in den Politizid verstrickt. Sie decken sich gegenseitig. Viele Freunde meines Schwiegervaters sind ums Leben gekommen."

Eine braune Hand klopft an der offenen Tür und unterbricht Darren's Redefluss. Ich will nicht sagen, dass ich dankbar bin für die Unterbrechung. Aber ich bin müde von der Reise und dem Jetlag.

"Boss, you wanted to see me," sagt ein fröhliches Gesicht mit schütteren Haaren, die von links nach rechts über den Kopf liegen wie eine zu kurze Decke. Ein längs gestreiftes Hemd hängt über der Hose und tut sich schwer, den runden Bauch zu verstecken.

"Wolf, Chander. Chander, Wolf."

Ich schüttle Chander's Hand.

"Chander wird Dich unterstützen. Chander arbeitet von Anfang an für die EAPA und ist Fotograf, Kameramann, Security Manager, Fahrer. You need something, Chander will get it."

Wir paffen an unseren Zigarren und trinken.

Später bringt Chander mich nach Menteng zu einem tropischen Haus. Es ist schöner als jedes Haus in meinen Träumen.

VIER

Ich bin inmitten unzähliger Menschen. Lichtblitze zerschneiden die Dunkelheit. Der Bass pumpt durch meine Haut wie durch eine durchlässige Membrane. Das Fleisch um meine Knochen vibriert und nur die Knochen sind solide mit meinem Körper verbunden. Der DJ setzt die Musik aus und der Boden bebt und die Menschen tanzen weiter. Schwitzende Körper und nackte Haut und Rauch und Qualm. Der Beat setzt wieder ein. Ich verschwinde in einer Wolke von Dezibel.
"Woman? You want woman?"
Der Kellner, wenn es einer ist, sieht mich mit den Augen eines Verkäufers an. Ich schaue mich um. Als ob nicht genügend Frauen da wären. Ich könnte welche bei ihm kaufen.
"No need lah," sage ich ihm.
Ich finde auch so, was ich brauche.
Ich bin im "Lantai Empat", dem vierten Stock des Clubs. Eine Gruppe junger Frauen, geschminkt mit den Masken der Nacht und nackten Beinen in Schuhen deren Absätze höher sind als ihre Röcke lang, bahnt sich den Weg zu mir. Ein Kellner hat den Wodka und Dosen eines Energiegetränks aus Österreich sowie einen silbernen Metalleimer mit dem Namen des Clubs voller Eiswürfel auf den Tisch in der VIP-Section neben dem DJ Pult abgestellt. Schräg gegenüber räkeln sich Tänzerinnen mit weniger Kleidung an ihrem Körper als es Worte hergeben. Sie haben

einen Käfig über der Tanzfläche an die Decke gezogen. Dort zeigt eine Tänzerin was sie hat und damit machen kann. Sie trägt etwas das keine Kleidung ist. Ich bezweifle, dass die Tänzerin von dieser Welt ist. Sie bewegt sich wie eine Schlange und verführt uns an einem Ort, an dem es keine Sünde gibt. Frauen auf der Tanzfläche bewegen sich wie in einem Musikvideo, das an den meisten Stellen zensiert ist. Diejenigen, die es noch nicht drauf haben, stehlen einen Blick auf die Schlange an der Decke und imitieren ihre Bewegungen auf der Tanzfläche. Es sind deutlich mehr Frauen im Club als Männer. Frauen sprechen mich an und geben mir ihre Handynummern. Den 10en und drüber gebe ich meine richtige Nummer, allen anderen eine falsche. Es ist der einzige Weg, auszusortieren. Es ist zu früh, eine mit nach Hause zu nehmen. Das habe ich in den letzten Nächten gemacht. Heute will ich Spaß haben und trinken und tanzen und schwitzen und die Party feiern mit den Menschen die keinen Morgen kennen und für die der Augenblick alles bedeutet, und wenn es jetzt vorbei wäre dann wären sie bereits im Paradies. Sie tanzen und trinken und treiben es auf den Toiletten als wäre heute ihr letzter Tag und das Hier und Jetzt ihre einzige Chance, noch einmal zu spüren, was es heißt zu leben.

 Wenn Du einmal hier warst, willst Du immer wieder kommen. Die Energie des Nachtclubs ist viele Male stärker als die jedes anderen Clubs den ich kenne, inklusive dessen in Sarajevo, wo ich mein Tattoo her habe. Jemand, den ich nicht kenne, nimmt die Gläser vom verspiegelten Tablett und legt eine Linie weißen Pulvers, das ich weder in meine Nase noch sonst wohin nehmen würde. Eine US-Dollar Note macht die Runde und die jungen Frauen reiben sich ihre Nasen. Sie bewegen ihre Körper zum Beat des Tribal Techno. Der DJ trägt ein kastanienbraunes Baseball Cap mit dem Schriftzug:

Jakarta is for Lovers

Seine große, dunkle Sonnenbrille verbirgt seine Augen und sein Ich. Er bewegt sich zum Rhythmus seiner Musik als wäre er ihr fester Bestandteil, als würden die Beats ohne seine Bewegung nicht aus den Boxen heraus kommen. Mit seiner linken Hand presst er einen Teil seines Headsets an sein Ohr und mit der rechten Hand bedient er den Turntable. In regelmäßigen Abständen hebt er seine Hand und treibt die Masse Mensch vor ihm an. Junge Frauen kommen zu ihm und flüstern ihm in sein Ohr. Manchmal reagiert er, manchmal nicht. Neben ihm steht eine Flasche Bintang. Eine Zigarette klebt im rechten unteren Winkel seines Mundes. Neben all der Schönheit im Raum nehme ich eine große Indonesierin wahr. Sie wirkt auf mich wie Cleopatra und sie stellt ihren durchtrainierten Bauch zur Schau. Ihre hohen Wangenknochen prägen ihr Gesicht noch mehr als ihre Augen, obwohl das unmöglich ist. Ein Mann läuft an mir vorbei und sagt in mein Ohr:

"Get out while you can."

Ich schaue mich um. Die Wand der Menschen um mich herum hat die Figur verschluckt. Oder bilde ich mir die Begegnung ein?

Im Rausch der Musik zünde ich mir eine Kretek-Zigarette an. Ich checke sie ab und sie mich. Sie durchschlägt die Zahlenskala nach oben. Ich lade sie auf ein Glas Wodka ein - mit ihr zu sprechen ist vergeblich, es ist zu laut.

Sie fasst den Drink nicht an.
Sie tanzt direkt vor mir.
Sie nicht anzulangen, sie nicht anzufassen, ihre Haut und ihren Körper nicht zu spüren, wäre ein Verbrechen.
Ist ein Verbrechen.

Ich begehe an diesem Abend keine Verbrechen.

Wahrnehmung hier ist ein abgeschnittenes Stakkato und ich sehe ihre langen schwarzen Haare und weißen Zähne wie eine biblische Erscheinung. Lichtschwerter unterteilen sie in abgehackte Stücke, der Beat der Musik nimmt zu und der Bass zieht als tropischer Wind durch den Raum. Meine Hand berührt ihren Po, fragend, dann mit einem Ausrufezeichen. Er hat die Größe einer reifen Frucht die in meine Hand gefallen ist. Sie reagiert mit ihrer nackten Hand auf meiner Schulter und ihre Lippen berühren meine Wange. Ihr Zeigefinger trägt Nagellack und einen Ring mit dem Symbol eines *Harimau*, eines Tigers. Der Finger folgt der Narbe auf meinem Gesicht. Sie nimmt meine Hand und zieht mich in die Tiefe der Tanzfläche, durch die Körper der tanzenden Menschen, bis wir alleine sind, inmitten eines Meeres an Menschen die sich wie Elementarteilchen an uns schmiegen. Wir tanzen und ich halte sie fest wie ein Stück Holz das mich vor dem Untergang bewahrt. Meine Hand wandert unter ihre Kleidung auf ihren Po, der frisch in meiner Hand liegt als würde er nirgendwo sonst hingehören.

Es ist ein perfekter Moment, ein mystischer Augenblick, eine Ewigkeit in einer Sekunde die nie vergehen wird und an die ich mich immer erinnern werde. Aus irgendeinem Grund weiß ich, dass ich ihr irgendwann von diesem Augenblick unseres Kennenlernens berichten werde. Ich weiß in diesem Augenblick auch, dass sie perfekt ist und nie meins sein wird. Genau deswegen hoffe ich, dass dieser Augenblick nie aufhört.

Die Musik ist laut, das Licht dunkel und der Alkohol stark und ich wähne mich in einem Märchen aus tausend und einer Nacht. Ich hätte nie gedacht, dass ich es an diesen Ort der Erde schaffe, dass mich diese Stadt in Empfang nimmt wie eine Mutter ihren verlorenen Sohn und mir ein Zuhause bereitet, wie ich es nirgendwo sonst auf der Welt gefunden habe. Ihr Kopf schmiegt sich zwischen meinen Hals und meine Schulter, ihr Körper und mein Körper sind eins geworden und die Musik macht uns untrennbar.

Das Licht geht an.

Die Musik geht aus.

Die Stille ist laut und die Abwesenheit des Basses macht mich taub. Das Summen in meinen Ohren ist wie das Rauschen unter Wasser. Beinahe meine ich, dass es normal ist, dass irgendeine Sperrstunde einsetzt (die es hier nicht gibt, der Club ist an 24 Stunden offen). Sie und ich haben nun einen Grund, gemeinsam nach Hause zu gehen. Die Menschen um mich herum fliehen durch Notausgänge aus dem Gebäude. Auf der Tanzfläche liegt ein weißer Schuh mit hohem Absatz als wären wir in einem Märchen. Maskierte Soldaten mit kugelsicheren Westen und gezogenen Waffen drängen auf die Tanzfläche. Eine Rauchbombe stiehlt die Sicht. Cleopatra zieht mich an meiner Gürtelschnalle zu einem Notausgang. Durch den Rauch folge ich ihr zur Tür hinter dem DJ-Pult, vorbei an den Kabinen für die Tänzerinnen. Dort sitzen ein paar Frauen und essen Indomie aus Plastikbechern. Wir überrennen sie. Dann in ein Treppenhaus, hinauf auf das Dach des Gebäudes. Von dort aus zieht ein Trupp aus Ladyboys, Prostituierten, Drogendealern und meiner Wenigkeit über eine Feuertreppe nach unten auf die Straße. Sie hält meine Hand und führt mich hinter ihr her als hätte sie die Flucht geübt und ist darauf vorbereitet. Unten, auf der Rückseite des Gebäudes, nehmen sie uns in Empfang. Ich reiße sie in der Dunkelheit an mich, die Taschenlampen der Soldaten blenden meine Augen und wir starren in die Läufe von Pistolen und Gewehren.

Ich verstehe nicht, was passiert.

Keine Chance.

Fremdes Land.
Unverständliche Sprache.
Zu viele Drinks.
Sie in meinen Armen.
Und dann das.
Ich stelle mich vor sie.
Die Soldaten sammeln den Trupp Flüchtiger an der Hauswand.
"Let her go," sagt der Soldat.
Und befiehlt ihr:
"Kamu ke sini, dan berdiri di sana."
Du komm her, stell Dich zu den anderen.
Cleopatra blickt mir in die Augen.
"I am sorry. I am so sorry."

Ich verstehe nicht, was sie meint. Dann nimmt sie mich, wirft mich über ihre Schulter und in den Soldaten. Ich lande am Boden auf ihm. Ich bin genauso perplex wie die Soldaten es sind. Ich hebe meine Hände und ergebe mich wie in einem Western. Sie schießen nicht, auch nicht auf Cleopatra. Die ist skrupellos und so viel besser als sie: Sie erblindet die Augen der Soldaten mit Pfefferspray.

Und meine.

Orientierungslos tue ich das, was ich nicht tun soll und reibe meine Augen. Das Pfefferspray brennt wie Pfeffer in meinen Augen. Ich setze mich auf den Boden. Die Menschen vom Dach überrennen die erblindeten Soldaten. Für sie ist die Schärfe des Pfeffersprays der Duft der Freiheit. Ein dicklicher Mann rennt einen Soldaten um und dieser fällt mit tränenden Augen auf den schmutzigen Boden. Die Gassen sind zu dunkel und zu eng, um die Verfolgung aufzunehmen.

Die kleinen Gassen von Glodok sind der Weg in die Freiheit. Als ich meine Augen wieder aufmache, ist Cleopatra weg. Die Soldaten geben mir eine Flasche Wasser und ich spüle meine Augen aus. Ich muß nicht einmal was bezahlen und sie setzen mich in ein Taxi und ich fahre in das tropische Haus in Menteng.

Neonfarbene Oberteile leuchten wie kleine Dreiecke in der Nacht. Mein Taxi fährt an ihnen vorbei und die *Waria* - die Ladyboys - heben ihre Röcke und zeigen, wo sie operiert sind. Von Menschen gemachte Schönheit säumt die nächtlichen Straßen des grünen Stadtteils. Manchmal verrät nur die tiefe Stimme ihr ursprüngliches Geschlecht. Die meisten sind ein Traum weiblicher Perfektion und sie sind so gestaltet, wie Männer Frauen gestalten würden. In meinem angetrunkenen Zustand träume ich. Die Strassen von Menteng sind dunkel und die Bühne ihrer Sexualität. Die Vegetation ist tropisch und die Bordsteine abwechselnd schwarz und weiß. Das Taxi biegt am italienischen Kulturzentrum ab. Die Häuser und Villen hinter den Toren und den tropischen Bäumen sind majestätisch. Hier lebt der Reichtum und die Macht des Landes. Das Taxi hält an der Einfahrt zu meiner Straße, der Jalan Cianjur. Eine Schranke trennt sie von der Hauptstraße, der Jalan HOS Cokroaminoto. Die sexuellen Geister schweben in ihren leuchtenden Klamotten durch die Dunkelheit. Kretek-Zigaretten glühen in der Nacht und der Geruch von Marihuana liegt über der Straße. Ich bezahle den Taxifahrer mit einem Bündel schmutziger Rupiah-Noten. Vor dem Gebläse der Klimaanlage hängt dieser Plastikbeutel als Air Refresher, den die Indonesier überall aufhängen und der alle Räume mit Zitronenduft füllt. Ich lasse die kühle Zitronenluft des Taxis hinter mir und stehe auf der schwülen Straße. Der Gegensatz kann größer nicht sein. Neben mir ziehen Autos auf, die die Ladyboys mit nach Hause nehmen oder ihre Körper im Auto konsumieren als wären sie Hot Dogs. Ich stehe zwischen ihnen und ziehe sie an wie der Goldrausch die

Abenteurer. Ich schaue in ihre Gesichter. Ihre Körper sind der personifizierte Tabubruch, die leicht zu konsumierende Droge, die Sünde, die niemand beichtet. Sie sind das Verbotene, das nur die Dunkelheit einer späten und einsamen Nacht erlaubt. Von ihren High Heels schweift mein Blick über ihre Brüste zu prallen Lippen in ein Gesicht, das unsere Erde von einem anderen Planeten besucht und dessen Augen mich anflehen, die Worte zu sagen, die sie hören will:

"Komm' mit."

Ich nehme ihre Hand und wir stolpern durch die Dunkelheit die Straße hinunter. Chander macht uns das Eingangstor auf. Unter seinem Gürtel klemmt ein geladener Revolver. Zwischen seinen Zähnen balanciert Chander eine Adipati-Zigarre, deren blauer Dunst über der tropischen Nacht wie Nebel über einem Moor liegt. Wie immer, wenn ich spät nach Hause komme, gebe ich Chander eine Packung Kretek-Zigaretten von seiner Lieblingsmarke Gudang Garam. Chander lässt das Tor ins Schloss fallen und sperrt mit einer Kette samt Vorhängeschloss ab. Der Schlüssel hängt an Chander's Gürtel. Ohne diesen kommt niemand vom Grundstück. Daneben sein Revolver. Die Lampen unter Wasser strahlen den Pool blau an und der tropische Garten mit Palmen und Bananenbäumen hinter hohen Mauern ist mein tropisches Paradies inmitten der Stadt. Ich drücke ihr ein Badetuch in die Hand und schicke sie unter die Dusche neben dem Pool. Sie kommt nass und nackt zurück und springt in den Pool. Ich springe zu ihr ins Wasser und das Naß macht meinen Kopf frei. Wir trinken aus einer eiskalten Flasche Wodka, die Chander an den Pool stellt. Ich weiß nicht was wir tun und ob wir etwas tun und nach der Begegnung mit Cleopatra und den Soldaten ist es für mich unmöglich, alleine nach Hause zu gehen. Sie ist die Person die mich rettet, wie es sonst die Frauen aus den Hotelbars tun. In vielen Nächten ist die Einsamkeit mein Feind, den ich mit Alkohol zu besiegen versuche und daran scheitere, weil nichts die Berührung einer Frau ersetzt, die mich begehrt und die von mir geliebt werden will und die mich benutzt, um ihre Einsamkeit zu stillen, genauso wie ich es tue. Dann schlafe ich in einem Delirium ein und die Augen der toten Kinder starren mich an und werfen mir vor, warum ihre Geschichte die Welt nicht verbessert, warum die Erwachsenen keine bessere Welt erschaffen und warum wir immer kämpfen, kämpfen, kämpfen, uns bekriegen und warum wir uns nicht lieben, und warum wir sie nicht lieben. Und warum die Soldaten den Club gestürmt haben und mir meine Chance mit Cleopatra gestohlen haben.

Die Erinnerung an meine Hand auf ihrem Po ist das Letzte, an das ich mich erinnere. Danach ist finstere Nacht und ich schlafe auf der Liege neben dem Pool und ich weiß nicht was ich träume, aber wenn ich etwas geträumt habe dann war es etwas Gutes denn ich schlafe wie ein Baby in den Armen seiner Mutter.

Die Sonne in Jakarta ist ein Frühaufsteher. Sie wirft mich aus meiner Liege am Pool wie die Mutter ein Schulkind, das verschlafen hat. Meine Schulter schmerzt und ich habe diese Sehnsucht, die ich immer nach einer Clubnacht habe: Nach der Nacht und ihren Regeln und den Menschen, die in der Nacht leben und mir dieses Gefühl geben, dass alles möglich ist und dass es sich lohnt, zu leben und dass Spaß zu haben keine Sünde ist, sondern Sinn und Zweck des Lebens.

Cleopatra war ein *fleeting moment*. Sie kam schnell und ging schneller. Ich habe keine Ahnung, wie lange ich mit ihr getanzt oder wie viel ich getrunken habe. Die Erinnerung an sie ist Hoffnung und Schmerz. Ich würde gerne die Stadt nach ihr absuchen und weiß, dass die Stadt zu groß ist und es unmöglich ist, sie zu finden.

"Boss, you ok?"
"Yes. Sakit kepala."
Kopfschmerzen.
"Is the girl gone?"
"Yes boss, I put her in a cab."
"You are a gentleman."
"Coffee?"
"Make it plenty and strong."

Die Hitze ist ein Backofen. Ich stecke meine Beine in den Pool und lege mich auf den warmen Steinboden. So nehme ich meine erste Tasse Kaffee zu mir und denke über die Nacht nach. Es sind mehr Gefühle als Gedanken. Anastasia schreibt mir eine SMS und ich antworte ihr. Sie vermisst mich und ich vermisse sie. Die Hitze legt sich über die Stadt wie eine brennende Heizdecke und sie schläfert mich ein. Ich träume von dem Club und Cleopatra und den Frauen und all den Nummern die sie mir gegeben haben und dass ich von der einzigen Frau, an der ich wirklich interessiert bin, keine Nummer und keinen Namen habe. Dann wache ich schweißgebadet auf und sehe mich um und Chander sitzt vor dem Fernseher auf der Veranda und schaut eine Soap Opera mit einem Bier in der Hand und raucht und der Tag sieht wie ein ganz normaler Tag aus.

Ich schlafe wieder ein.

FÜNF

Die Hitze zieht den Tag in die Länge und liegt über der Stadt wie Pulver aus einem Feuerlöscher. Sie klebt an mir und nur das Wasser des Pools kann sie für ein paar Minuten von mir waschen. Irgendwann wird es laut. Unbekannter Lärm. Keine Moschee, kein fliegender Verkäufer. Wir hören das Pfeifen, Trommeln und Schreien von unzähligen Menschen aus größerer Entfernung. Dann kommt der wilde Trupp näher. Mit Bannern und Trommeln nehmen sie die Straße in Anspruch. Inmitten der Masse Mensch fahren grün-weiße Kopaja Busse, die mindestens zwanzig Jahre auf dem Buckel haben. Sie sind eines der Wahrzeichen von Jakarta.

Das häßlichste.

Die Demonstranten hängen aus den offenen Türen und sitzen auf dem Dach. Den Bussen fehlen die Fensterscheiben. Mit einem Megaphon verkündet einer der Demonstranten die gemeinsame Wut:

"Down with Suharto, down with KKN, down with Suharto, down with KKN!"

Die Trommler untermauern die Forderung mit ihren Schlägen und die Masse Mensch skandiert. Sie tragen Bilder von Suharto hinter Gittern und halten die rot-weiße Flagge ihres Landes hoch. Sie skandieren immer die gleichen Worte.

Unablässlich.

Immer wieder.

"Down with Suharto! Down with KKN! Merdeka!"

Ihre Worte sind weniger Forderung als vielmehr Drohung. Der Pulk wird größer, es stoßen immer mehr Menschen aus den Seitenstraßen zu den Demonstranten.

"Get our cameras. We need to get out into the street."

Chander schafft sich an, die Kameras aus dem Haus zu holen. Bevor er es betritt, dreht er sich um.

"Boss, das ist sehr gefährlich. Das Militär würde die Studenten nie in die Nähe des Anwesens von Suharto lassen."

"Es ist unser Job. Wir müssen da hin. Bring some aspirin and a bottle of beer."

"OK, Boss. Ich komme mit."

Zur Vergewisserung greift Chander an den Revolver in seinem Gürtel. Wir machen uns auf, das Haus zu verlassen. Chander schließt das Tor ab und verriegelt es zusätzlich mit der Kette und dem Vorhängeschloss. Ich steige hinter Chander auf das Moped der Agentur und wir fahren auf den grünen Straßen Menteng's dem Lärm und der Privatresidenz des Präsidenten entgegen. Ich halte die Filmkamera auf meinem linken Oberschenkel balanciert und die Fotokamera hängt um meinen Hals. Der Fahrtwind in meinem Gesicht tut gut. Es ist nicht weit, und je näher wir an die Demonstration kommen, desto lauter und chaotischer wird es. Mit der rechten Hand zur Faust geballt unterstreichen sie ihren Ruf nach Freiheit und nach dem Ende von Suharto und seinem korrupten Regime.

Wir halten und ich stelle mich auf das Moped hinter Chander und blicke über die Köpfe der Menschen. Es sind vor allem junge Männer und Frauen. Sie strecken Plakate in die Luft. Die Studenten stoßen in Richtung der Residenz der Suharto-Familie in Menteng vor. Über die Köpfe hinweg, auf der anderen Seite der Demonstration, zieht ein erster Panzer des Militärs auf und blockiert den Studenten den Weg. Für einen Augenblick stehen sich ein Panzer und ein Student gegenüber. Der Student trägt Sandalen, lange, dunkle Hosen, ein rotes T-Shirt von Emirates Airlines, er hat eine Bandana um den Kopf in den Farben Indonesiens und hält in der linken Hand eine Indonesienflagge. Die rechte Hand ist mit geballter Faust in den Himmel gestreckt. Die Masse hinter ihm verlangt den Rücktritt von Suharto als würden sie aus dem Koran zitieren. Der Panzer ist dunkelgrün, mit vergitterten Fenstern und mannshohen Reifen auf drei Achsen. Auf ihm sitzt ein Soldat mit einem schwarzen Beret und einer Pindad SS1 im Anschlag.

Nicht gut.

Gar nicht gut.
Angesicht zu Angesicht.
Mensch gegen Maschine.
Bürger gegen System.
Unten gegen Oben.
Arm gegen Reich.
Die Menschen hinter dem Studenten kommen zum Stehen, der Stopp geht wie eine Welle durch die Masse. Rufe machen sich breit:
"Das Militär ist da!"
Die Menschen werden unruhig und der Student vor dem Panzer ist in der Zwickmühle zwischen dem Militär vor ihm und dem Pulk hinter ihm. Ich steige vom Sattel des Mopeds auf einen Laternenmasten. Von dort aus kann ich mit dem Zoom der Kamera die Situation einfangen.
Klick. Klick. Klick.
Die Kamera fängt den Schweiß auf der Haut des Studenten ein.
Die Augen des Soldaten sind durch eine Sonnenbrille verdeckt und sein Kiefer ist angespannt. Ihm läuft der Schweiß in Perlen an seinen Schläfen in den Kragen seiner Uniform.
Ich bleibe auf dem Abdrücker und schieße Fotos von den Soldaten und den Studenten, von einzelnen Gesichtern und den Menschen auf der Straße, die sich wie eine Flutwelle um mich herum bewegen. Unter den Studenten sind junge Frauen, mit Handtaschen und Kopftüchern, die sich beraten, was los ist, warum es nicht weitergeht. Sie lachen, sehen nicht, was vorne passiert, bis die Nachricht sie erreicht.
Panzer, Militär, Waffen.
Die Lage ist ernst.
Sie sind Studenten.
Nur Studenten.

Ihnen gegenüber Waffen und Panzer.

Junge Männer und Frauen, überzeugt von der Ungerechtigkeit, die ihrer Generation vom Regime angetan wird, getrieben vom Wahnsinn einer Finanzkrise, die das Ersparte ihrer Eltern über Nacht entwertet. Die Schulden ihres Landes sind so hoch, dass keine Generation sie jemals zurückzahlen kann.

Niemals.

Das ist allen klar.

Ihre Währung hat *Junk Status* erreicht.

Keine Rupiah Note ist das Papier wert, auf dem sie gedruckt ist.

Wo sind ihre Eltern? Wissen ihre Eltern, was ihre Kinder gerade tun?

Ich lasse den Finger auf dem Auslöser.

Klick. Klick. Klick.

Die Wut und Verzweiflung der Studenten nimmt zu, sie wird deutlicher.

Der Puls, von dem Darren spricht.

Ich kann ihn jetzt nicht nur spüren. Der Puls der Stadt und mein Puls schlagen zusammen. Wir sind eins.

Ich fange die Gesichter der Masse ein, der Menschen, die sich wie ein Meer um mich herum bewegen und unter mir breit machen. Ich schwimme über ihren Köpfen, getragen von der Energie der Empörung, vom Gesang des Widerstandes. Ihre Trommeln geben den Takt der Revolution an. Der Schweiß läuft mir ins Gesicht und in die Augen, die Sonne brennt von oben herab, die Hitze ist unerträglich. Mein Gesicht wird rot, das Adrenalin pumpt in meinen Adern. Dann nimmt die Masse mich zur Kenntnis, den Bule und seinen Presseausweis. Unmissverständlich steht da in weissen Lettern

INTERNATIONAL PRESS

auf schwarzem Untergrund.
Das Sensationelle geschieht: Die Studenten feuern mich an. Die westliche Presse ist da und macht Fotos. Meine Anwesenheit spricht sich herum, sie gibt der Masse die Gewissheit, dass das Militär und die aufziehenden Panzer nichts machen werden. Es wird keine Verletzten geben.
Von Toten spricht niemand.
Die Wasserwerfer und das Tränengas des Militärs sind berüchtigt, das haben die Auseinandersetzungen in den Monaten davor gezeigt. Auch ich weiß das. Menschen sind unberechenbar. Und so sind es die Soldaten, umrundet von ihren Feinden. Ich spüre die Angst und das Adrenalin.
Das ist es, warum ich diesen Job mache.
Ich bin high.
Der Panzer rollt auf den Studenten zu, nur ein kleines Stück, so als würde er mit ihm spielen wie eine Katze mit einer Maus. Der Student tut es dem Panzer gleich und er geht einen kleinen Schritt auf den Panzer zu, so als wolle er ihn einschüchtern. Dann legt er seinen Kopf mit der Bandana auf das Metall des Panzers als würde er ihn mit seinem Kopf erschlagen. Die Bilder werden später Gold wert sein und um die Welt gehen. Sie sind die Fotos der Revolution.
Die Studenten helfen mir vom Zaun herunter und um mich herum tut sich ein Spalier auf, als sie mir den Weg frei machen, damit ich in die erste Reihe gelangen kann um die Fotos zu machen, die die Wahrheit von Globalisierung und finanziellem Terrorismus zeigen. Das böse Gesicht der Menschen auf der Straße und das Militär des Regimes. Ich bin mit meiner Kamera auf dem Weg neben den jungen Mann, der mit seiner Stirn dem Panzer trotzt.

Klick. Klick. Klick.

Chander hat sein Moped zurück gelassen und folgt mir durch das Meer der Studenten, auch er hat seinen Presseausweis um und auch er schießt ein Foto nach dem anderen. Als ich vorne ankomme, macht die erste Reihe geschlossen einen Schritt in Richtung Panzer, es müssen hunderte Menschen sein, die auf den Panzer und die Soldaten zugehen. Der Student wird überrollt durch die Kraft der Menschen hinter ihm. Die Studenten umspülen den Panzer als gewaltige Welle.

Ich weiß nicht, von wo der erste kam, der milchige Himmel regnet Steine. Der Panzer fährt in einer bedrohlichen Geste an. Dann fliegt der erste Molotov-Cocktail in Richtung Militär wie ein Meteor. Es folgen weitere vom Dach eines Kopaja Busses. Die Werfer sind maskiert.

Der Panzer gerät in Brand.

Das mörderische Fahrzeug macht einen Satz nach vorn und hinten qualmen pechschwarze Abgase in die Luft. Das Dieselaggregat knurrt im Magen des Fahrzeugs wie ein hungriger Löwe, der seine Opfer gefunden hat.

Jetzt setzt er zum Erlegen an.

Der Panzer überrollt Studenten, die zu nah an den riesigen Rädern stehen. Niemand kann glauben, was passiert. Die Reifen zerquetschen sie, sie können ihrem Schiksal, Märtyrer zu werden, nicht entrinnen. Die Masse schreit laut auf, der Panzer brennt, der Soldat feuert eine Salve mit der Maschinenpistole in den Himmel. Die Salve ist laut und verhallt über den Schreien der Menschen auf der Straße.

Dann feuert der Soldat in die Studenten.

Die Getroffenen fallen, das Blut färbt den Boden unter ihnen rot und die Luft riecht nach Eisen. Die Menschen preschen auseinander. Ein mutiger Student nimmt einen anderen mutigen Studenten auf seine Schultern und sie ziehen den Soldaten vom Panzer, zuerst am Stiefel, dann am Bein, der Tarnfleck zerreißt, der Soldat wehrt sich, doch die Masse ist stärker, viele Hände ziehen den Soldaten herunter, haben seinen Stiefel in den Händen, dann das nackte Bein, dann fällt der Soldat auf den Boden, der Panzer fährt weiter und verfolgt die Studenten wie ein schwerfälliger Leopard. Der Panzer brennt und Flammen schießen aus der Luke und das Monstrum durchbricht die Wand des Grundstückes gegenüber und kommt zum Stehen wie ein Marathonläufer, der außer Atem ist. Der Panzerfahrer rettet sich aus dem Fahrzeug, sein Bein steht in Flammen, er schreit um Hilfe, Studenten kommen zu ihm und werfen sich auf ihn und löschen seine Flammen.

Ich stehe mit meiner Kamera mittendrinnen.

Klick. Klick. Klick.

Chander hält die Videokamera auf die Ereignisse.

Aus Richtung der Residenz des Präsidenten rollen Sirenen und Panzerfahrzeuge an wie eine Meute, die teilhaben will am Fraß des Leoparden. Chander steht hinter mir, deckt mich mit seinem Revolver.

"Chander, what are you doing? Put the damn gun away. We are shooting pictures, not people."

Chander klemmt sich den Revolver unter den Gürtel, nimmt die Kamera in die Hand und feuert in die Menge. Die Studenten löschen das Feuer des Soldaten, der Soldat liegt auf der Straße wie eine verbrannte Grillwurst. Die Spur des Panzers ist eine Spur der Verwüstung und des menschlichen Leids. Verletzte und Tote säumen die Straße, Menschen laufen weinend umher. Von anderer Seite kommen Krankenwagen. Die Studenten transportieren Verletzte mit Mopeds in Richtung Krankenhaus.

Die Bilder machen traurig.

Das Militär rückt von Norden, von der Residenz der Suhartos auf das Schlachtfeld vor.

Das Moped von Chander steht noch dort, wo er es abgestellt hat. Wie ein Wunder haben es die Demonstrierenden in Ruhe gelassen. Ich bin wieder Sozius und Chander gibt Gas, weg von den anrückenden Truppen. Wir fahren durch eine Stadt, die betroffen ist von toten Zivilisten auf ihren Strassen. Eine traurig-wütende Unsicherheit legt sich wie eine dunkle Wolke über die Stadt. Chander steuert das Büro der Agentur an und hält sich dabei an Routen durch die Stadtteile, die wie kleine Dörfer aneinandergereiht das große Jakarta ergeben.

Die kleinen Gassen, die *Jalan Tikus*, die Mäusestrassen, sind frei von Militär und Straßensperren. Wir kommen von hinten über die Jalan Gereja Theresia auf den Sarinah-Komplex und unser benachbartes Bürogebäude. Auf der anderen Seite, in Richtung Jalan Thamrin, sehe ich Rauchwolken aufsteigen und Sirenen hallen zwischen den hohen Gebäuden.

Im 8. Stock treffen wir Darren.

"Guys?"

"We got it all. From the center of the hurricane."

"Ihr müßt nach Glodok im Norden der Stadt. Chinatown brennt. Lichterloh."

Darren holt drei eiskalte Bintang aus dem Kühlschrank. Wir leeren sie. Dann holt er Nachschub.

"Hast Du nichts Stärkeres?"

Wir blicken über die große Kreuzung. Sie ist von allen Seiten abgeriegelt. Panzer sind vor dem Gebäude der Vereinten Nationen aufgefahren. Das Militär kontrolliert alles, was sich bewegt.

Die Nachrichten sind schockierend: Mord, Vergewaltigungen, Plünderungen, Brandstiftung. Vor allem Chinesen sind das Ziel der Angriffe.
Glodok.
Chinatown.
Auch wenn Suharto ein Chinatown verboten hat, so leben dort oben im Norden der Stadt die meisten Chinesen. Dunkle Rauchwolken nebeln den Norden der Stadt ein.
Es ist gespenstisch.
Apokalyptisch.
Als wir das Büro verlassen, packt Darren meinen Arm.
"Pass auf Dich und Chander auf. Alles kann passieren. Riskiere nicht zu viel. Denk an '65."
Chander und ich machen uns mit dem Moped durch die *Jalan Tikus* auf den Weg nach Norden. Chander weiß, dass wir auf keinen Fall in eine Militärkontrolle kommen dürfen. Die Soldaten werden verhindern, dass die Presse in die Krisengebiete der Stadt vordringt.
Sie haben viel zu verbergen.
Sie haben noch mehr zu verlieren.
Wir fahren über die Jalan Haji Agus Salim parallel zur Jalan Thamrin nach Norden und kommen an der Jalan Merdeka in der Nähe der US-Botschaft auf den großen Merdeka Square. Dort steht Monas, der Obelisk, auf dessen Spitze ein Feuer aus Gold brennt. Die US-Botschaft zur Rechten ist mit Panzern und Mannschaftswagen abgeriegelt. Chander stoppt in der Einmündung auf die große Avenue. Es tut sich nichts. Wir sind alleine im Herzen der Millionenmetropole.
"Gib alles was das Ding hat, wir kreuzen Monas und tauchen auf der anderen Seite wieder ab in eine *Jalan Tikus*."
"Gefährlich, Boss. Wir kommen dem Präsidentenpalast sehr nah. Dort wird viel Militär sein."

"Dann halte Dich in Richtung Osten und wir fahren hinter der Istiqlal Moschee weiter rauf."

Die Istiqlal Moschee ist die von Sukarno erbaute Moschee im Herzen der Stadt. Im Ramadan beten dort 200.000 Menschen gleichzeitig. Als das Moped mit knatterndem Auspuff an der Moschee vorbeifährt sehen wir ein Feldlazarett auf dem Vorplatz. Männer und Frauen in weißen Kitteln versorgen Verwundete und Verletzte. Ich erkenne die Flagge des Roten Halbmonds. Chander bremst, ich schieße ein paar Bilder und wir fahren weiter in Richtung Glodok.

Mit jedem Meter kommen wir dem chinesischen Viertel näher und die Stadt wird gespenstischer. Die Straßen sind menschenleer und wenn wir Menschen sehen, dann bewegen sie sich wie Geister im Schutz der Gebäude. Die Fenster der Gebäude links und rechts der Straße sind zertrümmert. Die Gebäude sind schon im normalen Zustand keine Schönheiten: sozialistische Bauten aus den Jahren der Investitionswelle aus der Sowjetunion. Sie starren uns an wie Gesichter ohne Augen. An einigen Stellen brennen Gebäude, an vielen Stellen begegnen uns verkohlte Fassaden. Scherben und Steine verwüsten die Straße. Ein einsames Militärfahrzeug kommt uns wie eine Kakerlake auf der anderen Straßenseite entgegen. Die Soldaten kümmern sich nicht um uns. Die wütende Meute ist erst vor Kurzem durch die Straßen gezogen und der Gestank von brennendem Plastik und Schutt ist frisch in der Nase. Viel besser als Bilder beschreiben Gerüche das Leid in den Krisengebieten dieser Welt. Der Gestank der Gewalt und der Zerstörung ist überall der gleiche und er ist überall sauer und er würgt mich und ich fühle mich nicht gut. Es ist weit und breit keine Feuerwehr zu sehen, keine Ambulanz, keine Polizei. Wir kommen zu dem Club, in dem ich gefeiert hatte. Das Gebäude wirkt unversehrt, bis wir die abgebrannte Fassade auf der Vorderseite entdecken.

"Chinesischer Besitzer," sagt Chander. "Sie machen gezielt Jagd auf die Chinesen. Sie haben das meiste Geld und stecken mit Suharto unter einer Decke. Ihnen gehört das Land."

Ich schieße mit meiner Kamera und dokumentiere das Ausmaß der Zerstörung. Sie haben kein Gebäude verschont. Die Wut war total. Auf der Straße vor uns brennen Autos. Aus einem Kopaja Bus steigen Rauchwolken. Autos liegen auf ihren Dächern wie Kadaver, deren Knochen sich in den Himmel strecken. Die Flammen stechen orange-rot aus dem Innenraum der Wagen. Das Plastik des Armaturenbretts eines Kijang brennt mit schwarzem Ruß. Am Straßenrand stehen Laden- und Hausbesitzer und rufen uns etwas zu. Chander bremst an der nächsten Straßenkreuzung und steigt vom Sattel. Ich schaue ihn an und mein Blick folgt seinem Blick.

Verkohlte Leichen liegen im Schutt auf der Straße. Ihr Gestank treibt mir Tränen in die Augen.

Ramallah.

Mogadishu.

Karachi.

Jakarta.

Wir zücken unsere Kameras, Chander filmt, ich fotografiere. Wir waten durch Steine, Müll, verkohlte Ladenausstattung wie durch Schlamm zu den am Boden liegenden Körpern.

Der Gestank von verbranntem Fleisch und Haar wird stärker. Unangenehmer.

Säuerlich.

Vor uns liegen die verkohlten Leichen zweier Frauen. Chander schaut mich an, ich sehe Chander an und deute ihm mit meinem kreisenden Zeigefinger an, die Kamera laufen zu lassen. Wir halten die Kameras auf das, was unsere Augen nicht sehen wollen, was unsere Gehirne nicht begreifen möchten, was undenkbar, unvorstellbar ist. Gefangen in diesem schrecklichen Bild, das mich für immer in meinen Träumen begleiten wird, fängt die Stadt an sich um mich zu drehen, bleiben nur die beiden entstellten Leichen still, der Rest der Straße, die Gebäude und Chander drehen sich, am Anfang langsam, dann immer schneller, immer schneller bis meine Knie auf die Scherben der Stadt sacken. Mein Magen gibt alles von sich, was in ihm ist. Das Bier von vorhin kommt hoch. Chander ist neben mir und hat der Situation den Rücken zugekehrt. In diesem Augenblick der Unachtsamkeit tritt ein Mann aus einem Hauseingang hervor und schlägt Chander mit einer Bambusstange auf den Hinterkopf. Das Knacken des Bambus auf dem Kopf ist laut und hört sich an wie ein Bruch. Mein Magen entleert sich in Spasmen, Chander stolpert mit blutendem Kopf und sackt auf den Boden neben mir und zieht seinen Revolver. Der Mann holt aus und will nochmals zuschlagen. Chander feuert einen Schuss in die Luft. Das Echo des Schusses hallt zwischen den Gebäuden.

"Schlag zu und Du bist tot."

Der Mann lässt die Bambusstange fallen, sein Gesicht zerfetzt sich in Tränen, aus dem Mund kommt ein Schrei des Schmerzes, der mich aufsehen lässt, obwohl mein Magen sich mir noch immer widersetzt. Es ist ein animalisches Heulen, ein Schrei aus dem Urwald, aus dem Anfang der Evolution. Der Schrei ist die Essenz des Schmerzes der Ungerechtigkeit, die ein Mensch ertragen muss.

Mir wird in diesem Augenblick klar, dass mein Leben gut ist, weil ich diesen Schmerz nicht fühlen und nicht ertragen muss. Ich muss ihn nur berichten. Das Distanzieren ist wichtig in meinem Job, ansonsten überlebst Du Dein erstes Krisengebiet nicht. Die Welt ist voller Gewalt und

Ungerechtigkeit. Die Realität holt mich ein und ich bin dankbar dafür, Journalist zu sein, der über das Leid der anderen Menschen berichtet und danach in sein Haus zurückkehrt und ein kaltes Bier trinkt und die Füße in den Pool steckt. Ich bin dankbar dafür, nicht das Objekt meines Berichtens sein zu müssen und dass ich mich nie mit dem Leid, das mir überall auf der Welt begegnet, identifizieren muss. Dass ich nie zu lange an einem Ort bleibe, sondern alles nur Momentaufnahmen sind, die nur so lange interessant sind, bis ich von woanders auf der Welt die nächste Krise den Zuschauern präsentieren soll und Andries mir eine absurd kurze SMS schickt, ich mein eigentliches Leben und Anastasia verlasse und es mir mit einem Glas Cremant in einem Business Class Sitz gemütlich mache und in die nächste Krisenregion fliege.

Kein Mensch fragt, was ist, wenn ich sie verlassen habe. Die Welt ist nur interessiert an den Fotos und Videos von Gewalt und Blut. Die Opfer der Regime und der Ungerechtigkeiten sind nur so lange Prime Time Material, so lange ihre blutigen Bilder für Einschaltquoten und Werbeeinnahmen sorgen. Danach haben sie ihr Haltbarkeitsdatum überschritten.

Ich lebe davon.

Ich lebe sogar sehr gut davon.

Und ich bin davon überzeugt, dass mein Job wichtig ist, weil ich dahin gehe, wo sonst niemand hingeht und unserer Welt Bilder liefere, die sonst niemand liefern würde. Bilder von Toten und Gesteinigten und Gehängten und Verbrannten. Weil meine Bilder die unangenehmen Seiten, die hässlichen Seiten unserer Welt zeigen.

Die Wahrheit.

Die Gewinner schreiben die Geschichte und meine Bilder erzählen die Geschichte der Verlierer. Sie erzählen die

Wahrheit, gnadenlos und ohne Filter. Zeitungen und Fernsehstationen auf der ganzen Welt strahlen meine Bilder und Videos zur besten Sendezeit in die Wohnzimmer der Ersten Welt, wo Menschen von ihrem acht Stunden Tag mit ihrem Auto durch den Stau in ihre Vororte zurückkommen und erschöpft mit einem Glas Wein vor dem Fernseher den Kopf schütteln wenn sie meine Aufnahmen sehen, bevor irgendein fader Spielfilm sie die Traurigkeit unserer Welt vergessen lässt.

Ich schweife ab. Aber genau das geht mir durch den Kopf. Zusammen mit dem letzten Bier und Darren's Whisky. Und tief in meinem Inneren bin ich traurig, genauso traurig wie der Mann, der vor mir steht während ich mich auf meinen Knien zwischen Schutt und Asche übergebe und ich weiß, dass dieses menschliche Leid sich einreiht in eine lange Reihe von Ungerechtigkeiten, von denen wir uns wünschen, dass sie irgendwann ein Ende nehmen, wir aber wissen, dass der Kampf um Geld und Macht jeden Tag auf dieser Welt Opfer fordert und dass Gerechtigkeit eine abstrakte Idee auf einem Blatt Papier von Philosophen ist, die den Opfern nie widerfahren wird. Für die Opfer sind die Gewalt und Ungerechtigkeit absolut. Journalisten wie ich ziehen weiter, wie Vögel von Baum zu Baum und wir setzen niemals einen Fuß auf den Boden. Weil wir wissen, was uns unten erwartet, bevor wir da sind. Wir wollen nicht bleiben, wir haben bereits genug gesehen.

Es ist eine endlose Geschichte.

Der Schrei des Mannes geht durch Mark und Bein. Dann weint er mit leeren Augen und steht einfach nur da.

Chander fasst sich mit seiner Hand an den Hinterkopf. Seine Hand kommt blutig zurück. Der Chinese steht vor uns und weint und ihm laufen die Tränen aus beiden Augen die Wangen herunter. Ich stehe auf. Eines meiner beiden Knie ist blutig von den Scherben am Boden. Meine Hände schwarz mit Dreck. Ich gehe auf den Mann zu. Irgendetwas sagt mir: Tu es.

"Don't," sagt Chander.

Ich gehe weiter auf den Mann zu.

"Don't," sagt Chander, eindringlicher, als wäre er der Boss.

Der Blick des Mannes starrt in die Ewigkeit, durch mich hindurch in das Nirgendwo. Ich kenne das aus anderen Krisengebieten: Der Mann steht unter Schock, er braucht ärztliche Hilfe, ein Beruhigungsmittel, psychologische Betreuung. Die psychischen Wunden heilen nie. Auch wenn die physische Gewalt aufgehört hat.

Ich weiß nicht, was ich sagen soll. Ich stinke aus meinem Mund, mein Magen ist noch immer gegen mich und warnt mich, dass ich mich gleich wieder übergeben muss. Ich winke durch den leeren Blick des Chinesen.

"I am a reporter. I am here to help you."

Eine Lüge.

Ich bin hier um zu berichten, nicht um zu helfen. Der Mann antwortet auf Englisch und zeigt auf die beiden Leichen am Boden.

"Das sind meine Frau und meine Tochter. Sie haben sie vergewaltigt und angezündet."

Ein leerer Benzinkanister liegt neben den Leichen. Chander steht auf, steckt den Revolver in seinen Gürtel und spricht zu dem Chinesen.

"Mein Freund, es tut uns leid. Wir sind von der Presse. Wir dokumentieren, was hier passiert ist. Sie werden die Täter finden."

Der Chinese starrt Chander an, sein Gesicht verliert das bisschen Farbe, das es noch hatte.

"Wer glaubst Du war das?"

Er schluckt und schaut mir in die Augen.
"Die Regierung. Das Militär. Die *Preman*. Sie taten so als wären sie Studenten. Aber ich kenne die *Preman*. Sie wollen Schutzgeld von uns. Aber wir Chinesen wehren uns gegen sie. Sie wollen das alles den Studenten in die Schuhe schieben, um auch die zu ermorden. Schaut Euch meine Frau und mein Kind an, sie haben sie angezündet."
Sein Weinen geht unter die Haut.
Chander und ich schauen uns in die Augen.
"Läuft Deine Kamera?" frage ich ihn.
Er nickt.
"Boss, wir befinden uns in Lebensgefahr. Das hier ist rechtsfreier Raum. Wir müssen weg."
Dann tut Chander etwas Unübliches und etwas, das er den Rest seines Lebens bereuen wird.
Chander tritt an den Chinesen heran, die beiden haben ungefähr die gleiche Körpergröße und Chander laufen die Tränen aus den Augen und in diesem Augenblick ist er ein Spiegelbild des Chinesen, stehen sich der indische und der chinesische Indonesier gegenüber und sie sind eins in ihrem Schmerz, in ihrer Trauer, in der Unbegreiflichkeit dessen, was passiert ist. Der Chinese streckt seine Arme aus und will Chander umarmen. Ich nehme die Filmkamera in die Hand und halte sie auf die beiden Männer und die beiden Leichen in dem höllischen Inferno. Der Chinese und Chander umarmen einander und Chander klopft mit Tränen in seinen Augen dem Chinesen auf die Schulter. In einer schnellen Bewegung passiert das, womit keiner rechnet, rechnen kann. Der Chinese zieht den Revolver aus Chander's Gürtel und richtet ihn auf Chander.
"Zurück."
Chander tut, was der Chinese sagt.

"Ich will Euch nichts Böses. Lasst mich allein. 1965 haben sie meinen Vater ermordet und heute meine Frau und meine Tochter. Zeigt das Euren Zuschauern, zeigt ihnen die Ungerechtigkeit. Zeigt ihnen dieses Indonesien."

Der Chinese richtet den Revolver weg von Chander auf sich selbst, zieht den Abzug und es passiert:

Nichts.

Bevor Chander etwas tun kann, hat der Chinese die Waffe entsichert, richtet den Lauf auf seinen eigenen Kopf. Chander hat einen Schritt zu ihm getan, hält wieder inne. Das Blut läuft ihm am Hinterkopf entlang hinein in sein schweiss-nasses Hemd und zwischen seinen Schulterblättern hinunter wie Ketchup. Ich halte die Kamera auf ihn, schreie ihn an:

"Don't, we will fix this."

Ich bemerke die Lüge meiner eigenen Worte. Nichts kann reparieren was passiert ist. Es gibt Momente im Leben, für die es keine Worte gibt, wo Sprache an ihre Grenzen stößt, wo alles zu spät ist. Gerechtigkeit bleibt eine Utopie. Worte haben aufgehört, Worte zu sein. Sie sind zu bedeutungslosen Hüllen geworden.

Alles ist zu spät.

Der Chinese hält den Revolver von unten an sein Kinn und drückt den Abzug. Meine Kamera fängt den Moment ein, als die Schädeldecke und Teile des Gehirns nach oben wegfliegen. Dann sackt der Körper nach unten weg und fällt leblos auf die Straße, neben die Leichen seiner Frau und seiner Tochter.

Wo der Chinese stand ist im Visier der Kamera die ausgebrannte Fassade seines Hauses zu sehen. Nach dem Echo des Schusses herrscht Stille.

Für einen Augenblick höre ich nichts.

Dann fangen meine Ohren an zu summen. Ich höre ein Pfeiffen. Der Wind weht ein paar Blätter Papier durch den Schmutz der Straße.

Ich setze mich und lege die Kamera neben mich. Sie läuft weiter und fängt alles ein. Chander steht versteinert vor mir. Mir steigen Tränen in die Augen. Ich will mich nicht mehr übergeben und tue dann genau das. Es kommt nur Galle. Dann stecke ich mir eine Zigarette an und von meiner eine für Chander.

In diesem Augenblick hat sich mein Leben verändert. In diesem Bewusstsein verharre ich und lege mich auf den Dreck, das Blut und die Scherben der Straße. Chander legt sich neben mich. Wir rauchen und starren in den Himmel. So verharren wir einen Augenblick. Ich habe keine Ahnung, wie lange wir da liegen. Es kann eine Minute sein oder zehn. Alles hat an Bedeutung verloren und wir kämpfen in diesem Augenblick mit uns und mit dem Schicksal, das die Welt auf diese Stadt und ihre Menschen gebracht hat. Ich schließe meine Augen und sehe Anastasia und Cleopatra vor mir und den DJ mit seinem Baseball Cap, auf dem geschrieben steht "Jakarta is for Lovers" und ich sehne mich nach einem sauberen Bett und Frieden und Heimat und Ruhe. Der Adrenalinrausch ist vorbei und ich falle tief. Ich vermisse Anastasia und ich frage mich, was mit der Frau aus dem Club passiert ist und warum diese Stadt voller Gewalt ist.

Ich schaue auf das Display meines Telefons und die Nachricht, die mir Anastasia geschickt hat:

Hi Baby, wie geht's Dir? Wann kommst Du zurück? XXX

*

Ich habe keine Ahnung, wie wir aus Glodok raus gekommen sind. Ich treibe im Pool des Hauses, ein Bintang in der Hand in einem Gefäß aus Schaumstoff, das neben mir im Wasser schwimmt und hoffe, dass das Wasser den Schmutz und den Gestank von mir wäscht. Und dass der Alkohol mir helfen wird, die Bilder des Tages zu vergessen.

Chander hat einen Verband um den Kopf. Er sieht aus wie ein dicker weißer Turban.

"Du musst in die Klinik und das nähen lassen."

"Die Stadt hat größere Wunden, die auch nicht genäht werden können. Ich bin solidarisch."

"Du bist nicht solidarisch, Du bist melodramatisch."

Chander ist betrunken. Für einen Mann seiner Statur kann er gut trinken.

"Nimm' noch ein Bier. Morgen hast Du sowieso Kopfschmerzen."

Der Tag hat Spuren hinterlassen, die er nicht wegtrinken kann.

"Hey, Chander, open up," ruft ein New Yorker Akzent vom Tor zur Straße.

Darren steht mit seinem Stock da und Kharolina neben ihm. Er winkt mit einer Flasche Campari über den Zaun. Andri, sein Fahrer, bringt indonesisches Essen aus dem Fahrzeug.

Auf meinem Laptop im Haus blinkt der Cursor am Ende des folgenden Textes:

Jakarta in Flammen

Tote und Verletzte sind an der Tagesordnung und die Fronten unklar

Wolf Kimmich, East Asia Press Agency
Jakarta, Indonesien, 1998

Fotos: © EAPA / Chander

Der 12. Mai 1998 geht in die indonesische Geschichte ein als ein trauriger Tag mit toten Zivilisten und Studenten. Wir waren dabei als Studenten der Trisakti University sich in Menteng, einem wohlhabenden Viertel mitten in Jakarta, versammelten und friedvoll vor die Privatresidenz von Präsident Suharto ziehen wollten. Auswertungen unseres Bild- und Filmmaterials zeigen, dass die Ansammlung aus mehreren hundert Studenten bestand, darunter vielen Frauen. Das Team der EAPA war mitten drinnen, kaum ein Demonstrant über 30 Jahre alt. Die Studenten verlangen das Ende von Suharto, das Ende von KKN, den berüchtigten drei Buchstaben, die für das System Suharto und die damit verbundene Ungerechtigkeit stehen: Korruption, Kollusion, Nepotismus. Für uns in Deutschland sind die Demonstrationen am ehesten vergleichbar mit dem, was montags in der DDR passierte. Wiederholt riefen sie 'Merdeka', Freiheit, und stellten damit ihren Kampf in die direkte Linie des Freiheitskampfes, den Präsident Sukarno für ihr Land gefochten hat. Die Studenten - beinahe alle aus der von der asiatischen Finanzkrise am meisten betroffenen Mittelschicht des Landes - knüpften an die unumstrittene Größe des Gründers ihres Landes an, Präsident Sukarno. Die Studenten waren 'schwer' bewaffnet mit Trommeln, Bandanas in den rot-weißen Farben ihres Landes, indonesischen Flaggen und der Stärke ihres Willens. Damit wollten sie dem Spuk der Diktatur und des Systems der 'Neuen Ordnung' ein Ende setzen. So skandierten sie ihre Forderungen und bewegten sich zuversichtlich in Richtung des Wohnsitzes des Präsidenten. Unser Team hat festgehalten was dann passierte, und in Gedanken versetzte uns dieser Augenblick zurück nach Peking ins Jahr 1989, auf den Platz des Himmlischen Friedens. Ein junger Mann - wir konnten ihn bis zum jetzigen Zeitpunkt nicht identifizieren - stoppte ein Panzerfahrzeug des Militärs. Eine kleine Ewigkeit lang standen sich Student und Panzer gegenüber. Aus der Bedrohungslage wurde Krieg: Steine flogen und ein Brandgeschoss setzte den Panzer in Brand. Einer der Soldaten feuerte Salven in die Menge. Der Panzer überrollte mehrere Studenten und tötete einen von ihnen. Zahlreiche weitere Opfer liegen mit schweren Verletzungen im Krankenhaus. Der Soldat ermordete mit der Salve aus seinem Gewehr drei Studenten und verletzte zahlreiche andere. Es ist das erste Mal seit langem, dass das Militär wieder auf das eigene Volk schießt, mitten in der Hauptstadt, am hellichten Tag und unter den Augen der internationalen Presse. Die Jalan Imam Bonjol, die Straße, auf der dieses Massaker erfolgte, glich einem Scheiterhaufen. Ein ausgebrannter Panzer, eine zerstörte Hauswand, Blut, Steine und Trümmer auf dem Boden. Ein Student sagte uns: "Die getöteten jungen Menschen sind Märtyrer. Es gibt kein zurück mehr für Suharto, er hat sich lange die Taschen voll gemacht, jetzt kommt der Mord am eigenen Volk dazu." Die Empörung war der Stimme des jungen Mannes anzuhören. "Nichts und niemand wird uns stoppen," so der Student, der anonym bleiben will.

Aber das war nicht alles an diesem Tag. Leider, denn der Norden Jakarta's brannte lichterloh. Das Team dieser Presseagentur, der EAPA, begab sich in den Brennpunkt der Auseinandersetzungen, das Chinesenviertel Glodok im Norden der Stadt. Einwohner des Stadtteils sagten uns, dass sogenannte 'Preman', organisierte Straßengangster, und Mitglieder des Militärs in ziviler Kleidung Frauen vergewaltigten, ermordeten, plünderten und brandstifteten, um diese Verbrechen den Studenten in die Schuhe zu schieben. Dies würde helfen die brachiale Gewalt gegen die jungen Intellektuellen zu rechtfertigen.

Uns Journalisten fällt es oft schwer, uns nicht als Beteiligte zu fühlen. Und so war es auch hier, in der Kriegszone im Norden von Jakarta. Während der Recherche für diese Berichterstattung gerieten wir an unsere Grenzen, als wir auf die verkohlten Leichen von zwei Frauen stießen, die auf offener Straße lagen. Was im Anschluss passierte wird uns bis ans Ende unserer Tage nicht verlassen, die Erinnerung wird nie verbleichen. Der Ehemann und Vater der beiden Mordopfer, der bei diesen Pogromen auch sein Haus verloren hatte und vor dessen verkohlter Fassade sich dieser Vorfall zutrug, beging vor unseren Augen und vor laufender Kamera Selbstmord. Zum Zeitpunkt dieser Berichterstattung tagt der Ethikrat unserer Agentur, in wie fern eine Verwendung des Materials der Öffentlichkeit zumutbar ist. Die Bilder sind anschaulich und verstörend.

Es sind traurige Bilder und es sind mit Abstand die schlimmsten Bilder, die ich in meiner Laufbahn als Journalist gesehen und dokumentiert habe. Auf den Straßen im Norden Jakarta's herrscht Anarchie. Auch in der letzten Nacht loderten Feuer in den kleinen Straßen und Gassen, aus denen sich diese riesige Stadt zusammensetzt. Die hier ans Tageslicht gebrachte Gewalt macht eines klar: Es sind professionelle Killer am Werk die nicht nur töten und zerstören wollen, sondern die ihren Feind mit psychologischen Mitteln vernichten wollen. Wie 1965 auch lässt dies die Vermutung zu, dass das Militär zerstritten ist und die zerstrittenen Parteien Machtspiele betreiben, die auf den Schultern der Bevölkerung ausgetragen werden. Vertrauliche Quellen aus Regierungskreisen, die meinem Kollegen Darren de Soto zugänglich sind, verweisen auf einen Machtkampf zwischen den beiden Generälen Kiranto und Grabowo. Während Kiranto klar dem nationalistischen Lager zuzuordnen ist, ist Grabowo ein deutlicher Verfechter der muslimischen Mehrheit in der Bevölkerung und im Militär. Die Befürchtungen gehen soweit, dass eine Militärfraktion einen Putsch gegen den zusätzlich durch die asiatische Finanzkrise geschwächten Präsidenten anführen könnte. Bevor dies der Fall sein kann, müssen sich die Loyalitäten im Militär und der Polizei geklärt haben. Es gibt auch hier Kritik an Präsident Suharto, aber bislang hat sich keiner der Generäle offen von Suharto distanziert. Der Präsident schweigt und ist von der Bildfläche verschwunden. Es gibt keine einigenden Worte, keine Worte der Versöhnung.

Die Toten auf der Straße sprechen für sich. Solange Präsident Suharto an der Macht ist, werden die Studenten nicht von ihren Forderungen weichen und das Militär wird weiterhin für Chaos im Land sorgen. In diesen schweren Stunden sind unsere Gedanken bei den Toten und den Opfern, die uns hier begegnen.

WK/EAPA

ANWAR

EINS

Anwar ist die Nummer eins der *Preman* in Glodok. In seinen Augen ist er kein Kleinkrimineller oder Anführer einer Straßenbande. *Preman* hat etwas Offizielles: Es ist eine Berufsbeschreibung. Die Menschen können mit dem Begriff Preman etwas anfangen, genauso wie mit den Begriffen *Verkäufer* oder *Taxifahrer*. Schliesslich verdient er als Preman seinen Lebensunterhalt. Und den seiner Kinder. Der Staat unterstützt den Preman und der Preman den Staat. Er und sein Kommando, das "Kommando Anwar", sind in seinen Augen systemrelevant wenn es darum geht, die Einhaltung der Ordnung in der Nachbarschaft durchzusetzen.

Die Schatten, die nie von Anwar weichen, heißen Binsar und Pahat. Binsar und Pahat: Leibwächter und Sadisten in einer Person. Sie haben sich ihren Platz an Anwar's Seite im organisierten Verbrechen der Unterwelt Jakarta's erarbeitet. Mord, Vergewaltigung und Brandstiftung sind ihr Zuhause. Sie als Auftragskiller zu bezeichnen ist zu eng gegriffen; sie sind Leibeigene der Bandenkriminalität und kennen kein anderes Leben, genauso wie Anwar. In ihrer eigenen Welt stellen sie das Gute dar, sorgen für Ordnung in den Gassen, den Jalan Tikus.

Für Gerechtigkeit.

Oder das, was sie für Gerechtigkeit halten.

Sie sind Christen aus Sumatra.

Batak.

Binsar trägt seine Haare lang, über einem T-Shirt eine Lederweste, die kein Leder ist und einen Baseballschläger, der keiner ist, sondern eine Eisenstange, die mit Stoff und Plastik umwickelt ist, um sie nach einem amerikanischen Sportgerät aussehen zu lassen.

Pahat trägt ein Hemd über grauen, breiten Hosen mit Aufschlag. Die Hosenträger über seinem dicken Bauch halten die Hosen fest. Er trägt eine Pistole in einem Halfter unter dem Arm wie James Bond. Die Machete in seiner Hand hat vielen Dieben Finger oder eine Hand gekostet.

Wenn Anwar seinen weißen Cowboyhut trägt, dann ist er auf Inspektionstour durch sein Viertel. Wann immer Anwar mit seinem roten Cowboyhut irgendwo auftaucht wissen die Besitzer der kleinen *Tokos*, der Läden in den Gassen, dass Zahltag ist.

Anwar, Pahat und Binsar betreten Laden für Laden. Binsar hat den Baseballschläger auf seiner Schulter. Alle drei lachen, als würden sie einen guten Freund besuchen.

"Wie geht es Dir, mein Freund?" sagt Anwar zum Ladenbesitzer. Er trägt seinen roten Cowboyhut.

"Mir geht es gut, aber wie geht es Dir?" sagt der Ladenbesitzer.

"Oh, schlecht, sehr schlecht. Alles wird teurer und das Geld reicht nicht aus. Hast Du genug für mich?"

Immer mit einem Lächeln auf dem Gesicht.

"Aber natürlich, wie vereinbart. Alles ist da."

Dann genügt ein Blick von Pahat, dass es nicht genügt.

"Oh, mein Freund," sagt Anwar, "es fehlt Geld. Wie viel Geld fehlt, Pahat?"

Pahat spielt mit dem Bündel Banknoten.

"Hunderttausend."

"Uhui," sagt Anwar, "mein Freund, das ist eine Menge."

Sein Lachen wird zu einem feindlichen Grinsen.

Binsar macht sich mit seinem Baseballschläger, der keiner ist, locker. Er tut so wie er es im Fernsehen gesehen hat und bereitet sich auf seinen Abschlag vor. Er schwingt den Baseballschläger ein paar Mal und trifft die Ladeneinrichtung. Der Ladenbesitzer hat Gespenster in seinem Gesicht.

"Das kann nicht sein. Das Geld ist vollzählig. Alles ist da. Ich habe es selbst abgezählt."

"Nennst Du mich einen Lügner?"

Der Baseballschläger trischt weiter ein auf die Ladenausstattung. Kartoffelchips von Lays und getrocknete Nudeln von Indomie fliegen durch die Luft.

"Oh, Boss, es kann sein, dass ich mich verzählt habe," sagt Pahat lachend.

"Ist das Geld vollzählig?"

"Ja."

"Wenn Du willst, dass wir uns beim nächsten Mal nicht verzählen, dann leg' 100.000 oben drauf. So dass wir es gut sehen können."

Die drei lachen laut. Der Ladenbesitzer sieht die Verwüstung um sich und schüttelt den Kopf.

Pahat schwingt seine Machete.

"Sei froh, dass uns vorher aufgefallen ist, dass der Fehler bei uns liegt," sagt Anwar und hält eine Hand mit nur vier Fingern hoch.

"Sonst würdest Du jetzt einen Finger vermissen."

Sein Lachen ist so dreckig wie die Kanäle in der Stadt. Der Ladenbesitzer hat Tränen in seinen Augen. Anwar und sein Kommando nehmen ein paar Eistee aus dem Kühlschrank und beehren den nächsten Laden.

ZWEI

Anwar organisiert sein Kommando militärisch und mehr als 50 Preman nennen ihn General Anwar. General Anwar sorgt dafür, dass es in den Tokos zu keinen Diebstählen, Einbrüchen und Plünderungen kommt. Sollte sich doch einer seiner Herrschaft über das Viertel widersetzen und sie ihn erwischen, dann droht ihm eine Massage mit der Eisenstange und eine Maniküre mit der Machete. Die Opfer werden für ihr Leben entstellt und laufen herum als Symbol der Macht von General Anwar. General Anwar steht für die Kultur der Fehde und für das Gesetz der Straße. Anwar lässt keine Missverständnisse aufkommen. Er ist der Boss des Viertels. Erst neulich hat sich ein Dieb versteckt, nachdem er vier Packungen Indomie geklaut hatte; die Finanzkrise hat dem Mann alles genommen und er kann weder seine Frau noch seine beiden Kinder ernähren. Anwar lässt die Ehefrau des Diebes von den Preman vergewaltigen bis der Dieb sich stellt. Die vier Vergewaltiger massieren ihn mit der Eisenstange. Es ist ein Wunder, dass er überlebt.

Empat, vier, ist die Zahl des Unglücks in Indonesien.

Der Dieb lässt vier Finger zurück.

Anwar und sein Kommando begehen ihre Verbrechen unter dem Schutzschirm des Militärs. Der Kommandant der im Norden Jakarta's stationierten Truppen sammelt einmal im Monat einen festen Rupiah-Betrag bei Anwar ein. Anwar weiß nicht, wie viel das Militär jeden Monat von ihm haben will. Eines ist klar: Es wird von Monat zu Monat mehr, und in einigen Fällen hat er fast das gesamte Schutzgeld des Monats an den Kommandanten abgeben müssen. Das Militär erhöht den Druck auf Anwar und sein Kommando und sie müssen immer mehr Geld von ihren Opfern erpressen.

Der Kommandant schickt Anwar jeden Monat eine SMS mit Ort, Zeitpunkt und der Summe für die Übergabe. Dann kommt der Soldat mit einem schwarzen Toyota Jeep mit verdunkelten Scheiben vorgefahren. Anwar muss ohne seine treuen Begleiter Pahat und Binsar zum Treffpunkt kommen; der Kommandant lässt das verdunkelte Fenster herunter, nimmt das Geld von Anwar ohne Nachzuzählen, fährt das Fenster wieder hoch und sein Fahrer gibt Gas. Die Übergabe dauert weniger als eine Minute.

Ganz am Anfang ihrer Geschäftsbeziehung hat einmal etwas gefehlt. Der Kommandant ist pragmatisch und liebt kurze Wege. Ein Trupp Soldaten sammelte Anwar und sein Kommando auf, mit Steyr AUGs im Anschlag. Sie nahmen den Preman ihre Waffen ab und warfen sie in den stinkenden Kanal. Dann griffen sie sich die zwei heraus die das Ganze lustig fanden und lachten. Der Kommandant saß auf dem Rücksitz seines schwarzen Geländewagens, ließ das Fenster runter, nickte, ließ sein Fenster wieder rauf. Es war so ruhig, dass Anwar das Surren des japanischen Elektromotors hören konnte. Dann erschossen die Soldaten die beiden Preman vor den Augen der anderen. Während Soldaten die Leichen auf einen Pritschenwagen des Militärs warfen, sagte einer der Soldaten, der geschossen hatte, zu Anwar:

"Bring uns unser Geld. Sonst bist Du dran."

Die aufgeblähten Leichen tauchten ein paar Tage später in einem der alten holländischen Kanäle auf.

An einem Tag im Mai ändert sich das Spiel.

Auf die SMS folgt das Treffen. Mit einem Surren fährt der Kommandant die Scheibe herunter und nimmt das Geld von Anwar. Anwar dreht sich um und will gehen.

"Warte."

Der Kommandant gibt ihm ein Bündel Rupiah Noten. Anwar schaut ihn an wie ein Reh im Scheinwerferlicht.
"Du musst Dir das Geld verdienen."
"Wie?"
"Es wird Studentenproteste geben. Die Studenten werden durch das Viertel ziehen und die Läden und Häuser anzünden und die Frauen vergewaltigen und Chaos anrichten. Falls es ein paar Tote gibt, umso besser. Wenn es soweit ist, schicke ich Dir eine SMS."
"Was haben die Preman damit zu tun?"
"Ihr seid die Studenten."
Der Kommandant schaut ihn regungslos an. Anwar schmunzelt. Seinem Kommando wird der Auftrag gefallen.
"Zieht Euch an wie Studenten, verhaltet Euch wie Studenten. Gebt uns Gründe, gegen die Studenten vorzugehen."
"Wie ziehen sich Studenten an?"
"Geh' zur Uni und schau sie Dir an."

DREI

Und jetzt liegt sein Viertel in Schutt und Asche. Er hat es in Schutt und Asche gelegt. Sein Kommando zog ungebremst durch die Straßen. Sie hatten vergewaltigt, getötet und die Leichen von zwei Frauen angezündet. Sie hatten Alkohol getrunken und hatten Angst und Schrecken verbreitet. Anwar ist unklar, wie er nun Schutzgeld von den Menschen erpressen soll, deren Häuser sie angezündet haben. Er läuft mit seinem weißen Cowboyhut und seinem Kommando durch die Straßen. Die Seelen der Einwohner haben die Hüllen ihrer Körper zurückgelassen. Sie schauen ihn mit toten Augen an.

Wie in Dante's Zirkeln der Hölle kommt der Norden Jakarta's nicht zur Ruhe. Die Stadt brennt. Nun schon die zweite Nacht. Die Preman haben ihre Macht verloren, und Plünderer sind auf den Straßen unterwegs wie Aasgeier und haschen nach den Überbleibseln.

Chander und ich nehmen den Ford Explorer und fahren vom Büro aus in Richtung Glodok. Um in der Masse der Fahrzeuge unterzutauchen, nehmen wir das Presseschild von der Windschutzscheibe. Die großen Straßenkreuzungen sind vom Militär abgeriegelt. Chander macht einen U-Turn, um den Soldaten auszuweichen. Wir tauchen ab in die kleinen Gassen westlich des Thamrin Boulevards und arbeiten uns durch die dicht besiedelten *Kampung* in Richtung Norden vor. Die Gassen sind genauso breit wie der Explorer. Wie zur Rushhour kommen uns Autos und Mopeds entgegen und Chander muss rangieren, bevor die Fahrzeuge aneinander vorbei passen. Die Reifen kommen den offenen Abwasserkanälen gefährlich nah und Chander ist ein Profi im Navigieren. Händler kochen Bakmie Goreng und Nasi Goreng an den Straßenrändern und der Duft von Saté-Spießen und Erdnusssauce hängt in der Luft.

"Hast Du Hunger?"
"Yes Boss. Immer."
"Ich lade Dich ein."
"Das ist nicht nötig, Boss."
Er lacht und schüttelt seinen Kopf.
"Kriegen wir hier ein Bier?"

Chander parkt den Explorer auf der Fläche einer Briefmarke vor einem Food Stall.

Wir setzen uns auf zwei Hocker die für Kinder sein könnten und Chander bestellt Saté Kambing, Nasi Goreng und zwei Bintang.

"Hast Du Kinder?"

"Vier. Zwei Mädchen und zwei Jungs."

"Das ist 'ne ganze Menge."

"Nicht für Jakarta."

"Und Deine Frau?"

"Wir sind seit 25 Jahren verheiratet."

"Das ist 'ne ganze Menge."

Sein Lachen ist wie das Röhren eines Tigers.

"Und Du?"

"Ich bin nicht verheiratet und habe keine Kinder. Zumindest keine, von denen ich weiß."

Er lacht wie zuvor.

"Aber eine Frau wartet auf mich. Manchmal."

"Warum heiratest Du sie nicht? Dann wartet sie immer auf Dich."

"Sie ist verheiratet. Nur nicht mit mir."

"Das ist komisch. Und was hältst Du von den Frauen in Indonesien?"

"Es gibt unglaublich viele schöne Frauen."

"Du hast schon einige probiert," sagt Chander und stößt seine Bierflasche an meine. Ich lache und hebe meine Flasche.

"Ewig lockt das Weib."

"Da hast Du Recht."

Ich zeige ihm ein Bild von Anastasia und er nickt.

"Wie Kim Basinger. *Bule*. Ganz anders als unsere Frauen hier."

"Das kannst Du sagen. Aber Frauen sind Frauen und es gibt überall auf der Welt viel Schönheit. Und gerade hier in Jakarta."

Wir trinken auf die Frauen dieser Welt und auf die Frauen von Jakarta. Sie sind nicht nur schön, sie haben etwas. Was auch immer es ist, es muß die Stadt sein, die Luft und die Vegetation, der Stau und die Benevolenz des Nichtstuns, das die Frauen hier so besonders macht.

"Erzähl' mir von der Anführerin der Studenten."

"Sie ist jung, intelligent und hübsch. Wir wissen wenig, denn sie hat sich gut versteckt und ist im Untergrund geblieben. Manche sagen sie will ein weiblicher Sukarno sein und eine Kommunistin. Das ist in Indonesien verboten."

"Wie kann sie komplett im Untergrund sein wenn sie eine Studentin ist?"

"Sie haben sich organisiert und was sie tun findet nie an der Universität statt. Manchmal in Sunter, manchmal in Glodok, manchmal in Tangerang. Die Uniformen konnten sie bislang nicht finden. Es ist ein wenig wie Tom und Jerry."

"Wie können wir sie finden bevor das Militär sie findet?"

Chander sieht mich an und begreift die Story, die ich haben will. Vor allen anderen.

"Oh Boss, wenn das so einfach wäre, dann hätten die Uniformen sie schon gefunden."

"Lass' sie uns finden. Sie ist die Story, die ich haben will. Egal wie."

Wir trinken aus und fahren weiter. Die kleinen Gassen sind voll mit Autos, Mopeds und Händlern. Menschen sitzen am Rand und rauchen und spielen mit ihren Telefonen. Sie sind unbeteiligt, obwohl sie mitten drin sind. Ich beneide sie um ihre Fähigkeit, das Chaos vor ihren Augen und in ihren Ohren zu ignorieren. Einige schlafen auf ihren Mopeds, indem sie ihren Kopf auf die Lenkstange wie ein Kissen legen und ihre Beine über den Sattel strecken als wäre es ihr Bett.

Dann kommen wir nach Glodok.

Der Zustand der Verwüstung ist erschreckend. Verkohlte Fassaden, zerstörte Läden, eingeschlagene Fensterscheiben, Steine und Schutt. Die lokalen Medien sprechen von eintausend Toten. Sie haben ein Shopping Center angezündet und die Flammen haben die Plünderer verschlungen wie Fledermäuse Fliegen in der Dämmerung. Angeblich haben die Preman sowohl das Feuer gelegt als auch die Notausgänge blockiert. Ich schüttele den Kopf, als ich mir eine Zigarette anstecke und Chander den Wagen durch den Schutt vor der niedergebrannten Glodok Plaza steuert. Noch immer lodern Reste von verbrannter Einrichtung neben ausgebrannten Autos mitten auf der Straße. Ein geplünderter und ausgebrannter Kopaja Bus macht unser Weiterkommen unmöglich. Der Bus blockiert die Straße und liegt auf seiner rechten Seite, seine Reifen wie die Sohlen eines toten Mannes in unsere Richtung gestreckt.

Ein Rudel nähert sich unserem Explorer. Das Verhalten der Männer erinnert mich weniger an Menschen als an Tiere. Ihre Kleidung hängt lose über ihren knochigen Körpern, der eine trägt ein T-Shirt von Manchester United, der andere eines mit Logos aus der Formel 1 und eine Art Lederweste darüber. Einer trägt einen Anzug über einem tropischen Hemd mit großem Revers, einen weißen Cowboyhut und Cowboystiefel. Alle in der Gruppe rauchen. Sie grinsen und zeigen uns die braunen Lücken in ihren dunklen Mündern. Sie haben Stangen und Schläger dabei und eine Machete und Pistolen.

"*Preman*," sagt Chander.

Ich schaue ihn an.

"Gangster. *Preman* ist der 'Freie Mann', der keinen Job hat und daher machen kann was er will. Sie leben von Schutzgelderpressung und anderen Gefälligkeiten. Das Militär nutzt sie für die Schmutzarbeit, die die Uniformen nicht selbst machen."

Er zeigt auf sie.

"Sie sind gefährlich."

Die Preman kreisen das Fahrzeug ein, als wir vor dem Bus zum Stehen kommen.

"Ah, sieh, ein Bule, was will der hier?" sagt der Preman mit dem Cowboyhut zu den anderen. Er lacht und zeigt mir seine braunen Zähne und die Lücken.

"Was willst Du hier, Bule?" sagt er durch die geschlossene Scheibe und klopft mit seiner Eisenstange auf das Fenster. Ich schiesse ein Foto von ihm. Er findet das nicht gut und holt mit der Stange zum Schlag aus. Ich habe ein ziemlich gutes Foto von ihm.

"Dreh um und gib Gas."

Die Preman stehen um das Auto herum. Vorwärts oder rückwärts zu fahren heißt, einen von ihnen zu überfahren. Chander legt den Rückwärtsgang ein und die Heckscheibe des Wagens zerbricht in Millionen kleiner Teile, bevor der zweite Schlag sie komplett zerbersten lässt. Das Fahrzeug ist hinten offen. Chander gibt Gas, der Wagen setzt nach hinten an und die Eisenstange auf der Beifahrerseite zerschlägt die Scheibe. Die nach innen fallenden Scherben zerschneiden mein Gesicht. Der Wagen rollt über einen weichen Gegenstand wie einen Menschen und die Federung des Geländewagens steckt ihn weg. Der Explorer hat einen Preman überrollt und er liegt leblos am Boden. Die Preman schreien und werfen Steine und ein Trümmerstein zerschlägt die Frontscheibe des Wagens. Ein Netz von Spinnweben macht sich vor uns breit. Ein Preman zieht seinen Revolver und feuert auf uns. Zuerst einmal, dann ein zweites und ein drittes Mal. Die Kugeln bleiben im Motorblock stecken und weder Chander noch ich nehmen Schaden, außer dem

Schock, unter Feuer zu stehen. Ich habe das mehrfach erlebt, in Palästina als die Israelis zu ihren Waffen gegriffen hatten um Herr der Lage zu werden. Ich war damals Teil eines offiziellen Press Corps und trug eine Weste aus Kevlar und einen Helm. Heute trage ich nur ein Hemd. Ich sehe den Schrecken in Chander's Gesicht und seine Augen sind aschgrau und ausdruckslos. Chander bleibt auf dem Gaspedal. Das Auto fährt immer schneller rückwärts die Straße entlang auf der wir gekommen sind. Beim Rückwärtsfahren kann Chander dem Schutt und den Glasscherben auf der Straße nicht ausweichen und sie zerschneiden die Reifen des Explorers. Nach ein paar hundert Metern fahren wir rückwärts mit Reifen so platt als hätten sie nie Luft gesehen. Chander kann das Fahrzeug nicht mehr steuern. Er verliert die Kontrolle über den Explorer und wir durchbrechen eine Leitplanke, die ihren Namen nicht verdient, und rollen ein paar Meter rückwärts in den schmutzigen Kanal, der die beiden Fahrtrichtungen der Straße voneinander trennt. Das Auto kommt mit dem Heck im Wasser zum Stehen wie ein Pfeil der sein Ziel gefunden hat. Das Brackwasser ist schwarz und stinkt und transportiert Öl und Dinge die nicht in einen Kanal gehören. Ich gehöre auch nicht hier her.

"Bist Du OK?" frage ich Chander.

"Sorry, Boss, ich wollte uns nicht im Kanal versenken."

"Das ist nicht der beste Pool der Stadt."

Wir kriegen die Türen des Wagens auf. Das Wasser des Kanals - es hat diesen Begriff nicht verdient, es ist die flüssige Version der Hölle - fließt durch den Kofferraum. Die vorderen Sitze sind trocken und wir schälen uns aus dem Auto. Aus dem Motorraum zischt es und die Einschusslöcher im Kühlergrill sehen aus wie Moskitostiche. Chander klettert neben mir die Böschung hoch auf die Straße. Die Preman kommen aus der Entfernung auf uns zu. Der mit dem

Baseballschläger ist am nächsten und wird uns als erster erreichen.

"Wo ist Deine Kamera?" frage ich Chander.

"Im Auto. Ich hole sie."

Er gibt mir seinen Revolver.

"Warte auf mich."

Ich nicke und nehme seinen Revolver und stecke ihn in den Bund meiner Hose. Ich halte die Kamera auf den Preman, der seinen dicken Bauch in einer Art Trott auf uns zubewegt. Er erinnert mich an ein altes Pferd das noch einmal zu einer Höchstleistung kommt. Ich muß an das Lied "Caballo Viejo" denken: Sein Trott ist genauso schnell.

Mit etwas Abstand dahinter der Preman mit dem Cowboyhut und dann die anderen. Der Dicke mit dem Baseballschläger zieht etwas unter seinem Arm hervor das Ähnlichkeit hat mit dem Revolver, den Chander mir gegeben hat. Ich halte die Kamera auf den Preman und fühle mich wie ein Mensch, der ein wildes Tier filmt das auf ihn zustürmt.

"Boss, er hat eine Waffe."

Chander hinter mir. Er hat seine Kamera in der Hand. Als Fotojournalist bin ich nie ohne meine Kamera. Sie könnten mich aus einem Flugzeug werfen, ohne Fallschirm. Solange ich meine Kamera dabei habe, wird alles gut. Das muß Chander noch lernen. Nie, absolut nie, lässt Du Deine Kamera zurück.

"Mach' Fotos," sage ich zu ihm.

"Sie können uns töten. Lass' uns verschwinden."

Er hat Angst. Ich reagiere nicht auf seine Angst. Wie mit wilden Tieren: Du musst Stärke zeigen. Die Preman wirken auf mich wie ein Haufen schwacher Existenzen die sich an den noch Schwächeren zu schaffen machen und von ihnen leben.

"Lass' die Videokamera laufen. Und übersetze, falls sie mich nicht verstehen."

Dann kommt der Dicke mit dem Baseballschläger und einem alten Revolver in meine Nähe. Er ist außer Atem, sein Gesicht braun-rot und schweißgebadet.

"Hallo, Preman," sage ich zu ihm.

Er schaut mich mit ungläubigen Augen an.

"Meine Name ist Wolf, von der EAPA. East Asia Press Agency. Nama saya serigala, East Asia Press Agency."

Mein Indonesisch ist holprig aber ich weiß was mein Name auf Indonesisch heißt.

"Ich will Dich interviewen. Dich und Deinen Boss. Was ist hier passiert? Was habt Ihr damit zu tun?"

Er hat die Waffe in seiner Hand aber richtet sie nicht auf mich. Ich bin einen Kopf größer als er und ich halte nur eine Kamera in meiner Hand.

"Steck' die Waffe weg, bevor noch etwas passiert," sage ich auf Englisch zu ihm. Sein Gesicht registriert nichts und ich weiß nicht, ob er mich versteht oder nicht.

Der Preman mit dem Cowboyhut kommt mit langsamen Schritten zu uns und hat ein verstohlenes Grinsen in seinem Gesicht. Er ist vielleicht Mitte 50 und hat Augen die mehr gesehen haben als sie es jemals wollten. Sein Haar ist kurz geschoren und liegt eng an seinem Skalp und ist aschgrau und er bewegt sich wie ein General in zivilen Klamotten.

"Ah, Bule, was willst Du hier?" sagt er auf Englisch.

"Du hast einen meiner Soldaten getötet."

Er zeigt mit seiner Hand die Straße runter nach da, von wo wir gekommen sind.

"Was machen wir jetzt?" fragt er.

Chander filmt und ich mache Fotos.

"Hör' auf zu filmen, nimm' die Kamera runter," sagt er zu Chander.

"Boss?" fragt Chander mich. Seine Stimme zittert mit etwas, das Angst sein könnte.

"Lass' sie oben aber mach' sie aus," sage ich zu Chander.

Dann zu dem Preman:

"Ich will Dich interviewen. Deine Seite der Geschichte kennen lernen."

"Wer bist Du?"

"Mein Name ist Wolf. Ich bin ein deutscher Journalist für die EAPA, die East Asia Press Agency."

"Ein Deutscher."

Er lächelt mich an und steckt sich eine Zigarette an.

"Wir mögen die Deutschen. Helmut Kohl und Präsident Suharto sind gute Freunde."

Mich wundert es, dass er das weiß und ich sage ihm:

"Dann lass' uns auch Freunde sein."

"Das ändert nichts daran, dass Du einen von uns getötet hast."

Die beiden anderen Preman stehen hinter ihm und der Dicke, der zuerst bei uns war, richtet seinen Revolver vom Boden auf uns.

"Wir wollen niemandem etwas Böses. Wir sind Journalisten. Und ich hatte nicht den Eindruck, dass Ihr uns wohl gesonnen seit. Schaut Euch unser Auto an."

Der Blick des Preman mit dem Cowboyhut gleitet von mir runter in den Kanal zu unserem rostbraunen Explorer durch dessen Kofferraum das Dreckwasser fließt. Der Preman mit dem Revolver nimmt seinen Blick keine Sekunde von uns. Dann sprechen die Preman auf Indonesisch miteinander. Chander übersetzt für mich so simultan wie es die Situation

zulässt. Er hat die Kamera noch immer auf seiner Schulter und ich sage zu ihm als ich meinen Kopf zu ihm drehe:
"Mach sie wieder an."
Chander macht sie wieder an. Die Kamera filmt die nächsten Augenblicke und die Konversation.
Chander übersetzt:
"Der mit dem Revolver will uns erschießen, weil wir sie auf Kamera haben und uns dann im Kanal versenken."
Chander schluckt und ich schaue dem Preman mit dem Revolver in die Augen und starre ihn an wie ein Tier. Der Schweiß läuft mir durchs Gesicht und meinen Körper hinunter wie ein Wasserfall.
"Der mit dem Cowboyhut sagt nein, das Militär hat nicht gesagt, dass sie Ausländer ermorden sollen. Und bestimmt keine Journalisten."
"Look, let's turn this into a win-win situation," sage ich zu ihrem Anführer.
"Wenn wir Euch interviewen und Eure Story bringen, werdet Ihr berühmt. International."
Er lächelt und zieht an seiner Zigarette.
"Wartawan Jerman, Wartawan Jerman," sagt der Anführer, "deutscher Journalist, deutscher Journalist, was machen wir nur mit Dir?"
"Kita bisa berteman," sage ich zu ihm, "wir können Freunde sein."
Ich setze mein selbstbewusstes Lachen auf und sehe ihm in die Augen.
"Was soll ich der Familie des Soldaten sagen, den Ihr getötet habt?"
"Berufsrisiko?"
"Für einen Fremden hast Du ein freches Maul," sagt er zu mir. Sein Lachen verlässt sein Gesicht und die Haut spannt

über seinen Knochen. Sein Gesicht nimmt die aschgraue Farbe seiner Haare an.

"Das wird teuer. Wie viel Geld habt Ihr dabei?"

Ich drehe mich zu Chander und meine Lippen werfen ihm lautlos zu: "Let her roll - lass die Kamera laufen."

"Lass' mich nachschauen, wie viel Geld in meinen Taschen ist," sage ich zu dem Preman mit dem Cowboyhut. Meine Hand bewegt sich zur Rückseite meiner Hose wo viele Männer ihre Brieftasche haben. Der Preman mit dem Revolver sieht seinen Boss an und ich ziehe den Revolver, den Chander mir gegeben hat. Unsere Blicke treffen sich und ich richte meinen Revolver auf ihn und spanne den Hammer.

"Nimm' die Waffe runter, Dicker."

Dann zu Chander:

"Lass' die Kamera laufen."

Wir stehen uns in der Hitze der Sonne gegenüber und mir ist nicht klar, wie der Preman mit dem Revolver reagieren wird. Ich bin bereit zu schießen und hoffe, dass Chander den Revolver seit dem letzten Schuss gereinigt hat und dass sie keine Ladehemmung hat.

"Nehmt die Waffen runter. Wir gehen nach Hause. Ihr geht nach Hause," sagt der Anführer.

Der Dicke schaut mir in die Augen und ich ihm.

"Hör' auf Deinen Boss und nimm' sie runter. Ich will Fotos schießen und keine Menschen erschießen."

Er nimmt die Waffe runter und lässt den Finger am Abzug. Dann senke ich die Waffe und meine Augen bleiben an seinen haften. Erst als er die Waffe in seinen Holster geschoben hat stecke ich den Revolver in meinen Gürtel.

"Eine weise Entscheidung," sage ich zu dem Preman mit dem weißen Cowboyhut. Er nickt mir zu und lächelt.

"Bis bald, Amigo," sagt er.

Sie drehen sich um und verschwinden in einer kleinen Gasse. Ich drehe mich zu Chander und meine Augen fragen ihn, ob er alles auf Film hat.

Er nickt.

Dann senkt er die Kamera und atmet tief durch. Ich tue das Gleiche.

AYU

EINS

Wenn Ayu nicht so gut darin wäre, an sich selbst zu glauben, dann würde sie ihren Augen nicht trauen: Die Mehrheit der Studenten hat für sie gestimmt. Und sie zur Vorsitzenden der Studentenvertretung gewählt: *Kepala ORMAS*, Head of the Student Organisation.

Ihr erster politischer Erfolg.

Unglaublich und wahr. Und ohne vermessen sein zu wollen: Sie hat es gewusst.

Keine ist so gut wie sie.

Und keiner sowieso nicht.

Ihr Aussehen lässt sie außen vor, denn darauf bildet sie sich nichts ein, das hilft ihr nur bei den Männern, von denen sie die falschen anzieht. Die Playboys, die zuerst eine dicke Brieftasche haben und dann ein dickes Ego und die glauben, sie mit zuerst mit ersterem und dann auch mit letzterem beeindrucken zu können.

Die Männer, die sie interessieren, müssen weder reich noch ein Alphatier sein.

Materialismus ist keine Motivation für Ayu.

Ihre Familie hat genügend Geld. Ihr Vater ist Autohändler. Damit verdient er sein Geld. Und er ist Meister in Pencak Silat. Damit bedient er seine Seele. Und das hat er seinen Töchtern beigebracht. Von Kindesbeinen an.

Bücher stehen in ihrer Familie hoch im Kurs. Sie lesen alles; Literatur - Lesen und Schreiben - ist Freiheit, und in der Familie genießen sie diese Freiheit.

Ihre Eltern sind gläubige Muslime; ihre Mutter trägt einen Hijab und betet jeden Tag, fünf Mal. Ihr Vater sieht die Sache mit Gott und der Religion entspannter. Er hält sich an

Ramadan und Idul Fitri, aber das ist es dann auch. Wenn er mit seinen Freunden auf dem Golfplatz den 9- oder an den Wochenenden den 18-Loch Kurs spielt, hat immer einer eine Flasche dabei und je länger das Spiel dauert, desto ungenauer werden die Abschläge. Die Haji hat ihr Vater genauso wenig auf seiner Bucketlist wie sie; er will nach Dearborn, M.I. und das Headoffice von Ford besuchen, sie nach Washington, D.C., und in die Wiege der amerikanischen Demokratie: Philadelphia.

Sie sucht einen intelligenten Mann, der sie als Frau und nicht als Trophäe behandelt. Sie will Politikerin werden, nicht Objekt.

Und nun ist sie die Stimme der Studierenden. Die Versammlung, die Diskussionen, die Vorstellung der Kandidaten und Kandidatinnen, die Abstimmung: Alles hat im Untergrund stattgefunden. Und natürlich nicht auf dem Gelände der Universität. Sie hatten sich im Untergrund organisiert, genauso wie die Studenten vieler Universitäten im Land, die der Herrschaft Suharto's und seines Systems müde geworden waren. Offiziell sind Studentenvereinigungen verboten.

Sie bricht Gesetz, aber nicht Gerechtigkeit.

Es tut gut.

Das Land braucht es.

Sie auch.

Suharto ist ein alter Mann geworden. Viel zu alt. Warum sterben die Guten zu früh und die Schlechten zu spät?

Das Adrenalin pumpt in ihren Adern.

Sie ist high von dem, was sie tut.

"Hey Ayu, Gratulation, das hast Du wunderbar gemacht," sagen ihre Fans zu ihr. Ayu geht auf das nächste WC, um sich die Hände und ihr Gesicht zu waschen. Wasser

tropft von ihrem Kinn und ihrer Nase, als sie sich im Spiegel in die Augen schaut.
Die Stimme in ihrem Kopf:
"Jetzt ist Deine Zeit gekommen."
Ayu hatte ihren Kommilitonen gesagt:
"Ich bin überzeugt davon, dass sich die Bürger ihre Lebensformen frei wählen können sollen. In unserem Land schränkt General Suharto diese Freiheit ein. Er führt unser Land in den Ruin. Er hat uns viel Geld und Bodenschätze geklaut. Jetzt kommt die Finanzkrise dazu und die Währung befindet sich im freiem Fall. Das Land steht vor dem Zusammenbruch. Der Wechselkurs fällt wie ein Thermometer im Gefrierschrank. Und was macht die Regierung? Sie haben keinen blassen Schimmer und sie stehlen uns damit unsere Zukunft. Die armen Menschen leiden am meisten und die Reichen setzen sich nach Singapur und Australien ab und nehmen ihr Geld mit. Lasst uns über Politik reden, lasst uns über die Zukunft reden. Indonesien ist unser Land, nicht das Land eines alten Mannes, der an seinem Ende angekommen ist. Lasst uns über Reformen sprechen. *Reformasi.*"
Dafür steht Ayu.
Politik.
Macht.
Wechsel.
Veränderung.
Reformasi.
So hatte sie ihre Bewegung genannt:
Reformasi.
Ayu's Anliegen: Die Reform des bestehenden Systems. Auf demokratische Art und Weise.
"Die Russen tun es mit der Perestroika. Wenn die es können, warum nicht auch wir, die Indonesier? Wir sind die Zukunft dieses Landes. Wir sind die Stimme dieses Landes.

Lasst uns endlich Schluss machen mit der Heuchelei und das aussprechen, was Sache ist."

Ihre Rhetorik hat alle überzeugt. Ayu ist die leuchtende Stimme der Veränderung.

"Erinnert Ihr Euch an Deutschland, an die DDR? Erinnert Ihr Euch an die Bilder? Das ist weniger als zehn Jahre her."

Die meisten von ihnen sind zu jung, als dass sie sich an die Bilder erinnern können. Aber sie haben davon gehört.

Natürlich.

"Haben die Ostdeutschen nicht einen alten Diktator aus dem Land vertrieben, seine Partei und das Regime alter Säcke zu Fall gebracht und die Mauer eingerissen? Ohne Mord und Totschlag? Was gibt es auf dieser Welt, das demokratischer ist?"

Ayu hat sich die Bilder immer wieder angesehen, von den Menschen, die die Mauer zwischen Ost und West erklommen haben. Friedliche Menschen haben mit Demonstrationen eine Diktatur beendet.

Mitten in Europa.

Ayu will das in ihrem Land erreichen.

Sie träumt von Bildern die um die Welt gehen werden, von einem gestürzten Diktator und freien Wahlen, von Wohlstand für alle und einem Sozialstaat, der Verantwortung für seine Bürger übernimmt.

Sie will das höchste Amt haben und ihr Land anführen.

Sie will Gerechtigkeit.

Sie wird aus ihren Gedanken gerissen, als zwei schöne Hände ihr um ihre schmalen Hüften fassen und ihr eine Stimme ins Ohr flüstert:

"Sayang, ich gratuliere Dir. Dein erster Schritt auf dem Weg zum Präsidentenamt."

Ein Augenzwinkern.

Die schlanken Arme umfassen sie von hinten und das Gesicht der Stimme schmiegt sich an ihre Wange. Das Gesicht ist genauso schön wie ihres. Ihre Augen schauen sich im Spiegel an, tief und lang und voller Liebe.

"Danke, Lolita, Du weisst, wie viel mir das bedeutet. Ich glaube, dass wir jungen Indonesier aufwachen müssen und wir uns nicht alles gefallen lassen dürfen."

"Ja, ja, ja. Hati-hati dong. Sei vorsichtig. Was Du machst ist verboten. Du kannst dafür ins Gefängnis kommen. Oder schlimmer."

"Loli, ich bin immer vorsichtig. Darum sind wir ja in den Untergrund gegangen. Schaue Dir Megawati an. Sie hat sich der Blockade ihres Parteitages durch die Regierung widersetzt und ist jetzt so beliebt wie nie zuvor. Das schützt sie vor Repressalien. Die Menschen haben zwei Tage lang auf der Straße für sie gekämpft und demonstriert. Niemand kann sie anlangen. Sie ist die Zündschnur für ein Pulverfass. Suharto weiß das auch."

"Du bist nicht Megawati und nicht die Tochter von Sukarno."

"Das nicht, aber ich habe eine wundervolle Schwester, die mich unterstützt."

Lolita küsst ihrer Schwester auf die Wange. Die beiden schauen sich in die Augen wie nur Schwestern es können.

"Und außerdem ist ziviler Ungehorsam ein anerkanntes Mittel, um auf Missstände in Gesellschaften aufmerksam zu machen. Thoreau, Rawls, Habermas, Gandhi. Ich trete in große Fußstapfen."

"Erzähle das dem Militär, wenn sie Dich verhaften," sagt Lolita.

"Mach Dir keine Gedanken, alles wird gut und wir werden gemeinsam das Regime besiegen. Wir Studenten sind so viele, die können nicht *alle* Studenten einsperren. Und wir werden *alle* Studenten mobilisieren."

Das ist jetzt ein paar Wochen her und seitdem ist viel passiert. Ayu hat nicht damit gerechnet, dass sie als Kepala ORMAS so viel Aufmerksamkeit auf sich zieht.

Ayu sitzt im Vorzimmer des Büros von Megawati, einer der Töchter des Mannes, den sie wie keinen anderen verehrt: Sukarno.

Die Tür des Büros der Vorsitzenden der neugegründeten Partai Demokrasi Indonesia Perjuangan, PDI-P, geht auf und vor Ayu steht die Tochter Sukarno's. Jetzt, wo Megawati vor ihr steht merkt Ayu, dass die Dame einen ganzen Kopf kleiner ist als sie. Megawati impliziert so viel Macht und Stärke, dass Ayu immer eine große Frau vor sich sah. Ayu will Megawati traditionell grüßen und ihre Hand küssen. Megawati zieht ihre Hand zurück und sagt zu ihr:

"Lass den Unsinn. Wir sprechen von Auge zu Auge. Wir haben anderes im Sinn als uns die Hände zu küssen. Komm' in mein Büro. Willst Du Kaffee oder Tee?"

Den beiden Frauen ist klar, dass sie Suharto aus dem Amt jagen werden. Es ist keine Frage des ob, nur des wann.

"Ich will Präsidentin werden. Warum? Nicht weil ich machtbesessen bin. Ich will das, was mein Vater begonnen hat, weiterführen. Ich will ihn rächen, indem ich das Land wieder auf den richtigen Weg führe. Indonesien verdient mehr als Korruption und Amtsmissbrauch."

"Ich unterstütze Sie in Ihrem Vorhaben, Frau Megawati. Nichts liegt mir näher als die Werte Ihrer Partei."

"1965 haben die Studentenproteste - angezettelt von Suharto und seinen *Cronies* im Militär - geholfen, meinen Vater aus dem Amt zu vertreiben. Meinen Vater. Und dann hat

Suharto Millionen Menschen getötet und politischen Kahlschlag betrieben."

Megawati schüttelt ihren Kopf.

Ayu nickt.

"Die Propagandafilme laufen seitdem an jedem 30. September. Es ist eine Qual für mich und es gibt keine schlechtere Propaganda."

"Meine Generation kennt es nicht anders."

"Suharto hat alle Studentenvereinigungen verboten, weil er Angst hat vor jungen Menschen die frei denken und ihre Gedanken frei aussprechen. So wie Du. Und heute sitzt Du bei mir. Und heute beschließen wir den Pakt, dass die Studenten maßgeblich daran beteiligt sein werden, den alten Mann aus dem Amt zu vertreiben, das ihm nie gehört hat."

Megawati spricht mit ruhiger und leiser Stimme, beinahe emotionslos über ihren Vater, ihre Rache und ihre Ambitionen.

"Deine Rolle ist klar. Du und Deine Studenten, Ihr seid die Stimme der Straße. Ihr seid die Macht der Masse, die kein Diktator kontrollieren kann. Wenn er weg ist und es zu Wahlen kommt, seid Ihr die Mobilmachung für meine Partei. Ich brauche jede Stimme an den Urnen."

"Was werde ich davon haben?"

"Warum ziehst Du nicht für meine Partei ins Parlament ein, wenn es soweit ist?"

Nun schaut Ayu sie mit großen Augen an. Sie ist so nah an der Macht und sie kann den Rausch spüren.

"Ich will weibliche Kabinettsmitglieder haben. Die Zeit der alten Männer ist vorbei. Damit es soweit kommt, brauchen wir bei den Wahlen die Stimmen der Studenten an den Urnen. Die Stimmen der jungen Indonesier werden uns helfen, eine gemäßigte Mehrheit im Parlament zu stellen, die die muslimischen Parteien und das Militär in Schach hält."

Megawati hält inne und trinkt von ihrem Tee.

"Ich will das Land auf einen Reformkurs bringen und alle in der Bevölkerung mitnehmen. Alle Menschen in diesem Land sollen als Gewinner aus dieser Veränderung hervorgehen."

"Das will ich auch. Die Menschen leiden. Das muss ein Ende haben."

Ayu denkt an ihren Vater, dessen Lebenswerk durch die Finanzkrise den Bach hinunter zu gehen droht, wenn sich nicht bald etwas ändert.

"Was willst Du mit Deinem politischen Amt machen?" sagt Megawati.

"Ich will dem Land und seinen Menschen helfen, endlich das zu bekommen, was sie verdienen."

"Und was ist das?"

"Freiheit. Unabhängigkeit. Gerechtigkeit."

"Das sind eherne Ziele. Und sehr schwer zu erreichen. Vor allem die Gerechtigkeit."

"Ja, das ist so. Aber lieber scheitere ich an einem großen Ziel als mich mit dem Kleinen zufrieden zu geben."

Megawati mustert die junge Frau. Auge zu Auge und Angesicht zu Angesicht. Dann nickt Megawati.

"Du hast die richtigen Ambitionen. Du bist eine wunderschöne Frau. Du musst aufpassen, dass kein Mann zwischen Deine Schönheit und Deine Ambitionen gerät."

"Ich weiß nicht, was ich dazu sagen soll, außer, dass ich mich für Ihr Kompliment bedanke."

"Das Leben besteht aus so vielen Wünschen und dem, was wir unsere Leidenschaften nennen. Die meisten von uns sind getrieben von Emotionen. So war es bei meinem Vater auch. Er war getrieben von den schönen Dingen im Leben. Er war stark genug, sie zu beherrschen. Er war neun Mal verheiratet. Wenn es Dir gelingt, Deine wirklichen Ziele im

Auge zu behalten, steht Dir in diesem Land noch viel bevor. Mache Politik zu Deiner Leidenschaft."

"Vielen Dank, Ibu Megawati, Ihre Weisheit ist überragend und inspirierend."

"Was sind Deine Pläne für die Studentenproteste?"

"Wir werden seine Füße ins Feuer halten."

Megawati schmunzelt.

"Welche Opfer bist Du bereit zu erbringen?"

Ayu schaut Megawati tief in ihre Augen.

"Du weißt, Du wirst Opfer erbringen müssen."

Ayu schweigt.

Dann:

"Welche?"

"Gefängnis. Hausarrest. Verletzungen. Tote."

Ayu's Blick weicht nicht aus.

"Vergewaltigung. Brandstiftung, Plünderung."

Ayu trinkt einen Schluck Tee.

"Glaubst Du, er wird es Dir einfach machen?"

Der Satz wirkt für ein paar Momente. Das Büro von Megawati ist ruhig. Im Vorzimmer klingelt ein Telefon. Von der Straße ist der Lärm des Verkehrs und der fliegenden Händler zu hören. Das Klingeln der kleinen Verkaufswagen ist wie ein Morsecode und verrät die Gerichte, die die Verkäufer anbieten.

"Glaubst Du, er macht es mir einfach?"

Ayu schüttelt ihren Kopf.

"Oh nein, meine Liebe. Du kommst aus dem Untergrund. Die politische Realität findet hier oben statt, hier sind unsere Gegner. Du musst ihnen offen die Stirn bieten. Schau Dir an, was 1965 passiert ist. So viele tote Menschen. Seine Machtergreifung war ein Holocaust. Seine Absetzung kann zu einem erneuten Holocaust werden. Bist Du bereit, dieses Risiko einzugehen?"

"Alle. Ich kann alle Opfer erbringen. Solange wir siegen."

Ayu schaut Megawati in die Augen. Siegessicher und voller Zuversicht.

"Wir werden siegen."

"Ich verehre Ihren Vater und das, was er für unser Land getan hat. Auch wenn er - mit Verlaub gesagt, wie wir alle - nicht perfekt war, so war er doch perfekt für dieses Land."

Megawati schaut Ayu an und Ayu ist sich für einen Augenblick nicht sicher, wie die Reaktion von Megawati sein wird oder ob ihre Worte ein Griff ins Klo waren.

Dann kommen der Präsidententochter die Tränen. Eine Träne rollt über ihre Wange hinunter und tropft auf ihr Batik-Oberteil. Es ist der intimste Augenblick zwischen den beiden Frauen.

"Das war das Schönste, was Du über meinen Vater hast sagen können. Und es ist wahr."

Ayu reicht ihr ein Taschentuch aus dem Dispenser auf dem Schreibtisch. Er trägt einen traditionellen indonesischen Batiküberzug. Dann schweigen sich beide Frauen an und die Blicke ihrer Augen verhaken sich ineinander. Es vergehen einige Momente in denen die beiden Frauen ihre Schicksale aneinander koppeln.

ZWEI

"Cool down. Take it easy. Wir fangen gerade erst an. Du musst strategisch denken," sagt die Stimme in ihrem Ohr, die sie wie ein Schatten durch die Luxusgeschäfte der Plaza Indonesia begleitet.

Sie hält das Treffen mit Megawati geheim. Das ist wichtig, um sie und sich zu schützen. Schliesslich ist das, was sie tut, illegal. In den Augen ihrer Regierung ist sie eine Terroristin. Und das Militär jagt Terroristen. Gefängnis oder schlimmer. Sie kann sich nicht ausmalen, was mit ihr in den dunklen Käfigen der Militärgefängnisse, in denen Suharto seine politischen Feinde lebendig begräbt, passieren würde. Viele von ihnen tauchen aus den Gulags erst wieder auf, wenn die Wachen sie mit den Füßen vorweg raustragen: Politischer Widerstand in Indonesien ist genauso tödlich wie die ungefilterten Zigaretten der Straßenverkäufer.

Ayu hatte am Abend zuvor ein Date mit Uli, einem Doktoranden aus München, der beim ASEAN Secretariat seine Doktorarbeit schreibt. Zumindest ist Uli sein Spitzname. Aus dem Date wurde eine unvergessliche Nacht und sie konnte sich erst am Nachmittag des folgenden Tages aus seinem Bett befreien. Seine Augen begeistern sie. Er spricht fließend Bahasa Indonesia und er ist intelligent und weiß mehr über ihr Land und die ASEAN als alle anderen Bule, die sie getroffen hat. Er hat intellektuelle Kapazität und steht ihr in nichts nach. Die Nacht war ein Wechselspiel des Austauschs ihrer körperlichen Liebe und der Liebe ihres Intellektes. Wie an der Speaker's Corner kämpften sie um die besten Argumente für Indonesien's Zukunft. Uli wartete mit immer mehr Argumenten auf und wollte der ASEAN besondere Bedeutung zukommen lassen.

"Ihr Deutsche. Ihr wollt alle in Frieden und Freiheit zusammenbringen."

"Wir hatten unseren Holocaust und Ihr Euren. Zeit, dass damit Schluss ist."

Dann hatte sie seinen Kopf zwischen ihre Beine geschoben und seinen Mund für etwas anderes eingesetzt.

Und Uli kann Pencak Silat. Sie hat sich fest vorgenommen ihn herauszufordern um zu sehen, wie gut er ist. Sein Intellekt spiegelt sich auch in seinem Äußeren wider: Er trägt polierte und in der Sonne glänzende Lederschuhe als wäre er beim Militär oder ein Diplomat. Das ist eine seltene Ausnahme bei westlichen Ausländern, die sich in der tropischen Hitze Jakarta's schnell gehen lassen.

Er ist anders, inspirierend, frei von Statusansprüchen. Auch hat er nicht versucht, sie zu beeindrucken. Andere Männer wollen ihr das Penthouse zeigen, das ihre Firma für sie als Expat in den Four Season Residences für tausende US-Dollar im Monat mietet. Sie sind versessen darauf, Ayu in ihrem Mercedes nach Hause zu fahren. Während der Fahrer vorne durch das Chaos Jakarta's steuert, sweet talken sie hinten mit Ayu. Männer doppelt so alt wie sie bieten ihr an, ihre Frauen und Kinder zu verlassen, um mit ihr zu sein, wenn sie nur ein Wort sagt. Sie flehen sie an, dieses eine Wort zu sagen und würden alles für sie tun. Immer wieder begegnen ihr diese Männer, die mit sich und ihrem Leben unzufrieden sind und die glauben, die Schönheit einer jungen Frau würde ihr Leben ändern.

Für Ayu ist ihre Naivität unfassbar.

Und dennoch beneidet sie irgendwie die Männer um ihre Naivität. Ihre Welt ist so einfach.

Eine Frau als Lösung aller Probleme.

Ayu ist angewidert von diesen Männern die glauben, mit Geld alles kaufen zu können, auch Frauen, und die für ihre neue Anschaffung ihr bisheriges Leben aufgeben würden als hätte nichts einen Wert, als hätten sie in ihrem bisherigen Leben alles falsch gemacht. Diese Männer fallen für sie in dieselbe Kategorie wie die Abgeordneten des Parlamentes, die alles andere im Sinn haben als das Volk. Die Taktik des teuren Autos wirkt vielleicht bei den Mädchen aus den *Kampungs*, den Dörfern in der Provinz, die in Jakarta irgendwie von Tag zu Tag überleben und in den Shopping Malls in enger Kleidung herumlaufen und einen Expat suchen, der an einem Tag mehr verdient als sie in einem halben Jahr. Vielen gelingt das, sind ihre Reize Magnet für die Augen der Bule und ist die schnelle Liebe in den schicken Apartments der Ausländer ein Aphrodisiakum. Was die Männer nicht wissen: Ayu ist ein anderer Typ Frau. Der Mercedes bedeutet ihr nichts. Sie zieht es vor, in ein altes *Taxi Presiden* zu steigen, mit dem *Tarif Lama*, den alten Preisen, die nur halb so teuer sind wie die neuen Blue Birds. Klar ist es gefährlicher, die Fahrer unberechenbar. Manche Taxifahrer machen sie an und beschimpfen sie als Schlampe, wenn sie in ihren spärlichen Klamotten aus einer Disko oder einem Club kommt.

"*Bapak*, Sie sind ein schwacher Mann. Können Sie keine selbstbewusste Frau ertragen? Die eine eigene Meinung und ein eigenes Leben hat? Und die zu ihrer Sexualität steht? Dann lass' mich aussteigen, so dass Du zu Deiner armen Frau nach Hause fahren kannst. Wenn Du eine hast," sagt Ayu in solchen Fällen zu dem Fahrer.

Das bringt den Fahrer zum Schweigen. Sie hat keine Angst. Für alle anderen Fälle hat sie ein Klappmesser bei sich und Pfefferspray. Und sie beherrscht Pencak Silat auf dem Niveau ihres Vaters. Kein Taxifahrer hat je versucht, sie anzulangen oder handgreiflich zu werden. Etwas in Ayu's Augen schüchtert sie ein. Es ist die Stärke einer Frau, die mit sich selbst im Reinen ist und die weiß was sie will und die niemanden zwischen sich und ihr Ziel kommen lässt.

Ayu liebt es, sich von der Dekadenz und der Falschheit der Menschen aus den teuren Nachtclubs zu befreien, genauso wie sie es liebt, für ein paar Stunden bei lauter Musik in die Parallelwelt des Nachtlebens einzutauchen.

Mit den meisten Fahrern der Taxis spricht sie über Politik und die soziale Situation auf den Straßen. Ayu will verstehen, was los ist, wie die Taxifahrer die Situation im Land wahrnehmen. Die Fahrer sind die *Marhaen* der Straße.

Und vielleicht ihre zukünftigen Wähler.

Sie stellt sich vor, wie sie in den Wahlkampf zieht und diese Anekdoten erzählt.

Uli ist so wie er ist und er macht sich keinen Kopf, ob sie ihn mag oder nicht. Diesen Eindruck gibt er ihr, und das zieht sie an. Er ist abgebrüht und sie hat das Gefühl, ihm nichts vormachen zu können. Die anderen Männer liegen ihr zu Füßen und egal was sie macht, sie sind immer noch da. Er hat sie auf eine charmante Art und Weise angesprochen und ihr ein Lächeln auf die Lippen gezaubert. Ihr, die jede Anmache, die es zwischen Süd- und Nordpol gibt, mehrfach gehört hat.

"Du."

"Ich?"

"Ja, Du. Erzähl' mir warum ich den Abend mit Dir verbringen soll," hat er auf Indonesisch zu ihr gesagt. Sie war perplex. Ein Bule, mit blonden Haaren und blauen Augen, mit einem Bahasa Indonesia ohne Akzent. Hätte sie ihre Augen zu gehabt hätte sie geglaubt, dass ein Indonesier sie anspricht.

"Nicht dass ich es nicht will. Aber ich will es von Dir hören."

Sie war begeistert von seinem Selbstbewusstsein. Sie weiss, dass sie die schönste Frau in der Bar ist, lässt aber niemanden wissen, dass sie es weiß und tut so, als wüsste sie es nicht. Sie trägt ein gesundes Maß natürlicher Arroganz in sich. Ihre Mutter hat ihr zusammen mit ihren Genen auch dies vererbt. Ayu's Mutter ist genauso hübsch wie sie, aber viel arroganter und sie wäre bestimmt nicht wie ihre Tochter in den Untergrund gegangen, für keine Sache der Welt. Und schon gar nicht, um gegen den Diktator vorzugehen.

"Politik ist ein schmutziges Geschäft," hat ihre Mutter gesagt, "und egal was Du machst und wie sauber Du am Anfang bist, am Ende kommst Du schmutzig raus."

Ayu schlendert nach der Nacht mit Uli durch die Geschäfte der Plaza Indonesia und nimmt einen Kaffee von Starbucks mit. Dann macht sie sich mit einem Taxi auf den Weg nach Hause. Der Fahrer bringt sie zu ihrem Kost in Setiabudi, mitten in Jakarta. Ihre Schwester Lolita, ihre beste Freundin Melanie sowie ein paar andere junge Frauen wohnen in einer großen Villa zusammen, deren Räume sie separat mieten. Das gesamte Gebäude ist großzügig angelegt und edel ausgestattet. Ein kleiner Garten umgibt das Gebäude und schafft etwas frische Luft sowie Abstand zu den umliegenden Häusern in der dicht bebauten Millionenmetropole. Sri, die Pembantu, das Hausmädchen, wohnt im Servicebereich der Villa und kümmert sich um Sauberkeit und Wäsche. Im Gebäude wohnen nur Frauen und offiziell sind als Besucher nur Frauen zugelassen. Die Mädchen decken sich gegenseitig: Manchmal, wenn es nicht anders geht, dann nimmt eine von ihnen einen Mann mit auf ihr Zimmer. Ayu wollte Uli nicht mit zu sich nach Hause nehmen; ihre Freundinnen hätten zu viel über sie und ihren blonden Freund getratscht.

Ayu hat Sri den Auftrag gegeben, neue *Sedap Malam*, die "Süße der Nacht", auf dem Blumenmarkt zu holen. Der Duft dieser Blume entfaltet sich nachts und bezaubert Ayu jedesmal wenn sie nach Hause kommt.

In der ganzen Nachbarschaft gibt es unzählige Kost, in denen junge Frauen wohnen, die von ihren Eltern ausgezogen sind, oder die von den anderen Landesteilen ihren Weg nach Jakarta gefunden haben, um hier ihrer Karriere, ihrer Bildung und ihrem Glück nachzugehen.

Lolita sieht Ayu nach Hause kommen.

"Kannst Du unser Essen abholen?"

"Ernsthaft?"

Lolita schaut sie mit tiefen Augen an.

"Bitte."

Ayu kann ihrer Schwester nur selten widerstehen. Ihr Blick erinnert sie an sich selbst und die Macht, die ihre Augen haben.

"Wo?"

"Café Warna."

"Was ist mit dem Geld? Du musst mir schon ein Trinkgeld geben, wenn Du mich schickst," sagt Ayu mit einem zwinkernden Auge.

"Ich bin der teuerste Lieferdienst der Stadt."

Ayu läßt sich von ihren Mädels, mit denen sie zusammen wohnt, breitschlagen. Normalerweise schicken sie Sri, das Essen zu holen. Aber an diesem Abend hat Ayu Lust, durch ihr Viertel zu schlendern. Sie geht vorbei an den kleinen Ständen der fliegenden Händler und den Häusern der Nachbarn, durch das dichte Treiben auf der engen Straße. Es herrscht wie immer um diese Uhrzeit das ganz normale Chaos.

Ayu liebt ihre Nachbarschaft, die Menschen und das Miteinander. Über ihrem Viertel liegt die liebliche Atmosphäre eines friedlichen Treibens. Das Leben hier findet auf der Straße statt. Ayu trägt einen Rock, der ein ganzes Stück über dem Knie endet. Ihre Beine stecken in schwarzen Schuhen mit hohen Absätzen, die sie einen Kopf größer machen. Wie fast überall in Jakarta gibt es auch hier keine Bürgersteige. Autos, Mopeds, fliegende Händler und Fußgänger teilen sich die Straße, die in den meisten anderen Ländern eine Einbahnstraße wäre. Der Geruch von Sate und Nasi Goreng vermischt sich mit dem süßlichen Duft der Kretek-Zigaretten und dem Gestank des Benzins der Mopeds und Autos, den diese ungefiltert in die Luft blasen. Diese Mischung ist der Duft ihres Viertels. Die Gerüche lassen Ayu träumen. Es ist einer dieser wunderbaren Abende in ihrem Leben an denen sie alles hat: Ihre Mädels warten zu Hause auf sie mit einer Flasche Lambrusco und sie werden zusammen Chicken Wings und Freedom Fries essen. Sie hat wie immer die Wahl bei den Männern: Sie könnte die Nacht wieder mit Uli verbringen (was sie eigentlich will - aber zwei Nächte hintereinander mit dem gleichen Mann direkt nach dem ersten Date ist ein Verstoß gegen ihre eigenen Regeln), aber dann müsste sie auf den Mädelsabend verzichten, und das will sie auf keinen Fall. Sie haben sich viel zu erzählen. Melanie ist gerade aus Sydney von ihrem Freund zurückgekommen (wann wird er ihr endlich den Antrag machen?) und hat Geschenke dabei. Ayu will ihre Schwester und ihre besten Freundinnen up to date bringen. Sie kann den Mann, den sie mit einer Pencak Silat Bewegung über ihre Schulter geworfen hat, nicht vergessen. Er muß sie hassen. Auch wenn er damit ihr Leben gerettet hat.

Sie denkt gerne an diesen Abend zurück. Es war so ein Moment, über den sie mit ihren Mädels sprechen will. Auch über das Militär und Megawati. Sie hat es bislang nicht getan, weil ihre große Schwester Lolita sich Sorgen machen und ihren Eltern Bescheid geben würde.

Lolita's Beschützerinstinkt.

Sie wartet darauf, dass das Essen fertig wird und unterhält sich mit Lisna, der Besitzerin des Café Warna, die ihr eine Tasse Kaffee über den Tresen des kleinen Lokals schiebt. Die Mädels bestellen regelmäßig Essen in dem kleinen Café.

Draußen mühen sich Polizeifahrzeuge durch den *Macet*, den Stau, der in dieser Stadt so allgegenwärtig ist wie Spielautomaten in Las Vegas.

Einsatzkräfte mit Schutzausrüstung sitzen auf den offenen Pritschenwagen.

"Weißt Du, was los ist?" sagt Ayu.

"Keine Ahnung, bestimmt wieder Proteste und Demonstrationen. Diese Studenten."

Lisna verdreht die Augen. Sie hat keine Ahnung, was Ayu macht oder wer Ayu wirklich ist. Und Ayu sieht nach allem aus, nur nicht nach einer Studentin.

"Ich muss nach Hause. Lolita und die Mädels warten. Wie viel kriegst Du von mir?"

Ayu bezahlt das Essen und gibt Lisna ein Trinkgeld. Sie verlässt das Café Warna und biegt in ihre Straße ein, die Jalan Setiabudi Timur. Dann dämmert es ihr und sie hat ein ungutes Gefühl.

Die Straße vor ihrem Haus ist voller Autos.

Polizeiautos.

Ein Stau hat sich in beide Richtungen gebildet. Es gibt kein vor und kein zurück.

Die Lage ist unübersichtlich.

Das Durcheinander ist groß.

Polizisten in Uniform mit kugelsicheren Westen haben einen Kordon gebildet und die Straße abgesperrt.

Keiner kommt raus.

Keiner kommt rein.

Nicht, dass irgendjemand rein will.

Wenn, dann wollen alle raus.

Ayu denkt sich nichts Böses.

Doch Böses passiert.

Die Polizei hat ihr Haus gestürmt. Sie kann sich keinen Reim daraus machen.
Außer....
Das kann nicht sein.
Es kann einfach nicht sein.
Außer: Sie suchen sie.
Sie.
Die Terroristin.
Seit der Durchsuchung des Nachtclubs ist es das zweite Mal, dass das Militär ihr auf den Fersen ist. Nun muss sie verschwinden, auch wenn dies bedeutet, dass sie ihre Schwester und Freundinnen im Stich läßt. Würden die Mädels den Uniformen als Pfand dienen? Macht sich Ayu erpressbar?

Zur ihren Eltern zu fahren ist keine Idee, da würde die Polizei sie zuerst suchen. Sie darf keine Kreditkarte verwenden, denn wenn das Regime ihr im Nacken sitzt, dann werden sie auch ihre Kreditkartenbewegung nachverfolgen. So etwas hatte sie in einem Film auf HBO gesehen. Ayu hat keine Ahnung, ob das stimmt oder nicht, aber es schadet nicht, wenn sie sich daran hält. Sie will niemanden mit hinein ziehen - zumindest solange nicht, solange sie dies vermeiden kann.

Also etwas, wo sie in bar zahlen kann.
Was hatte Megawati sie gefragt?
Welche Opfer bist Du bereit zu erbringen?
Das war es.
Das hatte sie damit gemeint.
Und nun geht es los.
Ist ihre Schwester das erste Opfer?
Ayu dreht sich um und winkt an der nächsten Straßenkreuzung ein Blue Bird Taxi heran.
Untergrund.

"Ich muss zurück in den Untergrund. Das ist der einzige Weg."

Die Stimme spricht wieder zu ihr.

Abtauchen.

Wo besser als in einem Pool mit Blick über die Stadt? Sie kennt ein kleines Hotel mit einem Swimmingpool auf dem Dach und einem spektakulären Blick über Jakarta.

"*Bapak*," sagt sie zum Fahrer des Taxis, "in die Jalan Kebon Sirih."

Ayu hat das Hotel in guter Erinnerung. Sie war dort mit der einen oder anderen Bekanntschaft nach einer langen Nacht im Tanamur oder JJ's abgestiegen. Tanamur und JJ's sind berüchtigte Institutionen - der One Night Stand wurde dort praktisch erfunden. Beide sind nur ein paar Meter weg vom Hotel. Unmöglich, alleine in den Club zu kommen und ihn solo zu verlassen.

Das Hotel profitiert davon. Das Motto des Hotels steht über der Tür zum Aufzug:

Give love and give head

Und bar bezahlen.

Keine Fragen an der Rezeption. Kurzfristige Check Ins von Pärchen, die außer ihrer Kleidung und einer Flasche Wodka nichts bei sich haben. Sie ist an diesem Abend die einzige Frau, die alleine ein Zimmer bezieht. Und es ist auch für Ayu das erste Mal, alleine in dieses Hotel zu gehen.

Keiner fragt sie oder schaut sie verdächtig an. Das ist die Anonymität, die sie jetzt braucht. Ihr Zimmer ist im siebten Stock, ganz oben im Gebäude, direkt unter dem Pool. Blick über die Stadt in Richtung Süden, den Jalan Thamrin entlang in die Hochhäuser der Stadt.

Erstmal durchatmen.

Nachdenken.

Was muss sie tun?

Wem kann sie vertrauen?

Ayu macht sich Sorgen um ihre Schwester und um das, was in ihrer Kost passiert.

Mit wem kann sie sprechen?

Ayu fällt nur eine Person ein, die in Frage kommt und der sie wirklich vertraut - außer ihrer Schwester. Und ihre Schwester ist in den Händen der Polizei.

Vertraut wie:

"Ich vertraue Dir mein Leben an."

Es gibt nur einen:

Bagus.

Bagus, ihr schwuler Freund, den sie im JJ's vor Jahren kennen gelernt hat, eine Blume der Nacht, ein Butterfly, ein Dandy, der immer auf der Suche nach dem richtigen Mann für sein Leben ist.

In der Regel findet Bagus den Mann für's Leben für eine Nacht. Nach Herzschmerz und Hangover geht die Suche wieder los. Ayu war unzählige Male an seiner Seite gewesen. Und sie waren unzählige Male beim Hangover Breakfast bei ABUBA Steak in Cipete gewesen, danach bei einer Massage in Kemang, die die bösen Geister des Vorabends - Bagus ist abergläubisch - und die Alkoholreste vertrieb. Die Eroberungen von Bagus sind so bunt und vielfältig wie die Artenvielfalt auf Sumatra oder die Hauptversammlung der Vereinten Nationen.

Es sind Bule mit weißer Haut und blonden Haaren aus Dänemark, kleine, stilvolle Italiener, heißblütige Spanier und ein Mann aus Belize. Dann ist es ein reicher Chinese aus Glodok, der ihn mit Geschenken überhäuft: Taschen von

Prada, Gürtel von Gucci, Uhren von Rolex. Ein anderes Mal schenkt ihm ein wohlhabender Batak ein Auto; Bagus hat weder einen Führerschein, noch Ambitionen, diesen zu erwerben. Zu voll sind die Straßen in Jakarta, zu verrückt der permanente Stau. Und überhaupt ist Bagus zu weiblich für das Autofahren, ist der Wahnsinn auf den Straßen nichts für seine Nerven. Dafür sind die Taxis überall verfügbar und billig. Bagus behält einen Teil der Geschenke für sich, einen anderen Teil verkauft er und bestreitet von dem Geld, das er damit macht, seinen Lebensunterhalt. Vom Verkauf des Autos lebte Bagus zwei Jahre lang, eines davon auf Bali, wo er als House Sitter in den Villen der Reichen jeden Abend einen anderen Mann verführte.

Die beiden haben viele Abende und Nächte miteinander verbracht und über die Liebe und das Leben gesprochen. Nie über Politik. Was Bagus am Diktator am meisten auszusetzen hat ist sein Kleidungsstil:

"Nur die jungen, knackigen Soldaten sehen in ihren Uniformen gut aus. Ein verwelktes Gesicht mit einem dicken Bauch hat in einer Uniform nichts zu suchen."

Bagus ist der unpolitischste Freund, den sie hat. Sie verabreden sich für 21.30 Uhr.

Burgundy.

Im Grand Hyatt.

Die heißeste Bar in der Stadt. Die Tür ist härter und Frauen dürfen halbnackt, aber nie billig, die Bar betreten. Den Unterschied kennt nur der Bouncer. Er ist ein schlanker, muskulöser Mann mit gepflegten, schwarzen Haaren, einem Knopf im Ohr und der schwarzen Uniform des Hyatt Hotels am Körper. Ayu's Gesicht ist die Eintrittskarte in jeden Club. Ayu betritt die Lounge. Augen folgen ihr, Köpfe drehen sich nach ihr um. Frauen mustern sie von Kopf bis Fuß. Männer halten inne, verlieren ihren Gesprächsfaden, suchen ihre Augen, hoffen, dass sie sie anlächelt.

Hiding in plain sight.

Niemand vermutet die Anführerin der Studenten - die Terroristin aus dem Untergrund - in einem Nachtclub im teuersten Hotel der Stadt.

Bagus ist umgeben von einer Reihe schöner Frauen. Er ist Garant für den niemals endenden Fluss von Champagner und Wodka.

On the house.

Wenn das einmal nicht der Fall ist, dann kennt Bagus einen reichen Schwulen, der für ihn und seine Mädels die schwarze Platinum an der Bar hinterlegt.

"Keep the tab open" ist einer der Sätze, die Bagus am liebsten hört.

Drei Flaschen Veuve Clicquot stehen richtig temperiert in der Mitte des Tisches. In einem silbernen Eimer hat es sich eine Flasche Absolute auf Eiswürfeln gemütlich gemacht, umgeben von kleinen Dosen Red Bull. Daneben japanische Wasabi-Nüsse in passenden Schälchen. Ein paar der Frauen rauchen während sie zur Musik tanzen.

"Hai Sayang, nice to see you, how are you?"

Bagus und Ayu sprechen oft Englisch miteinander, das macht sie kosmopolitischer. Zumindest in ihren Augen.

Die beiden küssen sich Wange zu Wange. Bagus ist in diesem Augenblick weiblicher als Ayu. Er rollt seine Lippen nach innen als würde er Lippenstift tragen und diesen nicht auf die Wange von Ayu pressen wollen. Dann lässt er ihr ein Glas Champagner einschenken.

Die Band auf der Bühne ist aus Südafrika. Die Lead-Sängerin ist eine brünette Version von Kylie Minogue. Passend zur Location trägt sie einen burgund-roten Hosenanzug und darunter einen BH und schwarze

Louboutins. Die Musik ist laut genug, damit ihnen niemand zuhört, aber nicht laut genug, um eine Unterhaltung unmöglich zu machen.

Kylie singt "I don't want to miss a thing."

"Meine Lage ist ernst."

Er grinst sie an.

"Hör auf zu grinsen."

"Hast Du Dich verliebt? Wie heißt er diesmal? Ist er verheiratet?"

"Nein, hör' mir zu."

"OMG, Du bist schwanger?!"

Bagus legt seine Hand über seinen Mund und schaut sich um, ob ihn jemand gehört hat.

"Nein."

Sie legt ihm ihren Zeigefinger auf den Mund. Ihr schönes Gesicht ist am schönsten, wenn es lacht.

Sie lacht nicht.

Bagus versteht, dass etwas anders ist als sonst. Ayu erzählt ihrem besten Freund von ihrer Wahl zur Vorsitzenden der Studentenorganisation und ihrem Vorhaben, die Studenten zum Sturz von Suharto aufzurufen.

Dann lässt sie die Bombe hochgehen:

Ihr Treffen mit Megawati und dem Sitz im Parlament. Sogar Bagus kennt Megawati.

"Oh my dear Sayang, what have you done?"

"I haven't done anything, yet. Aber ich muss. Und Du musst mir helfen."

"In a secret mission. I like it."

Bagus rollt seine Stimme wie der Schwule, der er ist.

"Ein Sonderkommando der Polizei war vorhin in meinem Haus."

Bagus schüttelt ungläubig seinen Kopf.

"That's terrible, sayang, I hope they took off their boots before they entered," sagt Bagus und sieht sich in der Bar um. Keine Uniformen zu sehen. Er leert sein Glas. Der Kellner steht neben Bagus als würde sein Leben davon abhängen. Dann schenkt er Champagner nach als spende er das Elixier der ewigen Jugend.

"Du musst mir helfen. Du musst zuallererst mit Lolita sprechen und herausfinden, warum die Polizei heute in unserem Kost war. Und vielleicht sind sie noch dort. Ich kann auf keinen Fall zurück."

Bagus nickt. Er kennt Lolita seit vielen Jahren und liebt sie genauso wie ihre Schwester. Wäre er *straight* wüßte er nicht, für welche von beiden er sich entscheiden sollte.

"Wenn ich das weiß, dann musst Du mir an der Uni helfen. Ich muss wissen, was passiert."

"Sayang, nimm noch ein Glas Champagner. Danach sieht die Welt besser aus."

Kylie spricht zum Publikum:

"How are you, Jakarta?"

Die Gäste in der Bar antworten ihr und klatschen.

"It's great to see all of you here. We are going to have a lot of fun tonight."

Sie stellt ihre Band der Reihe nach vor, Mike an den Percussions, Josanne am Bass, Richie am E-Piano, Gil an der Gitarre. Die Musiker verbeugen sich und spielen ihr jeweiliges Instrument kurz an.

Dann stimmt sie ein in "I'll be missing you."

Ein junger, gut gekleideter Mann mit Sonnenbrille im Haar, der nicht schwul ist, tritt an Ayu und Bagus heran.

"Entschuldigung, dass ich Euch störe."

Er schaut zuerst Bagus an und dann Ayu in die Augen.

"Ich muss Dich auf einen Drink einladen."

ARIEF

EINS

Lieutenant Colonel Arief ist der jüngste Offizier seines Ranges und - und darauf legt er besonders viel wert - der am besten gekleidete. Heute trägt er komplett schwarz - Hose, Hemd, Schuhe - eine Tasche von Gucci, in der er Handschellen und seine Pindad P1 mit sich führt und er trägt einen orangen Gürtel von Hermes um seinen schlanken Bauch - er liebt das "H" der Gürtelschnalle. Der Gürtel kontrastiert perfekt mit ihm und dem Schwarz seiner Kleidung. Seine Pilotenbrille sitzt in seinem dichten Haar. Um seinen Hals baumelt eine Goldkette von Tiffany. Schwarze Converse Boots mit Schnürsenkeln in der gleichen Farbe wie der Gürtel mit dem H runden sein Erscheinungsbild ab.

Arief's Telefon klingelt. Obwohl er die Nummer von General Made, dem Leiter der Antiterroreinheit der Polizei von Jakarta, Densus 88, seinem Chef, erkennt, meldet er sich mit Rang und Namen.

"Lieutenant Colonel Arief."
"Lieutenant Colonel Arief, General Made."
"General Made. Lieutenant Colonel Arief."
"Ja."
"Was kann ich für Sie tun?"
"Lieutenant Colonel Arief, schnappen Sie sich das Mädchen."
"Welches Mädchen?"
"Ayu."
"Ayu, die Studentin?"
"Nein, Ayu die Terroristin."
"Jawohl, General Made."

"Ayu ist die am meisten gesuchte Person in Indonesien."

Alle anderen Terroristen, also Regimegegner, hat das Regime schon eingesperrt oder vernichtet. Ayu ist das neueste Gesicht auf ihrer Liste. Nur dass sie kein Foto von ihrem Gesicht haben. Sie haben keinen blassen Schimmer wie Ayu aussieht, außer dass sie verdammt gut aussieht, wenn sie den Beschreibungen ihrer Quellen Glauben schenken möchten. Aber ist das nicht Geschmackssache, fragt sich General Made. Er hält nichts von schlanken Frauen in schlanken Klamotten. Für ihn muss es eine Balinesin im Sarong sein, mit Fleisch an den Knochen, der er ansieht, dass sie gut kochen kann.

General Made gibt Lieutenant Colonel Arief den vermuteten Wohnsitz der Terroristin.

"Wie erkenne ich sie?"

"Fragen Sie nach ihr."

Sie haben Arief verdammt schnell durch die Ränge befördert, viel schneller als sie ihn, General Made, befördert haben. Und das macht ihm Angst. Wird Arief ihn irgendwann überholen? Als hinduistischer Balinese in Jakarta stehen seine Chancen nicht besonders gut. Arief kommt aus einer verdammt - und mit verdammt meint er verdammt - einflussreichen Familie in Jakarta. Arief hat die besten Karten, die ein Polizist in Jakarta haben kann. General Made kann Lieutenant Colonel Arief nur bedingt Steine in den Weg legen. Am Ende stolpert er, General Made, dann noch über seine eigenen Steine. Er muß aufpassen, Lieutenant Colonel Arief hat Kontakte nach ganz oben.

Und er ist jung.

Verdammt jung.

"Angeblich ist sie bildhübsch."

"Was werfen wir ihr vor, General Made?"

"Lieutenant Colonel Arief, wir werfen ihr subversives Verhalten, Destabilisierung der zivilen Ordnung, zivilen Ungehorsam, Führerschaft in einer terroristischen Organisation vor - you name it. Wenn Sie dort Drogen finden, dann umso besser. Wasserdicht. Es muss wasserdicht sein. Irgendwas wird an ihr hängenbleiben."

"OK, General Made."

"Wichtig ist, dass wir sie von der Straße weg bekommen."

"Warum?"

"Warum warum?"

Arief stellt sich vor, wie der dicke General Made seinen Kopf mit dem Telefon am Ohr schüttelt.

"Stellen Sie nicht so viele Fragen, Lieutenant Colonel Arief. Befehle sind Befehle."

"Jawohl, General Made."

"Sie ist Gift."

"Für wen?"

"Präsident Suharto."

"Wie kann eine kleine hübsche Frau Gift für unseren Präsidenten sein?"

"Wer hat gesagt, dass sie klein ist?"

"Niemand, General Made."

"Sie haben es eben gesagt."

"Es war reine Spekulation."

"Kennen Sie sie, Lieutenant Colonel Arief?"

General Made traut es Lieutenant Colonel Arief zu. Es scheint ihm, als kennt Lieutenant Colonel Arief jeden in Jakarta.

"Nein, General Made. Meine Studentenzeiten liegen lange hinter mir."

Gerade einmal ein paar Jahre, denkt sich General Made, der zwei dutzend Dienstjahre mehr auf dem Buckel hat als Lieutenant Colonel Arief und der auf mehr indonesischen Inseln Dienst geschoben hat als Lieutenant Colonel Arief aufzählen kann.

"Der Staat muss sein Gewaltmonopol zur Schau stellen. Das ist Ihre Aufgabe, dafür werden Sie bezahlt. Die Bevölkerung muss wissen, dass Präsident Suharto keine Zweifel aufkommen lässt, wer an der Macht ist. Zeigen Sie es ihnen."

"Jawohl, General Made."

"Und Lieutenant Colonel Arief?"

"Ja, General Made?"

"Stellen Sie nicht so viele Fragen."

"Warum nicht, General Made?"

General Made wird rot im Gesicht vor Wut, obwohl sein Gesicht eine gesunde balinesische Bräune hat. Er tut so, als hat er die letzte Frage nicht gehört. Er legt auf.

Lieutenant Colonel Arief lächelt. Er lächelt weil er mit seinem Boss General Made leichtes Spiel hat. Der dicke General hat seine besten Zeiten hinter sich. Arief weiß, dass sein Boss sich zurück in den Norden Bali's an die schwarzen Strände von Lovina sehnt, da wo irgendwann einmal seine Karriere als Polizist begonnen hat. Seines Wissens nach sind es nur noch wenige Jahre bis zu seiner Pensionierung. General Made versucht, diese mit Würde und Nichtstun so glamourös wie möglich zu überstehen. Jakarta, wo er als Höhepunkt seiner Karriere seit drei Jahren für sein Vaterland tätig ist, ist nicht seins. Die Stadt ist ihm zu voll, zu verrückt. Lieutenant Colonel Arief ist Betawi und das genaue Gegenteil. Er kann ohne Jakarta nicht leben. Die Stadt fließt durch seine Adern. Bali ist etwas für das Wochenende.

Mit einer Frau für ein Wochenende.

Lieutenant Colonel Arief fährt mit seinem SWAT Team nach Setiabudi. Er hat das volle Programm dabei und will kein

Risiko eingehen. Vier Mannschaftswagen mit kreischenden Sirenen und Männer mit kugelsicheren Westen.

Als sie von der Jalan Rasuna Said in die kleinen Gässchen abfahren gibt es trotz des Lärms, den sie machen, kein Vorankommen. Die Gassen sind voller Menschen und die fliegenden Händler und Autos blockieren sich gegenseitig. Menschen hocken am Straßenrand, rauchen Kretek-Zigaretten und sind so unbeteiligt als spielt sich das Chaos nicht vor ihren Augen, sondern auf einem anderen Planeten ab. Nun stehen sie mit ihren Einsatzwagen ein paar hundert Meter entfernt von Ayu's Kost im Stau.

Lieutenant Colonel Arief, dessen großes Vorbild Inspektor Columbo ist, entscheidet sich auszusteigen und zu Fuß voranzugehen.

"Sergeant Budi, Ihr fahrt weiter, ich gehe zu Fuß voran und mache mir ein Bild von der Situation vor Ort," sagt Lieutenant Colonel Arief zu Sergeant Budi, der das taktische Team anführt.

"Jawohl, Lieutenant Colonel Arief, das machen wir, sobald wir fahren können."

Lieutenant Colonel Arief steigt aus dem olivgrünen Toyota Geländewagen. Er steckt sich eine Zigarette an und schlängelt sich durch das Chaos. Ein paar Hühner überqueren die Straße. Ein Moped erfasst sie beinahe. Der Fahrer trägt keinen Helm, dafür hat er eine Zigarette im Mund. Er lacht und weicht aus, während sein Sozius eine SMS schreibt und nichts davon mitbekommt.

Lieutenant Colonel Arief biegt in die Zielstraße ein, die ein Liefer-LKW verstopft. Er will dem Fahrer seine Dienstmarke zeigen und ihn auffordern, weiterzufahren, als er eine bildhübsche junge Frau in einem kurzen Rock mit hohen Absätzen beobachtet. Sie bewegt sich in den High Heels als wäre sie in ihnen geboren worden. Sie verlässt das Haus, das sie stürmen wollen und macht ihn auf Anhieb atemlos. Ein Hausmädchen, das neben ihr so einfach aussieht wie ein Stein neben einem Rubik's Cube, schließt das Tor hinter ihr. Sie hat die natürliche Ausstrahlung einer Pharaonin.

Cleopatra.

Sie erinnert ihn an Cleopatra.

Sie ist Cleopatra.

Kann das sein?

Lieutenant Colonel Arief hat eine Frau wie sie noch nie gesehen. Ist Cleopatra die Anführerin der Studenten in Jakarta?

Sehen Terroristen heute so aus?

Es kann nicht sein.

Er beobachtet Cleopatra, wie sie die Straße hinunter schlendert als wäre es ein Catwalk.

So bewegt sich niemand auf der Flucht.

Lieutenant Colonel Arief will sie kennenlernen, so oder so. Wenn es die falsche Frau ist, dann umso besser, denn sie ist es. Nach so einer Frau hat er gesucht. Nun läuft sie vor ihm.

Arief haftet sich an ihre Fersen, was nicht besonders kompliziert ist, da Cleopatra sich javanisch langsam bewegt.

Sie raubt ihm seinen Atem.

Cleopatra verschwindet in einem Restaurant und kommt ein paar Minuten später wieder heraus mit einigen Taschen und Boxen voller Essen. Er folgt ihr zurück in ihre Jalan und sein Schritt verlangsamt sich im gleichen Maße, in dem sich ihr Schritt verlangsamt. Dann gerät Cleopatra ins Stocken.

Sie wird zum ersten Mal unsicher.

Und bleibt stehen.

Sie hat die Absperrung der Polizei gesehen.

Arief's Telefon summt. Er akzeptiert den Anruf ohne die Augen von Ayu zu nehmen. Ihre Beine verzaubern ihn, ihr Po hat die Form eines Pfirsichs. Noch nie hat er so etwas Perfektes gesehen. Und er bezweifelt, dass es so etwas ein zweites Mal gibt.

"Lieutenant Colonel Arief? Wir wollen reingehen," sagt Sergeant Budi.

"Sergeant Budi, fangt ohne mich an. Du bist in charge. Ich verfolge einen Flüchtigen aus dem Haus."

"Jawohl, Lieutenant Colonel Arief und *terima kasih* für das Vertrauen. Was machen wir, wenn wir sie finden?"

"Nehmt sie mit."

"Jawohl, Lieutenant Colonel Arief."

Lieutenant Colonel Arief legt auf.

Die schöne Frau dreht sich um und geht an ihm vorbei. Lieutenant Colonel Arief sieht das Gesicht von Cleopatra aus der Nähe. Cleopatra ist aus der Nähe noch schöner als aus der Ferne. Sie geht zielstrebiger als zuvor.

Jetzt ist sie auf der Flucht. Er hat sie identifiziert. An der nächsten Straßenkreuzung steigt sie in ein Blue Bird und das Taxi setzt sich in Bewegung.

Arief schwingt sich auf eines der am Straßenrand wartenden *Ojek* und das Motorradtaxi folgt dem Blue Bird durch das Gewirr des Verkehrs. Das Auto kommt nur im Schritttempo voran. Selbst im dichten Verkehr auf der Jalan Thamrin sind nicht mehr als 40 Kilometer pro Stunde drinnen. Das Motorradtaxi mit Lieutenant Colonel Arief hat keine Probleme dem Blue Bird Taxi um den Kreisverkehr des Bundaran H.I. in Richtung Norden zu folgen. Ein paar Minuten später biegt das Taxi links in die Jalan Kebon Sirih ein und dann wieder links über einen der verschmutzten Kanäle. Lieutenant Colonel Arief beobachtet, wie Cleopatra vor einem Bed & Breakfast aussteigt und eincheckt. Er setzt sich auf den kleinen roten Hocker eines Foodstalls gegenüber. Er bestellt Teh Botol und überlegt, was er als nächstes tun kann. Eine Stimme in seinem Kopf sagt ihm, dass es besser ist sie zu beobachten als sie zu verhaften.

Sein Telefon klingelt.

"Ja."

"Sergeant Budi."

"Habt Ihr sie?"

"Negativ, Lieutenant Colonel Arief. Wir haben ihre Schwester und ein paar andere junge Frauen."

Lieutenant Colonel Arief lächelt.

"Und Lieutenant Colonel Arief, alle sind eine Augenweide."

"Sergeant Budi, bleiben Sie professionell."

"Jawohl, Lieutenant Colonel Arief. Bitte verzeihen Sie. Was sollen wir jetzt machen, Lieutenant Colonel Arief?"

"Nehmt sie mit auf das Revier. Lasst eine Wache im Haus, falls sie zurück kommt."

Er legt auf.

Es ist sein Spiel. Er hält alle Karten in der Hand.

ZWEI

Nun steht sie vor ihm. An einem Stehtisch mit Barhockern, links neben der Bühne, umgeben von einer handvoll schöner Frauen, denen die Finanzkrise nichts ausmacht. Ein sehr gut gekleideter, schwuler Indonesier steht in der Mitte der Frauen. Ein Blick von ihm genügt und der Kellner füllt die Gläser nach. Cleopatra und der junge Mann flüstern sich gegenseitig ins Ohr. Die Augen des Mannes sehen sie an als würde sie ihm ein Märchen erzählen.

Klassische Detektivarbeit, denkt Arief. Menschen beobachten, Körpersprache lesen. Lieutenant Colonel Arief tritt an Ayu heran. Er steht neben dem Schwulen und der hübschen Frau.

"Entschuldigung, dass ich Euch störe."

Er schaut zuerst Bagus an und dann Ayu in die Augen.

"Ich muss Dich auf einen Drink einladen."

Ayu schaut Bagus an und dreht ihre Augen nach oben.

"Das ist sehr nett von Dir, aber jetzt ist der denkbar schlechteste Zeitpunkt. Ich bin verabredet, wie Du siehst."

Bagus mustert Arief von oben nach unten.

Gebrandet.

Wie er.

Aber nicht schwul.

Schade.

Arief mustert Bagus.

Schwul, kein Boyfriend.

Kein Student.

Arief lehnt sich an Ayu's Ohr. Sie will ausweichen. Der Tisch mit dem Veuve Clicquot hinter ihr macht es unmöglich.

Er riecht gut, sagt Ayu's Nase.

"Du verstehst nicht. Ich *muss* Dich einladen."

"Jetzt nicht."

"Ayu."

Sie wundert sich, warum der Mann nicht eine der tanzenden Frauen anspricht. Ihre Körpersprache kommuniziert, dass sie nicht alleine sein möchten. Hat er ihren Namen gesagt? Sie ist sich nicht sicher. Kylie singt nur wenige Meter von ihnen entfernt.

"Meine Kollegen haben Deine Schwester. Besser, wir unterhalten uns."

Ayu schaut ihn an.
Er schaut sie an.
"Jetzt."
"Woher kennst Du meinen Namen?"
"Viele Fragen, viele Antworten. Gehen wir wohin, wo wir in Ruhe sprechen können."

Bilder von ihrer Schwester in den Händen von Polizisten laufen wie ein Kinofilm vor ihren Augen ab. Sie überlegt, ob sie ihm ihr Glas Champagner ins Gesicht schütten soll.

Dann trinkt sie es aus.

Welche Opfer bist Du bereit, zu erbringen?

Megawati's Stimme.

Es fühlt sich an als sitzt die Dame auf Ayu's Schulter und beobachtet ihr Leben und erinnert sie in jedem Augenblick an die Wahl, die sie getroffen hat.

Opposition in einer Diktatur.

Umsturz.

Revolution.

Reformasi.

Der Polizist sieht gut aus und geschmackvoll. Er sieht nicht aus wie ein Polizist. Aber dann sieht sie auch nicht aus wie eine Studentin. Der Geruch von *Fahrenheit* passt zu ihm. Wenn er sie nur hochnehmen wollte, hätte er es schon getan.

Sie gibt nach.

"Bagus, ich muss mit diesem Mann sprechen."

Er nickt, seine Augen fragen sie, ob alles in Ordnung ist. Er erkennt, dass sie tun muss, was sie tun muss.

"Bye, Sayang. Call me."

Er macht das Telefonzeichen mit seiner Hand und sie küssen sich auf die Wangen.

"Drinks are on me."

Sie wirft ihm einen Kuss zu.

Arief führt sie an ihrem Arm aus dem Burgundy hinaus, die Rolltreppen hinunter in die Lobby des Grand Hyatt Hotels und in eines der Black Bird Taxis, die vor dem Hoteleingang warten.

Lieutenant Colonel Arief ist stolz.

Er weiß nicht, worauf er stolzer sein soll.

Weil er die Terroristin Ayu an seiner Seite hat, nach der seine Einheit - und die gesamte Polizei - aktuell fahndet.

Er hat sie.

An seinem Arm.

Im Burgundy.

Der teuersten Bar der Stadt.

Wo sie sie nie gesucht hätten.

Sie sehen aus wie ein Traumpaar.

Sie sind ein Traumpaar - in seinen Gedanken.

Und er könnte sie jeden Augenblick verhaften, seinem Boss, dem dicken General Made, dem höchstrangigen balinesischen General bei der Polizei in Jakarta, vorführen.

Alleine.

The most wanted woman.

Und er wäre der nächsten Beförderung so nah wie Ayu ihm in diesem Augenblick.

Er wird schwach, wenn er sie ansieht.

Danach hieß es aber: weiter so. Wie immer. Und er hätte *sie* für immer verloren.

Oder aber ob er stolz ist, weil ihn alle Männer und alle Frauen im Burgundy, in der Lobby, auf der Rolltreppe und beim Warten auf das Taxi anstarren.

Sie an seinem Arm.

Jetzt wollen alle Männer er sein.

Und alle Frauen sind froh, dass Ayu die Bar verlässt.

An seiner Seite.

Er genießt den Augenblick.

Mein Gott, ist das gut für das Ego, denkt Arief und weiß, warum alte Männer mit viel Geld schöne Frauen kaufen.
Nicht wegen Sex.
Das ist vorbei.
Wegen des Egos, das die Frauen ihnen verleihen.
Für einen langen Augenblick auf der Rolltreppe durch die Lobby nach unten, vorbei an den Fish Ponds mit den Goldfischen und den Koi, wünscht er sich, Ayu wäre bei ihm, nicht weil er ihr gedroht hat, sondern weil sie ihn liebt, weil sie ihn heiraten will, weil sie seine Kinder will.
Das ist es, was er will.
Liebe auf den ersten Blick.
Arief ist gespalten in der Frage, wie er Ayu behandeln soll:
Date?
Verdächtige?
Gefangene?
Er führt den Fahrer des Black Bird Taxis nach Sabang, an die Kreuzung von Jalan Wahid Hasyim und Jalan Agus Salim, in die Nähe des Jakarta Theater. Die beiden steigen aus, er hält ihr die Tür auf. Ein unscheinbarer Eingang führt einen dunklen Gang hinein in ein Gebäude und ein Treppenhaus hinauf in den ersten Stock. Der Gang und die Treppe sind nur mit Kerzen beleuchtet. Auch oben unzählige Kerzen, eine Bar und Kissen aus Samt am Boden.
"Wo sind wir?" sagt Ayu.
"Hazara."
Er fragt sie nicht, was sie essen will.
Er bestellt.
"Was magst Du trinken?"
Ayu zuckt mit den Schultern.
"Zwei Bintang."

Die Kellnerin läßt sie allein und geht mit ihrer Bestellung in die Küche. Er steckt sich eine Zigarette an.

"Freut mich, Dich kennen zu lernen, Ayu. Ich bin Lieutenant Colonel Arief."

Sie sagt nichts.

"Du bist doch Ayu? Die Stimme der Reformasi?"

Er lächelt und hat eine Ausstrahlung wie Prometheus. Ayu schaut den Mann zum ersten Mal richtig an. Er sieht gut aus. Sehr gepflegt. Er strahlt nicht nur Selbstbewusstsein aus. Er strahlt Macht aus.

Ayu und Arief sitzen im ersten Stock. Auf der Straße unter ihnen können sie durch die bodentiefen und verdunkelten Fenster das Treiben der Menschen, der fliegenden Händler, Mopeds und Autos beobachten.

Die Händler auf der Straße verkaufen illegal kopierte CDs. Ihre Stände blasen im Wettbewerb um Kunden laute Musik auf die Straße und machen auf sich aufmerksam als wäre es Paarungszeit. Die Straße ist verstopft und der Verkehr fließt im Schritttempo durch die Dunkelheit.

"Was soll das werden?"

"Ich will Dich zum Essen einladen."

"Vergiß es."

"Warte, bis Du probiert hast."

"Nicht das Essen, Du Dummkopf. Du bist das Problem."

Sie schüttelt ihren Kopf und rollt ihre Augen nach oben.

"Soll ich es einpacken lassen und Dir in Deine Zelle hinterher werfen?"

"Ich gebe Dir zehn Minuten. Danach will ich in meine Zelle und Dich nie mehr sehen."

"Deine Zelle kann ich Dir versprechen. Sehen wirst Du mich jeden Tag."

Die Kellnerin stellt zwei Bintang auf den Tisch. Ayu verschränkt ihre Arme vor ihrem Oberkörper. Lieutenant Colonel Arief findet die Geste sensationell. Sie betont ihre Oberweite und macht sie noch begehrenswerter. Sein Blick durchbohrt sie.

"Wer bist Du, Lieutenant Colonel Arief?"

"Das heißt Du bist Ayu. Hast Du ein Dokument dabei, das das belegt?"

Ayu verdreht ihre Augen.

"Woher kennst Du mich, warum weißt Du, wer ich bin?"

"Schicksal."

"Ist es nicht zu früh für solche Intimitäten?"

"Ich bin sehr gläubig. Nicht immer an Gott, aber ich glaube immer an die gute Sache."

"Heißt?"

"Dass es Schicksal ist, dass ich Dich finde. Ist bislang niemandem gelungen, wie Du weißt."

Er zeigt ihr seine Marke.

"Kein Interesse. Ich treffe mich nicht mit Polizisten. Und vor allem nicht mit Polizisten mit Sonnenbrille im Haar."

Arief lächelt. Sie glaubt immer noch eine Wahl zu haben. Das Privileg der schönen Frau.

"Du hast keine Wahl."

"Kann sein."

"Ich habe den Auftrag, Dich hoch zu nehmen. Du führst die Studenten in Jakarta an und willst das Regime stürzen."

"Warum machst Du es dann nicht?"

"Mein Team hat Deine Kost gestürmt. Ich habe Dich beobachtet, wie Du das Haus verlassen hast."

"Wozu der ganze Aufwand? Warum verhaftest Du mich nicht?"

"Du hast mir den Verstand geraubt."

"Vergiß es."

"Das hast Du schon einmal gesagt."

"Erzähle mir etwas Neues."

"Sei Dir nicht so sicher. Du solltest wissen, wer Deine Freunde sind."

"Und wer sind meine Freunde?"

Er trinkt sein Bier als wäre es Wasser.

"Du bist die schönste Frau, die es gibt. Dich zu verhaften, Dich diesem System zu übergeben, wird Dich zerstören. Du überlebst keinen Tag."

"Wenn Du mich auf mein Aussehen reduzierst, hast Du schon verloren."

"Das tue ich nicht. In der Polizei und im Militär gibt es Stimmen, die sich für einen Machtwechsel aussprechen. Jedoch tun wir das nicht laut und offen. Noch nicht."

Sie hat keine Ahnung wer er ist.

Die Kellnerin zirkelt vorbei. Arief ist ein Kunde, der die Aufmerksamkeit der Bedienung an sich bindet, ohne etwas zu sagen. Er bestellt zwei kalte Bintang.

"Wir wissen nicht, was passieren würde, wenn wir den Präsidenten offen kritisieren und konfrontieren. Uns fehlt die Einschätzung, was der Rest der Streitkräfte und die Polizei machen würden, wenn dies der Fall wäre."

Er schaut sie intensiv an. Die Hypothesen verlassen seine Lippen genauso wie sein Lachen.

"Wir wollen einen Bürgerkrieg zwischen den bewaffneten Einheiten des Landes und den Zivilisten vermeiden."

Die Bintang kommen wie Zwillinge und schwitzen. Mit ihnen kommt das Essen.

"Vertraust Du mir nun?"
Ayu nimmt ihre Flasche und einen Zug.
"Du weisst was mit den Putschisten 1965 passiert ist. Manche sitzen noch heute im Gefängnis, andere wurden an Ort und Stelle erschossen."
Welche Opfer bist Du bereit zu erbringen?
Megawati in ihrem Ohr, auf ihrer Schulter.
Er weiß es auch.
Arief fängt an zu essen ohne auf sie zu warten.
"Was willst Du von mir?"
"Vertrauen. Ich will dass Du mir vertraust. Vertrauen in die gemeinsame Sache."
Arief setzt sich zurück, wischt sich Mund und Hände ab. Er nimmt seine Bierflasche in die Hand und will mit ihr anstoßen. Die zweite Bierflasche steht jungfräulich neben ihrer ersten.
"Besetze mit Deinen Studenten das Parlament."
Sie schaut ihn ungläubig an. Sie schüttelt ihren Kopf.
"Das Parlament?"
Er nickt.
Da ist es wieder, sein Selbstbewusstsein. Als wäre die Besetzung des Parlamentes ein Spaziergang in der Plaza Senayan an einem Sonntag Nachmittag.
"Da kommen wir nie rein. Und wenn, dann nicht mehr lebend raus. Willst Du uns umbringen?"
Arief schüttelt seinen Kopf. Sie versteht es nicht.
"Was, wenn wir Euch die notwendige Unterstützung liefern?"
Ayu schaut ihm tief in die Augen. Vor ihr sitzt ein hochrangiges Mitglied der Polizei.
"Sag nochmals, wer bist Du?"
"Lieutenant Colonel Arief, Anti-Terror Einheit Densus 88."

Sie glaubt es nicht. Wie bescheuert können sie sein, dass sie das glauben soll? Sie sprechen über eine Revolution. Terrorismus, wie sie es nennen. Ayu ist sich sicher ihm nicht vertrauen zu können, und dass sie sich gerade Hals über Kopf in etwas verstrickt.

Sie schaut sich um, ob sie jemand beobachtet. Die wenigen anderen Gäste haben ihr Aussehen bemerkt, ihr darüber hinaus keine Aufmerksamkeit zukommen lassen.

Die Situation ist surreal. Untergrund trifft Anti-Terror Einheit. In einem Restaurant das eine Filmkulisse sein könnte.

"Wie?"

"Sagen wir es so. Die Parlamentsgarde ist unserem Vorhaben nicht abgeneigt."

Ayu nickt.

"Entscheidend ist der Zeitpunkt, da nicht nur die Parlamentsgarde den Komplex bewacht, sondern auch das Militär."

"Und hier komme ich ins Spiel."

"Ja. Das clevere Mädchen."

Ayu hört auf zu lächeln. Arief schaut sie eiskalt an.

"Du kündigst eine Demo für Monas an. Da tauchen aber nur ein paar von Euch auf. Der Rest versammelt sich am Parlament."

"Zum Beispiel."

"Zum Beispiel."

Beide trinken einen Schluck Bier.

"Das Militär ist am Monas gebunden. Ihr habt freie Fahrt."

Die Kellnerin geht an ihrem Tisch vorbei.

"Wir sorgen dafür, dass Ihr ohne Probleme Zugang zum Komplex erhaltet, ohne es nach einem Insider-Job aussehen zu lassen."

Er klopft mit seinem Zeigefinger an seine Schläfe. Ayu denkt nach.

Kann sie ihm vertrauen?

Als ob er ihre Gedanken lesen kann, knöpft Lieutenant Colonel Arief sein schwarzes Hemd bis zu seinem Bauchnabel auf und zeigt ihr seinen Oberkörper. Außer seiner Kette ist nichts zu sehen.

"Ich trage kein Mikro. Du siehst zu viele Filme."

Sie schaut ihn an und kann nicht glauben, dass sie ihm glaubt.

"Glaubst Du mir jetzt?"

Ihr Blick gleitet an seinem durchtrainierten Oberkörper entlang. Sie hat Lust, Lust auf beides. Das Parlament und ihn. Er knöpft das Hemd zu.

"Was ist mit meiner Schwester und unseren Freundinnen?"

"Alles kann gut sein oder auch nicht. Der Ball liegt bei Dir. Wir müssen uns selbst schützen."

Ayu weiß, dass sie keine Wahl hat. Und sie mag den dominanten Polizisten.

"Wer steckt hinter Euch?"

"Du bist clever genug zu wissen, dass Du diese Frage stellen kannst, aber nie eine Antwort darauf erhalten wirst."

Ayu leert ihr Bier.

Die beiden schweigen.

"Do we have a deal?"

DREI

"Können wir woanders hingehen?"
Der Alkohol macht sie mutig.
"Wohin willst Du?"
"Wo es laut ist und ich tanzen kann."
"Musro."
"Musro?"
"Ja."
"Hotel Borobudur?"
"Ja," sagt er, "Hotel Borobudur."
Und fühlt sich, als würde er sie ewig kennen.
"Der DJ ist ein Freund von mir."
"Natürlich," sagt Ayu.
"Natürlich," sagt Lieutenant Colonel Arief.
"Jetzt ist kein Stau."
Sie lächelt ihn an.
Das beste Gefühl, das er jemals hatte.
"Was hast Du vor?"
"Ich weiß es nicht, Lieutenant Colonel Arief. Ich will noch etwas trinken. Dann weiß ich es vielleicht."

VIER

"Wer bist Du, Lieutenant Colonel Arief," sagt sie, als sie die Decke über ihn zieht. Das Lichtermeer der Stadt liegt unter ihnen wie verstreute Diamanten auf einem Teppich.
Er sagt nichts.

Sie steht auf, schlüpft in ihre schwarzen High Heels. Sie hat nichts an außer den Schuhen, die keine sind. Dann dreht sie sich zu ihm.

"Wer bist Du, Lieutenant Colonel Arief?"

Sein Blick brennt auf ihrem nackten Körper wie Lava auf einem Gletscher. Er weiß nicht, welcher Körperteil ihr schönster ist.

"Würdest Du mich heiraten?"

Sie lacht.

"Du spinnst."

"Ernsthaft. Warum hast Du mit mir geschlafen?"

"Warum schlafen Frauen mit Männern?"

"Lust. Hast Du Lust auf mehr?"

"Vielleicht."

"Was fühlst Du für mich?"

"Du hast eine besondere Ausstrahlung."

"Du auch."

Sie dreht sich von ihm weg. Nun sieht er sie von hinten vor der Silhouette des nächtlichen Jakarta.

"Uns verbindet die gemeinsame Sache, für die wir stehen."

Er steckt sich eine Zigarette an. Das Licht ist aus und das Lichtermeer der Stadt färbt den Raum in den Farben der Stadt.

"Ja aber Du bist schnell, zu schnell."

"Du wolltest trinken und tanzen."

"Nur weil Du meinen Abend ruiniert hast."

"Vielleicht habe ich Dein Leben gerettet."

"Das kann sein."

Sie steht in der Dunkelheit vor ihm.

"Manchmal habe ich Angst. Es passiert so viel. So schnell."

"Warum hast Du Angst?"

"Dass alles schief geht."
"Was soll schief gehen?"
"Alles."
"Warum?"
"Ich weiß es nicht."
"Wolltest Du nicht das, was Du jetzt hast?"
"Was habe ich denn?"
"Du stehst an der Spitze der Studenten, einer gewaltigen Stimme in diesem Land."

Sie schweigt und hat Tränen in ihren Augen.

"Und Du hast den Support von Megawati."

Sie dreht sich zu ihm um und verschränkt ihre Arme unter ihren Brüsten. Arief ist von ihrer Geste begeistert, mehr noch als zuvor. Sie wirkt nackt noch überzeugender.

"Woher weißt Du davon?"

"Ich habe Dir gesagt, dass ich Dir das nicht sagen kann. Du bist nicht allein und Du brauchst keine Angst zu haben. Du musst nur tun, was Du tun musst. Dann sind wir erfolgreich."

"Das Parlament?"

Arief nickt sie in der Dunkelheit an. Er schaltet die Klimaanlage aus damit ihr nicht kalt wird. Sie lächelt ihn für diese Geste an.

Das Lichtermeer von Jakarta umleuchtet sie wie ein Heiligenschein.

"Komm' ins Bett und wir besprechen die Details."

Er hebt die Decke für sie hoch und sie sieht den Effekt ihres nackten Körpers und sagt zu ihm:

"Zuerst tust Du, was Du tun willst."

DAS PARLAMENT

EINS

Sie steht auf dem Dach des alten Kijang. Von oben hat sie den Blick über das Meer der Studenten. Es sind sehr viele, mehr als zuvor. Das Adrenalin und die Menschen vor ihr machen sie high. Heute ist der Tag. Jesse reicht ihr ein Mikrofon, das an Lautsprecher angeschlossen ist, die der laufende Motor des Kijang mit Energie speist. Sie schaut über die Köpfe der jungen Menschen und sucht ihre Augen und findet sie. Vor ihr tut sich ein Ozean aus rot-weißen Flaggen auf. Ayu trägt ein rot-weißes Hemd über schwarzen Jeans und weißen Nikes.

Es ist die Rolle ihres Lebens.

Ihre Haare sind lang und fallen über ihre Schultern. Die Hüften schmal, die Jeans betont ihre schlanken Oberschenkel und langen Beine. Ihr Haarband trägt sie um ihr linkes Handgelenk. Sie spricht in das Mikrofon:

"Merdeka!"

Die Masse unter ihr bebt und schreit: "Merdeka!"

Ayu wiederholt:

"Merdeka!"

Die Studenten zappeln mit voller Energie. Der Ruf nach Freiheit ist der Aufruf zum Wechsel des Regimes. Schluss mit der Unterdrückung durch das Regime, Schluss mit Suharto.

Freiheit.

Merdeka.

"Nieder mit Suharto! Schluss mit KKN!"

Das Echo der Demonstranten hallt Ayu entgegen.

"Reformasi!"

Die Menschen rufen ihr nach:

"Reformasi!"

"Suharto, hörst Du mich?"

Sie legt ihre Hand ans Ohr als versuche sie die Stimme von Suharto hören. Die Masse tobt. Suharto schweigt.

"Tritt zurück Suharto! Deine Tage sind gezählt. Wir geben nicht auf, bevor Du aufgibst! Hörst Du mich?"

Die Studenten legen die Hände an ihre Ohren. Ein "Pssst!" geht durch die Reihen als würde Suharto ihnen antworten und sie würden hören wollen, was er ihnen zu sagen hat.

"Du hast vier von uns getötet. Heute sind wir hier, um Gerechtigkeit für den Mord an unseren Freunden zu fordern."

Tausende Studenten trommeln, brüllen, schreien, pfeifen. Aus ganz Jakarta sind sie dem Aufruf gefolgt und versammeln sich in der Nähe der Semanggi Kreuzung vor dem Parlament Indonesiens.

"Suharto, Du regierst dieses Land nicht. Du ermordest es. Und Ihr Parlamentarier, was tut Ihr dagegen?"

Die Reaktion der Menschen ist unbremsbar.

Die Masse tobt, der Boden bebt.

Das Parlament ist ein Witz.

Ein Witz, denn die Menschen im Parlament sind Marionetten von Suharto. KKN ist ihr Blut und ihr Sauerstoff. Ohne KKN können sie nicht leben.

"Ihr müsst in Eurer Scham versinken wenn Ihr Euch als Vertreter des Volkes in Nobelkarossen durch Jakarta fahren lasst. Woher habt Ihr das Geld? Erzählt Ihr Euren Frauen von Euren Geliebten in den Jacuzzis, wo Ihre Eure Pausen verbringt? Wie könnt Ihr mit Eurer Doppelmoral leben und so tun als würdet Ihr uns vertreten?"

Sie schaut in Richtung Parlament als erwarte sie, dass ihr das Gebäude der Volksvertreter antworte. Vom Gebäude kommt keine Reaktion zurück. Das Gebäude mit dem grünen, gewölbten Dach steht regungslos in der Hitze vor den Studenten.

"Wer sind wir?"

"Wir sind Indonesien!"

"Wem gehört die Zukunft?"

"Uns!"

Dann flippt die Masse aus und es folgt ein minutenlanges Klatschen, Trommeln, Hupen, Schreien und Brüllen.

Die Erde bebt unter ihren Füßen und die alten Stoßdämpfer des Kijang nicken im Takt. Sie fühlt sich stark und sie ist es.

"Wenn wir heute nicht für Reformasi und Demokratie in unserem Land einstehen, dafür kämpfen" - ihre Sprache wird langsam, sie lehnt sich in das Mikro und spricht mit geschlossenen Augen - "mit unserem Blut und Schweiß dafür kämpfen, dann war nicht nur der Tod unserer Freunde umsonst und auch der Kampf von Sukarno umsonst, sondern dann können wir auch Thomas Jefferson in unserem Land begraben."

Die Menschen sind entsetzt und pfeifen.

"Wollt Ihr das?"

Die Stimmen schreien ein lautes Nein und skandieren:

"Nieder mit Suharto! Demokrasi! Reformasi!"

Ayu steht breitbeinig auf dem Dach des Autos, sie spreizt ihre Arme und das besänftigt die Studenten.

Sie ist noch nicht fertig.

"Wo im Koran steht geschrieben, dass sich die Reichen alles erlauben dürfen? Wo, dass sie sich alles nehmen dürfen? Karl Marx hat gesagt, Geld beraubt die Welt ihres eigentlichen Wertes. Nirgendwo trifft das mehr zu als in diesem Indonesien!"

Die Masse tobt, als Ayu diese Worte sagt. Es fliegen die ersten Steine in Richtung Parlament. Die Schreie werden lauter. Es ziehen immer mehr Banner auf, sie zeigen die Bilder der getöteten Studenten. Die Trommler trommeln und Megaphone multiplizieren die Worte von Ayu. Es werden immer mehr Menschen, längst sind es nicht mehr nur Studenten. Der Verkehr auf der großen Toll Road kommt zum Erliegen, die Menschen erreichen das Parlament mit Bussen und Mopeds, manche zu Fuß, andere lassen sich von Autos absetzen. Einige Studenten haben Kopaja Busse entführt, sie sitzen mit Trommeln und Megaphonen auf dem Dach, schwenken die indonesische Flagge und rauchen Zigaretten. Der Auflauf ist gewaltig, es sind mehr Menschen als es sich Ayu vorgestellt hat.

Viel mehr.

Dann kommen die ersten Militärfahrzeuge.

Die Sirenen kommen von der großen Jalan Gatot Subroto. Mittlerweile belagern tausende Menschen die Einfahrt zum Parlament. Ein Meer von Menschen, viel mehr als in den Tagen davor. Wasserwerfer des Militärs beziehen Stellung. Die Essensverkäufer, die fliegenden Händler, die bis eben noch Nasi Goreng und Sate Ayam verkauft haben, machen sich aus dem Staub.

Die Stimmung verändert sich und wird aggressiv. Die Fronten sind klar. Die Studenten erklimmen den Zaun zum Parlamentsgelände. Die ersten lassen sich auf der anderen Seite auf den Boden fallen.

Ayu's Stimme legt sich über alles:

"Brüder und Schwestern, nehmen wir uns das, was uns gehört! Reformasi!"

Mit diesen Worten gibt Ayu den Sturm auf den Parlamentskomplex frei. Die Welle der Menschen bricht über die Mauern und Zäune des Gebäudekomplexes. Die Wachen stellen sich der Welle nicht entgegen. Sie ziehen sich zurück und tun lieber nichts als das Falsche. Die Situation hat eine Eigendynamik und sie gewinnt an Fahrt. Die ersten Studenten kommen hinten am runden, grünen Dach des Parlamentsgebäudes an. Das Gebäude tut sich wie eine Schildkröte vor ihnen auf. Steine fallen als kräftiger tropischer Regen auf Fensterscheiben. Einige Studenten sind vermummt, andere haben Fackeln angezündet und setzen Mülleimer und Büromöbel in Brand. Die ersten Rauchwolken steigen auf, schwarz, dunkel und schmutzig, als würden sie all das verbrennen was falsch ist an diesem Regime.

ZWEI

Chander und ich sind den Worten von Darren gefolgt und wir haben uns frühzeitig zum Parlamentskomplex begeben. Dort werden sich heute Studenten einfinden. Auf Grund unserer Presseakkreditierung warten wir innerhalb des Parlamentskomplexes und essen Soto Ayam, Peyek und trinken Kaffee in der Parlamentscafeteria. Ich kaue an den Hühnerbeinen und verstehe nicht, warum die Indonesier Knochen in ihrer Suppe versenken. Es macht das Essen anstrengend. Ich hätte doch das Nasi Goreng nehmen sollen. Chander schaut mich an als wäre er kein Indonesier. Er zuckt mit seinen Schultern und lacht.

Darren hatte verschiedene Interviews und Statements von Abgeordneten für uns angefragt. Keiner will uns ein Interview geben, zu heiß ist die Situation. Zu gerne hätte ich die Bilder der Gewalt und der Verwüstung mit einem Interview eines Volksvertreters besprochen. Die Vertreter des Volkes sind nicht bereit, über die Toten unter denen zu sprechen, die sie vertreten. Nach einiger Zeit hören wir den Lärm von der Straße. Lautsprecher multiplizieren über den Trommeln und den Sprechchören hinweg eine weibliche Stimme. Die Rednerin besänftigt die Demonstrierenden mit ihrer Stimme, dann kehrt für einen Augenblick Ruhe ein, bevor die Stimme die Menschen in Brand setzt und der Boden bebt. Wir spüren es bis in die Cafeteria.

"Lass uns rausgehen und schauen, was passiert."

Ich lade meine Kamera wie eine Waffe und will mit ihr schießen. Mir juckt es im Zeigefinger.

Ich weiß, dass mit ein wenig Glück meine Bilder und Filmaufnahmen um die Welt gehen werden und der Agency ein Vermögen einspielen.

Wir verlassen die Cafeteria. Ein Sicherheitsmann in einer offiziellen Uniform will uns zurückzuhalten und hebt warnend oder schützend seine Hand in die Höhe. Er ist 30 Zentimeter kleiner als ich und hat keine Narbe im Gesicht. Anstelle uns aufzuhalten hält er uns die Tür auf und lächelt als wir hinaus gehen. Steine kommen geflogen wie Kometen und die Fenster der Cafeteria zerbersten. Chander und ich sind mitten drin, die Flut von Studenten umgibt uns wie die Welle eines Tsunami. Sie sind auf dem Weg zum Dach des Gebäudes. Die Menschen spülen uns mit und Chander lässt die Filmkamera laufen.

"Hast Du Angst?" fragt Chander.

"Nicht nachdem was wir in den letzten Tagen erlebt haben. Lass uns schiessen."

Angst fährt in jedes Krisengebiet mit. Es passieren zu viele Dinge auf die ich nicht vorbereitet sein kann. Jedes Jahr sterben Journalisten während ihrer Berichterstattung. Angst ist überlebenswichtig. Alles kann passieren, auch in Jakarta.

Es gibt schon über eintausend Tote in der Stadt. Ich möchte kein weiterer sein.

Das Parlament ist ein Ort mit politischer Symbolkraft. Der Präsident lässt sich von seinen Marionetten regelmäßig legitimieren. Er wird nicht dulden, dass sie das Dach in Beschlag nehmen, dass sie ihm auf den Kopf steigen und sich der Autorität seiner Regierung widersetzen. Später werden viele nach unten pinkeln.

Die Kamera fängt den Strom der Menschen ein, die auf das Gelände drängen, die Treppen zum Gebäude hinauf erklimmen, von wo aus sich ein stetiger Rinnsal aufmacht zum gewölbten Dach.

Oben angekommen lassen sie sich nieder und nehmen ihre Rucksäcke ab. Viele essen. Der Blick der Studenten schweift über das Meer ihrer Kommilitonen.

"Lass' uns auf das Dach gehen."

Ich mache die ersten Schritte und reihe mich ein in die Schlange der Studenten auf dem Weg nach oben, auf das Dach.

"Boss, we are here to report, not to participate."

Ich bin auf einem der Betonpfeiler, die nahtlos vom Treppenhaus in den Dachträger übergehen. Chander flucht und folgt mir nach oben. Es ist eine wacklige Angelegenheit, die Stimmung ist aufgeladen, Indonesier reichen mir ihre Hände und ziehen mich hinauf. Oben ist es eine Party. Sie sind auf dem Dach des Parlamentes, auf dem Kopf des Landes. Sie sind ganz oben angekommen. Einige schwenken die indonesische Flagge.

Die Hitze beißt ins Gesicht, das Adrenalin pumpt in den Adern, mein Herz schlägt schneller. Ich erlebe die Revolution auf dem Dach des Parlamentsgebäudes von Jakarta, Indonesien, des viertgrößten Landes der Erde, der größten muslimischen Nation der Welt. Unsere Aufnahmen

sind Prime Time. Außer Chander und mir sind keine Journalisten auf dem Dach des Parlaments.
Und schon gar keine westlichen.
Wir sind die einzigen.
Bingo.
Nun bemerken auch die restlichen Studenten auf dem Dach, dass ein westlicher Journalist anwesend ist. Sie jubeln. Wir schießen den ersten Take.
Jakarta bildet die Kulisse.
Chander:
"You are on air."
Ich fange an, in mein Mikro zu sprechen, während Chander filmt. Wir machen einen Take auf Deutsch, einen auf Englisch.
"Meine Name ist Wolf Kimmich, für die East Asia Press Agency. Ich befinde mich auf dem Dach des indonesischen Parlamentsgebäudes, zusammen mit einigen Dutzend Studenten und Demonstranten."
Chander schwenkt die Kamera über das von den Menschen besetzte Dach des Gebäudes und fängt die Tausenden unten ein.
"Es ist ein historischer Tag für Indonesien und die Indonesier."
Chander schwenkt über die Skyline und auf mich.
"Sprichwörtlich gipfelt hier der Protest der Demonstranten. Nachdem das Militär in den letzten Tagen vier Studenten ermordet hat und mindestens eintausend weitere Menschen alleine in Jakarta bei Protesten ums Leben gekommen sind, nehmen die Demonstranten heute das Parlamentsgebäude in Beschlag. Die Wut der Demonstranten richtet sich gegen das Regime von Präsident Suharto, dem es nicht gelungen ist, das Land mit Zuversicht aus der Finanzkrise zu führen und den Menschen eine Perspektive zu geben."

Chander zoomt auf die Panzer und Militärfahrzeuge, die auf der Jalan Gatot Subroto aufziehen wie dunkle Regenwolken.

"*Derweil geht Präsident Suharto weiter hart vor gegen die Demonstranten, nachdem diese ihn gezwungen haben, seine Reise nach Kairo zum Treffen der Group 15 vorzeitig zu unterbrechen. Zum Zeitpunkt, als mein Team und ich hier auf dem Dach diese Aufnahmen drehen, ist völlig unklar ...*"

Eine Gruppe Studenten unterbricht mich. Chander wird nervös und wir wissen nicht, was sie wollen. Sie zerren an mir und deuten mir an, ich möge aufhören. Chander hat seine Hand an seinem Revolver. Sie drängen sich zwischen mich und die Kamera. Für einen Augenblick sieht es so aus, als entwickle sich die Lage dynamisch.

Dann sehe ich sie.

Sie ist eine Erscheinung auf dem Dach des Parlaments. Es ist Schicksal, sie hier zu treffen, hier von allen Plätzen in der Stadt.

Sie ist der Nukleus der Studenten und gemeinsam drängen sie zu mir, vor die Kamera. Sie sieht anders aus als im Nachtclub und sie ist auch in der gleißenden Hitze des Daches atemberaubend. Mir bleibt die Sprache weg. Ich fahre mit der Hand über meinen Hals. Chander killt die Kamera.

"Was machst Du hier? Du bist Ayu?"

Wir umarmen uns als wären wir die besten Freunde. Ich küsse sie auf ihre Wange. Sie riecht gut, als wäre es nicht heiß und stickig und wir inmitten einer Revolution, die das Adrenalin in den Adern zum Explodieren bringt.

"Ich demonstriere. Was machst Du hier?"

"Ich berichte."

Chander sieht mich an.

"Du kennst Ayu?"

"Wir kennen uns," sagt Ayu.

Ich nicke.

"Wie geht es Deiner Schulter?"

Chander schaut uns wie ein Fragezeichen.

"Ayu hat mich in einen Soldaten geworfen der eine Pistole in der Hand hatte."

Ayu lacht und sagt:

"Du hast meine Freiheit gerettet. Sonst wäre ich heute nicht hier."

"Dein Pfefferspray hat ihm den Rest gegeben. Mir auch."

"Die Narbe in Deinem Gesicht kommt aber nicht von mir."

Sie strahlt und lacht und mir fällt nichts Besseres ein als zu strahlen und zu lachen und mir an meine Narbe zu greifen. Sie hatte im Nachtclub das Gleiche getan als meine Hand auf ihrem nackten Po die Zukunft erkundete, die nie kam. Nun steht sie vor mir wie eine Fata Morgana in der Wüste.

"Das kann ich bestätigen."

Ich bin glücklich, sie zu sehen. Alle Menschen auf dem Dach richten ihre Augen auf mich, den Bule, den weißen Journalisten mit dem dicken Bart, der langen Narbe, der keine Haare auf seinem Kopf hat, und der ihre Anführerin kennt. Es ist ein intimer Augenblick, und die indonesischen Studenten mit ihren Fahnen und Trommeln verschwinden im Hintergrund wie in einem Bild mit geringer Schärfentiefe. Ich sehe nur Ayu, ihr Gesicht mit den hohen Wangenknochen und den intensiven Augen. Sie ist ein Traum. Ihre Schönheit blendet mehr als die gleißende Sonne auf dem Dach des Gebäudes.

Wären wir alleine, ich hätte sie geküsst.

Gemeinsam stehen wir auf dem Dach des Parlaments. Tausende Menschen und Jakarta liegen uns zu

Füßen. Dieser Augenblick sind die Momente, warum ich diesen Job liebe.

"Hast Du Lust?"

Sie nickt.

Chander wirft die Kamera an.

"You are on air."

"Wir stehen auf dem Dach des indonesischen Parlamentsgebäudes. Neben mir ist die Stimme der Demonstranten, die Anführerin dieser Bewegung und das Gesicht, nach dem sich viele sehnen."

Ich wende mich Ayu zu. Ich sehe die Bilder bereits in unserer Dokumentation, mit einem vollen Profil von Ayu als junger Frau, ihrer Familie, ihren Plänen. Das Gesicht des indonesischen Frühlings.

"Ayu, vielen Dank dass Du in diesem historischen Augenblick die Zeit findest, mit uns zu sprechen. Erzähle uns, warum Du hier bist."

"Ich bin heute hier - und ich bin nicht alleine hier, ich spreche für all meine Freunde, die sich unter der Vereinigung 'Reformasi' zusammen getan haben - weil wir das Ende von Suharto und seinen Kumpanen fordern, das Ende der Ungerechtigkeiten in diesem Land und seinen Rücktritt."

Ayu ist ein *Natural*. Sie spricht, als hätte sie unzählige Interviews vor laufender Kamera gegeben. Ihre Körpersprache ist überzeugend, ihr Englisch fehlerfrei.

"Wie viele Menschen schätzt Du sind heute hier am Parlamentskomplex von Jakarta?"

"Wir wissen, dass sich Studentenvertreter aller Universitäten aus ganz Jakarta eingefunden haben. Es sind mehrere tausend Menschen."

"Was passiert nun?"

"Wir geben nicht auf, bis er aufgibt. Das Dach und das Land gehört den Menschen. Wir fordern ihn auf zurückzutreten."
"Mit 'ihn' meinst Du?"
"Suharto."
"Ayu, es kommt immer wieder zu Gewalt, Brandstiftung, Plünderungen. Was sagst Du dazu?"
"Wir sind keine gewalttätige Vereinigung und wir verurteilen vor allem die Gewalt an Menschen. Reformasi steht für den friedlichen Prozess, unsere Gesellschaft und das Land demokratisch zu verändern. Ziviler Ungehorsam gegen eine Diktatur, die das Land verdirbt. Bevor es zu diesem Prozess kommen kann, muss die Diktatur enden. Das Militär hat vier unbewaffnete Studenten ermordet und tausend weitere Menschen. Seit mehr als dreißig Jahren stehlen sie unserem Land Geld und Wohlstand durch Veruntreuung und Amtsmissbrauch. Was wir nun sehen ist das wahre Gesicht einer Regierung, die ihre eigenen Menschen auf offener Straße ermordet."
"Sprich mit uns über Eure Ziele und wie es weitergehen wird."
Ayu spricht einige Minuten in die Kamera und benennt Forderungen und malt ein konkretes Bild für die Zukunft des Landes und den Wandel hin zu einer Demokratie. Die Aufnahmen sind mehr wert als Gold. Sie ist die geborene Rednerin, die Individuen und Massen einfangen kann. In ihren Augen sehe ich ein Leuchten. Ich weiß, dass Ayu glücklich ist, dass sie mit der Gefahr der Situation umgehen kann. Chander filmt die Menschen auf dem Dach, die Studenten unten und auf der Jalan Gatot Subroto. Die Sonne geht in einem blutroten Ball hinter dem Mulia Hotel unter und färbt den Himmel pink.

Auch diese Bilder von Chander und mir werden um die Welt gehen.

Dann der Fokus auf mich mit den letzten Sonnenstrahlen in meinem Gesicht. Ayu steht neben mir wie eine Erscheinung.

Sie ist atemberaubend.

"Dramatische Szenen heute hier in Indonesiens Hauptstadt, wo Studenten den Rücktritt von Präsident Suharto fordern. This is Wolf Kimmich, reporting for the East Asia Press Agency, from the roof of the parliament building in Jakarta, Indonesia."

Chander nimmt die Kamera von der Schulter.

"Boss, it's a wrap."

Der tropische Sonnenuntergang ist schnell und dramatisch, die rot-blinkenden Lichter auf dem Dach des Gebäudes leuchten auf. Einzelne Studenten fangen an zu singen, Gitarren tauchen auf. Zigaretten glühen in der Dunkelheit. Der Duft von Kretek liegt in der Luft. Chander reicht mir eine. Wir sehen uns in die Augen. Wir haben heute alles richtig gemacht.

Ayu steht neben mir und weicht nicht von meiner Seite.

Es sind unglaubliche Momente für die indonesische Demokratie, für dieses riesige Land, das so viel Verderben und noch mehr Tote gesehen hat.

Sie kommen aus dem Nichts.

Geräuschlos.

Beinahe mystisch.

Wie auf ihrem eigenen Ho Chi Minh-Pfad. Niemand kann sie aufhalten.

Nur ihr Geruch verrät sie.

Die Boxen.

Eine Kette aus unzähligen Händen reicht sie einander, vorsichtig und doch schnell. Keine einzige fällt auf den Boden. Das wäre fatal. Mütter, Väter, Brüder, Schwestern, fliegende Händler, kleine Restaurants in der Nähe, die *Simpatisan*, die Sympathisanten - haben sie mit Sorgfalt vorbereitet. Der Zusammenhalt ist überwältigend. Die Solidarität der Menschen versorgt die Demonstrierenden mit Essen und Trinken.

Und so bricht die Nacht ein über den Studenten auf dem Dach des Parlamentsgebäudes. Und über Ayu und mir. Es ist unsere erste gemeinsame Nacht. Und unsere einzige.
"Jakarta Bintang News berichtet, es sind mehr als hunderttausend Menschen auf den Straßen der Stadt."
Sie zeigt mir die SMS auf ihrem Nokia.
Ich nicke.
Ich verliere mich in ihren Augen. Ihr Gesicht stiehlt mir alle Worte. Ich bin sprachlos. Es sind einmalige Momente in meinem Leben.
"Das Militär lässt uns gewähren. Sie versuchen erst gar nicht, das Gelände zu räumen. Wir sind zu viele."
Ich weiß damals nichts von Ayu und Arief und ihrem Pakt. Es sieht beinahe so aus als schützt das Militär die Studenten.
Mein Nokia vibriert.
"Don't tell me that you are on top of the parliament building," sagt Darren.
"I am."
"You are one unbelievable SOB."
"Wir haben die Story vom Dach exklusiv. Inklusive Ayu."
"Sensationell."

Über den Lärm, der mich wie eine unsichtbare Wolke umgibt, meine ich in der Stimme von Darren Tränen zu hören. Ihm fällt es schwer, etwas zu sagen. Dann:

"Wolf, das sind einmalige Momente. Pass auf Dich auf. Wir brauchen Dich."

Die Lichter in der Stadt gehen an. In den Tropen wird es schnell dunkel und um 18.30 Uhr sitzen wir in der heißen Dunkelheit auf dem grünen Dach des indonesischen Parlaments. Es liegt eine sanftmütige Melancholie über der Stadt. Es ist ein Patt: Die Fronten stehen sich gegenüber, es gibt Opfer auf beiden Seiten. Es ist tropisch heiß und ich lege meinen Arm immer dann um Ayu, wenn keiner mit ihr spricht oder etwas von ihr will.

Was so gut wie nie der Fall ist.

Denn alle wollen mit Ayu sprechen.

Und manchmal auch mit mir.

Die Studenten haben Ayu und mir Lunch-Boxen gereicht und wir haben gemeinsam den Inhalt verschlungen.

"Es ist Wahnsinn hier zu sein. Mit Dir."

"Für Dich ist es Wahnsinn, für mich ist es mein Leben."

"Ich habe die ganze Stadt nach Dir abgesucht."

"Ich musste mich an diesem Abend aus dem Staub machen. I am a most wanted woman, you know."

Ich lege meinen Arm um sie.

"Du hast Deinen Arm gerade um eine Terroristin gelegt."

"Gibt es ein besseres Gefühl als etwas Verbotenes zu tun und zu wissen, dass es das Richtige ist?"

Ayu zeigt mir ihre weißen Zähne. Sie schaut auf das Dach, auf dem wir sitzen.

"Wie lange bist Du in Jakarta?"

"Ich weiß es nicht. Unser Station Chief ist krank und kann den Job nicht mehr machen."

"Wer ist Dein Station Chief?"

"Darren de Soto."

"Darren de Soto ist Dein Boss?"

Ayu schaut mich an.

Ich sie auch.

"Kennst Du ihn?"

"Wer kennt ihn nicht? Er ist der Schwiegersohn von Sukarno. Er ist ein Held."

Ihr Blick schweift über die Stadt, zum Mulia Hotel. Wir sind müde und kaputt. Ich wünsche mir ein kaltes Bier und ein Zimmer im Mulia Hotel, zusammen mit Ayu. Und dass sie es sich genauso wünscht wie ich mir.

"Was machen wir, wenn das alles vorbei ist?"

"Ich mache meinen PhD und ich werde für einen Sitz im Parlament kandidieren."

Ich weiß damals nichts von Ayu und Megawati.

"Weißt Du immer, was zu tun ist?"

"Ich bin mir ziemlich sicher, dass ich den Weg kenne. Ich will als Präsidentin dieses Land regieren."

"Kriege ich das erste Interview?"

"Pasti dong."

Aber sicher, sagt sie, als ist es in Stein gemeißelt. Ihre Determination ist javanisches Schicksal.

Später steht Chander neben uns mit einem Cooler in der Hand.

"You are a dream," sage ich zu ihm.

"Darren hat das Filmmaterial eben erhalten," sagt Chander.

Ich mache ein Bier auf und biete Ayu eins an. Sie sagt nein. Dann frage ich die Studenten, die um mich herum sitzen, ob sie ein Bier wollen. Einige sagen ja, und ich mache die Flaschen für sie auf. Wir stoßen zusammen an, Chander und

ich fühlen uns wie Kameraden in den Schützengräben einer gemeinsamen Schlacht.
Irgendwann schlafe ich neben Ayu ein und Chander wacht über uns. Ich schlafe tief weil Ayu neben mir liegt.

DREI

Die Sonne geht auf. Der Morgen ist heiß und stickig. Seit ihrem Aufgang steht sie senkrecht über der Stadt. Unnachläßig schmort sie die Besetzer auf dem Dach mit ihrer Energie und kennt keinen Unterschied zwischen Gut und Böse, Gerechtigkeit und Ungerechtigkeit. Die Hände reichen uns Schirme. Denn:
Es ist heiß.
Es ist Donnerstag, der 21. Mai 1998.
In wenigen Stunden wird Präsident Suharto seinen Rücktritt verkünden. Ayu, die Studenten und das Land haben gewonnen. Nach mehr als dreißig Jahren haben sie den Diktator aus dem Amt vertrieben. Noch wissen wir nichts davon.
Ich wache vor den ersten Sonnenstrahlen auf. Ayu's Kopf hat das bisschen Bequemlichkeit des Daches auf einer Tasche gefunden. Chander liegt auf dem gewölbten Dach hinter mir, die Filmkamera neben sich und schaut in den Himmel, die Arme hinter seinem Kopf verschränkt, Zigarette im Mund. Die gleiche Kette der Hände von gestern reicht Frühstück und Kaffee auf das Dach des Parlaments. Ich verschlinge den Kaffee und das Frühstück wie die Cobra eine Maus. Es ist heiß auf dem Dach. Ayu ist beschäftigt und

spricht zu den Studenten. Jede Bewegung ihres Körpers ist magisch.

Irgendwann am Vormittag erreicht uns die Nachricht über seinen Rücktritt.

"Er ist nicht mehr Präsident," sagt Ayu zu mir. Sie hat Tränen in ihren Augen. Sie hebt zwei Hände über ihren Kopf und zeigt das Victory-Zeichen. Dann ruft sie ihren Kommilitonen zu:

"Wir haben gewonnen!"

Ayu nimmt ein Megafon und verkündet die Nachricht vom Dach. Es dauert, bis die Nachricht alle am Parlament versammelten Menschen erreicht, es sind viele, und es ist laut. Die Welle des Lärms wird stärker und irgendwann explodieren die Menschen unten und auf dem Dach. Die Studenten auf dem Dach und auf dem Parlamentskomplex brechen in ein Jubeln aus wie ich es nur aus dem Waldstadion kenne. Es ist ein Lärm der Freude und der Erleichterung und des Sieges und er ist lauter und länger als zuvor. Die Militärfahrzeuge hupen; die Panzerfahrzeuge richten ihre Wasserwerfer in den Himmel und das fallende Wasser kühlt die Studenten wie eine Champagnerdusche die Fußballer am Ende des Turniers ihres Lebens.

Ich würde sie gerne umarmen, ihr zum Sieg gratulieren und ich bin befangen. Ich rieche unangenehm, bin durchgeschwitzt und fühle mich widerlich. Die Studenten nehmen Ayu in ihre Mitte und führen sie vom Dach nach unten wie eine Oscar-Gewinnerin. Sie ist inmitten der Studenten, die ihre Arme in den Himmel strecken und das Victory-Zeichen machen. Dann dreht sie sich noch einmal zu mir um, unsere Blicke finden sich und ihre Lippen formen die Worte "I am sorry, so sorry" und ich wünschte mir, sie würde etwas anderes zu mir sagen. Ihr Gesicht ist glücklich, sie wirkt gefangen von der Tragweite und Bedeutung des Augenblicks.

Chander hat seinen Finger auf dem Auslöser und fängt sie genau dann ein. Das Time-Magazin wird sein Bild auf die Titelseite packen:

"The Voice of Modern Indonesia"

WOLF

EINS

Darren hat uns ein Interview mit Habibie besorgt. Er führt das Gespräch mit dem Interimspräsidenten des Landes. Ich bin Beisitzer und führe Protokoll und Chander macht die Fotos. Es ist staatsmännisch und im Präsidentenpalast und getragen von der Situation, friedlich den Wandel von der Diktatur hin zur Demokratie zu gestalten. Habibie spricht fließend Deutsch und wir sprechen ein paar Takte Deutsch miteinander. Habibie ist ein quirliger, kleiner Mann mit einer großen Ausstrahlung.

Die Krisenberichterstattung, wegen der ich nach Jakarta gekommen bin, ist vorbei. Golkar und die Neue Ordnung waren über Nacht zur alten Ordnung geworden und liegen auf der Straße wie ein Weihnachtsbaum am 14. Januar. Ich warte auf Nachricht von Andries. Normalerweise beruft er mich direkt nach Ende meiner Berichterstattung ab. Er zahlt mir Auslandstage, auch wenn ich nichts liefere. Für mich sind Tage wie heute bezahlter Urlaub.

Ich treffe Darren zum Lunch im Stix im Park Lane Hotel. Darren bestellt ein T-Bone medium-rare mit Freedom Fries und Brokkoli. Dazu eine Flasche Shiraz und zwei Gläser. Um es einfach zu machen bestelle ich das gleiche.

Der Kellner macht die Flasche auf und bevor er mit dem Ritual des Probierens beginnen kann, schickt Darren ihn weg. Dann füllt er unsere Gläser mit mehr Rotwein als es der Kellner getan hätte.

"Auf das Ende und den Anfang. To a job very well done."

"Cheers," sage ich. "Aus Deinem Mund bedeuten diese Worte eine Menge."
Wir trinken.
Darren trinkt kräftig.
"Ach Quatsch," sagt Darren.
Um uns herum Schönheiten wie auf einem Laufsteg.
"Wir haben etwas zu feiern."
Darren leert sein Glas. Dann fragt er mich:
"Wie ernst ist es mit Dir und Anastasia?"
Ich habe alles erwartet, nur nicht das. Ich nehme mir Zeit, aus meinem Glas zu trinken.
"Sie ist verheiratet."
"Hast Du sie jemals um eine Scheidung gebeten?"
Ein sehr guter Journalist mit einer noch besseren Frage.
"Nein. Ich war nie lange genug zu Hause."
Unser Essen kommt. Die Kellner bringen es mit einem kleinen Wagen an den Tisch. Das Silberbesteck rüttelt als sich der Wagen nähert.
"Probier' die Chilisauce."
Wir starten mit dem Essen und der Kellner fragt Darren, ob er eine zweite Flasche Wein will. Darren zuckt mit den Augenbrauen und zeigt dem Kellner seine leeren Hände.
"Same again?"
Darren nickt und der junge Mann ist auf dem Weg in den Weinkeller.
"Warum fragst Du?"
"Andries kommt nach Jakarta."
Das Steakmesser schneidet ein perfektes Stück Fleisch und er steckt es sich in den Mund. Dann spricht er mit vollem Mund.
"Ich habe ihm empfohlen, Dir meine Nachfolge anzubieten."

Darren ist immer für eine Überraschung gut. Große Fußstapfen und ich weiß nicht, ob meine Schuhe groß genug sind. Ich bin auf der Suche nach dem High, nicht nach der Routine.

"Er reist ungern und wenn, nur First Class. Aber wenn die Ablöse in einem unserer Büros ansteht, dann lässt er sich das nicht entgehen. Und Du hast es nicht von mir gehört. Er ist Dein Boss und er muss Dir meinen Job anbieten."

Ich fülle unsere Gläser.

"Und Du bist OK damit?"

"Du bist perfekt für Jakarta und dieses Land. Es gibt keinen besseren."

Wir stoßen mit vollen Gläsern an und sehen uns in die Augen. Unsere Augen sprechen von Freundschaft und Vertrauen. Dann nicke ich. Wir trinken und ich sage Darren, dass ich Anastasia bitten werden, nach Jakarta zu kommen.

ZWEI

Anastasia hat unsere Beiträge im Fernsehen gesehen und meine Artikel gelesen. Sie vermisst mich und ich sie und ich erzähle ihr genauso wenig über Ayu und die anderen Frauen in Jakarta wie sie mir über ihren Mann. Ich rufe Anastasia an und sage ihr, dass meine Mission zu Ende ist.

"Soll ich Dich am Flughafen abholen?"

"Nein, ich hole Dich am Flughafen ab."

Schweigen in der Leitung. Vermutlich macht sie sich gerade das Makeup und hat mich nicht verstanden. Oder ihre Fussnägel.

"Was soll das heißen?"

"Dass ich Dich einlade, zu mir nach Jakarta zu kommen. Look and see."

"Was?"

"Sie wollen mir den Posten in Jakarta anbieten."

"Wow. Gratulation."

Dann schweigt sie.

"Nur mit Dir. Setz' Dich in den nächsten Flieger. Wolltest Du nicht mit Deinem Bikini am Pool liegen und dass ich Fotos von Dir mache? Bali ist eine Stunde von Jakarta entfernt."

Ich kann mir ihr Gesicht vorstellen.

"Hast Du vergessen, dass ich verheiratet bin?"

"Ich wollte das nicht am Telefon machen. Aber ich glaube, Du solltest jetzt endlich die Scheidung einreichen. Und dann kommst Du nach Jakarta. Ich will Dich etwas Wichtiges fragen."

Axel Weber

Die Schöne und der Alte

Wie die Studentin den Präsidenten zum Rücktritt zwang
Wolf Kimmich & Darren de Soto, East Asia Press Agency
Jakarta, Indonesien, 1998
Fotos: © EAPA / Chander

Das Ende war schon da und sie wussten es nicht. Als Präsident Suharto nach mehr als 30 Jahren des Regierens mit eiserner Hand zurücktritt, haben es sich die Studenten auf dem Dach des indonesischen Parlaments für eine lange Zeit dort oben eingerichtet. Dass es überhaupt soweit kommen konnte, hat die junge Generation der Indonesier - 83% der Bevölkerung sind 50 Jahre oder jünger und 21% davon sind weniger als 24 Jahre alt - einer der ihren zu verdanken: Ayu. Der Name dieser jungen Frau hat über Nacht globale Berühmtheit erhalten. Würde die 24-jährige Ayu nicht den Weg in die Politik suchen, dann stünden ihr als Schönheitskönigin alle Türen offen. Die junge Frau, die aktuell einen Master in Internationalen Beziehungen macht, spricht akzentfrei Englisch als wir uns im Café Batavia in der kolonialen Altstadt Jakarta's treffen. Sie trägt hohe Absätze, einen schwarzen Rock und eine weiße Bluse. An ihrem Revers steckt eine kleine Indonesienflagge. Ihr Haar hat Ayu in einem Pferdeschwanz zusammengebunden. Sie könnte auch Beraterin für eine der großen Prüfungsgesellschaften sein. Ich bitte Ayu, Darren und mir das zu erzählen, was sie mir auf dem Dach des Parlaments noch nicht erzählt hat. Sie spricht von Gerechtigkeit für eine ganze Generation von Indonesiern, von einer besseren Zukunft und finanzieller Stabilität, von Demokratie und Verantwortung für das Volk. Als ob Max Weber durch ihre Lippen spricht tauchen die Worte "Politik als Beruf" auf und dass sie für die Politik leben will. Das dürfte finanziell kein Problem für die junge Frau sein, die vor mir sitzt und eine Tasse Kaffee trinkt. Denn ihr Vater ist Generalimporteur von Ford für Indonesien und hat für seine Familie ein Imperium aufgebaut das es ihm möglich macht, seine Töchter an die führende Hochschule im Land zu schicken. Ayu weiß genau was sie will und hat sich für einen PhD an der Cornell University beworben. Darren de Soto, der Ehrenvorsitzende der Cornell University, ist der aktuelle Leiter der EAPA in Jakarta und sitzt neben mir als wir dieses Gespräch führen. Ob das nicht nach KKN rieche, frage ich Ayu. Sie lächelt und weist darauf hin, dass der Ehrenvorsitzende keinen Einfluss auf die Auswahl der Stipendien hat. Cornell habe Darren de Soto hervorgebracht und das ist ihre geistige Heimat. Ayu nimmt meine Anmerkung ernst, ist KKN doch einer der Hauptgründe, warum sie für das Ende des Regimes gekämpft hat. Zudem will Ayu bei den nächsten Wahlen für einen Platz im Parlament kandidieren, für die Partei der Tochter des ersten Präsidenten des Landes, Megawati Sukarnoputri.

Wir sind mitten im Gespräch als ein junger und gut gekleideter Indonesier zu uns stößt. Er trägt ein schwarzes Hemd das von einem orangenen Hermes-Gürtel in Schach gehalten wird. Er hat eine Goldkette um seinen braunen Hals und eine Ray Ban im Haar. Ich lerne den Mann kennen, der das Ende des alten Präsidenten maßgeblich beeinflusst und die Fäden im Hintergrund gezogen hat. Ohne die Rückendeckung von Lieutenant Colonel Arief wäre es für Ayu und ihre Studenten schwierig gewesen, das Parlament zu besetzen, ohne weitere Opfer zu riskieren. Wir schütteln uns die Hände und auch Arief bestellt einen Kaffee. Arief sieht gut aus und strahlt Macht und Selbstsicherheit aus und wirkt dabei unscheinbar. Seine Augen haben eine mysteriöse Ausstrahlung, als würden sie mir nicht alles erzählen. Lieutenant Colonel Arief, so seine richtige Bezeichnung, trägt auch eine kleine Indonesienflagge am Revers und er lächelt, als er sich eine Zigarette ansteckt.

Die beiden sehen nebeneinander aus wie das Traumpaar, das sie sind. Sie gestehen uns, dass sie seit ihrer ersten Begegnung ein Paar sind. Für Arief war Ayu Liebe auf den ersten Blick und bei Ayu hat es nicht viel länger gedauert. "Es war ein schicksalshafter Abend und Arief war der Traummann, nachdem ich mich gesehnt habe," sagt Ayu als wir von den beiden ein Foto machen. Er lächelt sie an und nickt.

Politisch könnten die beiden besser nicht zusammen passen. Auch Arief kommt aus einer wohlhabenden Familie und der jüngste Lieutenant Colonel bei der Polizei von Jakarta muss nicht von seinem Gehalt als Beamter leben. Er kann sich den Luxus seines Lebens ohne Bestechung leisten. Seine Familie betreibt eine der bekanntesten Sushi-Ketten im Land mit Filialen in allen großen Städten Indonesiens und in Kuala Lumpur, Singapur und Sydney. Und während seine Brüder das Geschäft operativ führen, ist er finanziell im gleichen Maße am Erfolg beteiligt. Auch Arief sieht sich weiterhin im Dienst des Staates und will vor allem die omnipräsente Korruption bekämpfen, die dieses Land im Griff hat wie Metastasen einen kranken Körper. "Du glaubst nicht wie viel Du bezahlen musst wenn Du Restaurants betreibst und erfolgreich bist," sagt Arief. "Diesen Zustand zu beenden und das Land wieder attraktiv für Investitionen zu machen, muss das Ziel der neuen Regierung sein. ... "

Während ich tippe kommt Anastasia aus dem Pool. Ihre schlanken Füße hinterlassen Abdrücke auf den heißen Fließen. Sie beugt sich über mich und das Wasser ihres langen blonden Haares tropft auf mich und den Laptop. Ihre Hand trägt keinen Ehering. Dann nehmen ihre langen, schlanken Finger mir die Flasche Bintang aus der Hand und ihr Mund stiehlt einen langen Zug daraus. Sie sieht nass blendend aus und das blonde Haar auf ihren Armen kontrastiert mit ihrer braunen Haut und den kleinen blauen Dreiecken ihres Bikinis.

"Was willst Du mich eigentlich fragen?" fragt sie mich. "Und wie lange muß ich noch warten? Meine Probezeit ist vorbei."

Das ist eine gute Frage auf die ich keine Antwort habe. Kein Augenblick ist so gut wie die Gegenwart.

"Passt es Dir jetzt?"

Sie nickt und ich klappe den Laptop zu, stehe auf und gehe vor Anastasia auf mein rechtes Knie. Dann frage ich sie:

"Anastasia, willst Du meine Frau werden?"

Hinter ihr zieht der tropische Wind über den Pool und die Palmen bewegen sich aufgeregt im Wind als können sie Anastasia's Antwort nicht erwarten.

"Ja, Wolf, ich will."

Die Jakarta Trilogie:
The Big Durian

Jakarta, 2002

Upik

Die Kijangs und Toyotas auf der Straße in der Unterführung umgeben Upik wie ein Canyon und die Autos begraben ihn in seiner eigenen Hölle. Sein Gesicht reicht bis zur Mitte der Autotüren und die Auspuffe blasen Abgase in seine Nase. Er streckt seine Hand mit den schmutzigen Nägeln zum Betteln vor die Gesichter der Insassen in den Autos. Mit der anderen Hand balanciert Upik seinen beinlosen Rumpf auf dem Brett mit den beiden Rollen. Er bewegt sich damit wie mit einem Skateboard durch die Abgase im Stau der Unterführung unter der Jalan Jenderal Sudirman im Herzen von Jakarta. Von Autofenster zu Autofenster rollt er über die kaputte Straße. Die Unterführung schützt ihn vor dem tropischen Erguss, der die Stadt regelmäßig mit harten Tropfen straft - solange, bis das Wasser die Unterführung in einen öligen See verwandelt und für Upik unpassierbar wird. Die Kijangs schieben dann eine Flutwelle vor sich her, in der Upik wie ein kleines Kind ertrinken könnte.

Zu selten erscheint ein Spalt in einem der Fenster und eine Hand reicht ihm ein paar Münzen, oder manchmal, wenn er Glück hat, eine der Länge nach gefaltete Rupiah-Note. Dann ruft Upik ein "Terima Kasih" nach oben und rollt zum nächsten Wagen. Die Autos und Mopeds fahren an und Upik muss aufpassen, nicht unter die Räder zu kommen. Kein Fahrer sieht ihn, so tief sitzt er auf seinem Brett mit den Rollen.

Das Brett ist für seinen beinlosen Rumpf wie ein Kanu. Upik paddelt mit seinen Händen und streichelt den schmierigen Asphalt der Straße wie Wasser. Am Straßenrand ist er in Sicherheit, wie ein Schwimmer am Ufer eines Sees. Wenn die Ampel auf Rot schaltet kommen die Auspuffe der Wagen vor Upik's Nase zum Stehen. Dann beginnt das Spiel von vorne und Upik rollt durch den Qualm der Autos von

Fenster zu Fenster und streckt seine Hand in die Höhe. An manchen Tagen hat Upik Glück und es kommen genügend gute Menschen bei ihm vorbei. Dann kann er vom erbettelten Geld des Tages leben. So wie heute. Der Fahrer des roten Daihatsu muß ein guter Mann sein.

Viqaas

Viqaas sitzt am Steuer des kleinen roten Kastenwagens. Der Daihatsu ist beinahe so hoch wie lang. Die Scheiben sind verdunkelt und uneinsehbar, wie die meisten Autos in Jakarta. Die verdunkelten Scheiben halten die hohe tropische Sonne und ihr gleißendes Licht aus dem Innenraum. Viqaas steht an der Ampel und eine dunkle, schmutzige Hand mit langen Fingernägeln kratzt an seinem Fenster. Viqaas öffnet das Fenster einen Spalt und reicht der Hand einen roten 100.000 Rupiah-Schein. Er muss sich nach vorne lehnen, um das Gesicht des Mannes auf dem Brett mit den beiden Rollen zu sehen, auf dem der Bettler zwischen den Abgasen der Stadt umher kriecht.

"Allah ist mit Dir," sagt Viqaas.

"Und mit Dir, mein Herr," sagt Upik, als er den Wert der Banknote im Licht der Scheinwerfer erkennt. Viqaas schließt sein Fenster. Er hört Upik nicht. Für Upik ist der Schein mehr als ein Tageslohn an anderen Tagen.

Die Ampel schaltet auf Grün und die Meute hupender Mopeds macht die erste Reihe frei und Viqaas fährt los in Richtung Shangri La Hotel. Die Autos und Mopeds hinterlassen eine blaue Wolke, die sich als giftiger Nebel über die Kreuzung legt.

"Gott ist großartig," sagt Viqaas und versteht nicht, warum Allah zulässt, dass die Armut seiner Brüder und Schwestern auf den Straßen nicht weniger und warum der Reichtum der anderen Menschen immer mehr wird. Geld spielt keine Rolle und sie leben dekadent und ungläubig. Wie lange wird Allah das zulassen? An der Auffahrt zum Shangri La Hotel stauen sich die Autos und Taxis der Reichen und Schönen. Im Bauch des Hotels befindet sich die größte Fleischbeschau der Stadt, das Bats. Leicht bekleidete Frauen auf hohen Absätzen drängen durch den Eingang in das Hotel und von dort aus in den Club.

Harto arbeitet als Sicherheitsmann vor dem Shangri La Hotel. Er hat an diesem Abend zusammen mit seinen Kollegen Spätschicht. Es ist voller als sonst. Harto verdient im Monat weniger als das Ticket für den heutigen Abend kostet, und dennoch zieht das Konzert des DJ aus Europa Menschen an wie ein Magnet Eisen. Die Vorfahrt vor dem Hotel nach der Parkschranke ist voll, die Fahrer sind ungeduldig. Ein Lieferwagen schiebt sich durch den Stau in die Vorfahrt.

"Du hast hier nichts zu suchen," sagt Harto zu dem Fahrer mit einer Kopiah auf dem Kopf.

Viqaas mustert Harto mit einem einstudierten Blick.

"Du musst zum Lieferanteneingang."

Harto richtet seine Taschenlampe auf die Ladung im Inneren des kleinen Lasters: Blumen. Es sind auch wohlriechende Sedap Malam dabei, für den DJ aus Europa, sagt Viqaas, von seiner Fangemeinde. Die Blumen erfüllen die Ladefläche mit tropischem Duft. Harto lächelt unfreundlich. Viqaas schaut ihn an.

"Bapak, wenn ich umdrehen muß, dann kommen die Blumen zu spät und ich verliere meinen Job. Kannst Du heute eine Ausnahme machen? Gott und die Fans werden es Dir danken."

Hinter dem Daihatsu stauen sich Autos mit Gästen des Hotels und der berühmten Bar. Sie alle wollen vor die Lobby fahren und werden viel Geld hier lassen. Es ist Harto's Job sicherzustellen, dass alle Gäste schnell und sicher zum Hotel kommen. Er schaut sich die Situation an und denkt nach. Wenn er den Daihatsu umdrehen lässt, kommt der Verkehr total zum Erliegen. Alle Autos müssten dann rückwärts auf die Hauptstraße fahren und den Daihatsu rauslassen. Wie kommt es, dass der Fahrer des kleinen Lasters die Schilder ignoriert und so weit gekommen ist? Das Management des Hotels lässt keine Lieferwagen vor der Lobby zu, wo die Reichen und die Schönen ein- und aussteigen.

Harto muß den roten Lieferwagen zurückschicken. Ein bisschen mehr Stau ist besser als das Risiko, dass er seinen Job verliert. Viqaas sieht das Zögern in den Augen des Sicherheitsmannes, dessen Uniform zu groß für ihn ist. Anstelle einer Waffe trägt er ein Funkgerät und eine Ersatztaschenlampe an seinem Gürtel.

Harto wägt die Optionen gegeneinander ab. Viqaas will ihm helfen, die richtige Entscheidung zu treffen. Er nimmt einen roten Rupiah-Schein in die Hand und reicht ihm den Sicherheitsmann. Harto sieht den Schein und den Stau hinter dem Lieferwagen. Viqaas räuspert sich und sagt:

"Babak, Sie helfen mir sehr, wenn Sie mich durchlassen."

Ein zweiter Schein begleitet seine Worte. Harto schaut beiseite als er auch den zweiten Schein von Viqaas nimmt.

"Das nächste Mal fährst Du von der Rückseite an."

Es wird kein nächstes Mal geben, denkt Viqaas.

"Terima Kasih, Bapak Harto. Allah ist mit Dir. Beim nächsten Mal von hinten."

Harto winkt mit seinem roten Stab und Viqaas fährt vor die Lobby. Niemand beachtet ihn zwischen den Taxis und PKW im Eingangsbereich des Hotels. Schöne Menschen steigen aus teuren Autos und Taxis. Heute Abend legt dieser berühmte DJ aus Europa auf. Viqaas hat ihn in einem Video auf VH-1 gesehen. Er hatte seine blonden Haare hinter seine Ohren geklemmt. Auf Viqaas wirkte das feminin. Er war umgeben von nackter Haut, Füßen in Sandalen mit hohen Absätzen und Badeanzügen. Die Frauen hatten ihre Arme in die Luft gestreckt und zu seinem Lied getanzt und sie hatten Gläser mit langen Stielen voller Alkohol. Eine dunkle Frau bespritzte die anderen Frauen mit einer Flasche Champagner. Der Champagner schoß ohne Kraftanstrengung aus der Flasche. Viqaas hat keine Ahnung, was Champagner ist oder wie teuer er ist, nur dass Allah das mit Sicherheit nicht will. Er sah im ganzen Video keinen anderen Mann und Viqaas musste seine Augen abwenden. Die Brüste der Frauen in dem Musikvideo brachten Gefühle bei ihm hervor, die er sonst nicht hatte.

Die Frauen, die vor seinen Augen aus den Autos steigen, erinnern ihn an die Frauen aus dem Musikvideo. Sie sind genauso knapp bekleidet. Im Internet hat Viqaas gesehen, dass die Tickets mehr als eine Million Rupiah pro Person kosten. Davon lebt in den Slums im Norden von Jakarta eine Familie lange Zeit. Trotzdem ist es vor der Lobby voll und für Viqaas sind das gute Nachrichten. Es sind viele Bule, weiße Ausländer, da. Sie sind hier um Frauen kennen zu lernen.

Das Bats ist *der* Pickup Joint.

Deswegen haben sie es ausgewählt.
Viqaas freut sich.
Für viele wird es das letzte Mal sein.
Mohammed Omar hat dafür gesorgt.
"Gott sei mir Dir, Mohammed Omar," sagt Viqaas zu sich selbst. Das Sodom und Gomorrha entfaltet sich vor seinen Augen und das Hotel selbst wird zu einer Sünde.

Mohammed Omar ist der Anführer ihrer Zelle in Südostasien. Er hat die Bombe gebaut, die unter den Blumen im Bauch des Daihatsu auf ihren Einsatz wartet. Und die Rohrbombe im Blumengesteck.

Al Qaeda hat Mohammed Omar das Bombenbauen in Afghanistan beigebracht. Er war als Student der Islamwissenschaften über den Landweg von Pakistan aus nach Afghanistan eingereist. Entwicklungshilfe für den Terrorismus in Südostasien. Dort hatte Mohammed Omar auch Osama bin Laden getroffen.

Und ihn verehrt.
Ein Moslem mit einer Vision für die Welt.
Ein Visionär.

Mohammed Omar, Viqaas, Rahman und die anderen aus ihrer Zelle nennen sich Jemaah Islamiyah, "Islamische Gemeinschaft", und kämpfen für das Kalifat in Südostasien.

Viqaas ist einer ihrer Kämpfer und bereit, sein Leben für den Gottesstaat zu opfern, wenn seine Dienste nicht mehr gebraucht werden. Er sehnt sich nach dem Paradies. Vielleicht sieht es dort so aus wie in dem Musikvideo des DJ aus Europa? Noch ist seine Zeit nicht gekommen. Es gibt viel zu tun und zu wenig Gotteskämpfer in ihren Reihen.

Wenn Mohammed Omar von den Tagen und Nächten in Afghanistan und von den Höhlen erzählt, in denen sie Unterschlupf gesucht haben, dann leuchten seine Augen wie Fackeln in der Nacht und Viqaas wird neidisch, dass er es nicht bis nach Afghanistan geschafft hat. In Afghanistan gibt es nur verschleierte Frauen und das islamische Gesetz beherrscht das Leben und Allah wird die Ehrfurcht erbracht, die ihm gehört. Mohammed Omar spricht von der Kameraderie unter Gleichgesinnten, dem Rausch, einer großen Sache anzugehören und davon, einem großen Mann zu folgen, der den Feind besiegen wird, um für seine Brüder und Schwestern das Kalifat auszurufen und um aus der Welt einen Gottesstaat zu machen.

Mohammed Omar ist Ingenieur mit einem Abschluss der Universität von Bandung. Al Qaeda hatte ihn im Bombenbauen unterrichtet und er hatte Bomben gebaut und diese auch gezündet.

Und sie waren explodiert.
Und sie hatten getötet.
Viele.
In Afghanistan.

Mohammed Omar ist ein Genie und das größte Asset der Jemaah Islamiyah in Südostasien. Keiner kann Bomben bauen wie er. Keiner ist so skrupellos wie er. Keiner trägt so viel Hass in sich wie er.

Der Rücktritt Suharto's hinterließ Chaos im Land, und das war Gottes Segen für die Jemaah Islamiyah. Ideal für ihr Vorhaben, Indonesien in einen Gottesstaat umzubauen.

Viqaas's Hand zittert als er den Kastenwagen vor der Hotellobby auf den bestmöglichen Platz rangiert. In seinem Kopf betet Viqaas, dass sie ihn nicht entdecken. Er ist deplatziert in der Dekadenz dieses Sündenpfuhls.

Sehen sie es in seinen Augen?
Wissen sie, dass Viqaas heute Geschichte schreiben wird?
Mit zwei Bomben.
Und so vielen Toten in Jakarta wie nie zuvor.

Inshallah.

Dem ersten Attentat von vielen im Archipel. Sie werden eine Blutspur über alle Inseln legen und das Land von den Ungläubigen reinigen.

Inshallah.

So wahr Gott ihnen helfe.

Mohammed Omar hat die tödlichen Zutaten überall im Land und auf den Philippinen besorgt. Dort haben sie Brüder und Schwestern bei der MILF, der Moro Islamic Liberation Front. So ist es unwahrscheinlich, dass die Polizei oder die C.I.A. die Käufe nachvollziehen kann und die Spur sie zu Mohammed Omar und seiner Zelle in Jakarta führt. Mohammed Omar baute die Chemikalien und die Zünder in zwei Plastikschränke und umgab alles mit Nägeln und rostigen Metallspänen aus einer Fabrik in Sunter. Die Blumen und die Gestecke sind vom lokalen Markt in Menteng und sie liegen über der Bombe und bewachen sie vor ungewollten Blicken wie eine Decke ein kleines Kind vor der Kälte. Niemand wird die Ladefläche so genau inspizieren. Vor allem nicht, wenn der Andrang zum Konzert mit dem blonden DJ aus Europa so gewaltig ist und sich die Autos bis auf die große Straße stauen.

Es ist perfekt.

Viqaas's Augenblick ist gekommen.

Viqaas bittet den Concierge um einen Kofferwagen, um die Blumengestecke in das Hotel zu bringen. Er schlängelt sich durch die Autos und Taxis im Lobbybereich. Viele Menschen warten in der Lobby auf den Beginn des Konzerts. Die Menschen zaubern ein Lächeln auf seine Lippen. Die meisten dieser Ungläubigen werden ihr Leben verlieren und die Bilder ihrer Leichen werden um die Welt gehen und seine Brüder und Schwestern von Jemaah Islamiyah und Al Qaeda und der MILF werden stolz auf ihn sein. "Gott ist großartig" sagt Viqaas zu sich selbst als er den Daihatsu abschließt. Niemand soll in seiner Abwesenheit den Wagen prüfen oder bewegen. Und selbst wenn, denkt Viqaas, die Autos stauen sich an der Ausfahrt des Hotels genauso wie an der Einfahrt. Alle Fahrer müssen ihr Ticket an einer kleinen Bude mit der Frau an der Kasse bezahlen. Weit würden sie nicht kommen.

Viqaas stellt den Kofferwagen mit den Blumen neben dem Eingang zum Nachtclub und entfernt sich durch den Lieferanteneingang. Es ist so viel los, dass die Türsteher, wunderschöne junge Frauen, ihn nicht fragen, was mit den Blumen passieren soll. Er verlässt das Hotel und besteigt ein Moped, das Rahman dort für ihn abgestellt hat. Viqaas fährt ein paar hundert Meter gegen die Einbahnstraße vom Hotelkomplex weg und wählt eine Handynummer. Ein Telefon klingelt. Er legt auf. Dann wählt er die gleiche Nummer nochmals.

Die Nummer ist besetzt.

Sein erster Anruf hat die Bombe im Hotel zum Explodieren gebracht. Viqaas zählt bis sechzig. Er gibt den Überlebenden Zeit, in ihrer Panik und ihrem Unglauben, was gerade passiert, das Gebäude zu verlassen und sich vor der Lobby zu versammeln. Viqaas sieht in seinem inneren Auge die spärlich bekleideten Frauen, die sich blutüberströmt neben den roten Daihatsu setzen und glauben, das Schlimmste überstanden zu haben. Bestimmt gibt es auch schon tote Ungläubige. Der große Knall kommt erst noch. Viqaas wählt die zweite Nummer. Es klingelt. Dann ist der dumpfe Knall der Autobombe zu hören. Vom Hotel steigt eine Rauchwolke auf. Viqaas muss die zweite Nummer nicht nochmals wählen. Er weiss, dass er die große Bombe gezündet hat.

Wenn Mohammed Omar und er alles richtig gemacht haben, lebt niemand mehr, der sich in der Nähe des roten Kastenwagens aufgehalten hat.

Er setzt einen Helm auf seinen Kopf und fährt weg vom Straßenrand. Er macht sich auf den Weg zur Sunda Kelapa Moschee in Menteng. Viqaas will beten und sich bei Gott für die erfolgreiche Operation bedanken.

Und seinen Gott bitten, dass alle weiteren Missionen auch gelingen werden.

Anastasia & Wolf

"Was soll ich anziehen?"

Sie steht vor dem langen Spiegel und trocknet ihre Haare mit einem Handtuch. Ihre Augen sehen mich im Spiegel. Ich sehe ihren nackten Körper von hinten. Sie ist jung, wild, unverbraucht. Wir haben den gesamten Tag am Pool verbracht. Das Wasser aus ihren langen, blonden Haaren tropft auf den Teppichboden wie ein kleiner Wasserfall. Ihre Haut hat diese permanente tropische Bräune angenommen, zu der ihr blondes Haar den perfekten Kontrast darstellt. Der Bikini, den sie jeden Tag am Pool trägt, hinterlässt ein helles Muster auf ihrer dunklen Haut.

"Ist das zu knapp?"

Sie hält etwas Kleines in die Höhe.

"Du kennst das Nachtleben in Jakarta. Nichts ist zu knapp."

"Ist es zu viel Haut?"

"Es ist nie zu viel Haut."

Anastasia und ich haben geheiratet. Ihre Scheidung war durch und kurz danach waren wir bei der Deutschen Botschaft und haben uns standesamtlich trauen lassen. Dann eine Party am Strand von Seminyak: Andries, Darren,

Kharolina und Chander waren da. Arief und Ayu waren unsere Trauzeugen. Ein paar Freundinnen von Anastasia sind nach Indonesien gekommen, und ein paar Kollegen von mir. Ich habe auf Grund des Jobs wenig Freunde. Nach den Flitterwochen haben wir uns für ein Apartment im Komplex des Borobudur Hotels entschieden. Die Anlage ist einmalig und riesengroß. Hier kann Anastasia morgens joggen und frische Luft atmen. Der Pool ist olympisch und zum Schwimmen, nicht nur zum Planschen. Wir können in das Hotel gehen und vom Frühstücksbuffet essen, das so groß ist wie ein Flugzeugträger der US Navy. Anastasia kämpft immer noch mit dem Stau auf den Straßen der Stadt. Und damit, dass alle sie anstarren. Sie sagt sie verstehe nun, wie sich Stars aus Film und Fernsehen fühlen müssen und dass es Schlimmeres gibt. Zu unserem Hochzeitstag habe ich ihr die Karten für ihren Lieblings-DJ geschenkt.

Nun steht sie in unserem Apartment und überlegt, was sie anziehen soll. Dabei kann Anastasia nicht schlecht aussehen, egal was sie anhat.

Sie dreht sich zu mir.

Sie hat nichts an.

So sieht sie immer noch am besten aus.

"Wann soll ich mich bei Dir bedanken?"

Ihr manikürter Daumen wandert an ihre Lippen.

"Jetzt oder nachher?"

"Ich glaube jetzt. Und nachher. Definitiv jetzt," sage ich als sie in ihre Pumps steigt und sich ihre langen Beine auf den Weg zu mir machen.

*****

Wir stehen im Taxi vor der Einfahrt zum Shangri La Hotel. Im Stau. Wie könnte es anders sein, es ist Jakarta und der Stau ist der Geist, der immer vor mir da ist, egal wohin ich fahre. Der Andrang ist gewaltig. Der Taxifahrer beäugt uns im Rückspiegel. Der Bule ohne Haare mit vollem Bart und Narbe im Gesicht. Und die schöne Blondine, einen Kopf größer als der Mann neben ihr. Ein paar Autos vor uns ist dieser kleine Lieferwagen, der genauso hoch wie lang ist. Er sieht aus als würde er beim nächsten Erdbeben umfallen. Ein Sicherheitsmann mit einem leuchtenden Stab richtet seine Lampe auf die Ladefläche. Der Fahrer und der Sicherheitsmann tauschen ein paar Worte miteinander. Der Sicherheitsmann sieht in unsere Richtung. Nach ein paar Sekunden winkt er den roten Kleinlaster durch. Mit jedem Auto, dass vorne Platz macht, rücken wir ein Stück näher an den Eingangsbereich des Hotels. Die Autos halten in mehreren Spuren. Taxis haben Vorrang am Bordstein, und neben uns sind weitere Autos. Der Daihatsu steht ganz außen. Der Fahrer bringt mit einem Hotelwagen Blumen und Blumengestecke an uns vorbei in die Hotellobby. Auf den Bändern stehen Widmungen für den DJ.

Irgendetwas erinnert mich bei den Blumen an eine Beerdigung, nicht an eine Party.

"Du bist nicht der einzige Fan," sage ich zu Anastasia und zeige auf die Blumen. Sie rollt ihre Augen und lacht.

"Aber bestimmt die einzige Blondine. Pass gut auf mich auf."

Hinter uns stauen sich die Autos und vor dem Hotel herrscht geschäftiges Treiben. Die Menschen sind gekommen um zu sehen und um gesehen zu werden. Ein Mitarbeiter des Hotels öffnet Anastasia die Tür. Ihre langen Beine in den hohen Absätzen benötigen die schönste Ewigkeit für den Weg aus dem Auto. Der Fahrer hinter uns hupt. Ein paar Bule vor der Lobby starren auf Anastasia. Unter den dunkelhaarigen Asiatinnen ist sie die blonde Ausnahme. Ich bezahle und halte ein paar Rupiah bereit für den Concierge, der bemüht ist, dem Chaos vor dem Hotel Einhalt zu gebieten und der Autotüren öffnet und schließt.

    Ein paar Rupiah machen viele Freunde.

    Die Detonation erschüttert das Innere der Hotellobby. Der Lärm der Explosion erinnert mich an das Feuerwerk, das wir früher am Mainufer in Frankfurt zu Silvester gezündet haben. Vielleicht mehr Lärm als Schaden, nichts Ernstes, vielleicht ein Partygag und meine Augen suchen Anastasia und finden sie nicht. Die Situation in der Lobby und vor dem Hotel eskaliert mit der Explosion. Die schönen Menschen in den hohen Schuhen und kurzen Röcken und die Männer in ihren Hemden und mit Cocktailgläsern in ihren Händen rennen durch Glasscherben und Flammen aus dem Inneren des Hotels in Richtung Eingangsbereich. Helle Flammen schießen aus der Lobby nach draußen. Gesichter, Sekunden davor noch voller Lust und Makeup, sind Fratzen der Angst und die Menschen spülen Anastasia weg von mir in Richtung der wartenden Autos.

    Und des roten Daihatsu.

    Mein Handy rettet mich. Es ist auf den Boden des Taxis gefallen und beim Anfahren und Abbremsen unter den Fahrersitz gerutscht. Ich fische mein Nokia unter dem Vordersitz heraus.

    Als die Bombe den roten Daihatsu zerfetzt steht Anastasia zusammen mit dutzenden anderer Menschen zwischen den Autos und der zerborstenen Glasscheibe des Eingangsbereiches. Die Wucht der Detonation ist viel stärker und schleudert sie und die anderen Menschen wie Barbiepuppen in die Hotellobby. Meine Augen finden Anastasia nicht. Mein Taxi kippt auf die Seite und fängt Feuer.

Die Bombe hinterlässt einen Krater. Sämtliche Fensterscheiben zerbersten, auch in den obersten Stockwerken des Hotels und der Nachbargebäude. Der BNI-Tower nimmt harten Schaden bis in die obersten Stockwerke. Die Rauchwolke über der Stadt ist meilenweit zu sehen, CNN überträgt die Bilder live. Ich bin so nah an dem Daihatsu, dass es ein Wunder ist, dass ich überlebe. Eine warme Flüssigkeit läuft aus meinen Ohren und mein Kopf summt. Draußen rennen Menschen umher und der Feueralarm des Hotels schlägt an. Es ist das letzte, das ich höre.

    Dann wird es dunkel.

Wolf

    "Hey," sagt eine verschwommene Gestalt zu mir. Die Person steht in Watte eingewickelt vor mir. Ich höre die Stimme als wäre ich unter Wasser. Meine Augen zu öffnen ist schwieriger als einen Marathon zu laufen. Trotzdem versuche ich es.

    "Hey."

    "Wie geht es Dir?" sagt Darren.

    "Ich weiß nicht. Habe mich noch nicht im Spiegel gesehen."

    Darren zeigt mir einen Strauß Blumen und eine Flasche Black Label.

    "Die Blumen sind von Kharolina. Die Flasche von mir."

    "Anders herum wäre es auch okay."

    Darren lächelt und schenkt uns ein. Er reicht mir ein Glas.

    "Bist Du sicher, dass das jetzt gut ist?" sagt Kharolina.

"Das ist immer noch die beste Medizin," sagt Darren zu ihr und blickt mir in die Augen. Seine Augen sind grau und leblos und traurig.
Wir trinken.
Darren schenkt nach.
"Wo bin ich?"
"Rumah Sakit Jakarta."
Das Krankenhaus im Zentrum von Jakarta.
Wir trinken.
Darren schenkt nach.
"Was ist passiert?"
Darren räuspert sich.
"Die Bomben haben Menschen aus 13 Nationen getötet. Und hunderte verletzt."
Er zeigt mir eine Ausgabe der "Jakarta Post". Der Aufmacher zeigt eine Luftaufnahme des Hotelkomplexes.
Es sieht aus wie Beirut.
Und dennoch lebe ich.
Ich schließe meine Augen. Ich will die nächste Frage nicht stellen.
"Was ist mit Anastasia?"
"Hör' zu Wolf, das ist nicht der richtige Zeitpunkt. Du warst drei Tage im Koma. Die Ärzte …"
"Sie ist tot," sage ich und nehme ihm die Last ab, mir die Nachricht zu überbringen, die niemand überbringen will.
Darren wendet seinen Blick ab und er hat Tränen in seinen Augen. Sein Gesicht wird weiß und er nimmt das kleine Glas zu seinen Lippen und trinkt es aus und schenkt nach. Kharolina kommt und nimmt meine Hand. Sie steht im Wettbewerb mit verschiedenen Plastikschläuchen, die wie kleine Würmer aus den Adern meiner Hand reichen. Dann sagt sie wie eine Mutter zu mir:

"Wolf, wir sind für Dich da. Das sind harte Augenblicke für Dich und viele Menschen, die ihre Angehörigen verloren haben. Du bist nicht allein."

Dann bricht Kharolina in Tränen aus. Sie legt ihren Kopf auf meine Brust und drückt meine Hand und die Nadeln in meinen Adern. Kharolina ist wie eine indonesische Mutter zu mir und ich ihr Sohn. Ich höre ihr Weinen, laut und direkt und die Trauer spricht aus ihrer Seele. Chander betritt das Zimmer mit einem Strauß Blumen. Ich nehme seinen runden Bauch wahr und seinen Kopf, die Haare von links nach rechts über seiner Glatze. Er ist nicht fröhlich wie sonst. Sein Gesicht ist von Sorgen gezeichnet wie eine Wand von Graffiti. Es ist schön, dass er da ist. Seine grauen Augen sind das letzte, das ich sehe. Nacht fällt über meine Augen und ich erinnere mich an nichts mehr.

Irgendwann wird es wieder hell. Das Licht fühlt sich an wie ein Fremdkörper in meinen Augen. Meine Augenlider sind immer noch schwer wie der Kofferraumdeckel des alten Ford Explorer. Darren sitzt neben mir an meinem Krankenhausbett. Draußen scheint die Sonne und der Himmel ist blau. Das fällt mir auf, weil das in Jakarta die Ausnahme ist. Er hält die aktuelle Ausgabe des englischsprachigen Tempo Magazins in der Hand. Er zeigt mir die Titelseite:

"THE BUTCHER OF JAKARTA"

Darunter ein schwarz-weißes, körniges Bild des Bombenlegers, das von einer der Kameras des Hotelkomplexes aufgenommen wurde. Sie haben es aufgeblasen und es nimmt fast die gesamte Seite ein. Sein Gesicht ist von rechts oben zu sehen als er den Kofferwagen mit den Blumen durch die Lobby schiebt. Darunter die Bildunterschrift:

Jakarta Police have identified the alleged bomber of the Shangri La attacks in Central Jakarta that led to the death of 160 victims from 13 countries. Jakarta's Anti-Terror Unit, Densus-88, headed by General Arief, as well as counterparts from the F.B.I. and the US Embassy in Jakarta have set up an anti-terror hotline. Tips that lead to the identification or arrest of the bomber will be rewarded with a bounty of up to USD 2,000,000.

Unmissverständlich groß die Nummer einer gebührenfreien Hotline.

"Das Gleiche bei Jakarta Post, the Straits Times, Sydney Morning Herald, LA Times, New York Times, F.A.Z., Der Spiegel. Und so weiter. Es ist der schlimmste Terroranschlag seit 9/11."

"Wer?"

"Jemaah Islamiyah. Die lokale Einheit von Al Qaeda."

"Hast Du Ahnung von denen?"

"Sie waren hier bislang nicht richtig aktiv. Suharto hat sichergestellt, dass die Islamisten keine Chance hatten. Das war vielleicht die einzig gute Seite von Suharto."

Er lächelt mich mit müden Augen an.

"Jedes Jahr gehen Indonesier nach Afghanistan und Pakistan, um sich dort in einem der Camps von Al Qaeda ausbilden zu lassen. Sie kommen zurück als tickende Zeitbomben."

"Was ist mit der Moro Islamic Liberation Front auf den Philippinen?"

"Verrückte Kämpfer im Dschungel. Sie haben ihre eigenen Camps. Die Islamisten kämpfen seit Jahren gegen die katholische Zentralregierung in Manila. Eine Brutstätte für den Al Qaeda Nachwuchs in der Region."

"Was ist mit Anastasia?"

Darren schaut weg. Ich zeige auf meinen Tropf an dem ich hänge.

"Sie geben mir Schmerzmittel. Noch kann ich es ertragen. Opium. Ich bin den ganzen Tag high."

"Du musst sie identifizieren. Das, was von ihr übriggeblieben ist."

Er schluckt.

Dann:

"Es tut mir so leid, Wolf. Ich kann es Dir nicht sagen, welche Schmerzen ich empfinde. Kharolina geht es genauso..."

Tränen in den Augen.

"Danke."

"Willst Du für ein paar Tage bei uns wohnen wenn sie Dich entlassen?"

"Nein. Ich komme zurecht."

Die Tage ziehen sich wie Kaugummi. Hospitäler gehören nicht zu meinen Lieblingsplätzen. Ich hänge am Tropf und CNN zeigt Bilder die mich wundern lassen, wie ich das überlebt habe. Ich weiß nicht, ob ich dafür dankbar sein soll oder nicht. Außer meiner Trauer empfinde ich keine Schmerzen. Es kommt jemand von der deutschen Botschaft und fragt nach meinem Gesundheitszustand und nach Anastasia. Sie wollen die Angehörigen verständigen. Ich erzähle der Frau von der Botschaft von Anastasia's Ex-Mann und unserer Hochzeit und dann kommen mir die Tränen und ich fange an zu weinen und kann nicht aufhören. Es muss schlimm sein. Die Frau von der Botschaft holt eine Krankenschwester. Sie gibt mir etwas Gutes und es löst meine Trauer auf wie Wellen eine Burg aus Sand. Dann werde ich müde und die Dunkelheit umgibt mich und ich vergesse alles und mein Körper wird schwer und ich schlafe und schlafe und schlafe und nehme mir vor nie mehr aufzuwachen.

Als ich aufwache steht ein gut aussehender Mann in einer Uniform vor mir. Jemand hat eine Kanne Kaffee auf den Tisch neben meinem Bett gestellt. Der Duft des Toraja-Kaffees füllt den Raum. Er ist das Sinnbild der Magie des Landes, der ich erlegen bin. Ich fühle mich groki und schließe meine Augen und muss mir nicht viel Mühe geben wieder einzuschlafen.

Ich habe keine Ahnung, wie viel Zeit vergeht. Der Mann in der Uniform ist immer noch da oder schon wieder da und trinkt Kaffee, als ich die Augen aufmache. Er spricht in sein Telefon mit weichen Worten. Das Zimmer ist weit weg und ich gehöre hier nicht her und ich erlebe den Mann in einem Film und meine ihn zu kennen. Er erinnert mich an mein Leben vor dem Tod von Anastasia und an unsere Hochzeit am Strand in Bali und ich habe keine Lust auf diese Gedanken. Warum lassen sie mich nicht in Ruhe, ich will schlafen und nicht aufwachen. Ich will das sagen aber mein Mund ist trocken und meine Zunge klebt an meinem Gaumen. Die Müdigkeit sitzt tief in meinen Knochen. Eine Nadel bohrt sich in mein Ohr.

Es ist seine Stimme.

"Wie geht es Dir?"

Ich öffne die Augen. Langsam. Blei auf meinen Lidern. Es ist noch immer die Uniform. Sie sitzt neben meinem Bett. Die manikürten Finger halten die weiße Kaffeetasse.

"Wie sehe ich aus?"

"Die Narbe hattest Du schon. Alles andere fällt nicht auf."

Er lächelt sanft und voller Verständnis. Seine Uniform ist frisch gebügelt und hängt voller Lametta.

Ich würde gerne lachen aber es tut weh und ich bin mir sicher, dass irgendwo ein Messer in mir steckt.
"General?"
Er nickt und salutiert mit seiner rechten Hand.
"Dein Interview mit Ayu und mir war Gold wert."
"Doch wohl eher Deine Fähigkeit, die Terroristin zu heiraten, die den Diktator stürzte."
"Das klappt nur einmal. Der jetzige Terrorist sieht nach Klischee aus."
"Habt Ihr ihn schon?"
Arief schaut mich an. Die Tür geht auf und sie kommt rein und dann steht sie da.
"Unser herzliches Beileid."
Sie hat einen Strauß Blumen in ihren Händen und hält ihn nervös vor ihrem Bauch. Arief geht zu seiner Frau und nimmt ihr die Blumen ab und stellt sie in eine der Vasen auf dem weißen Tisch.
Ayu schaut mich mit leeren Augen an und dann fragen ihre Augen Arief. Er schüttelt den Kopf. Unmerklich von Seite zu Seite.
"Wir müssen Dir etwas sagen, und es ist nicht leicht," sagt Arief, nun General Arief.
Ayu hat Tränen in ihren Augen.
"Es kann nicht schlimmer kommen als es schon ist," sage ich.
Ayu setzt sich. Sie will sagen "doch, kann es," denkt es sich dann aber nur und schweigt.
Und es kommt schlimmer.
"Darren hat eine Flasche Black Label dagelassen. Willst Du?"
Arief nimmt zwei Gläser vom Tisch und schenkt mir und dann sich selbst ein. Dann setzt er sich wieder neben mich ans Bett.

Mit dem Glas in der Hand holt er den Dolch heraus und bringt mich um.

"Anastasia war schwanger."

Ich schaue ihn an und sehe ihn nicht. In meinen Augen sehe ich die Frau die ich geliebt habe. Und ein Kind.

Unser Kind.

Mein Kind.

Er hat nicht nur Anastasia getötet, sondern auch mein Kind.

Ich lehne mich an das Kopfstück. Unter mir tut sich der Boden auf und verschlingt mich. Es wird dunkel und kalt und einsam und trostlos und es weht ein kalter Wind und es gibt kein Licht mehr und nur noch Dunkelheit. Ich vermisse sie und das Kind das wir niemals hatten und von dem ich nichts wusste.

"Ich will dabei sein wenn Du sie kriegst," sage ich.

"Deal?"

Er nickt.

"Deal."

Wolf & Arief

Ich habe Andries am Telefon. Er will wissen, wie es in Jakarta nun ist.

"Die Bomben verändern die Stadt und das Land. Hotels, Nachtclubs, Shopping Malls: Alle gleichen Festungen. Du kommst nur noch durch Metalldetektoren rein. Sicherheitsleute überall. Mit Waffen. Ich weiß nicht wo sie die so schnell gefunden haben. An der Plaza Indonesia stehen sie mit Maschinenpistolen und Panzern."

"Wie am Flughafen."

"Die Botschaft der Amis ist abgeriegelt und Panzerfahrzeuge blockieren die Straße. Ich wollte gestern den deutschen Botschafter interviewen und musste alle digitalen Geräte im Garten lassen. Dort laufen sie mit Maschinenpistolen und Spürhunden rum. Zu McDonald's gehen ist nicht mehr nur ungesund. Es kann tödlich sein."

Andries lacht nicht. Er geht gerne zu McDonald's.

"Und Du?"

"Ich weiß es nicht. Ich fühle nichts außer Leere."

"Willst Du weg?"

"Wohin?"

"Beirut."

"Weil dort weniger oder mehr Bomben explodieren?"

"Die Position wird frei. Und Du hättest Abstand."

"Nein. Ich will in Jakarta bleiben. Arief und ich wollen gemeinsam auf die Jagd. Für mein Buch. Und Anastasia."

Und mein Kind. Das sage ich dann doch nicht und beiße mir auf die Zunge. Der Gedanke an ein totes, ungeborenes Kind im Leib meiner toten Frau reißt dieses Loch unter mir auf. Andries muss dieses Loch nicht unter seinen Füßen haben. Dafür mag ich ihn zu sehr.

"Halte mich auf dem Laufenden. Und bleib weg von den Bomben."

Ich lege auf und öffne ein Bier. Ich gieße es in ein Bintang Glas das mir ein kurzes grünes Kleid im Rahmen ihrer Arbeit als Promotion-Girl im Hero-Supermarkt zusammen mit ihrer Nummer in die Hand gedrückt hat. Es schäumt und ich gebe einen Schuss Campari dazu. Der Bitter aus Mailand färbt das hellbraune Bier dunkelrot. Es malt die Stadt weich und macht sie wieder schön und sie verwandelt sich in diese exotische Frau voller Möglichkeiten, in die ich verliebt bin. Ich nehme Glas und Flasche und gehe runter zum großen Pool.

Der Pool ist menschenleer, ich höre die Bälle vom Tennisplatz nebenan. In der Ferne hupt ein Moped. Die Frösche sind irgendwo und quaken. In meinem Glas sehe ich Anastasia in den Pool köpfen. Sie zieht ihre langen Beine wie eine Versuchung nach sich in das Wasser und verschwindet unter der blauen Scheibe. Der Pool liegt flach und leer vor mir. Ich stehe auf und warte, dass sie auf der anderen Seite der langen Bahn auftaucht. Ich sehe keine blonden Haare und mache mir Gedanken wo sie bleibt. Dann springe ich mit Flip-Flops, Shorts und T-Shirt in den Pool um Anastasia zu retten. Ich treibe im Wasser. Neben mir das leere Glas.

"Alles OK, Mr Wolf?"

Joe, der Pooljunge.

Anastasia ist nirgendwo zu sehen. Ich nicke ein "Sorry" und verkneife mir weitere Worte. Joe bringt mir ein Handtuch. Dann dusche ich und mache mich frisch.

Ein Blue Bird bringt mich in die Zentrale der indonesischen Polizei in Central Jakarta. "Serving the Nation" steht in Sanskrit auf dem Eingangstor. Polizisten mit Maschinenpistolen und Hunden halten einen Spiegel unter das Auto. Sie öffnen die Türen und suchen im Kofferraum nach einer Bombe.

Dann Arief's Büro. Er hat ein Bild von Ayu auf seinem Schreibtisch. Ansonsten nichts. Ich bin neidisch. Und traurig.

"Wir haben ein Motorrad gefunden das seit dem Tag des Attentats vor der Moschee stand."

"Und?"

"Normalerweise kein Thema. Aber es stand im Weg. Also haben sie es der lokalen Polizeistation gemeldet."

"Welche Moschee?"

"Sunda Kelapa. Menteng."

Ich mache mir Notizen.

"Wie ist es zu Dir gekommen?"

"Das Kennzeichen ist gestohlen und sie haben die Fahrgestellnummer abgefeilt."

"Das Fluchtfahrzeug?"

"Mit ziemlicher Sicherheit."

"Fingerabdrücke?"

"Ein halber. Es gibt eine Übereinstimmung. Er sieht so aus."

Arief reicht mir ein Foto von einem Mann mit einem langen, weißen Vollbart und einer Takke auf dem Kopf. Wenn er kein islamischer Terrorist wäre könnte er als Kommunist im Kuba der 1950er Jahre durchgehen.

"Mohammed Omar."

"Der Mann vom Hotel?"

"Nein."

"Jemand aus der Zelle?"

"Der Techniker. Er baut die Bomben. Das Abfeilen der Seriennummern war sein Job."

Arief hat dieses siegessichere Lächeln auf seinem Gesicht in das sich Ayu verliebt hat. Als ginge es um nichts oder alles und ihm ist der Unterschied egal.

"Er macht Fehler."

Ich freue mich.

"Warte. Es kommt noch besser."

Ich warte. Und es kommt besser.

Arief ist entspannt und nimmt sich Zeit für seine Antwort. Wäre er nicht mein Trauzeuge, würde ich ihn anschreien, er solle endlich zum Punkt kommen.

"Er war in Pakistan."

"Al Qaeda?"

"Mit Sicherheit."

"Wann?"

Ich schreibe Jahreszahlen und Synonyme des Terroristen auf. Arief hat Listen von Airlines auf seinem Bildschirm. Courtesy of C.I.A. und F.B.I.

"Wir beobachten die Moschee in Menteng. Wenn wir Glück haben kommt einer der beiden zurück. Es muss einen Grund geben, warum er das Moped in Menteng abgestellt hat."

"Und wie ist er dann weiter gekommen?"

Er schüttelt seinen Kopf und hält ein Foto von Viqaas in die Luft. Er schaut ihn an. Zahnstocher im Mund.

"Wo bist Du, Butcher of Jakarta? Ich will Dich kriegen."

"Ich auch."

Mein Blick verhärtet sich.

"Hat die Moschee keine Videokameras?"

Arief schüttelt den Kopf.

"Negativ. Ort des Glaubens."

"Habt Ihr dort alle verhört?"

Arief schaut mich an.

"Willst Du meinen Job machen?"

Unsere Augen treffen sich und verharren, bis einer von uns mit seiner Wimper zuckt oder wegsieht. Bevor Arief verliert, erlöst uns das Klopfen einer Hand an der Bürotür.

Ein runder Bauch in einer grünen Uniform mit Generalsabzeichen schiebt sich durch die Tür. Die Gestalt erinnert an eine Comicfigur. Ich weiß nur nicht welche.

Die Figur salutiert.

"General Arief."

"General Made."

"Hallo," sage ich.

Arief stellt uns vor:

"Wolf, General Made. General Made, Wolf Kimmich. East Asia Press Agency."

Ich stehe auf und schüttle die fleischige Hand des Generals.

"Ich kenne Sie aus dem Fernsehen, Mr Wolf. Endlich treffe ich eine berühmte Person. Und bitte akzeptieren Sie mein Beileid für Ihren Verlust."

Er schaut mich traurig an. Ich nicke und danke ihm.

"Bitte besuchen Sie mich auf Bali wenn es Ihnen passt."

"General Made ist nur noch im Dienst um uns bei der Fahndung nach den Terroristen zu unterstützen. Dann steht Ruhestand an," sagt General Arief.

General Made reicht mir eine Visitenkarte mit seiner Handynummer und der Website für sein Resort in Lovina im Norden Bali's. Ich studiere sie und halte sie in meinen Händen. Sein Hotel heißt 'Jenderal Made's Guesthouse'.

"Meine zweite Karriere," sagt General Made.

"Wenn wir sie haben besuche ich Sie."

Dann sprechen die beiden Generäle:

"General Arief, die Kollegen vom F.B.I. sind hier."

"Danke, General Made. Ich komme gleich."

General Made verlässt das Büro.

"Warum kommst Du nicht heute Abend zum Essen zu uns? Ayu würde sich freuen."

"Du nicht?"

"Ich auch."

Ich mich nicht. Ich habe keine Lust auf glückliche Menschen. Aber ausschlagen kann ich es Arief und Ayu auch nicht. Und vielleicht ist es ja gut, an einem Abend nicht alleine zu trinken.

Viqaas

"As-Salam Alaikum."

"Wa Alaikum Salam."

Mohammed Omar lässt Viqaas in die kleine Schuhbox, die für den Augenblick als konspiratives Safe House fungiert. Er schaut aus der Tür. In der Hitze überquert eine Katze die Gasse und legt sich im Schatten eines Hauses nieder. Ein Mopedtaxi knattert mit einer verschleierten Frau auf dem Rücksitz durch die Schlaglöcher und wirbelt trockenen Staub auf. Sonst ist nichts und niemand in der staubigen Hitze der kleinen Gasse zu sehen.

Er verriegelt die Tür.

"Du hast Gutes getan, Bruder."

"Wir haben den Anfang gemacht. So Gott will säubern wir das Land von den Ungläubigen."

"Inshallah."

"Inshallah, Bruder, inshallah."

Mohammed Omar geht voran durch das spärlich eingerichtete Haus. Eine Kakerlake wandert über den Gebetsteppich. Mohammed Omar zeigt auf einen alten Koffer der dahinter auf dem Boden steht.

"Mach' ihn auf."

Viqaas bückt sich und macht das.

"Wie viel?"

"17.000 US-Dollar."

"Das ist gut."

"Von unseren Freunden in Pakistan."

Viqaas grinst. Die beiden Terroristen setzen sich auf den Boden.

"Was hast Du vor?"

"Bali."

"Bali?"

"Kuta. Viele Nachtclubs und Restaurants. Und noch mehr Ausländer."

Mohammed Omar nickt.

"Und weniger Sicherheit als bei einer Botschaft in Jakarta."

"Und Balinesen sind keine Muslime."

"Weniger tote Muslime."

"Das ist das Gute an Bali."

Taalea ist eine Frau von Mohammed Omar. Sie bringt den Männern Tee. Sie ist verschleiert und Viqaas kann nur ihre Augen und Hände sehen. Was er sieht gefällt ihm. Sie ist schlank und zierlich. Mohammed Omar hat einen guten Geschmack bei Frauen. Während Taalea serviert und einschenkt schweigen Mohammed Omar und Viqaas. Je weniger Menschen von ihrem Vorhaben wissen, desto sicherer ist es. Dann verlässt Taalea den Raum.

"Wir machen es wie hier in Jakarta. Eine kleine Bombe drinnen. Eine große Bombe draußen."

Mohammed Omar nickt.

"Hast Du einen Märtyrer, der die Bombe in einen Club bringen kann?"

"Wir suchen den Richtigen. Das irdische Leben beherbergt zu viele Verlockungen, als dass die Menschen ins Paradies möchten."

"Nimm' einen Verlierer der keine Verlockungen mehr kennt."

"Wir suchen in Solo und in Banten. Es gibt ein paar Kandidaten aus Aceh. Aber sie wollen immer etwas für ihre Unabhängigkeit. Zu kompliziert."

"Wir wollen das Kalifat."

"Inshallah."

"Wir werden den Richtigen finden."

"Inshalla."

Mohammed Omar macht den Koffer zu. Dann ruft er Taalea ins Zimmer.

"Frau, leg den Koffer unter unser Bett. Und lass ihn alleine."

Taalea kommt verschleiert in das kleine Wohnzimmer und nimmt den Koffer an sich. Gebückt mit dem Koffer in ihren Händen huscht Taalea aus dem staubigen Zimmer.

Dann zu Viqaas:

"Lass' uns beten."

Die beiden Männer gehen in das Plumpsklo und waschen sich mit lauwarmen Wasser aus einem Eimer ihre Füße, Arme und Gesichter. Dann knien sie auf dem Gebetsteppich. Mohammed Omar ist der ältere von beiden und spricht das Gebet vor. Viqaas folgt. Draußen erinnert der Muezzin die Gläubigen an die Gebetszeit.

Im Schlafzimmer öffnet Taalea den klapprigen Koffer. Sie ist fassungslos als das grüne Geld sie anstarrt und ihr in die Augen blickt. Der Duft des Geldes raubt ihr den Atem. So viel Geld hat sie noch nie gesehen. Wie kommt ihr Mann an so viel Geld? Und wer sind seine Freunde in Pakistan? Und warum wohnen sie in diesem schrecklichen Haus voller Kakerlaken wenn ihr Mann reich ist? Und warum will Viqaas nach Bali? Und was ist das überhaupt für ein Charakter, dieser Viqaas?

Sie will auch nach Bali.

An den Strand.

Davon - und vom Schwimmen in den Wellen - träumt sie.

Taalea checkt die Seitentaschen des Koffers. Sie findet einen Zeitungsartikel:

Bomb blast kills German wife of famous Jakarta-based journalist

Daneben ein Foto von Wolf und Anastasia von der Webseite selebritijakarta.com. Die Website stellt alle Todesopfer vor. Mit Fotos. Die Leser können Spenden auf eine Kontonummer überweisen. Für die Hinterbliebenen der Opfer. Die meisten sind Indonesier und entweder Fahrer oder Angestellte des Hotels, so wie Harto, der Sicherheitsmann. Und es wird die Hotline angezeigt. Eine 0800-Nummer auf Indonesisch und Englisch mit dem Hinweis, dass Tipps, die zur Verhaftung der Attentäter führen, mit bis zu 2.000.000 US-Dollar honoriert werden. Das Geld kommt zu gleichen Teilen von der indonesischen und der US-Regierung sowie von der Hotelkette. Taalea kann es nicht glauben. Die blonde Frau sieht aus wie ein Hollywoodstar. Helle Haut, weiße Zähne, blaue Augen, lange Beine. Warum musste eine junge Frau sterben? Sie war zu Gast in ihrem Land. Und was hat ihr Mann damit zu tun? Der Mann, der die tote Blondine überlebt, ist Journalist in Jakarta und einen Kopf kleiner als die tote Anastasia Kimmich. Anastasia ist nur 28 Jahre alt geworden. Ein Jahr älter als sie. Taalea liest, dass Wolf Kimmich Journalist in den Krisengebieten der Welt war. "Wolf Kimmich's Berichterstattung ist besonders, da sie gnadenlos die Geschichte der Opfer erzählt, so wie 1998 auf dem Dach des Parlaments," steht dort geschrieben. Er ist Journalist der EAPA. Jetzt erkennt sie ihn. Wolf wurde zur Sensation als der einzige Journalist, der vom Dach des indonesischen Parlamentes berichtete als die Studenten den Diktator nach Hause schickten. Er war mit den Studenten auf der grünen Schildkröte gewesen und sie hatte das Gefühl gehabt, dieser Bule sei einer von ihnen.

Allah stehe ihr bei; was hat das zu bedeuten?

Mohammed Omar betritt barfuß das Schlafzimmer und unterbricht ihre Gedanken. Er sieht sie und den offenen Koffer und den Zeitungsartikel in ihrer Hand. Mit der Rückseite seiner Hand holt er aus und schlägt ihr ins Gesicht. Unter Taalea's Schleier formt sich Blut auf ihrer Lippe. Sie wendet sich ab von ihrem Mann. Das alte Kissen auf dem Bett fängt ihre Tränen auf.

"Gibt es ein Problem?" fragt Viqaas.

Mohammed Omar schüttelt seinen Kopf. Ein Grinsen macht sich auf seinem Gesicht breit.

"Wie wäre es mit einer *Märtyrerin* auf Bali?"

Dann dreschen die beiden Männer auf die Frau am Boden ein.

Taalea

Taalea hat Angst. Es ist nicht das erste Mal, dass ihr Mann sie schlägt. Aber es ist das erste Mal vor den Augen eines anderen Mannes und mit einem anderen Mann zusammen. Der das gut findet und ihrem Mann sagt: "Zeig es ihr." Dann haben ihr Mann und sein Freund Viqaas es ihr gezeigt und sie verprügelt wie noch nie zuvor in ihrem Leben. Sie haben ihren Körper mit blauen Flecken und Blutergüssen gezeichnet.

Ihre Familie hatte sie mit dem islamischen Gelehrten Mohammed Omar verheiratet als er aus Pakistan zurückkam. Mit seinem Versprechen und ihrer Hoffnung, dass seine Ausbildung und sein Status als islamischer Gelehrter ihm ein regelmäßiges Einkommen beschert, hatte sie das Haus ihrer Familie verlassen, ohne zu wissen, wer dieser Mann wirklich ist.

Seitdem war sie auf der Flucht.

Zumindest fühlte es sich so an. Mohammed Omar ist nachts zärtlich zu ihr, aber er will keine Kinder. Tagsüber schreibt er ihr vor, was sie machen darf und was nicht.

Ihr Mann führt ein undurchschaubares und unberechenbares Leben. In keinem Haus bleiben sie länger als sechs Monate, oft kürzer. Seit dem Attentat auf das Hotel unterrichtet er Viqaas und Rahman und die anderen Männer zu Hause. Jetzt ist sie alleine und soll das Geld und das Haus bewachen. Mohammed Omar hatte ihr verboten, sich in seine Geschäfte einzumischen. Trotzdem hat sie den Koffer hervorgezogen und das Geld gezählt und den Artikel nochmals gelesen. Sie erkennt den Mann, den Mohammed Omar 'Bruder Viqaas' nennt.

Er ist der Mann aus dem Fernsehen.

CNN nennt ihn den "Butcher of Jakarta."

Was hat ihr Mann mit ihm zu tun?

Ist das alles ein Missverständnis?

Was macht dieser Mann in ihrem Haus?

Taalea ist entschlossen.

Das war das letzte Mal, dass ihr Mann - oder ein Mann - eine Hand auf ihren Körper legt und ihr Schmerzen zufügt. Daher ist sie froh, als die beiden Männer in einem alten Kijang von dannen ziehen. Sie wollen von Moschee zu Moschee fahren und Geld für die Armen sammeln. Taalea glaubt ihnen nicht, glaubt ihrem Mann nichts mehr. Was auch immer sie machen, es kann nichts Gutes sein.

Sie wäscht sich und betet zu ihrem Gott und fragt Allah, was sie tun soll. Er spricht zu ihr und hat klare Worte und Anweisungen für sie. Zumindest glaubt Taalea das.

Wolf

Der Blick auf die Straßenkreuzung von oben fasziniert mich jeden Tag auf das Neue. Der Verkehr staut sich und kommt doch nie ganz zum Stehen. Die Fahrer der Mopeds und Taxis finden immer einen Zentimeter, den sie sich durch den Stau nach vorne schieben können. Wie Wasser durch Gestein bahnen sie sich ihren Weg durch die Stadt. Darren hat die Wand von seinen Erinnerungsfotos befreit und wir haben das Büro streichen lassen. Der Bürojunge bringt mir mein Mittagessen.

Indomie.

Chander klopft.

"Boss?"

Ich winke ihn mit einem Mund voll scharfer Nudeln in mein Büro.

"Ich hatte diese Anruferin. Eine indonesische Stimme. Sie fragt nach Dir."

"Und?"

"Ich halte mich an unser Protokoll. SOP."

Standard Operating Procedure.

"Ich frage nach ihrem Namen. Sie fragt nach Mr Wolf. Ich frage sie, worum es geht. Sie fragt nach Mr Wolf. Ich frage sie nochmals. Dann legt sie auf. Dritter Tag in Folge."

Ich schaue Chander an und esse meine Nudeln.

"Jeden Tag rufen Menschen an."

"Heute hat sie etwas von der Bombe gesagt."

"Was genau hat sie gesagt?"

"Dass sie etwas von der Bombe weiß und es Mr Wolf interessieren würde."

"Wir sind nicht die Hotline."

"Daher geht es um etwas anderes, glaube ich."

Chander ist Javaner. Javaner glauben an viele Sachen. Das haben sie uns voraus.

"Worum?"

"Etwas Persönliches. Etwas, das mit Dir zu tun hat."

"Und was soll das sein?"

"Ich weiß es nicht. Wenn Du einfach nur einen Hinweis melden willst, dann rufst Du die Hotline an. Dort gibt es das Geld."

Ich verstehe Chander's Logik.

"Es geht nicht um Geld."

Chander nickt.

"Ruft sie jeden Tag zur gleichen Zeit an?"

"Negativ, Boss. Unterschiedlich."

"Hat das Display die Nummer angezeigt?"

"Ja."

"Hast Du zurückgerufen?"

"Ja. Ein Wartel in Bekasi. Du kannst von dort aus wie von einer Telefonzelle aus anrufen. Der Besitzer ging ran. Außer ihm war niemand in seinem Laden."

"Hast Du die Adresse?"

"Klar."

"Wollen wir hinfahren?"

"Und was tun?"

"Ich weiß es nicht. Uns einen Eindruck verschaffen?"

Ich bin abenteuerlustig und will raus aus dem Büro. Es ist so wichtig wie alles heute.

Die Fahrt nach Bekasi dauert um diese Zeit eine Stunde. Chander sitzt am Steuer des Kijang, den wir als Nachfolger für den Explorer geholt haben. Kijangs sind die besten Autos für Jakarta: Unkaputtbar, unüberflutbar, immer und überall zu reparieren.

Die tropische Hitze flimmert hinter den Scheiben des Autos und Jakarta zieht an mir vorbei und wird zu Bekasi. Die beiden Städte unterscheiden sich nicht. Sie gehen nahtlos ineinander über. Bekasi ist viel mehr als ein Vorort von Jakarta. Bekasi hat 2,7 Millionen Einwohner und ist riesig. Die hohe Luftfeuchtigkeit und die starke Luftverschmutzung verschleiern die Realität und die Sonne. Es herrscht surreales Licht, das hell und dunkel zugleich ist und von dem ich glaube, ich könnte es anfassen. Hohe, tropische Wolken drohen uns mit Regen. Die Läden öffnen direkt auf die Straße, es gibt keinen Fußweg. Ein Urwald aus Schildern und Reklame steht im Wettbewerb mit der tropischen Vegetation. Fliegende Händler verkaufen Martabak und Sate und laufen mit ihren Verkaufswagen über die Straße als wären sie alleine auf dieser Welt. Mopeds und Autos fädeln ein in den fließenden Verkehr ohne zu bremsen und Chander navigiert den Wagen stoisch durch die Unordnung. Die einzige Regel heißt leben und leben lassen. Irgendwann schießt ein Motorrad mit zwei Männern ohne Helmen an uns vorbei durch den Canyon der Autos und es ist pure Magie, dass den beiden nichts passiert. Die Fahrt macht mich müde und rastlos. Irgendwo in Bekasi tauchen wir ab in ein Gewirr kleiner Gassen. Als wir am Wartel vorbeifahren werfen die Wolken schwere Regentropfen auf uns und nutzen unser Auto als Schlagzeuginstrument. Die Gasse, in der sich das Wartel befindet, ist eng und wir können dort nicht parken. Die Gasse ist so armselig wie die Häuser die sie säumen. Wir parken ums Eck. Der Regen ergießt sich über uns und die Tropfen springen wie Gummibälle vom Boden zurück. Zwei Kinder mit Regenschirmen klopfen an die Fensterscheiben des Kijang. Die Schirme sind größer als sie selbst und sie bieten uns an, uns zum Wartel zu bringen. Nicht dass wir eine Chance hätten, nein zu sagen.

"Ojek Payung," sagt Chander zu mir.

Wir kommen trotz der Schirme und der Jungen naß bis auf die Haut im Wartel an und ich gebe den beiden Kindern ein paar tausend Rupiah. Sie freuen sich und warten vor dem Wartel darauf, bis wir wieder rauskommen und zurück zum Auto müssen. Chander spricht mit dem Ladenbesitzer. Wir zeigen ihm die Fotos des Bombenlegers und von Mohammed Omar und erhalten keine Reaktion außer einem Lachen und einem Nein. Ich bin mir nicht sicher, ob der Besitzer die Bilder nicht erkennt oder ob die beiden Terroristen bei ihm im Laden waren. Dann fragen wir, wer um zirka 12 Uhr heute von hier aus telefoniert hat. Der Ladenbesitzer zeigt uns die Aufnahme seiner Überwachungskamera. Wir sehen uns die Aufnahmen von 11.45 Uhr bis 12.15 Uhr an. Es ist wenig los an diesem Tag. Die einzige Person, die sich zur Mittagszeit im Laden befand und einen Anruf tätigte, war eine komplett verschleierte Frau. Wir sehen sie in der Videoaufnahme von hinten und von der Seite. Ich mache ein paar Fotos von der Frau auf dem Bildschirm.

"Kennst Du sie?"

Natürlich kennt er sie nicht.

Er lacht wenn er Nein sagt.

"War sie schon öfters da?"

Er schüttelt den Kopf. Chander schaut mich an und sagt leise zu mir auf Englisch:

"You are too aggressive."

Er hat Recht. Ich habe keine Geduld für diese Spielchen. Ich versuche einen anderen Weg und nehme ein paar rote Rupiah-Scheine aus meiner Tasche. Sie tragen die Konterfeis von Sukarno und Mohammed Hatta und eine Eins mit fünf Nullen: Viel Geld für einen Wartelbesitzer in einem Vorort von Jakarta. Ich halte das Geld in meiner Hand und zähle die Scheine. Es sind zehn Stück, eine Million Rupiah. Ich frage den Besitzer nochmals:

"Kennst Du sie? War sie schon einmal da?"

Die Augen des Wartelbesitzers heften an den roten Scheinen.

"Weißt Du, wo sie wohnt oder wie sie heißt?"

Die Augen des Besitzers zeigen seine Scham, uns nicht helfen zu können. Wieder ein lachendes Nein. Chander sagt zu mir:

"Der Zweck des Wartels ist, anonym zu bleiben. Es gibt unzählige davon. Wenn Du willst, kannst Du jeden Tag von einem anderen aus anrufen. Wie bei Euch Telefonzellen."

Ich gebe dem Wartelbesitzer eine Karte von mir und einen roten Schein mit dem Gesicht von Sukarno darum gefaltet.

"Ruf' uns an, wenn sie wieder da ist. Wir müssen sie treffen. Es ist wichtig. Und es gibt mehr Geld für Dich."

Geld zieht immer. Als Dank für seine Kooperation kaufe ich vom Ladenbesitzer ein paar Flaschen Bintang, die er in zwei Plastiktüten doppelt verpackt, als würde er dem Plastik nicht trauen. Die weißen Tüten kleben an den schwitzenden Flaschen. Draußen regnet es und das freut die beiden Kinder. Der Regen ist gut für ihr Geschäft und sie verdienen wieder ein paar tausend Rupiah. Im Auto mache ich mit meinem Taschenmesser eine Flasche auf. Chander wirft den Motor an und die Klimaanlage kühlt und trocknet. Chander verneint mein Angebot und ich nehme einen langen Schluck.

"Das war so hilfreich wie das Photo eines schwarzhaarigen Chinesen in Shanghai."

Chander nickt und zuckt mit den Schultern.

"Einen Versuch war es wert."

Nach einer halben Flasche habe ich das Gefühl, für die Rückfahrt bereit zu sein. Chander legt den ersten Gang ein und wir rollen los. Der Himmel bombardiert uns mit Wassertropfen. An manchen Stellen steht es kniehoch und der

Kijang schiebt eine Flutwelle vor sich her. Die Rückfahrt dauert dreieinhalb Stunden. Es wird dunkel als wir im Menara Cakrawala ankommen. Ich bin genervt und die Bierflaschen leer.

Taalea & Balqis

Der Busbahnhof im Norden Jakarta's ist voller Menschen. Von hier aus fahren Busse in alle Himmelsrichtungen, nicht nur durch Java. Der Busbahnhof ist ein Umschlagplatz für Menschen und Waren. Vor allem die armen Menschen fahren von hier in ihre Dörfer auf dem Land, die Dienstmädchen und Bürojungen. Für Taalea ist es die einfachste Art unterzutauchen. Sie trägt Jeans und eine schwarze Bluse und ein schwarzes Kopftuch. Niemand soll sie erkennen. Denn was weiß sie schon wo ihr Mann überall Freunde hat? Taalea ist auf der Flucht vor ihrem Leben und ihrem Mann und sie hat alles Geld mitgenommen das Mohammed Omar in ihrem Haus versteckt hatte.
Das Geld der Terroristen.
Das Geld von Al Qaeda.
Sie hat Angst davor, dass er sie beobachtet und Adrenalin schießt durch ihre Adern. Ihr Herz rast und sie spricht ohne Worte zu sagen mit ihrem Gott und sehnt sich nach Erlösung. Taalea weiß in ihrem Herzen, dass sie das Richtige tut, auch wenn es ihr schwer fällt und die Angst ihr den Appetit verdirbt. Vor zwei Tagen hat sie den Entschluss gefasst, ihren Mann zu verlassen. Seitdem hat sie nichts gegessen. Sie hat abgenommen.

Durcheinander beherrscht das Chaos am Busbahnhof. Menschen bringen Koffer, Tüten, Tiere, Fernseher und Klimaanlagen. Die Fahrer der Überlandbusse und ihre Helfer klettern die rostigen Leitern am Heck der Busse auf ihre Dächer und befestigen die Waren ihrer Gäste mit Seilen und Schnüren. Ihr Vertrauen in Gott hilft ihnen zu glauben, dass das, was sie da oben machen, gut genug ist um ihre Ladung nicht zu verlieren. Taalea ist nervös und ihr Magen bitter. Sie hat das Geld aus dem alten Koffer in zwei Rucksäcke gepackt. Einen trägt sie vor ihrer Brust, den anderen hält sie in ihren Händen. Die Knöchel ihrer Hände sind weiß wie Schnee. Diebstahl am Busbahnhof ist so sicher wie das Amen in der Kirche. In den alten Koffer aus Pakistan hat sie ihre Kleidung und den Koran ihres Vaters geworfen. Sie reicht den Koffer auf das Dach des rostbraunen Busses.

"Frau, willst Du Deine Rucksäcke nicht auch auf das Dach geben?" fragt der Fahrer sie von oben.

Taalea's Augen und Kopf verneinen und sie klammert sich an die beiden Rucksäcke wie an ihr Leben. An der Einstiegstür löst sie ein Ticket. Das Innere des Busses ist alt und stickig und schmutzig und voller Menschen und ihrem Gestank. Sie findet einen Platz am Fenster und klemmt beide Rucksäcke zwischen ihre Beine. Draußen vor den Fenstern, in der Schäbigkeit des Busterminals, bieten fliegende Händler Kissen, Essen, Getränke und Trödel an, den kein Mensch braucht. Vor allem nicht für eine Überlandfahrt in einem Nachtbus. Sie klopfen an Taalea's halb geöffnetes Fenster und Taalea erschrickt als sie die Gesichter der Männer durch die schmutzige Scheibe für Viqaas und Mohammed Omar hält. Sie schließt das Fenster und ist bereit zu kämpfen und zu töten und ihren Mann und seinen Freund ins Jenseits zu befördern. Allah SWT wird ihr beistehen. Ein Messer aus der Küche des Hauses steckt in einem der beiden Rucksäcke. Sie hat den Zeitungsartikel mit der schönen blonden Frau und dem Journalisten dabei, der für sie ein Held ist. Taalea wird nervös als der Bus nicht losfährt. Draußen werden Stimmen laut und Männer schreien sich gegenseitig an. Sie kann nicht hören, worum es geht. Die Angst treibt ihr den Schweiß aus den Poren. Sie schwitzt und stinkt und vielleicht muss sie sich übergeben. Ihre Hände sind klamm. Sie glaubt die Stimme ihres Mannes zu hören. Er sucht nach ihr und hält die Busse vom Wegfahren ab. Die Stimmen werden lauter und kommen näher und eine Gestalt wie Viqaas betritt den Bus. Seine Schläge waren besonders fies und er hat sie getreten als sie am Boden lag. Taalea bückt sich und zieht das Messer aus ihrem Rucksack. Ihre Sitznachbarin hat die Augen geschlossen und Stöpsel im Ohr. Taalea schaut sich um. Ist sie die Einzige die besorgt ist? Der Rest der Fahrgäste döst in der Hitze vor sich hin oder spielt mit Telefonen. Manche essen. Die Wunden, die ihr Mann und Viqaas ihr zugefügt haben, brennen in ihrem Körper und sie will die beiden nie mehr sehen. Sie atmet auf als der Mann, den sie für Viqaas hält, an ihr vorbei geht. Sie schiebt das Messer zurück in den Rucksack. Ihre Nachbarin hat nichts bemerkt und nichts gesehen. Erst als alle Plätze belegt sind und ein paar Menschen im Gang des Busses stehen und im Stehen einschlafen, fährt das Monster an und verlässt den Busbahnhof mit einem Hupen wie ein Kreuzfahrtschiff den Hafen. Es ist dunkel und Taalea kämpft während der gesamten Fahrt durch die blinde javanische Nacht damit, ihre Augen offen zu halten. Als hätte jemand Blei auf ihre Lider gegossen fallen ihre Augen immer wieder zu und sie erschrickt wenn sie einnickt und Taalea kann sich ihre Unachtsamkeit nicht vergeben. Ihre Beine verkrampfen in dem engen Sitz und sie hat die Rucksäcke zwischen ihren Knien wie ein Krokodil sein Opfer in seinem Maul.

Die Tortur durch West Java dauert die ganze Nacht. Der Bus hält unzählige Male und es steigen Menschen ein und aus und der Kompagnon reicht Gepäckstücke vom Dach und auf das Dach.

In Labuhan, am Ozean, muss sie umsteigen in einen kleinen Bus und es ist dunkel und mitten in der Nacht. Es tut ihr gut ein paar Minuten zu stehen und zu warten, bis sie ihren Platz im Minibus einnehmen kann. Blut fließt durch ihre Beine und sie bewegt ihre Beine auf und ab. Weniger Menschen sind in dem Minibus und sie kann ein paar Minuten schlafen. Dann ist es früher Morgen. Der Bus spuckt die letzten Passagiere in der kleinen Ortschaft Sumur am Indischen Ozean aus, auf die die Sonne durch einen wolkenlosen blauen Himmel brennt als würde sie Pizza backen. Taalea ist todmüde als Balqis sie und ihre beiden Rucksäcke und den klapprigen Koffer in Empfang nimmt. Ihre Knie zittern als der Adrenalinrausch nachlässt und ihr Magen sich mit einem Krater voller Hunger bei ihr meldet.

Die schöne Balqis ist mit ihrem Moped gekommen und trägt eine Sonnenbrille in ihrem lockigem Haar und sie hat Makeup auf ihrem Gesicht. Sie ist schlank und dunkel und selbstbewusst und weiß genau, was sie macht. Sie sieht genauso aus wie auf ihrer Website.

"Selamat datang di Sumur, Taalea."

Taalea ist erleichtert und hat Tränen in ihren Augen als Balqis sie begrüßt und in Sumur willkommen heißt. Sie fühlt sich sicher mit dieser Frau. Nicht dass sie irgendeine Wahl hat. Sie ist auf der Flucht mit dem Todesgeld von Al Qaeda.

"Danke. Ich freue mich," sagt Taalea und küsst die Hände von Balqis.

Balqis trägt einen Rucksack vor ihrer Brust und Taalea einen auf ihrem Rücken und der Koffer wandert zwischen die beiden Frauen. So fährt Balqis mit ihrer Ladung durch Sumur in Richtung des Strandes südlich der Ortschaft. Der geteerte schwarze Streifen hört bald auf und Balqis steuert die Honda über eine Schotterpiste durch dunklen Urwald runter zum Strand. Balqis trägt eine Sonnenbrille und ihre langen Locken fliegen im Wind des Mopeds hinter ihr wie ein Schleier. Zu Taalea's rechter Seite tut sich ein makelloses weißes Band auf und es trennt das blaue Wasser des Indischen Ozeans vom grünen Urwald. Die Wellen brechen mit gefühlvoller Gewalt und schäumen auf dem weißen Strand. Palmen strecken ihre Mähnen über das Wasser in den blauen Himmel. Banyanbäume, Palmen und Blumen so bunt und schön wie in einem Traum. Taalea hat noch nie in ihrem Leben so intensive Farben gesehen und so saubere Luft geatmet. Gegenüber erstreckt sich hinter dem blauen Wasser das mystische Grün einer Halbinsel auf der weiße Rhinozerosse leben und Affen den Strand unsicher machen. Balqis hupt zweimal und das Tor aus tausendundeiner Nacht öffnet sich und fällt hinter den beiden Frauen wieder ins Schloss. Balqis stellt die Maschine im Eingangsbereich der Anlage ab. Eine junge Frau in einem weißen Sarong und hochgesteckten Haaren empfängt Balqis. Vita trägt eine türkisfarbene Kette um ihren Hals mit zwei smaragdartigen Steinen. Balqis weist sie an, den Koffer und die Rucksäcke in Taalea's Zimmer zu bringen. Taalea will etwas sagen und Balqis unterbricht sie:

"Beruhige Dich. Du bist in Sicherheit."

Taalea schaut Balqis an. Sie ist noch immer unsicher und schaut Vita und ihren beiden Rucksäcken mit dem Geld hinterher.

"Mach' Dich frisch. Dann frühstücken wir."

Die Anlage besteht aus mehreren Cottages die zwischen den Palmen Schatten suchen und deren Veranden durch den Palmenkorral auf das Meer hinaus blicken. Kleine Pfade verbinden die Hütten miteinander durch tropische

Vegetation und es gibt kleine Brücken über ein paar Bäche, die die Anlage durchschneiden und sich in den nahen Ozean entleeren. Die Brise trägt den salzhaltigen Duft des Meeres bis in das Zimmer von Taalea. Das Zimmer ist modern und mit einem westlichen Bad und einer richtigen Toilette und einer Dusche hinter einer großen Glasscheibe. Das große Doppelbett steht in der Mitte des Raumes. Die Fenster haben Moskitonetze und an der Decke dreht sich ein Ventilator aus dunklem Holz. Taalea versteckt die Rucksäcke im Einbauschrank und duscht sich und wäscht sich mehrmals die Haare mit einem Shampoo, das in kleinen Flaschen im Bad bereit steht. Das Wasser wäscht den Dreck und den Schmutz der Reise von ihr, nicht aber die Erinnerung.

Die Veranda des Zentralgebäudes, auf dessen Rückseite die beiden Frauen mit dem Moped angekommen sind, ist offen und tropisch und blickt direkt auf den Strand und das ewige Meer. An ein paar Tischen frühstücken Gäste. Es sind auch Frauen mit blonden Haaren dabei. Aber keine Frau ist so schön wie die Frau des Journalisten, die ihr Mann getötet hat. Die Frauen die hier arbeiten tragen weiß: Einen weißen Sarong oder weiße Hosen und weiße Sandalen. Taalea hat ihren Schleier im Zimmer gelassen und fragt Balqis, ob sie sich zu ihr an den Tisch setzen darf. Balqis trägt kurze Hosen, Flipflops und ein luftiges Oberteil. Sie trinkt Kaffee mit Ingwer aus einer terrakottafarbenen Kanne und einer passenden Tasse. Der Tisch und die Stühle sind aus Bambus. Balqis blickt von ihrem Tisch aus direkt ins Paradies.

"Willst Du?"

"Ich verhungere."

Balqis signalisiert einer Mitarbeiterin in Weiß.

"So funktioniert es: Die erste Nacht ist frei. Morgen musst Du Dich entscheiden, ob Du hierbleiben willst oder nicht. Wenn ja, dann hast Du Kost und Logie frei. Dafür musst

Du hier arbeiten. Wir versorgen uns fast komplett selbst. Wir haben Hühner und ein Reisfeld, fischen und kochen und waschen selbst. Wir schnitzen und handwerken und verkaufen die Ornamente auf dem Markt. Zum Beispiel die weißen Rhinozerosse. Die Touristen sind verrückt nach ihnen. Es gibt immer etwas zu tun und Du musst an sieben Tagen in der Woche arbeiten. Manchmal tagsüber, manchmal nachts."

Taalea schaut Balqis mit großen Augen an. Balqis ist die Chefin und selbstbewusst und stark und wunderschön. Sie weiß, was sie macht und vermittelt Taalea den Eindruck, die Lage unter Kontrolle zu haben. Ihre Fingernägel sind rot und sie trägt Schmuck und hat keine Scheu, ihren Körper zu zeigen.

"Was denkst Du?"

"Hört sich gut an."

Eine Frau in weißer Kleidung bringt Pfannkuchen mit Bananen für Taalea. Sie schenkt beiden Frauen Kaffee nach.

"Maximale Aufenthaltsdauer sind sechs Monate. Danach arbeitest Du entweder hier für ein Gehalt und zahlst Miete. Oder, wenn kein Platz ist, musst Du die Anlage verlassen."

Taalea nickt und füllt den Krater, den der Hunger in ihrem Magen gegraben hat, mit Kohlenhydraten und Vitaminen. Das Essen ist frisch und intensiv und besser als alles andere, das sie in ihrem Leben bislang gegessen hat.

"Jeden Tag haben wir eine Selbsthilfegruppe. Alle Frauen, die gerade nicht arbeiten, müssen daran teilnehmen. Wir sprechen über unsere Probleme und Vergangenheit und Zukunft."

Taalea wendet ihre Augen ab. Sie kann es sich nicht vorstellen, anderen Frauen von ihren Problemen zu erzählen.

"Wir haben alles hier. Frauen die Drogen genommen haben, die ihre Kinder verloren haben, die vergewaltigt worden sind, entführt worden sind. Ihre Männer haben sie geschlagen. Alles. Die Gespräche öffnen den Abgrund in die männliche Seele."

Balqis drückt Taalea's Hand und Taalea hat Tränen in ihren Augen.

"Gemeinsam sind wir stärker."

"Inshallah," sagt Taalea.

"Inshallah. Und wir sind allen Religionen gegenüber offen. Nur Männer dürfen nicht auf die Anlage."

Taalea lächelt Balqis an und weiß, dass sie den Platz gefunden hat, an dem sie bleiben will.

"Und jetzt erzähl' mir Deine Geschichte."

Balqis nimmt Taalea bei der Hand und führt sie zum Strand hinunter. Balqis läuft mit ihren Füßen im Wasser.

"Hier kann uns niemand hören."

Der Strand streckt sich in beide Richtungen und ist unberührt und frei von Problemen. Die Palmen wehen im Wind und am Horizont sind Fischerboote unterwegs. Die Wellen brechen sanft und mit Bestimmung, ganz so als wollten sie sich in Erinnerung rufen, aber das Gespräch der beiden Frauen nicht stören. Taalea schüttet Balqis ihr Herz aus. Zuerst zaghaft und voller Scheu, dann wilder und schneller. Sie läuft nun auch mit ihren Füßen im Wasser. Balqis wirft ihre Flipflops in den Sand und Taalea tut es ihr nach.

"Niemand klaut die hier."

Die langen Leggings von Taalea werden naß und sie ärgert sich, nichts anderes zum Anziehen zu haben. Ihr Mann hatte ihre Garderobe bestimmt. Ihr Blick gleitet über das Wasser zu dem Punkt, an dem Meer und Horizont heiraten und ineinander verschmelzen um eins zu werden. Das Wasser und die Sonne machen Taalea frei und sie vertraut Balqis ihre Geschichte an. Dann erzählt sie, wie ihr Mann und Viqaas sie in Bekasi verprügelt haben und von ihren Schmerzen. Und vom Gespräch der Männer über die Bomben in Jakarta und Bali und das Geld und den Zeitungsartikel. Und wie sie Wolf, den Journalisten, nicht erreicht hat. Und ihre Angst vor den Terroristen und der Polizei. Und dass sie am liebsten für immer verschwinden will.

"Du hast 17.000 US-Dollar in Deinem Zimmer?"

Balqis bleibt stehen und hält ihre Sonnenbrille hoch um die Augen von Taalea zu sehen. Taalea nickt und schämt sich und wendet sich ab von Balqis. Balqis setzt ihre Sonnenbrille wieder auf und geht bis zu ihren Hüften in den Ozean. Taalea folgt ihr in das warme Wasser. Dann sagt sie zu Balqis:

"Hast Du schon einmal die Frau eines Terroristen, eines Mörders hier gehabt?"

Balqis schaut sie an.

"Das ist es, was ich bin."

Die Wellen treiben Balqis hin und her und machen ihr luftiges Top naß und sie gibt nach und lässt sich in das Wasser fallen. Sie treibt schwerelos in den Wellen. Taalea schaut sie an. Die Wellen heben Balqis hoch und lassen sie wieder fallen.

Dann sagt Balqis:

"Das Leben ist wie das Treiben im Ozean. Du kannst paddeln und schwimmen und machen und tun. Die Wellen und das Meer sind immer stärker als Du und sie heben Dich hoch und lassen Dich fallen."

"Was meinst Du?"

"Es ist nicht Deine Schuld, daß Dein Mann ein Terrorist ist."

"Du schickst mich nicht weg?"

"Warum sollte ich?"

Taalea lässt sich erleichtert in die Wellen fallen und treibt neben Balqis. Die beiden Frauen schauen in den blauen Himmel über ihnen.

"Ich habe Angst vor der Polizei. In ihren Augen bin ich eine Terroristin. Wirst Du mich nicht melden?"

Taalea schaut Balqis an und sieht nur ihre Sonnenbrille. Der Strand spiegelt sich in ihr.

"Ich bin vielleicht 2.000.000 US-Dollar wert."

"Nein, meine Liebe, das werde ich nicht tun."

"Und was ist mit dem Geld?"

"Es ist Dein Geld."

"Eigentlich nicht. Vermutlich ist es Geld voll mit dem Blut toter Menschen."

"Vielleicht auch nicht. Indem Du das Geld den Terroristen klaust rettest Du Menschenleben."

Balqis paddelt mit ihren Armen und Beinen in eine kräftige Welle und ihr Gesicht verschwindet im Schaum des Wassers. Sie fährt sich mit ihren Händen durch das Gesicht und ihr Makeup verwischt und ihr Lippenstift färbt sie rot.

"Du musst zwei Dinge tun."

"Was?"

"Du musst jemandem Bescheid geben, dass Dein Mann ein Attentat in Bali plant."

"Aber dann wissen mein Mann und seine Freunde dass ich es war."

"Was ist mit dem Journalisten?"

"Ich habe es drei Mal probiert. Und nichts ist passiert."

"Was ist, wenn ich es versuche?"

Taalea schaut Balqis an und ihre Füße suchen im Sand nach Halt. Sie steht und die nächste Welle klatscht ihr ins Gesicht und sie hat den salzigen Geschmack des Meeres in ihrem Mund und in ihrer Nase. Die Ohrfeige des Wassers

hat einen merkwürdigen Effekt auf Taalea. Das Salzwasser in ihrem Mund befreit sie. Sie spuckt das salzige Wasser aus.
"Das würdest Du tun?"
Balqis nickt.
"Und was ist die zweite Sache?"
"Du musst Dich von Vita weiß einkleiden lassen damit Du morgen das Arbeiten beginnen kannst."

Wolf

Ich schaue in den Spiegel auf der Toilette. Was ich sehe gefällt mir nicht. Ich weiß nicht mehr, wer ich bin und was ich mache. Mein ganzes Leben bin ich rastlos durch die Welt gezogen. Jetzt hatte ich eine Frau und beinahe ein Kind und einen festen Platz an den ich gehöre und an dem es mir gefällt. Nun bin ich wieder allein. Die Terroristen haben es mir genommen. Mir und so vielen anderen Menschen. Ich bin privilegiert so nah an Arief zu sein wie kein anderer und an Informationen zu kommen, die für dieses Buch, die "Jakarta Trilogie" mehr als relevant sind. Ich will dabei sein, wenn er sie faßt, wenn sie im Kugelhagel von Densus 88 sterben oder für immer in einer feuchten Zelle vor sich hinvegetieren. Ich will ihnen Fotos von Anastasia zeigen und ihnen sagen, dass wir ein Kind erwarteten und ich will ihnen Schmerzen zufügen wenn Arief mich alleine in ihre Zelle läßt und ich fünf Minuten habe um ihnen ihren Glauben aus ihrem Körper zu prügeln und sie beten, dass sie lieber tot wären als am Leben. Ich will ihnen sagen, dass ihr Glaube und ihr Gott nichts mit Terrorismus zu tun haben, dass keine Religion auf dieser Welt tote Menschen rechtfertigt.

Ich kann diesen Moment nicht erwarten. Ich schaue in meine blutroten Augen die den Alkohol der gestrigen Nacht nicht vergessen haben. Ich weiß, dass ich so nicht weitermachen kann, auch wenn ich es mir nicht eingestehe. Irgendetwas muss passieren. Ich drehe den Hahn auf und es kommt kein kaltes Wasser aus der Leitung. Ich nehme ein paar handvoll und gieße mir das Wasser über meinen kahlgeschorenen Kopf und meinen Bart und wische mich mit ein paar Papierhandtüchern trocken.

Jeden Tag rufe ich Arief an und jeden Tag sagt er mit dieser javanischen Ruhe, dass es sein Job ist und er die Moschee beobachten lässt und die Flughäfen und Botschaften und Malls und es nur eine Frage der Zeit ist, bis wir Mohammed Omar und den Terroristen aus dem Hotel finden. Deren Bilder sind wie ein Teppich über das gesamte Land gepflastert und F.B.I. und C.I.A. und BND und die Alphabetsuppe der Geheimdienste der Welt suchen nach dem Schlachter von Jakarta.

Und seinen Komplizen.

Arief sagt, wenn es auf dem Mond Geheimdienste gäbe, würden sie auch dort nach ihnen suchen.

"Geduld, Wolf, Geduld, und Zuversicht. Das Unausweichliche wird passieren," höre ich jeden Tag am Telefon vom höchsten Terroristenjäger im Land. Und immer wieder:

"Inshallah. Nur wenn Gott will werden wir sie finden. Inshallah."

Bevor sie vielleicht noch mehr Menschen und Kinder umbringen.

"Was ist das Unausweichliche?"

"Das Gute wird siegen. Der Terrorismus hat in diesem Land keine Chance."

"Er hatte schon eine Chance. 160 Menschen - eigentlich sind es 161, wenn Du mein Kind mitzählst - sind mitten in Jakarta gestorben."

Von da an nimmt unsere Konversation keinen guten Lauf und ich muss aufpassen, Arief nicht zu verlieren. Zu viel Druck und Frust sind nicht gut.

"Ich verstehe Deinen Frust. Ich hätte sie auch lieber in einer Zelle."

Ich schreibe jeden Tag und das Schreiben über die Erlebnisse in Jakarta, über Darren de Soto und über die Revolution ist Läuterung und mir geht es besser. Bis ich zum großen Pool runter gehe wo die Palmen im Wind tanzen und meine Augen Anastasia suchen und sie nicht finden und alles wieder von vorne losgeht.

Seit dem Besuch in Bekasi haben wir nichts gehört. Kein Anruf von der Frau im schwarzen Schleier, keine Nachricht vom Besitzer des Wartel. Chander und ich haben wenig, worüber wir berichten können. Es gibt ab und an ein Update von Arief und eine Presseerklärung die wir filmen oder abdrucken und den Zeitungen und TV-Stationen auf der ganzen Welt zur Verfügung stellen. Die Lust der Welt, über das Bombenattentat zu berichten, nimmt von Tag zu Tag ab. Je länger das Attentat zurückliegt, desto mehr vergisst die Welt die Opfer und ihre Angehörigen, weil woanders das nächste Drama mit Blut und Toten die Medien beherrscht. Die Präsidenten und Regierungschefs der U.S.A., Australiens, Japans, der ASEAN und der EU haben Jakarta jegliche Unterstützung und Geld zugesagt, um Al Qaeda und Jemaah Islamiyah zu bekämpfen. General Arief ist Leiter von Densus 88, der Verbindungsoffizier zu den ausländischen Geheimdiensten und er ist mittendrinnen statt nur dabei.

Am Rande passieren ein paar Dinge, die keine Bedeutung für das Weltgeschehen haben. Ein Sondergipfel der ASEAN wird für Bali anberaumt und dann verschoben. Sie planen Wahlen und starten den Wahlkampf.

Das ist keine Berichterstattung, die mir Spaß macht. Es ist ein Schreibtischjob. Ich will raus auf die Straße, zu den Menschen. Ich bin am Überlegen, wie lange ich hier bleiben will.

Oder kann.

An diesem Tiefpunkt erhalte ich den Anruf auf meinem Handy. Die Nummer des Anrufers ist unterdrückt.

"Mr Wolf?"

Die Stimme einer Frau auf Englisch.

"Wer ist dran?"

"Sind Sie Mr Wolf? Wolf Kimmich?"

"Positiv."

"EAPA?"

"Ja. Wer ist dran?"

"Wir haben Informationen zur Bombe. Sind Sie interessiert?"

Die Frauenstimme schweigt.

"Who are you?"

"Wir haben Informationen zur Bombe von Jakarta und zu geplanten Anschlägen."

Ich stehe auf und schaue auf die große Kreuzung hinunter. Stau.

Wie immer.

"Interessant. Und das ist für die Polizei."

"Meine Informantin ist ein großer Fan von Ihnen. Es ist persönlich. Sie will Ihnen die Chance geben, bevor sie zur Polizei geht."

"Die Chance wofür?"

"Darüber zu berichten. Wie damals auf dem Dach."

"Woher weiß ich, dass das keine Ente ist?"

"Was haben Sie zu verlieren?"

Ich sage nichts für ein paar Sekunden. Nichts ist so mächtig wie das Schweigen.

"Das dachte ich mir."

"Diese Sache ist zu ernst für einen Scherz."

"Was brauchen Sie, um uns zu vertrauen?"

"Etwas das nur Ihre Quelle und ich wissen können."

"Meine Freundin, die Quelle, hat schon mehrmals versucht, Sie im Büro zu erreichen. Vergebens."

"Von wo?"

Die Anruferin sagt mir ich möchte warten und stellt das Telefon auf stumm. Es vergehen ein paar Sekunden. Dann:

"Von Bekasi. Ein Wartel."

Ich nicke und überlege. Sie kann mein Nicken nicht sehen, aber hört meine Gedanken in der Leitung.

"Mr Wolf?"

"Ja."

"Denken Sie nach ob Sie das wollen. Ich rufe Sie wieder an."

Bevor ich etwas sagen kann ist die Leitung tot.

Natürlich will ich es.

Da ist das Adrenalin, das ich vermisse. Unser Besuch in Bekasi war nicht umsonst. Wir sind dran, ganz nah dran, das sagt mir mein Bauch. Ich lade mein Nokia auf und schalte den Klingelton auf laut. Ich will ihren Anruf so wenig verpassen wie ein Liebhaber die Nachricht seiner Liebhaberin. Dann rufe ich Chander in mein Büro und sage ihm, was passiert ist. Ich bin nervös und angespannt und der restliche Tag vergeht viel zu langsam und ich habe Angst, ihren Anruf zu verpassen wie ein Kind Heiligabend.

Der Anruf kommt spät und mit unterdrückter Nummer. Es ist Abend. Ich sitze mit einem Bintang am Pool und höre den Kröten beim Quaken zu. Ich habe nichts Besseres zu tun und die Melodie meines Nokias reißt mich aus den Träumen.

"Hallo?"

"Mr Wolf?"

"Immer noch."

"Haben Sie überlegt?"

"Ja."

"Und?"

"Ich mache es."

"Gut."

"Das hoffe ich."

"Sie müssen meine Quelle und mich schützen."

"Das mache ich immer. Mein Leben als Journalist hängt davon ab."

"Am Hafen von Sumur gibt es einen kleinen Fischmarkt. Morgen Abend um 19 Uhr hole ich Sie dort ab. Kommen Sie alleine."

"Wie erkenne ich Sie?"

"Sumur. Seien Sie pünktlich."

Sie legt auf ohne meine Frage zu beantworten. Ich renne in mein Apartment und rutsche auf den glatten Steinen aus und fliege auf die Nase. Ich fluche und schaffe es bis zum Aufzug und in die dritte Etage. Im Apartement suche ich in einer Schublade nach einer Indonesienkarte.

Sumur. Wo verdammt ist Sumur?

Ich finde es. Ganz links unten. Ein Dorf im Niemandsland vor Ujung Kulon.

Ich rufe Chander an.

Chander geht ran und ich höre seine Frau im Hintergrund und Kinderstimmen.

"Wann müssen wir losfahren, wenn wir morgen Abend in Sumur sein müssen?"

"Wohin? Und warum?"
"Sumur. Sie hat angerufen."
Ich höre Chander rascheln. Auch er schlägt eine Landkarte auf.
"Sumur?"
"Ujung Kulon."
"Ich habe es."
Er murmelt etwas zu sich selbst.
"Mindestens sechs Stunden."
"Ich will unbedingt bei Tageslicht ankommen. Hol' mich um 10 Uhr ab."

Wir legen auf und ich bin aufgeregt und kann nicht schlafen. Ich werfe ein paar Sachen in meine Tasche und stelle den Wecker. Nicht weil ich so tief schlafe. Endlich tut sich etwas. Ich will es nicht verpassen.

Chander zieht den Kijang der EAPA um 09.45 Uhr vor die majestätische Lobby des Hotel Borobudur. Voll betankt steht der Wagen wie ein Fremdkörper zwischen den schicken Autos vor dem Hotel.

"Es sind mehr als 200 Kilometer und die wenigsten davon auf einem Highway," sagt Chander.
"Die letzten Kilometer sind ungeteert."
"Fantastisch."

Ich habe meine Tarnflecktasche von BRIC dabei. Ein paar Hosen und Hemden und so weiter. Zwei Sixpack Bintang sitzen in einer Kühltasche. Ich stelle alles in den Kofferraum. Chander bezahlt das Ticket an der Ausfahrt und wir rollen los.

Dunkle Industriegebiete, schmutzige Kanäle. Nach einigen Kilometern dünnt die Stadt aus und wir fahren durch Reisfelder und manchmal Regenwald und vorbei an Hütten und die Armut ist erbärmlich und das Leben einfach. Irgendwo an der indonesischen Interpretation einer Raststätte essen wir etwas Indonesisches von dem ich mir wünschte, wir hätten es auf der Fressgass'. Ich mache mein eigenes Bier auf und gebe dem Kellner 10.000 Rupiah damit er wegschaut. Wir kommen gut voran und stoßen bei Labuhan auf die Straße von Sunda. Chander zeigt mitten im Meer auf die Reste von Krakatau. Dahinter liegt Sumatra. Die Landschaft und das Meer sind episch und ich frage mich, warum ich es die letzten Jahre nicht hierher geschafft habe.

"Was willst Du machen wenn Du sie triffst?"
"Sie interviewen."
"Glaubst Du ihr?"
"Das kann ich noch nicht sagen."
"Was wenn die Dich entführen wollen?"
"Wenn sie das wollten, dann hätten sie es in Jakarta leichter."
"Vielleicht fahren wir in einen Hinterhalt."
"Hast Du Angst?"
"Nein."

Chander öffnet das Handschuhfach und zeigt mir seinen Revolver.

"Du musst auf alles vorbereitet sein."
"Wie ich sehe bist Du es."

Strände aus einem Urlaubskatalog umarmen die Küste. Die einspurige Straße folgt dem zackigen Verlauf des Meeres durch Ortschaften und Dörfer die sich entlang des holprigen Asphaltbandes ausbreiten und zäh sind wie Gummi. Es ist heiß und einsam und von Krakatau zieht eine schwüle Brise zu uns herüber. Die Straße wird schmaler und holpriger und wir kommen langsamer voran als vorher. Dann Schotterpiste und ganz viel später etwas das Sumur sein muss.

Wir sind rechtzeitig da und die Ortschaft ist unspektakulär. Sie als Hinterwasser zu beschreiben ist schmeichelhaft. Es gibt so gut wie nichts in der Ortschaft außer einer Moschee, einer Schule, einem kleinen Supermarkt und den zusammengenagelten Buden, in denen sie Zigaretten einzeln verkaufen und wo sie Indomie kochen oder three-in-one Instant Coffee. Ein Gemeindeverwaltungsamt sieht aus wie eine Bushaltestelle. Die Ortschaft und die Menschen leben vom kleinen Hafen: Abenteurer fahren von hier mit den kleinen Schiffen nach Ujung Kulon oder auf eine der Inseln in der Nähe des Krakatau. Es gibt viele Fischer und schwimmende, dreieckige Fischereipontons vor dem Hafen und dem Fischmarkt. Die Fischerboote sind bunt angemalt und nicken uns im Wellengang zu.

Um die Ortschaft als romantisch zu bezeichnen fehlt ihr etwas Romantisches. Die Menschen sind herzlich und warm und empfangen uns mit einem breiten Lächeln. Chander und ich essen an einem Food Stall Nasi Goreng und Sate. Es kostet zusammen weniger als zwei Dosen Bier bei Rewe. Ich trinke ein paar Bier. Bevor wir den kleinen Hafen und den Fischmarkt erkunden können, fängt es an dunkel zu werden. Meine Ankunft macht die Runde und wir müssen nicht bis 19 Uhr warten.

"Mr Wolf?"

Ich drehe mich um. Chander hat seine Hand am Revolver. Weibliche Stimme. Schlanke Frau mit einer Mähne aus dunklen Locken, Makeup und einem langen schwarzen Kleid mit floralem Muster. Sonnenbrille im Haar. Ihre Füße stecken in weißen Turnschuhen. Sie ist die letzte Person, die ich hier erwarte. Die Frau ist deplaziert in diesem Hinterwasser. Sie ist etwas für eine Shopping Mall in Jakarta. Sie ist die Stimme vom Telefon.

Ich nicke.

"Das ist Chander."

"Ich bin Balqis. Freut mich. Willkommen in Sumur."

Wir schütteln Hände. Ihre Finger sind lang und zart und haben rot lackierte Fingernägel. Sie lächelt mich an wie eine Fremdenführerin, die von ihrem Trinkgeld lebt.

"Und jetzt?"

"Wie ich Ihnen gesagt habe: Sie müssen alleine kommen."

Ich sehe Chander an und Chander schaut mir in die Augen. Dann sieht Chander sich um. Balqis ist alleine.

"Your call, Boss."

"OK, Balqis."

"Haben Sie eine Tasche dabei?"

"Tasche, Kamera, Mikro. Stativ. Und ein paar Bier."

"Ich glaube nicht, dass Sie das alles brauchen werden."

"Die Biere helfen immer. Bei allen anderen Sachen bin ich Optimist."

Mein Lächeln entwaffnet sie für einen Augenblick und ich habe die Oberhand. Balqis parkt den kleinen Suzuki Jeep, der komplett offen ist, neben uns. Wir laden alles in den kleinen Jeep.

Balqis sagt zu Chander:

"Es gibt ein kleines Hotel die Straße 3 in Richtung Norden. Wir rufen Sie an, wenn wir fertig sind."

Chander nickt.

"Bist Du OK?" frage ich.

"Ja. Bist Du OK? Ich mache mir Sorgen."

"Tu's nicht. Alles ist gut."

Das sagt mir mein Bauchgefühl.

"Hati-hati, Boss," sagt Chander zu mir und macht den Kofferraumdeckel zu.

"Lass' Dir eine Quittung geben."

Er nickt und winkt und sieht uns hinterher und schreibt sich das Kennzeichen des kleinen Suzuki auf. Ich steige auf der Beifahrerseite ein. Sie hupt und ein paar Hühner springen von der Straße und dann gibt sie Gas und wir fahren in der Dunkelheit eine Asphaltschneise in Richtung Urwald. Ich lege den Gurt an, sie nicht.

"Vertrauen Sie mir nicht?"

Bald wird die Straße zu einer ungeteerten Piste. Der kleine Jeep hinterläßt eine Rauchwolke. Der Fahrtwind tut gut und ich mache ein Bier auf.

"Wer bist Du, Balqis? Welche Rolle spielst Du in diesem Spiel?"

"Ich bin die Aufpasserin. Ich stelle sicher, dass Sie sich korrekt benehmen und nur das mitnehmen, was Sie wirklich brauchen."

"Und was ist das?"

Sie wechselt die Gänge und ein goldenes Armband wandert ihren linken Arm entlang. Sie schaut mich an und der warme Fahrtwind weht ihr Haare ins Gesicht. Rote Fingernägel befreien die Haare aus ihrem Mund.

"Nicht der Name meiner Freundin und nicht der Ort, wo Sie sie treffen. Und ich existiere in Ihrer Story nicht."

Ich nehme einen Zug von meiner Flasche. Der Inhalt ist noch kühl.

Sie bremst. Vehement. Und knallt mir einen schwarzen Sack aus Samt auf die Brust. Auf einmal ist es ruhig. Der Motor tickt in der Hitze und der Urwald singt zu uns.

"Setzen Sie das auf."

Mein Gesicht formt ein Fragezeichen. Balqis sieht es im Licht des Armaturenbrettes. Ich rieche daran.

"Dein Parfüm?"

Sie schaut mich an.

"Was, wenn ich ihn nicht überziehe?"

"Dann ist Ihre Reise hier vorbei. Und ich drehe um."

Ich werfe die Flasche Bier in den Dschungel und ziehe mir den Sack über den Kopf. Balqis ermahnt mich zu mehr Umsicht mit der Umwelt und ich frage sie:

"Ernsthaft?"

Sie lehnt sich über mich mit einer Hand auf meinem Oberschenkel und dann zieht sie den Faden des Sackes um meinen Hals zu. Ich kann ihren süßlichen Duft durch den Stoff riechen wie ihre Duftmarke. Ansonsten ist der Sack in der Hitze alles andere als toll und ich sehe nichts. Und das ist das Ziel ihres Sackes. Ihre Hand bleibt vielleicht länger auf meinem Oberschenkel als nötig. Da ich nichts sehe weiß ich nicht, was sie macht.

"Halten Sie sich fest. Es wird holprig."

Und so ist es. Ohne etwas zu sehen brauche ich beide Hände - eine oben auf der offenen Frontscheibe und eine auf meinem Sitz - um den Schlaglöchern Gegenwehr zu bieten. Die lange Fahrt mit Chander und die paar Bier machen sich bemerkt und ich fühle mich seekrank und ein paar Sekunden bevor ich nicht mehr kann hört das Holpern auf und wir fahren in einen Innenhof.

"Sie können den Sack abnehmen."

Ein märchenhaftes Holztor trennt den Hof von der Straße. Fackeln ersetzen Lampen und verwandeln den Hof und das Gebäude in einen Ort aus einem Film. Ich schaue Balqis an. Sie schaut mich an. Das goldene Licht der Fackeln spiegelt sich in ihren Augen.

"Worauf warten Sie?"

Sie steigt aus und zwei Frauen in weißen Sarongs nehmen mein Gepäck und den Cooler mit dem Bier. Über dem Eingang steht:

FOLLOW YOUR DREAMS OR
YOUR DREAMS WILL HAUNT YOU

"Ist das Dein Motto?"

"Das ist das Motto meiner Anlage. Und die Wahrheit."

"Ich bin ein Freund der Wahrheit. In meinem Leben geht es um nichts anderes."

"Gute Nacht, Mr Wolf. Morgen fangen wir früh an."

Sie erkennt die Frage in meinen Augen bevor ich etwas sagen kann.

"Wir haben einen Bungalow für Sie. Schlafen Sie. Frühstück ist ab 6 Uhr."

"Bist Du ein Early Bird?"

Sie ignoriert meine Frage.

"Sie sehen blass aus. Ruhen Sie sich aus."

Ich trinke die letzten beiden Biere und dusche lange. Es kommt weder heißes noch kaltes Wasser aus der Leitung. Dann schicke ich Chander eine SMS und sage ihm, dass alles OK ist. Bei ihm ist auch alles OK. Ich schlafe tief und gut und sorglos. Als ich die Augen aufmache scheint eine helle Sonne in mein Zimmer und vor mir wehen Palmen im Wind und dann ist da der Ozean. Die Wellen brechen am Strand und ich kann die Gischt bis in mein Zimmer riechen. Ich habe meine Zahnbürste vergessen und einen Geschmack wie Schuhsohle in meinem Mund. Es ist kurz nach 6 Uhr und tropisch hell. Ich suche nach meiner Sonnenbrille. Ohne mir etwas zu denken gehe ich die Veranda hinunter an den Strand und werfe mich in die Wellen. Das Wasser ist frisch und weckt mich auf und vertreibt die letzten Biere aus meinem Kopf. Ich nehme einen Mund voll Salzwasser und spucke es aus und wiederhole das Ganze ein paar Mal bis der Geschmack von fahlem Bier weg ist und ich nur noch Ozean in meinem Mund habe.

Außer mir ist niemand am Strand. Ich gehe zurück und dusche und dann in die Lobby. Sie ist schon da. Und sieht im Tageslicht der Tropen aus wie aus einer Werbung. Ihr Haar weht im Wind.

"Mr Wolf."

"Guten Morgen, Balqis."

Sie bleibt sitzen. Eine Mitarbeiterin in einem weißen Sarong huscht von ihrem Tisch mit gebücktem Gang. Balqis sitzt vor mir wie eine Königin. Sie trägt ein langes Kleid, bunt. Ein Schlitz zeigt ihre Ober- und Unterschenkel. Ihr Bein endet irgendwo in einer schwarzen Sandale mit Absatz.

"Wie war das Wasser?"

"Hast Du mich beobachtet?"

"Der Gedanke schmeichelt Ihnen wohl? Bilden Sie sich nichts ein, die Wellen hier können gefährlich sein. Ich will nicht, dass Ihnen etwas zustößt."

Der Gedanke schmeichelt mir in der Tat.

"Du kannst Wolf zu mir sagen."

Sie schaut mir in die Augen und sagt:

"OK, Mr Wolf."

Ich sehe sie an ohne zu blinzeln und lache und dann lacht sie auch und wir beide schauen weg.

Der Tisch ist gedeckt mit Pfannkuchen, Obst und Kaffee. Mein Magen knurrt.

"Fang' an."

"Bin ich im Paradies?"

"Beinahe. Ein Ort der Zuflucht und des Friedens."

"Heißt?"

"Ein Haus und Hotel von und für verfolgte Frauen."

Ich sehe nur Frauen im Restaurantbereich.

"Ich habe das Projekt vor fünf Jahren begonnen. Als ich meinen Mann verließ, weil er mich schlug. In Oslo."

"Ein Norweger?"

"Ja."

"Das tut mir leid."

"So ist das Leben. Ich wollte nicht mehr zurück nach Norwegen. Es ist zu kalt und dunkel und wenn Du Glück hast dauert der Sommer dreißig Minuten."

Ich nicke und mag ihren Sarkasmus und kann mir ihre tropische Gestalt nicht in Winterklamotten vorstellen.

Der Geschmack des Kaffees passt zur Location und ich schaue sie an und frage mich warum jemand eine so schöne Frau schlagen würde.

"Die EU und die norwegische Regierung fördern unser Vorhaben. Außerdem haben wir Einnahmen durch die Touristinnen, die zu uns kommen. Und wir bieten Touren für Frauen in den Ujung Kulon Nationalpark an."

"Prima. Und Du weißt etwas über eine Bombe."

"Über die Bomben."

Mein Blick ist auf ihr Gesicht gerichtet. Sie trägt jetzt eine Sonnenbrille und ich sehe mich in der Reflektion der Gläser, aber nicht ihre Augen.

"Ich nicht. Aber eine meiner Mitarbeiterinnen. Nach dem Frühstück. Und Wolf: Es ist extrem wichtig für alle Frauen, dass Du unsere Location nirgendwo nennst. Das wäre unser Tod."

Ich verspreche es. Nach dem Frühstück gehen wir durch die Anlage ein Stück ins Landesinnere. Ein Bungalow steht an einem Reisfeld.

"Hier wohnen die Mädchen und Frauen, die hier arbeiten. Sie teilen sich den Bungalow zum Schlafen."

Balqis klopft an der Tür. Eine komplett verschleierte Frau macht uns auf. Ich sehe nur ihre dunklen Augen und ihre Hände und nackten Füße. Balqis redet mit ihr auf Indonesisch, das zu schnell für mich ist. Ich habe keine Chance zu verstehen, worum es geht.

Balqis sagt zu mir:

"Das ist T. T möchte ihren richtigen Namen nicht verraten. Sie hat Angst und ist sich bewusst, die gefährlichsten Männer Indonesiens zu verraten. Und dass die Regierung und die Polizei sie als Mittäterin verhaften würden. Die C.I.A. würde sich über eine Frau wie T freuen. Sie wäre nicht die erste weibliche Gefangene in Guantanamo."

Ich nicke und setze mein Lächeln auf.

"Englisch OK?"

"Ja, etwas," sagt T.

"Für alles Weitere kann ich übersetzen," sagt Balqis.

Wir betreten den Bungalow und gehen durch das Begrüßungsritual. Es liegt nun an T, was und wie viel sie mir erzählen will. Und was sie mir verschweigen will. Um eine Story daraus zu machen brauche ich belastbares Material. Ich muss einen Faktencheck durchführen. Balqis fragt nochmals, ob es OK ist, dass sie während des gesamten Gespräches dabei ist. T nickt und hält die Hand von Balqis. Der Gegensatz zwischen den beiden Frauen könnte optisch nicht größer sein, und doch verbindet die beiden ihre Stärke, die sie zu außerordentlichen Frauen machen. T ist den Tränen nahe und ich merke, wie stark die Situation sie belastet. Ich schaue T an und frage sie, ob ich das Gespräch aufnehmen darf. T schaut Balqis an und Balqis sagt zu ihr:

"Das ist OK."

T nickt und wir legen los.

Es ist intensiv und T fängt immer wieder das Weinen an und wir machen ein paar Pausen und ich vertrete mir draußen die Füße und lasse die beiden Frauen alleine. Sie sprechen miteinander auf Indonesisch und Balqis umarmt T immer wieder und hält ihre Hand.

Mittags unterbrechen wir. Balqis und ich gehen zum Restaurant in der Lobby.

"Und, was denkst Du?" fragt Balqis.

"Das ist viel. Und sehr viel Persönliches. Schwierig, es zu überprüfen."

Balqis sagt nichts und läuft neben mir zum Restaurant durch den Palmenwald.

"Wie lange kennst Du sie schon?"

"Seit ein paar Tagen."

"Das ist nicht lang."

Zwei Frauen in Weiß bringen uns gegrillten Fisch auf Reis und Wasserspinat. Eine Flasche Wasser. Blick auf das Meer. Ihre Haare wehen im Wind und wenn ich es nicht besser wüßte, würde ich glauben hier im Urlaub zu sein.

"Ich hätte gerne ein Bier," sage ich zu einer der Frauen in Weiß. Die Frau schaut Balqis an und Balqis sagt zu mir:

"Wir haben keinen Alkohol. Es kommen immer wieder Frauen mit Suchtproblemen zu uns. Aber ich kann Dir etwas im Indomaret besorgen lassen. Nur für Deinen Bungalow."

Ich nicke. Ein erstaunlicher Ort und eine erstaunliche Frau.

"Hast Du auch eine Zahnbürste für mich?"

Sie lacht und nickt.

"Und vielleicht ein Schluck für mich. Ist ewig her seit ich mein letztes Bier hatte," sagt Balqis.

"Ich lade Dich ein."

Sie isst weiter.

"Bist Du keine Muslimin?"

"Doch. Aber ich will mir weder von einem Mann noch von einer Religion vorschreiben lassen, wie ich zu leben habe."

"Ich auch nicht," sage ich zu ihr.

Sie schaut mich an.

"Von einem Mann? Oder von Gott?"

"Weder Mann noch Frau noch Gott."

Sie lacht und nimmt einen Schluck Wasser.

"Bist Du Christ?"

"So bin ich erzogen worden. Aber ich gehöre der Kirche nicht mehr an. Mein Glaube findet zwischen mir und Gott statt. Ich brauche keine Kirche dazu."

"Und woran glaubst Du?"

"Das ist eine schwierige Frage. Ich habe so viel Leid und Elend gesehen. Was macht Gott mit uns? Warum lässt er zu, dass wir Menschen so gemein zueinander sind?"

"Ich weiß es nicht. Ich versuche in meiner Anlage einen Ort ohne Gewalt zu schaffen. Einen Ort der Zuflucht und des Friedens. Und das ist Ausdruck meiner Religion. Die Terroristen missbrauchen unsere Religion gegen uns, die Gläubigen. Und der Westen nimmt alle Muslime in Sippenhaft, weil Ihr keine Ahnung habt, was der wahre Islam ist. Ich versuche den Frauen etwas zu geben, was sie woanders nicht haben können. Respekt, Liebe, Zuversicht. Und Sicherheit. Das ist meine Religion."

Ich sehe sie an. Ich kann nicht erkennen wohin der Blick ihrer Augen schweift. In der Sonnenbrille spiegelt sich der gleißend helle Strand und das blaue Meer. Der Wind weht durch den Restaurantbereich und die anderen Gäste bestellen Essen und über den Gesprächen klicken Kaffeetassen auf Untertassen. Der Duft von Knoblauch in Öl und gegrilltem Fisch zieht unsichtbar an uns vorbei.

"Allah wird es Dir danken."

Sie steckt sich ihre Sonnenbrille ins Haar und sieht mich an. Sie isst den Fisch und den Reis mit ihren Händen, wie es in Indonesien üblich ist. Nach dem Essen gehen wir zurück in den Bungalow. T ist alleine und mit dem Beten fertig und sie hat Reis mit Fisch und scharfem Sambal gegessen, wie wir auch. Balqis sagt zu ihr:

"Wolf ist Dir dankbar für Deine Geschichte. Du wirst vielen Menschen das Leben retten. Inshallah."

T nickt hinter ihrem Schleier.

"Inshallah."

Ich meine Erleichterung und Freude in ihren Augen zu sehen.

"Um Dein Erzähltes zu belegen würde Wolf gerne Fakten sehen. Es liegt an Dir, was Du uns zeigen willst."

T schaut Balqis an. Balqis spricht in Stakkato zu ihr und T schaut in ihre Hände. Sie sitzt im Schneidersitz vor uns. Ich muss meine Position am Boden immer wieder verändern. Der Boden ist unbequem. Dann fragt Balqis mich nach meiner Kamera und schickt mich aus dem Bungalow. Ich warte draußen ein paar Minuten und geniesse die Sonne und den Blick auf das Reisfeld, das eine Frau in einem Sarong mit dem Büffel bestellt. Balqis ruft mich wieder hinein und zeigt mir das Display auf meiner Kamera. Ich sehe den nackten Körper von T. Blaue Flecken und Blutergüsse übersäen ihren Körper. T schämt sich und schaut auf den Boden.

"Das ist schrecklich. Und es tut mir sehr leid für Dich," sage ich zu T.

"Dein Körper sieht aus wie nach einer Folter - ich habe so etwas in anderen Erdteilen schon sehen müssen - und Du bist durch schreckliche Qualen gegangen."

T nickt und schaut Balqis und mich an.

"Aber das ist häusliche Gewalt. Ich brauche Beweise für Terrorismus."

Dann zeige ich T die Fotos von Viqaas und Mohammed Omar. T sucht wieder zuerst die Augen von Balqis. Dann sammeln sich Tränen in den Augen von T.

"Sollen wir eine Pause machen?"

T schüttelt den Kopf.

"Das ist mein Mann, Mohammed Omar. Und das ist sein Freund, Viqaas. Er hat die Bomben in das Hotel gebracht."

Mein Aufnahmegerät läuft mit. Ich schreibe mir die Namen der beiden Männer auf als hätte ich den Namen Mohammed Omar noch nie gehört.

"Darf ich ein Foto von Dir machen?"

T schüttelt den Kopf.

"Du kannst meine Sonnenbrille aufsetzen, dann ist von Dir nichts zu sehen," sage ich. Dann empfinde ich meinen Kommentar als unangebracht und hoffe, nichts kaputt gemacht zu haben. Selbes Spiel: T schaut Balqis an und Balqis gibt ihr das OK.

"Was ist mit dem Geld?" sagt Balqis.

T steht auf und zeigt mir den leeren Koffer aus Pakistan und dann bringt sie die beiden Rucksäcke aus dem Schrank zu mir.

"Kann ich aufmachen?"

Sie nickt.

Ich halte zwei Rucksäcke mit US-Dollar Noten in meinen Händen.

"Wie viel?"

"17.000."

Ich schütte das gebündelte Geld auf den Boden und mache Fotos vom Geld, von den Rucksäcken und von T mit dem Koffer. In meinem Kopf sehe ich das Foto der komplett verschleierten Frau mit meiner Pilotenbrille vor dem Haufen Geld auf dem Cover von Time Magazine. Dort steht:

Women, Money and Terror in Southeast Asia
 Photo & Story: Wolf Kimmich, EAPA, Jakarta

Träumen ist erlaubt.

T gibt Balqis einen kleinen weißen Zettel. Balqis reicht ihn mir weiter.

"Das ist die Adresse des Safe Houses in Bekasi."

Ich lesen den Namen irgendeiner Straße und Nummernkombination.

"Mein Mann und Viqaas sind unterwegs. Sie wollen ein Attentat in Bali verüben."

"Wann?"

"Das weiß ich nicht. Und sie wollten mich als Märtyrerin mitnehmen."

"Selbstmordattentäterin?"

T nickt.

"Dazu können sie Dich nicht zwingen."

T bricht in Tränen aus.

Ich schaue die beiden Frauen an. Sie sitzen vor mir und schauen sich gegenseitig in die Augen. Balqis hält die Hand von T während der gesamten Zeit.

"Hast Du die Handynummern der beiden Männer?"

T schaut mich an und schweigt.

"Machen wir eine Pause. Das war viel."

T nickt und bleibt sitzen.

"Lass uns am Strand spazieren," sagt Balqis zu mir.

Wir laufen mit unseren Füßen im Wasser.

"Deine Frau ist bei dem Bombenattentat ums Leben gekommen."

Sie sagt es einfach so. Es ist keine Frage. Eine Feststellung.

"Hast Du mich recherchiert?"

"Das war nicht so schwer wie Deine Handynummer herauszubekommen."

"So ist das Leben."

"Das ist es, warum T mit Dir sprechen will. Für sie ist es genauso persönlich wie für Dich."

Das Wasser ist blau und der Wellengang verlockend. Hinter dem Blau des Wassers am Horizont das Grün von Ujung Kulon.

"Was hast Du jetzt vor?"
"Die Adresse in Bekasi und der Hinweis auf Bali sowie die beiden Namen können Menschenleben retten. T muss mir die Nummern der beiden Männer geben. Die Polizei kann die Geräte orten."
Balqis schaut mich an.
"Du weißt Sachen."
"Journalistisches Einmaleins."
Nach einer halben Stunde kehren wir zu T in den Bungalow zurück. T schiebt einen weißen Zettel über den Boden.
Zwei Handynummern.
"Terima Kasih, T. Du hast heute Menschenleben gerettet. Möge Gott mit Dir sein."
Ich lächle sie an, lange, tief, sehe nur ihre Augen und kann nur ahnen, wie schwer sie es hat. Ich bewundere sie und ihren Mut. Sie wendet sich ab von mir und will sich für das Nachmittagsgebet frisch machen.
"Das Bier wartet in Deinem Bungalow auf Dich. Und eine Zahnbürste."
"Darf ich Dich einladen?"
"Zum Zähneputzen?"
Sie lacht frech und strahlt mich an.
"Auf einen Aperitif. My treat."
"Noch hast Du mir das Geld für das Bier nicht gegeben. Technisch lade ich Dich ein."
Ihr Gesicht bleibt frech. Ich liebe es.
"Gehen wir mit dem Bier zum Strand," sagt Balqis.
"Ich dachte nur im Bungalow?"
"Es sind keine Süchtigen da. Außer mir."
Ihr Gesicht bleibt so frech wie davor.
"Dann sind wir zu zweit."
"Hast Du eine Badehose dabei?" sagt sie zu mir.

"In Indonesien gehe ich nirgendwo hin ohne Badehose."

Am Strand laufen ein paar einheimische Kinder und spielen mit einem aufgeblasenen Reifen und gelben Badeenten. Zwei westliche Frauen springen vor dem Hauptgebäude in den Wellen umher. Balqis grüßt sie und wir gehen ein Stück in Richtung Süden. Sie zieht ihr buntes Kleid aus und trägt darunter einen schwarzen Badeanzug aus zwei Teilen. Sie ist schlank und braun und zierlich und ihr Anblick heilt meine Seele.

Ich habe eine Badehose von Vilebrequin an, die mir Anastasia vor zwei Jahren zum Geburtstag geschenkt hat. Sie sagte zu mir: "So viel Zeit wie Du im Pool verbringst … ."

Mir geht es gut. Die Anwesenheit von Balqis hilft mir die Abwesenheit von Anastasia zu verkraften. Wir sitzen im Sand und stoßen mit zwei Flaschen Bintang an. Vor uns neigt sich die Sonne in Richtung Ozean.

"Sorry, dass ich Dich zum Trinken verführe."

"Du gehst durch eine harte Phase. Als ich mich von meinem Mann getrennt habe und neu starten musste ging es mir genauso. Ich hatte mehr Angst als Kraft."

"Warum glaubst Du, dass ich Angst habe?"

"Weil wir alle haben Angst, wenn wir jemanden aus unserem Leben verlieren."

Sie wendet sich mir zu, steckt ihre Sonnenbrille ins Haar und schaut mir in die Augen.

"Ich habe Dich damals im Fernsehen gesehen. Als Du auf dem Dach warst und die schöne Studentin interviewt hast."

"Ayu."

Ich schaue ihr in die Augen und suche etwas. Ich will sagen "Nicht so schön wie Du" und verkneife mir den Satz. Ihr Blick lässt mich nicht los und ihre Augen folgen meinen. Ihr

Blick ist ernst. Sie ist älter als Ayu und muß älter sein als Anastasia. Balqis wirkt wie eine Frau mit einer Wunde. Sie trägt Ballast mit sich herum. Sie ist sanft und liebevoll und weniger ungestüm als Anastasia es war. Sex mit Anastasia war immer wild und verrückt, es ging nicht anders. Es ging immer um das Ganze. Nichts Halbes. Mit Balqis würde es langsam und sinnlich sein. Ich freue mich darauf und schäme mich gleichzeitig weil ich das denke und Anastasia noch nicht so lange tot ist.

"Lebst Du alleine hier?"

"Nein."

Mein Herz setzt aus. Ich denke jetzt erzählt sie mir etwas von einem Mann und Kindern und so weiter.

"Ich habe aktuell zehn Frauen um mich, die ich manage und die mir ihr Herz ausschütten. Und ein paar Gäste."

Sie lacht laut.

"Lesben aus Italien."

"Das ist alles?"

"Und ein paar Hunde, Katzen, Hühner. Einen Büffel."

"Keinen Mann?"

Sie lacht.

"Euch habe ich offiziell auf der Anlage verboten."

Ich atme auf.

Sie merkt es.

"Da habe ich Glück, dass Du mich reingelassen hast."

Sie schaut auf das Meer und trinkt aus der Flasche.

"Da darfst Du Dich bei T bedanken."

"Wie lange ist Deine Scheidung her?"

"Sechs Jahre."

"Und seitdem?"

"Seitdem hatte ich keinen Mann."

Sie sagt es wertfrei und ohne Scham.

"Das kann ich nicht glauben."

"Schau Dich um. Es gibt nicht gerade viel Auswahl hier, wenn Du auf Bule stehst."

Ich meine, dass sie etwas im Gesicht errötet. Es kann aber auch das sich neigende Sonnenlicht sein. Ich weiß es nicht.

"Du bist doch sicherlich ab und zu in Jakarta?"

"Selten. Und wenn dann bei den Norwegern oder bei der EU, verheirateten Diplomaten, die in spätestens drei Jahren das Land wieder verlassen."

Ich schaue sie wieder an, von der Seite, und nehme ihre Hand. Sie ist kühl und feucht von der Bierflasche und etwas Sand klebt an ihr. Ihre Finger reagieren und sie nimmt meine Hand und drückt mich. Sie schaut mir nicht in die Augen. Ihr Blick ist auf den Ozean gerichtet und der blutrote Ball verschwindet zur Hälfte im Wasser. Ihr Gesicht verrät nichts.

"Irgendwo geht jetzt die Sonne auf," sage ich zu ihr.

Sie dreht sich zu mir, steckt sich ihre Haare mit der Sonnenbrille nach oben und sieht mir in die Augen als wolle sie sich vergewissern, dass sie das Richtige macht. Dann küsst sie meinen Mund wie ein Engel. Ich habe dieses wunderbare Gefühl das ich nur bei einem ersten Kuss habe, mit einer unbekannten Frau die mir schon jetzt mehr bedeutet als es gut für mich ist. Ihr Mund schmeckt wunderbar und sie erlöst mich genauso wie ich sie.

"Lass' uns ins Wasser gehen."

Sie steht auf und geht mit schnellem Schritt in die Wellen und lässt sich mit ihrem Rücken gegen eine Welle fallen. Der Anblick ihres Körpers lässt mich erstarren und ich spüre Glück in meinem Herzen. Ihr Po ist klein und süß und sie ist zierlich und ich will sie küssen und renne ihr hinterher und köpfe in das Wasser und schlinge meine Arme um sie.

Wir essen gemeinsam zu Abend. Balqis erzählt mir von ihrem ersten Leben in Jakarta als HR Managerin in einer Erdölfirma. Dort hat sie ihren Mann kennen gelernt. Wir sprechen und ich wechsle das Thema. Ich muss die Informationen unbedingt Arief zuspielen und weiß noch nicht wie. Ich frage Balqis nach ihrer Meinung. Sie ist ernst und besorgt.

"Das ist es, was ich vermeiden will. Du musst mir vertrauen."

Sie isst frittierten Tofu und Erdnusssauce. Das Essen ist scharf und sie lässt mich ein Bier mit in den Restaurantbereich nehmen. Sie trinkt mehr davon als ich.

"Sie können mein Handy genauso orten wie das der Terroristen. Wenn sie die Nummer haben."

"Schalte es ab."

"Ich weiß nicht, ob das jetzt noch etwas bringt."

Wir essen weiter und ab und an kommen die Frauen in Weiß, die für Balqis arbeiten und hier Zuflucht finden. Sie fragen Balqis etwas und dann kommen die beiden Frauen aus Italien und wollen etwas zu der Tour am nächsten Tag nach Ujung Kulon wissen.

"Ich fahre morgen mit den beiden Italienerinnen nach Ujung Kulon."

Ich nicke und sage zu Balqis:

"Ich muss nach Jakarta. Das ist der beste Weg, T und Dich zu schützen."

Sie schaut mir verständnisvoll in die Augen.

"Kommst Du wieder?"

Ihre Frage erleichtert mich. Ich nicke etwas zu schnell und zu leichtsinnig.

"Ja. Was machst Du am Wochenende?"

Jetzt lacht sie.

"Ich mache eine Tour in den Nationalpark. Exklusiv. Nur für Dich."

Wir küssen uns und verabschieden uns, denn sie bricht am nächsten Morgen mit ihren Gästen vor Sonnenaufgang auf. Mein Herz ist glücklich und ich frage mich wie Sumur über Nacht zum Zentrum meiner Welt werden konnte.

Chander holt mich am nächsten Morgen am Fischmarkt ab, der voll von frischem Fisch und Fischern ist. Davor hat mich Vita, das Mädchen aus der Anlage, mit dem Suzuki über die Schotterpiste nach Sumur gefahren. Diesmal ohne Sack über dem Gesicht.

"Boss?" sagt Chander als ich nichts sage.

"Wir haben die Story."

Chander lacht und nimmt den Blick von der Straße und schaut mich an.

"Adresse, Telefonnummern, Bilder von US-Dollar aus Pakistan. Taalea, die Frau, die Du am Telefon hattest. Alles."

Ich gebe Chander die Adresse in Bekasi und wir wollen direkt zu dem Haus der Terroristen fahren.

"Das ist gefährlich. Du als Bule fällst dort auf. Das ist eine besondere Nachbarschaft."

"Lass' uns zumindest ein paar Aufnahmen machen von dem Haus, bevor die Polizei kommt."

Stunden später sind wir in Bekasi und Chander muß mehrmals fragen bevor wir die Adresse finden. Das Haus liegt in einer kleinen staubigen Gasse unweit des Wartels, das wir vor wenigen Tagen besucht hatten. Wir fahren daran vorbei und ich drücke den Auslöser der Kamera einige Male aus dem fahrendem Kijang. Dann dreht er den Wagen um und wir halten in einer Einfahrt schräg gegenüber. Das Haus sieht so aus wie die gesamte Nachbarschaft: Armselig, aber nicht ungepflegt, hilflos hierhin gebaut, an eine unfertige Straße die bei Regen zu einer Schlammpiste wird und das Haus überschwemmt. Ein Erdgeschoß mit einem kleinen Giebeldach. Eisenstangen sichern Fenster und Türen, so wie sie es bei den umliegenden Häusern auch tun. Zur Rechten befindet sich ein Carport. Von außen ist nicht einzusehen, ob sich ein Fahrzeug darin befindet oder nicht. Die Haustür öffnet direkt auf die kleine Gasse.

"Wollen wir reingehen?"

Chander checkt den Revolver im Handschuhfach. Ich winke ab.

"Das ist etwas für Arief und sein Team."

Chander ist enttäuscht.

Später sind wir froh, es nicht getan zu haben.

Von zu Hause aus rufe ich Arief an.

"Hey, wie geht es Dir?" sagt Arief wie immer in seiner leichten und gewinnenden Stimme zu mir.

"Gut, gut."

"Ich habe nichts Neues."

Nach einem kurzen Schweigen fügt er hinzu:

"Leider."

"Das ist schade. Aber ich habe Neuigkeiten."

"Jetzt bin ich gespannt."

"Die Agentur hat eine Quelle die ich Dir nicht nennen kann. Das muss von Vorneherein klar sein."

Ich sehe Arief als General vor mir und nicht als meinen Trauzeugen.

"Das weiß ich nicht. Das hängt davon ab, worum es geht."

Mir gefällt seine Intonation nicht.

"Arief, ich könnte Euch die Hinweise auch anonym zuspielen. Dann gehen sie in der Anzahl der Hinweise unter und Ihr verpasst den Hit und es sterben noch mehr Menschen."

Ich höre ihn schlucken. Vielleicht war meine Androhung zu viel, vielleicht war ich zu unverschämt, zu direkt, vielleicht bin ich immer noch zu wenig Javaner. Ich weiß, ich muss Balqis und T schützen, sonst verliere ich Balqis und alles, was mich als Journalisten auszeichnet. Er sagt nichts.

Ich lege nach:

"Ich habe die Adresse des Schlachters von Jakarta. Und seine Handynummer. Und die von Mohammed Omar. Vermutlich sind sie aktuell auf Bali und planen dort ein Attentat."

Der Pfeil meiner Worte trifft Arief und entwaffnet ihn.

"Erzähl'."

"Du musst mir versprechen, dass es bei der Info, die ich Dir jetzt gebe, bleibt. Dann hast Du alles, was Du brauchst und kannst die Männer hochnehmen. No questions asked after that."

"Versprechen kann ich Dir nichts. Wir sind im Kampf gegen den Terrorismus. 9/11 hat alles verändert. Brave new world and brave new rules. Wenn Du Informationen hast und Menschen kennst, die dieses Wissen haben, dann musst Du mir das mitteilen."

Er schweigt.

Ich auch.

Ich sehe die starken Frauen vor mir, die das Unmögliche möglich machen: T verschleiert und verwundet und bereit ihren Traum zu leben. Balqis im Badeanzug und ihrer Anlage, die Frauen eine neue Chance gibt. Frauen wie T, ohne die die Fahndung nach den Terroristen ewig dauern würde. Ich sehne mich nach Balqis und ich will zurück nach Sumur. Auf einmal ist es zu viel für mich und der Gestank und der Stau von Jakarta und die vielen Menschen und Autos gehen mir auf den Geist.

"Ich will nicht am Tod anderer Menschen schuldig sein. Daher gebe ich Dir was ich habe. Das ist alles. Danach werde ich schweigen. Und ich will dabei sein wenn Du sie hochnimmst. Das ist nach wie vor unser Deal. Du schuldest es Anastasia. Und meinem Kind."

Seine Antwort hat diesen javanischen Singsong in seiner Stimme der alles bedeuten kann: Ja, nein, vielleicht, noch nicht, schauen wir mal. Und das Gegenteil davon. Es ist die Unverbindlichkeit dieser Stadt und dieser Insel die es uns so schwirig macht, zu verstehen, was gerade passiert. Im Westen sind wir klare, direkte Worte gewohnt. Auf Java: Fehlanzeige.

"Haben wir einen Deal?"

"Das hängt davon ab, was Du mir gibst und was ich daraus machen kann."

"Sag' einfach nur ja."

Er zögert. Dann ein kleines "Ja" vom anderen Ende der Leitung.

Dann gebe ich ihm den Namen des Schlachters von Jakarta, Viqaas, die Adresse in Bekasi und die Handynummern von Viqaas und Mohammed Omar. Ich sage nichts vom Geld in den beiden Rucksäcken oder von Sumur, T und Balqis.

"Woher hast Du das?"

"No can say."

"Ich prüfe die Informationen. Dann melde ich mich."

Er legt auf.

Kein Danke.

Nichts.

Ich ärgere mich. Hätte ich meine Karten mit General Arief und Densus 88 anders spielen sollen?

Wolf & Balqis

Wir legen mit einem Boot der Parkranger des Nationalparks ab. Das Boot muß aus dem Film "Heart of Darkness" stammen. Ich fühle mich sofort wohl. Es hat einen rauchigen Dieselmotor und bringt Lebensmittel und die Auswechselcrew der Ranger in den Nationalpark. Der Kapitän des Bootes ist ein Freund von Balqis. Er trägt kurze Hosen und ein Hemd und einen Kapitänshut, dessen weiße Zeiten lang vorbei sind. Wann immer ich ihn sehe hat er eine Kretek-Zigarette im Mund, als würde er damit den Motor seines Schiffes befeuern. Sein Lachen ist ansteckend und er hat den besten Job der Welt. Wir lassen den kleinen Hafen von Sumur hinter uns und mit ihm die bunt bemalten Fischerboote, deren Masten im Wellengang des Indischen Ozeans "Auf Wiedersehen" nicken. Balqis und ich setzen uns auf das Dach des Bootes. Auf der linken Seite zieht unberührter, dunkelgrüner Urwald an uns vorbei. Ein paar Delphine springen neben uns durch das blaue Wasser.

"Hast Du mich vermisst?"

"Was denkst Du?"

Sie schmiegt sich an meine Schulter. Ihre schlanken Beine und zarten Füße baumeln vom Dach der Kajüte. Ich lege meinen Arm um sie und bin zu Hause. Der warme Wind bläst ihr Haar in mein Gesicht und ihre roten Nägel streicheln meine Wangen und die Narbe und sie nimmt mein Gesicht wie das eines Hundes in ihre Hand und küsst mich auf den Mund. Die Luft ist warm und salzhaltig und feucht und riecht nach einer Mischung aus Diesel und Kretek. Der Wind transportiert den Lärm des Motors weg von uns und dann haben wir nur noch den warmen Wind als Musik des Meeres in unseren Ohren. Sie hakt ihren Arm in meinen. Der Kapitän reicht uns einen

Alubecher mit schwarzem, süßem Kaffee. Balqis scherzt auf Indonesisch mit ihm. Dann reicht er mir eine Flasche Arrak.

"You are my man," sage ich zu ihm.

Balqis gibt ihm meine Kamera und er macht Fotos von Balqis und mir auf dem Dach der Kajüte. Dann lässt er uns alleine und wir fahren weiter in Richtung Ujung Kulon.

"Ich bin glücklich, Wolf, so glücklich wie noch nie."

Ich drücke sie an mich und trinke einen Schluck aus der Flasche. Das Zeug ist stark wie Desinfektionsmittel.

"Ich auch," sage ich und atme tief aus und bin befreit von allem, was die letzten Wochen mir an meinen Kopf geworfen haben.

"Ich weiß nicht, wohin das führt, aber ich möchte nicht, dass es aufhört."

Sie ist eine zerbrechlich starke Frau die alle Kämpfe alleine führt. Und gewinnt.

"Ich auch nicht. Ich will Dich."

Sie schaut auf, nimmt ihren Kopf von meiner Schulter und sieht mir in die Augen.

"Ich will Dich auch."

"Ich freue mich auf Ujung Kulon und die Nächte mit Dir."

Das kommt raus als wolle ich nur ihren Körper.

"So meine ich das nicht. Ich will einfach nur mit Dir zusammen sein. Ich habe Dich vermisst. Jakarta ohne Dich ist ein teuflischer Platz."

"Und Sumur ohne Dich ist nicht besser."

Diesmal küsse ich sie auf ihren roten Mund und halte sie fest und lasse sie nicht los und irgendwann tue ich ihr weh und sie sagt "Wolf, was machst Du?" und ich lasse sie los und fange an zu weinen und entschuldige mich bei ihr und nehme einen langen Schluck aus der Flasche und suche ihre Augen und hoffe, dass ich es nicht verbockt habe.

"Anastasia war schwanger."

Sie sieht die Tränen in meinen Augen.

"Das tut mir so leid, Wolf."

Ich nehme ihre Hand und sie lehnt sich bei mir an.

"Ich habe zu viel erlebt und gesehen und gelitten. Und jetzt bist Du da. Und Du machst mich glücklich. Das ist alles, was ich weiß und die nächsten beiden Tage wissen muss."

Sie lächelt mich an und beißt mir zärtlich in die Schulter.

"Ich will Dich auch. Und ich will diesem Wahnsinn ein Ende setzen."

"Welchem Wahnsinn?"

"Der Einsamkeit meines Zölibats."

Ich küsse sie auf ihr Ohr, ihren Nacken und dann ihren Mund und ich werde wahnsinnig. Sie schmeckt nach Salz und Liebe und nach diesem süßem Parfüm. Ihre Lippen sind rot und weich und zärtlich und sie suchen meine Lippen und sie fressen mich auf und gemeinsam tauchen wir ab zu einem Ort an dem ich noch nie war und an dem es so schön ist wie an keinem anderen Ort auf der Erde.

Am Strand von Pulau Peucang liegt der kleine Pier für unser Boot. Daneben macht sich eine Affenfamilie mit ihrem Nachwuchs zu schaffen. Die kleinen Affen tollen mit einem Handtuch. Ein paar Rehe grasen auf der Lichtung um die herum die Hütten gebaut sind und wo auch das Restaurant und die Rezeption zu Hause sind. Die Hütten sind einfach und aus tropischen Blättern gefaltet und ich kann durch die kleinen Löcher nach draußen schauen. Ich checke mein Telefon. Kein Netz auf der Insel. Die Hütte hat kein Festnetz. Ich denke an Arief und was in Jakarta passiert und Balqis löscht meine Gedanken als sie aus dem einfachen Bad kommt und nur einen Bikini an hat. Es ist das erste Mal, dass wir zusammen alleine in einem Raum sind. Bevor ich auf dumme Gedanken kommen kann sagt Balqis:

"Lass' uns schwimmen, bevor es etwas zu essen gibt."

Ich bin in Sekunden fertig.

"Nimm' nichts mit an den Strand. Die Affen klauen es Dir."

Wir gehen an den Strand der unberührt ist und an den die Wellen sich anschmiegen wie Balqis an mich. Der Dschungel spricht mit uns und wir hören eine Armee von Vögeln und deren Gezwitscher. Das Wasser ist warm und seicht und grün und blau und wir können den weißen Sand durch das Wasser sehen. Balqis ist zuerst im Wasser und sie rennt hinein und lässt sich fallen und steht wieder auf und rennt weiter und das Wasser spritzt um sie herum und sie ruft meinen Namen und zeigt nach oben. Ein Schwarm Flughunde zieht über uns hinweg in den Urwald. Ihre Flügel sind riesig und sie fliegen langsam und majestätisch, ohne Eile oder Sorgen. Sie sind die Meister der Lüfte. Die schräg stehende Sonne, in die sie hineinfliegen, lässt sie rötlich erscheinen und ich stehe am Strand und bin ein Teil von Jurassic Park. Ein Makake mit einem langen Schwanz und einer leeren Weinflasche taucht aus dem Dschungel auf und beäugt mich. Er verliert sein Interesse als er erkennt, dass ich nichts dabei habe, das er essen oder mit dem er spielen könnte. Er nähert sich mir und seine Augen sind intensiv und ich weiß nicht was er vor hat. Balqis lacht als sie den Makaken neben mir sieht und ich schneller in das Wasser komme als ich es ohne den Affen getan hätte. Dann treiben wir auf der durchsichtigen Scheibe nebeneinander. Balqis hat ihre Haare hochgesteckt und ihr Nacken und ihre Schultern sind zart und braungebrannt. Sie fährt mit ihrem Zeigefinger die Narbe auf meinem Gesicht entlang. Unter uns ziehen Fische in einem Schwarm vorbei als wären wir nicht da.

"Wo kommt die her?"

"Ich bin die Treppe heruntergefallen."

"Wirklich?"

"Mit einer Flasche Wodka in der Hand. Nicht mein bester Augenblick."

"Das muß weh getan haben."

"Oh ja. Du machst Dir keine Vorstellungen. Vor allem als ich wieder nüchtern war."

Wir schwimmen ein Stück.

"Erzähl' mir von Deinem Ex-Mann."

"Das beste an ihm ist, dass er weg ist."

Ich strecke meine Hand zu ihr aus und lege sie um ihre schmalen Hüften und ziehe sie an mich. Ihre Lippen schmecken nach Ozean und ihr Mund nach Liebe.

"Nicht doch, was sollen die Affen denken?"

Dann stelle ich mich in den Sand und sie schlingt ihre Beine um mich und legt ihre Arme um meinen Nacken.

Sie schaut mir in die Augen.

"Die Affen machen es nicht anders."

"Tzz tzz tzz. Liebling, wir müssen fertig werden. Sonst verpassen wir das Abendessen."

Dann verschlingt sie mich und wir bleiben im Wasser bis es dunkel wird.

Ihr langes schwarzes Kleid ist Offenbarung und Verführung und sie trägt Schuhe die überhaupt nicht in den Nationalpark passen und mir deswegen sehr gut gefallen. Ihre Locken und roten Lippen stehlen mir den Atem. Unser Tisch ist gedeckt mit einer Kerze in der Mitte. Nicht weil es kühl ist oder der Kellner einen romantischen Anfall hatte, sondern um die Moskitos zu vertreiben. An den anderen Tischen sitzt eine

Reisegruppe aus Australien. Balqis kennt die Kellner und wir haben einen *bottomless flow* von Bintang. Das ist etwas Besonderes auf der Insel, sagt Balqis, weil sie jede Flasche mit dem kleinen Boot, mit dem wir gekommen sind, hin und her fahren müssen.

Später, nach einigen Bintang und nachdem sie das Buffet weggeräumt haben, gibt es in der Dunkelheit nichts zu tun als an den Strand zu gehen und vom kleinen Pier aus die leuchtenden Fische im klaren Wasser zu sehen. Sie trägt die hochhackigen Schuhe in ihren Händen und hält den Saum ihres Kleids nach oben. Ich stehe hinter ihr und lege meine Arme um sie und rieche an ihr. Ihr Kopf liegt auf meiner Schulter und über uns breitet sich der Teppich der Milchstraße aus. Die Sterne am Firmament sind riesengroß und sie und wir und der Park und die leuchtenden Fische und das Universum verschwimmen zu einem magischen Ort, an dem nichts mehr eine Bedeutung hat außer diesem Augenblick, an dem ich sie in meinen Armen halte.

Wir verbringen unsere erste gemeinsame Nacht und sie ist schöner als ich sie mir gewünscht habe. Am Anfang mysteriös und erkundend, dann zart und sanft und langsam, dann intimer und ohne Hemmnisse, dann schnell und mit einer Dringlichkeit als wollten wir die Jahre, die wir unsere Leben separat verbracht haben, mit hoher Geschwindigkeit nachholen. Wir schmecken und fühlen einander entlang unserer gesamten Körper und verschmelzen in der Hitze der Nacht vor dem kleinen Ventilator zu einer Person und ich lasse sie nicht los und sie schläft erschöpft mit ihrem Kopf auf meiner Schulter ein. Ihr Körper ist zart und ihr Haar fällt immer wieder in mein Gesicht und sie riecht süßlich und irgendwann fallen zarte Sonnenstrahlen durch die Löcher der Hütte auf mein Gesicht. Wir wachen nach dieser Nacht erschöpft und glücklich auf wie es nur Menschen tun, wenn sie frisch verliebt sind und glauben, dass dieser Zustand ihr ganzes Leben anhalten und dieses Gefühl niemals verschwinden wird.

Anstelle einer Dusche schwimmen wir im Ozean und lieben uns bevor wir zum Frühstück gehen und den Kaffee trinken als wäre er Wasser. Das Wochenende vergeht in einer pinken Blase die erst zerplatzt als wir wieder in Balqis's Anlage in Sumur ankommen und ich auf der Rückfahrt nach Jakarta bin. Das Boot bringt mich bis nach Labuhan. Mein Telefon kündigt mir mit endlosem Summen und Vibrieren an, dass es wieder Netz hat als ich festen Boden unter meinen Füßen habe.

Ich vermisse die Ruhe des Nationalparks und Balqis und rufe Arief zurück.

General Arief.

"Woher hast Du die Informationen?"

"Ich habe es Dir gesagt. Ich kann meine Quellen nicht preisgeben."

"Es sind mehrere?"

"Auch das kann ich nicht sagen."

Die Leitung transportiert sein lautes Schweigen direkt in mein Ohr.

"Was ist passiert?"

"Hast Du nichts mitbekommen?"

"Ich habe über das Wochenende die Stadt verlassen."

"Zwei meiner Männer sind ums Leben gekommen."

"Warum?"

"Wir haben das Haus in Bekasi gestürmt. Es war mit Sprengfallen versehen."

Jetzt schweige ich. Beinahe will ich ihn fragen ob er meine Tipps nicht ernst nimmt und dass er doch damit rechnen muß, dass das Haus des Bombenbauers von Jakarta mit Sprengfallen versehen ist. Dann folgere ich, dass ich mich selbst impliziere weil nur ich wusste, dass dieses Haus nicht mehr bewohnt ist seitdem T es verlassen hat. Diesen Hinweis hatte ich nicht mit Arief geteilt. Um meine Informantin zu schützen. Ansonsten wäre die Frage gekommen, wo die Informantin nun ist und vielleicht wäre sein Blick auf meine Reise nach Sumur gefallen. Und dann bleibt mein Herz stehen. Wenn sie das Haus vermint haben müssen sie das nach der Flucht von T gemacht haben. Und das heißt, die Terroristen sind zurückgekommen oder jemand aus ihrer Zelle hat das Haus beobachtet. Mein Herz fängt an schneller zu schlagen und ich fange an zu schwitzen.

"Was ist mit den beiden Handynummern?"

General Arief zögert.

"Wenn ich sie Dir nicht gegeben hätte, dann hättest Du keinen Lead gehabt."

"Die beiden Nummern sind tot. Die letzte Ortung war in der Nähe der Fähre nach Bali. Vermutlich haben sie die Telefone im Meer versenkt. Sie können heute überall sein."

Ich schnaufe durch.

"Von wo auch immer Du die Informationen hast, sie stimmen. Wir waren zu langsam."

Er meint es nicht als Vorwurf. Dennoch trifft es mich im Gesicht wie ein Kinnhaken.

"Was nun?"

"Wir fahren die Sicherheitsvorkehrungen hoch. Mit all den Touristen und Nachtclubs haben wir auf Bali noch mehr weiche Ziele als in Jakarta. Botschaften lassen sich leichter schützen als eine gesamte Insel voller Touristen."

Ich drücke Arief und den Familien der beiden getöteten Polizisten mein Beileid aus und frage Arief, ob ich eine der beiden Familien interviewen und einen Beitrag über sie machen kann. Er will sie fragen und auf mich zukommen.

Ich versuche Balqis zu erreichen. Sie geht nicht ran und ruft erst zurück als ich zu Hause in Jakarta aus der Dusche steige.

"Du musst T fragen ob das Haus vermint war als sie es verlassen hat."

"Was meinst Du mit vermint?"

Ich erkläre ihr den Mechanismus und sie ist empört.

"Die Bomben haben zwei Polizisten getötet. Zwei Familien haben ihre Väter und Ehemänner verloren. Das Sterben geht weiter."

"Ist T noch sicher bei mir?"

Die Sekunde des Schweigens verrät mich.

"Wolf, ist T noch sicher hier?"

Dann eindringlicher, panisch:

"Sind die Frauen noch sicher?"

Balqis fragt nicht nach ihrer eigenen Sicherheit.

"Es gibt keinen Grund, warum Deine Anlage nicht sicher sein sollte."

"Du hast nicht mit 'Ja' geantwortet, Wolf."

Ich erkläre Balqis, dass die Hinweise von T korrekt waren, aber zu spät bei Arief angekommen sind.

"Du wolltest nicht aus Sumur anrufen. Um uns zu schützen."

"Ich weiß nicht ob es das ist. Niemand weiß, wie viel Vorsprung die Terroristen haben und wann sie das Haus vermint haben. Kannst Du T fragen und mich sofort zurückrufen? Ich warte."

Ich bin nervös und fühle mich schuldig und weiß nicht, ob ich alles richtig gemacht habe. Ich nehme eine Flasche Bintang aus dem Kühlschrank. Das Bier schmeckt nicht und ich gieße es in die Spüle und mache den Wasserhahn an. Ich habe den Appetit verloren. Und ich weiß nicht ob T und Balqis und die anderen Frauen wirklich noch sicher sind. Was, wenn

Arief nachverfolgen kann wo ich war? Ich habe keine Ahnung ob er das kann und zum ersten Mal bin ich mir nicht sicher ob die Zusammenarbeit von Densus 88 und F.B.I. und C.I.A. und den anderen mich und eine unabhängige Berichterstattung kompromittieren kann. Wenn es jemand kann, dann die Amerikaner.

Das Telefon klingelt.

"Sie weiß nichts von Bomben im Haus."

Ich atme durch.

"Was bedeutet das, Wolf?"

"Das bedeutet erst einmal nur, dass jemand das Haus gecheckt hat als T weg war und festgestellt hat, dass das Geld fehlt. Und dann haben sie, um auf Nummer sicher zu gehen, das Haus vermint."

"Das ist schrecklich."

"Vielleicht wollten sie T töten. Wenn sie zurück kommt."

"Haben sie T verfolgt?"

"Wenn sie das getan hätten dann wäre sie nie lebend bei Dir angekommen."

Ich stelle mir vor wie die Sorgen Balqis's schönes Gesicht in Falten legen und mir geht es dabei sehr schlecht.

"Wie hat sie Dich gefunden und mit Dir Kontakt aufgenommen?"

"Sie hat mir eine Email geschrieben und mich angerufen."

"Von wo?"

"Ich weiß es nicht."

"Finde es heraus und rufe mich wieder an."

Meine Worte kommen viel härter und besorgter bei ihr an als ich sie gemeint hatte. Sie spürt es.

"Wolf, was ist los?"

"Nichts. Ich will nur sicherstellen, daß ihr Mann keinen Zugriff hat auf ihren Emailaccount oder das Telefon, von dem aus sie Dich angerufen hat."

Jetzt macht es bei Balqis Klick. Ich höre sie durch die Anlage gehen und in die Hütte von T. Diesmal legt sie nicht auf sondern bleibt in der Leitung. Schnelles indonesisches Stakkato. Ich habe keine Chance ihr zu folgen. Ich vernehme Dringlichkeit in Balqis's Stimme. Die war davor nicht da.

"Gib mir T, Balqis, und lass mich mit ihr sprechen."

Sie hört mich nicht.

"Wolf, sie hat einen Laptop benutzt den sie im Haus zurückgelassen hat."

"Ist ihr Account passwortgeschützt?"

Indonesisches Pingpong am anderen Ende der Leitung.

"Sie weiß es nicht."

"Frag' sie ob sie sich beim Einloggen anmelden muss oder ob sie automatisch in dem Account landet."

Nach einer kurzen Weile, die viel zu lang ist, spricht Balqis wieder in das Telefon.

"T hat keinen eigenen Account. Ihr Mann und sie nutzen einen gemeinsamen Account."

Ich schlage meinen Kopf gegen die Wand.

"Was machst Du, Wolf?"

Ich schließe die Augen und fluche und frage mich, warum ich das nicht vorhergesehen hatte.

"Dann hat ihr Mann Zugriff auf den Account und kann ihre Mail an Dich sehen. Außer T hat alle Emails gelöscht und den Papierkorb geleert. Frag' sie."

Schnelles Indonesisch in Sumur. Ich verstehe kein Wort. Dann schönes Englisch zu mir:

"T schaut mich mit offenen Augen an. Sie hat bestimmt nichts gelöscht."

"Was heißt Papierkorb auf Indonesisch?"
"Tempat sampah."
"Frag' sie."
"Sie weiß nicht, was das ist. Zumindest nicht im Computer."

Ich stelle mir vor, wie T auf den Papierkorb in dem schönen Bungalow zeigt. Die Vorstellung ist amüsant und wenig hilfreich.

"Wolf, was machen wir nun?"
"Könnt Ihr das jetzt machen? Die Emails löschen."
"Ich sage T, sie soll sich einloggen."
"Tu es."
"Kannst Du mit T nach Jakarta kommen?"
"Und was ist mit den anderen Frauen und meinem Hotel?"
"Hast Du niemanden, der das für ein paar Tage für Dich managen kann? Vita?"
"Wolf, ich habe Angst. Angst um die Frauen die hier bleiben."
"Ich glaube nicht, dass die Terroristen auf die Jagd nach einer Abtrünnigen gehen. Aber Du solltest T zu mir bringen. Und Dich auch."
"Warum ich?"
"T hat Dir gemailt. Wenn, dann suchen sie nach Dir. Weil Du weißt wo sie ist."
"Ich habe Angst."

Balqis fängt an zu weinen und ich kann ihre Angst durch die Leitung spüren.

"Wolf, ich habe Angst."

Ich verfluche mich dafür, nicht bei ihr zu sein.

Dann sagt Balqis:

"T kann sich nicht in ihrem Account einloggen. Jemand hat das Passwort geändert."

Viqaas & Mohammed Omar

Mohammed Omar hat diesen Klingelton auf seinem Handy der wie Tetris klingt.

"As-salam Alaikum," sagt er in die Muschel des Motorola als er die Nummer des Anrufers erkennt. Er speichert nie Namen ein, und wenn dann Pseudonyme. Viqaas sitzt am Steuer des Kijang. Mohammed Omar ist froh, dass das Auto noch fährt. Ansonsten müssten sie Geld, das für die Attentate vorgesehen ist, für ein funktionstüchtiges Auto ausgeben. Den Außenspiegel der Beifahrerseite hat Mohammed Omar an einem Telefonmasten aus Holz gelassen, als dieser in einer kleinen Gasse zu nah an den Wagen kam.

"Kannst Du sprechen?" fragt die Stimme am anderen Ende der Leitung.

Der Kijang holpert über die Straße. Am Innenspiegel hängt eine Gebetskette. Das Gebläse und die Klimaanlage kämpfen gegen die Hitze und verlieren den Kampf. Die Stoßdämpfer erinnern an den Wellengang auf See, nicht an ein japanisches Auto.

"Sonst wäre ich nicht rangegangen."
"Sie ist nicht da."
"Wer ist nicht da?"
"Taalea."
"Warst Du drinnen?"
"Ja."
"Und?"
"Das Haus ist leer."

Die Stimme am Telefon gehört Rahman. Rahman ist ein Schüler von Mohammed Omar und dem Kalifat nicht abgeneigt. Seine Aufgabe ist es, Taalea mit Lebensmitteln zu versorgen und regelmäßig das Haus zu checken.

"Das kann nicht sein."
"Wenn ich es Dir sage, Meister."
"Ich habe keine Lust zum Scherzen."
"Ich scherze nicht. Gott stehe mir bei."
Viqaas nimmt die Augen von der Straße und sieht seinen Beifahrer an. Irgendetwas stimmt nicht.
Mohammed Omar legt auf.
"Dreh' um."
"Was ist passiert?" sagt Viqaas.
"Sie ist nicht da."
"Und das Geld?"
"Ich kann Rahman nicht fragen. Er weiß nichts vom Geld."
"Wenn wir beide zurückfahren, verlieren wir zu viel Zeit. Du fährst zurück und ich fahre weiter nach Bali."
Der Vorschlag von Viqaas macht Sinn. Mohammed Omar gefällt nicht, dass der Vorschlag von Viqaas kommt und nicht von ihm. Viqaas wird immer stärker und leichtsinniger, seitdem er die Bomben in Jakarta hat explodieren lassen und er mit seiner Bombe 160 Menschen getötet hat. Hochmut kommt vor dem Fall.
"Du nimmst den Wagen und fährst nach Bali. Wir holen neue SIM-Karten. Wirf die alten ins Meer."
Mohammed Omar hat das Gefühl, wieder das Ruder seiner Zelle in der Hand zu haben. Dass seine Frau nun das Problem ist macht ihn wütend und er wird sicherstellen, dass dies nie wieder passiert. Die Zelle braucht starke Entscheidungen und klare Signale. Mohammed Omar weiß, was er in Jakarta zu tun hat. Am nächsten Busbahnhof besorgen sie prepaid SIM-Karten von einem Händler, der keine Fragen stellt. Als Viqaas weiterfährt betritt Mohammed Omar ein kleines Wartel neben dem Busbahnhof. Er loggt sich in dem Hotmail-Account ein, das die Zelle in Südostasien nutzt.

Die neuen Telefonnummern speichert er als Entwurf im Entwurfsordner. Alle Mitglieder seiner Zelle haben Zugriff auf das Account und sie tauschen Nachrichten über dort gespeicherte und nicht versendete Entwürfe aus. Damit können die Behörden ihren Emailverkehr nicht überwachen und abfangen. Auch das ist etwas, das sie Mohammed Omar in Afghanistan beigebracht haben. Digitale Unsichtbarkeit.

Dann checkt er seinen privaten Emailaccount und die gesendeten Objekte und sieht den Schriftverkehr seiner Frau Taalea und die Emailadresse von Balqis und weiß, dass er seine Frau verloren hat und sie auf der Flucht vor ihm ist. Er ist erleichtert, wie dumm seine Frau ist, denn Taalea hat die Emails nicht gelöscht. Er ändert das Passwort des Yahoo-Accounts und loggt sich aus. Dann verschwindet Mohammed Omar mit seinem Beutel und einem teuflischen Plan in der Anonymität eines überfüllten Überlandbusses.

Er ist auf dem Weg nach Jakarta.

Wolf

Die Lobby des Borobudur Hotels in Jakarta ist groß und aus poliertem Marmor und tropische Blumen und Kaffee und Kuchen aus der Bäckerei verwandeln sie in den am besten riechenden Ort der Stadt. Ich habe diesen Hangover der kein richtiger Hangover ist und doch von Minute zu Minute in meinem Kopf hämmert. Jeder Schluck Kaffee wirkt wie Aspirin und ich verspreche mir, heute Abend Tee zu trinken und weiß, ohne an mir selbst zu zweifeln, dass ich das nicht durchhalten werde. Ich setze mich an meinen Stammplatz in der Pendopo Lounge mit den hohen Fenstern und dem Blick auf den tropischen Garten und trinke Kaffee. Schwarz. Ich frage Nurul, die schlanke Kellnerin, ob ich einen Schuss Limettensaft in den Kaffee haben kann. Sie schaut mich fragend an und ich erkläre ihr, dass dies gut gegen meine Kopfschmerzen ist. Sie soll es auch einmal probieren wenn sie einen Hangover hat.

"Mr Wolf, ich trinke keinen Alkohol."

"Das ist sehr schade, denn ansonsten würde ich Dich auf einen Drink einladen."

"Da hätte mein Mann sicherlich etwas dagegen," sagt sie und lacht und legt mir ihre zarte Hand auf die Schulter.

"Das hoffe ich sehr. Nur eine Ochsenschwanzsuppe kann mich jetzt noch retten."

Der Kaffee mit Zitrone und die Suppe lindern mein Leiden und der Schleier, der meinen Kopf umgeben hat, lichtet sich wie Nebel im Sonnenschein. Es wird Tag um mich herum und ich kann Menschen zuhören, ohne in Schmerzen zu verfallen. Dann will ich Wogen glätten. Ich rufe Arief an. Er geht sofort an sein Telefon.

"Ich kann Dir meine Quelle nicht nennen. Aber ich kann Dir sagen wo sie war und wo Viqaas und Mohammed Omar sie suchen werden."

In meinem Kopf sehe ich Balqis mit mir am Strand im Sand und wir sind glücklich. Beim Anblick dieses Bildes verschwinden meine Kopfschmerzen. Die Stimme von Arief bringt sie wieder zurück.

"Wo?"

"Bedingung: Du nimmst mich mit, wenn was passiert."

Er schweigt.

"Copy?"

Dann zaghaft, beinahe schweigend:

"Copy."

Dann deutlich lauter:

"Du bist unglaublich, Wolf."
"Das weiß ich."
"Wo?"
"Balqis Resort. Sumur."
Ich höre ihn am Computer tippen.
"Ujung Kulon."
"Ja."
"Ich frage Dich jetzt nicht, woher Du das weißt. Aber nur, weil ich die Antwort schon kenne und die Zeit drängt. Aber wir werden darüber noch sprechen."
"Ich freue mich auf das exklusive Interview mit Dir."
"Und warum wissen die Terroristen von diesem Resort?"
"Sagen wir es so: Meine Quelle hat einen Fehler gemacht und wir müssen davon ausgehen, dass die Terroristen versuchen werden, die Quelle zu eliminieren."
"Mein Gott. Wolf. Es ist an der Zeit, mir die Quelle zu nennen, bevor noch mehr Menschen ums Leben kommen."

Ich höre das Glühen seiner Nelkenzigarette durch die Leitung und kann Kretek riechen. Natürlich hat Arief Recht. Aber natürlich kann ich es nicht zugeben. Ich habe T und Balqis mein Wort gegeben. Jetzt muß ich die Frauen und das Resort beschützen. Das Risiko es nicht zu tun ist zu groß, auch wenn ich damit mein Wort breche.

"Ich kenne die Besitzerin des Resorts. Sie gibt Frauen Unterschlupf die von ihren Männern misshandelt worden sind."
"Deine Quelle ist eine Frau."
"No comment."
"Wolf."
"Ja."
"Danke."
"Was machst Du jetzt?"

"Ich schicke ein Team mit einem Helikopter runter. Können wir Frauen einschleusen?"
"Pasti."
Wir versprechen, uns gegenseitig auf dem Laufenden zu halten.
Ich rufe Balqis an.
Und erkläre ihr die Situation.
Balqis is not amused.
Und das ist höflich ausgedrückt.
"Du hast versprochen, mein Resort nicht zu erwähnen."
Ihre Stimme ist vorwurfsvoll und enttäuscht.
Ich will den nächsten Satz nicht sagen aber muß ihn sagen, weil ich nicht will, dass Balqis sauer auf mich ist. Ich will sie. Das Ganze macht nur Sinn mit ihr. Sie tut mir gut und ich will sie nicht verlieren.
"Es ist nicht mein Fehler, dass die Butcher von Jakarta Dein Resort in der Inbox von T finden können. Ist es Dir lieber wenn Arief kein Team schickt?"
"Schon."
"Und noch etwas."
Sie sagt nichts.
"General Arief will ein weibliches Kommando einschleusen."
"Was ist ein weibliches Kommando?"
"Polizistinnen als Gäste bei Dir. Bewaffnet. Under Cover."
Sie atmet mehr Kilos aus als sie wiegt und ich sehe sie ihren schönen Kopf schütteln.
"Warum?"
"Um Deine Frauen zu beschützen."
"Mach' was Du denkst," sagt sie und legt auf und ich kann sie nicht fragen wann sie im Hotel Borobudur ankommt.

Dann gebe ich Arief grünes Licht für das weibliche Kommando. Per SMS. Er schreibt mir zurück, dass der Helikopter mit seinem Team und den Frauen bereits unterwegs nach Sumur ist. Als ob General Arief auf grünes Licht von mir gewartet hätte. Ich sende ihm ein Smiley zurück. Dann bestelle ich ein Bier bei Nurul und verschiebe den Tee-Abend. Mit dem Bier kommen ein paar salzige Nüsse und ein Mann, den ich nicht kenne, bedient das Piano auf der kleinen Bühne wie ein Profi. Das Licht geht aus. Zumindest bilde ich mir das ein. Ein Scheinwerfer geht an und richtet sich auf den Mann am Piano. Im Halbdunkel spielt er "Nothing else matters". Ich bitte Nurul um ein zweites Bier und einen Shot Tequila. Und wenn sie möchte, dann darf sie gerne auch einen nehmen. Nurul sagt Nein, sie trinkt nicht, und lacht dabei. Als die Getränke da sind und sie weg ist spielt der Mann seine Interpretation von "Hotel California". Der Mann am Piano trägt eine graue Weste über seiner Krawatte und dem weißen Hemd und eine dunkle Sonnenbrille und einen grauen Hut und er singt genauso gut wie er das Piano bedient und er kennt den Text des Liedes und ich habe das Gefühl, dass ich der einzige Gast in der Lounge bin. Die Zeit bleibt stehen. Der Mann am Piano singt nur für mich:

Welcome to the Hotel Borobudur
...
You can check out any time you like but you can never leave Jakarta
...

Dann fällt er in ein Solo auf dem Piano das die Luft in der Lounge verschwinden lässt und nicht nur ich halte den Atem an. Seine Stimme zwingt mich, sitzen zu bleiben und ich bin der einzige Gast und er spielt und spielt und spielt, und erst als er das Lied zu seinem Ende bringt taucht Nurul auf und mit ihr ein Bier und zwei Shots auf einem silbernen Tablett. Sie nimmt einen davon. Dann bitte ich Nurul, den Mann am Piano zu fragen, was er trinken will, weil ich ihn einladen möchte. Nurul schaut mich an wie eine Mutter ihren Sohn, der ihr die Geschichte vom Wolf erzählen will.

"Wolf? Da ist kein Mann am Piano."

Sumur

Irgendwann, nach ein paar Shots mit Nurul, die keinen Alkohol trinkt, füllt sich die Lounge und Nurul ist fertig und sie stellt mir ein Bier auf den Tisch und ich stecke ihr einen roten Schein mit einem Bild von Sukarno und Mohammed Hatta zu und der eins mit den fünf Nullen und sie geht mit ihm nach Hause. Dann steht Balqis vor mir in Schuhen mit keilförmigen Absätzen die ihre roten Fußnägel zeigen. Ihre engen, schwarzen Jeans formen ihren Po so, dass der Papst für ihn die Kirche verlassen würde. Hinter ihr T, komplett verschleiert. Wir bringen T in den siebten Stock in ihr Zimmer und lassen sie das Zimmer und das Fernsehgerät erkunden und ich bestelle ihr etwas zu essen. Als der Roomservice mit dem Club Sandwich und der Soto Ayam kommt gehen Balqis und ich vorbei an der großen Replika der Tempelanlage und dem blauen Pool, der menschenleer in der Hitze vor sich hinflimmert, in mein Apartment im Nachbargebäude. Ich mache die Tür hinter uns zu und dann nehme ich sie an mich wie eine Rettungsweste und küsse ihren roten Mund und ihre Zunge und Balqis erwidert meinen Kuss und kickt ihre Schuhe von ihren Füßen und schlingt ihre Arme um meinen Hals und ihre Beine um meine Hüften. Die Klimaanlage surrt im Hintergrund und versucht, Abkühlung in das Apartment zu bringen. Ich verliere mein Gefühl für Raum und Zeit und erst als wir im Pool schwimmen und vor Hunger umkommen ändert sich das. Wir bestellen das gleiche Essen wie Taalea und zwei Bier und der Kellner bringt das an den großen Pool.

Mein Telefon klingelt.

Es ist Arief.

*****

Mohammed Omar flippt sein Telefon auf und liest die SMS:

"9/11"

Die Bomben im Haus sind explodiert.

Er tippt:

"?"

Kurze Zeit später die Antwort:

"911"

Der Code für Polizei.

"?+"

"II"

"Sie haben das Haus gefunden," sagt er zu Rahman.

"Zwei Tote. Unser Kampf geht weiter."

Rahman steuert den alten Toyota Avensis mit dem Kennzeichen B für Jakarta über die holprige Piste in Richtung Sumur.

"Es ist Zeit, dass wir ankommen."

Sie haben in dem kleinen Haus in Bekasi nichts gefunden außer dem Laptop und ein paar Schleiern und

Frauenklamotten, die seine Frau zurückgelassen hatte. Das Geld war natürlich weg.

Ein Supergau.

Sie hatten alles in den Avensis geladen und das Haus so gut es geht von Spuren befreit. Dann haben sich Mohammed Omar und Rahman ihre Köpfe kahl geschoren und ihre Bärte abgeschnitten. Das Material für die Bomben hatte Rahman bei sich zu Hause gelagert. Für den nächsten Einsatz. Der nächste Einsatz war das gemietete Haus in Bekasi.

Und die Bomben haben funktioniert.

Und ihren Zweck erfüllt und zwei Polizisten getötet. Rahman ist begeistert von Mohammed Omar und seiner Kunst, Bomben zu bauen.

"Ohne Dich ist es schwierig, den Kampf für das Kalifat fortzuführen. Keiner kann Bomben bauen wie Du," sagt Rahman zu Mohammed Omar.

"Inshallah."

Dann fährt das Auto am Fischmarkt von Sumur vorbei das graue Band in den Dschungel hinab an den Strand und die Straße wird zu einer Schotterpiste. Die profillosen Reifen des grauen Toyota suchen nach Halt und der Wagen setzt in den Furchen der Piste mit dem Unterboden auf. Die Schlaglöcher rütteln an dem Toyota und der Toyota rüttelt an den beiden Terroristinnen. Beide Männer haben ein langes Kleid von Taalea angezogen und setzen einen Niqab auf bevor sie den Toyota am Straßenrand parken und zu Fuß die letzten Meter in Richtung des Resorts von Balqis laufen. Sie verschaffen sich Zugang durch den Palmenkorral am Strand und stehen vor der ersten Hütte. Die Hütte ist aus natürlichen Materialien gebaut und leicht angehoben und die Veranda blickt über den Ozean. Mohammed Omar und Rahman betreten die Veranda und prüfen, ob die Tür verschlossen ist. Dann betritt der verschleierte Mohammed Omar die Hütte und sucht nach Taalea und den 17.000 US-Dollar. In der Hütte finden sie nichts und beide schicken sich an, schnell zur nächsten Hütte zu kommen. Mohammed Omar zieht die Tür hinter sich zu.

"Hey, was macht Ihr in unserer Hütte?" sagt eine Stimme auf Englisch mit einem italienischen Akzent. Sie gehört zu einer Frau mit kurzen blonden Haaren. Sie kommt in einem nassen Bikini vom Strand. Mohammed Omar schiebt Rahman vor sich her und sagt zu ihm:

"Pretend you don't understand English."

Die beiden Terroristinnen gehen weiter und stehen auf den Stufen der Veranda als die blonde Frau in ihrer lederartigen Haut vor ihnen steht. Sie ist braungebrannt und hat ein Herz-Tattoo auf ihrer linken Brust. Sie sieht aus als wäre ihr Körper nicht der Tempel ihres Geistes sondern das Werkzeug ihres täglichen Lebens.

"Hey, was wollt Ihr in unserer Hütte?"

Die Stimme der Ausländerin ist laut, viel zu laut, denkt Mohammed Omar.

Und empört, viel zu empört.

Giuliana, die zweite Italienerin, trägt längere Haare und einen Bauch der größer ist als ihre Oberweite und ihr Gang macht das typische Geräusch von Flipflops als sie den Pfad vom Hauptgebäude entlang kommt. Sie hat eine Zigarette zwischen ihren Fingern. Ihre Zähne sind gelb und die Zigarette wäre gerne von jemand anderem geraucht worden.

"Vittoria, was ist passiert?"

"Diese beiden Frauen waren in unserer Hütte. Was habt Ihr da gemacht?"

Mohammed Omar schiebt Rahman vor sich her und vorbei an den beiden Frauen die kleine Treppe hinunter. Vittoria nimmt Mohammed Omar am Arm und sagt mit einem starken italienischen Akzent:

"Nicht so schnell, meine Liebe. Was hast Du in der Hütte gemacht?"

Der Wind weht den Geruch von Sonnenöl und Ozean zu Mohammed Omar. Die Frau riecht nach Schweiß und Salzwasser.

"We are very sorry," sagt Mohammed Omar in schlechtem Englisch, "wir haben uns in der Hütte getäuscht. Sorry."

Die beiden Terroristinnen schieben sich weiter an den beiden Italienerinnen vorbei. Vittoria hält den Arm fest und mustert die beiden verschleierten Frauen von oben nach unten. Sie sieht die schwarze Tasche, die Rahman unter dem Arm trägt. Irgendetwas stimmt nicht. Der Oberarm in ihrer Hand ist nicht der Arm einer Frau. Die Stimme der Terroristin ist viel zu tief für eine Frau. Dann sieht sie die Füße und die Schuhe.

"In welcher Hütte wohnt Ihr?"

Rahman geht etwas schneller von den Italienerinnen weg. Vittoria stellt sich vor Mohammed Omar. Sie ist genauso groß wie er und sie ist halbnackt.

Das ist es, was nicht passt. Die Füße und die Schuhe. Es sind Männerfüße in Männersandalen aus Plastik. Die Füße haben die letzte Dusche ungefähr 1980 gesehen und die Sandalen sind mindestens genauso alt. Selbst eine Kakerlake würde einen Bogen um die Fußnägel machen. Vittoria's Griff an Mohammed Omar's Oberarm verhärtet sich.

"Nicht so schnell, Amore," sagt Vittoria durch geschlossene Zähne.

"Ihr wohnt gar nicht hier. Ihr wollt stehlen."

Durch den Niqab können Rahman und Mohammed Omar nur das sehen, was direkt vor ihren Augen ist. Dann sagt Vittoria zu ihrer Freundin Giuliana:

"Halte den anderen fest."

Giuliana nimmt Rahman's linken Arm von hinten mit ihrer rechten Hand. Giuliana mit ihrer Zigarette im Mund hat keine Chance die im Sonnenlicht glitzernde Klinge zu sehen die Rahman mit seiner rechten Hand hervor zieht. Die Klinge durchschneidet ihre Gurgel und nach Metall riechende rote Farbe tritt aus Giuliana's Halsschlagader hervor. Sie gurgelt und stößt einen Laut des Schreckens aus und hält sich beide Hände an ihren Hals, als hätte jemand ihr Diamantenhalsband gestohlen. Dann sackt sie zu Boden. Das Blut spritzt wie aus einem Springbrunnen in die tropische Vegetation. Die brennende Zigarette rollt neben ihr ins Gras. Vittoria dreht sich zu Giuliana und der Griff der silbernen Pistole in Mohammed Omar's Hand trifft ihren Hinterkopf unterhalb ihres rechten Ohres. Vittoria spürt den Schmerz und dreht sich zu der verschleierten Frau um. Die andere Frau steht mit einer rot-tropfenden Klinge neben ihr und sie spürt das Messer auf ihrer Haut und sie fühlt sich wie auf dem OP-Tisch und sie haben die Anästhesie bei ihr vergessen und dann wird es dunkel und sie spürt nicht mehr wie ihr Kopf auf den Boden schlägt.

*****

"Ich habe good news und bad news. Was willst Du zuerst?"
Ich stehe von der weißen Liege mit den blauen Auflagen auf und nehme die Flasche Bintang mit zum Pool. Beide Füße stehen im gerippten Überlaufgitter des Pools. Die kleinen Noppen des Gitters massieren die Sohlen meiner Füße. Das Wasser ist warm und angenehm. Der Wind wiegt die Palmen und Frangipanibäume in seinen Armen. Balqis

liegt müde auf der Liege und sieht mich an, als ich mit dem Telefon am Ohr zu Arief spreche.

"Gute Nachrichten immer zuerst."

"Wir haben sie."

"Wen?"

"Zwei Terroristen. Sie sind als Frauen verkleidet in das Resort eingedrungen."

"Soll ich Euch jetzt loben? Ich wollte dabei sein. Das war der Deal."

"Das ist der Haken. Wir haben es zu spät bemerkt. Wir haben zwei tote Touristinnen aus Italien."

"Darf ich Dich zitieren mit dem 'zu spät bemerkt'?"

"Sehr lustig. Doch leider gar nicht. Die beiden Terroristen sind in eine Hütte eingebrochen und die beiden Italienerinnen haben sie entdeckt. Komplett verschleiert. Nur ihre Augen und Füße waren zu sehen. Die Italienerinnen haben die beiden für Diebe gehalten und sie festgehalten. Der jüngere von den beiden hat sie mit einer scharfen Klinge getötet. Mein Kommando hat den Aufruhr mitbekommen und die beiden Frauen leblos am Boden liegen sehen. Der mit der Klinge weigerte sich, das Messer beiseite zu legen. Wir haben ihn erschossen."

"Und der andere?"

"Der andere hatte eine Pistole. Und das ist die sehr gute Nachricht. Das ist der Bombenbauer."

"Mohammed Omar."

Balqis springt auf und ich halte ihre Hand.

"Positiv."

"Lebt er?"

"Ja. Immobil. Wir haben ihn angeschossen. Er ist auf dem Weg nach Jakarta."

"Ist der andere der Butcher von Jakarta?"

"Negativ. Wir konnten ihn noch nicht identifizieren. Es steht ein alter Toyota Avensis mit einer Zulassung aus Jakarta in der Nähe des Resorts. Das KFZ ist auf einen Rahman Abdul al Faisar zugelassen."

Wann immer ich mit Arief über polizeiliche Themen spreche, spricht er als General zu mir.

"Ich fliege runter."

"Kann ich mit?"

"Jetzt?"

"Warum nicht?"

Arief schweigt.

"Ich will Fotos vom Tatort und von den Uniformen."

Die Statik der Leitung schweigt mich an.

"Ich will die Schützin interviewen."

"Ich habe die C.I.A. und ASIS hier. Die wollen auch dorthin."

"The more the merrier."

"Ich kann keinen Journalisten mit den Geheimdienstleuten zusammenbringen."

"Warum nicht? Bist Du besorgt, weil ich mehr weiß als sie?"

"Lustig."

"Das wird es vielleicht."

"Und Du solltest Dir Gedanken um Deine Quelle machen. Die C.I.A. ist nicht so entspannt wie ich."

"Meine Quelle ist längst untergetaucht. Ich weiß nicht wo sie ist. Sie hat ihren Zweck erfüllt."

"Ich bin mir ziemlich sicher, dass Deine Quelle die Frau von Mohammed Omar ist."

Jetzt schweige ich.

"Taalea."

"No comment."

"Wir suchen nach ihr. Die C.I.A. sucht nach ihr. Komm' nicht ins Fadenkreuz."

"Arief, ohne mich hättest Du den Tipp mit Sumur nicht gehabt. Lass' uns auf das Positive konzentrieren."

Ich klinge wie ein Management Consultant und glaube mir dabei ebenso wenig wie einem von denen. Arief aber schon.

"Sprich weiter."

"Die Zusammenarbeit zwischen Dir und mir, oder um es offiziell zu machen, zwischen Densus 88 und der East Asia Press Agency, ist mehr als nur vorbildlich. Sie ist der Beleg dafür, dass investigativer Journalismus und erstklassige Geheimdienstarbeit Menschenleben retten. Darauf sollten wir stolz sein."

"Wenn wir nicht so wenig gewusst hätten," sagt Arief.

"Das muß ja niemand erfahren, was wer wann genau wusste."

"Du wirst es nicht schreiben?"

"Wir werden einen Weg finden, der für uns beide gehbar ist."

Vielleicht lüge ich. Ich weiß es nicht. Der Augenblick rechtfertigt meine Aussage.

Arief überlegt.

"Ich werde niemanden als Trottel darstellen."

"Das beruhigt mich."

"Vielleicht die Amis."

"Das habe ich nie gehört."

"Oder die Aussies."

"Ich lege gleich auf."

"Wann und wo?"

"Ich schicke einen Wagen."

"Wann?"

"Jetzt."

"Noch was: Wir kommen zu zweit."
Ich lege auf bevor er etwas sagen kann.

*****

Der olivgrüne Bell 412 wartet auf uns mit laufenden Rotorblättern. Zwei uniformierte Piloten mit dunklen Sonnenbrillen und Mickey Mäusen auf ihren Ohren sitzen im Cockpit. General Arief geht in seiner Uniform voran. Er duckt sich nur ungern unter die Rotorblätter und hätte es lieber gehabt, wenn sie sich nicht gedreht hätten und er aufrecht hätte gehen können. Die Uniform sieht aus als hätte er sie vor nicht mehr als fünf Minuten zum ersten Mal angezogen und die Sonne spiegelt sich in seinen Schuhen. Die Hitze flimmert über dem Vorfeld des Militärflugplatzes der Halim Air Force Base in Jakarta.

Mit uns kommen zwei Verbindungsoffiziere aus den U.S.A. und Australien, die sich als Lucas und James vorstellen, und das sind bestimmt nicht ihre richtigen Namen. Zwei bewaffnete Trooper sowie Balqis und ich als Zivilisten. Alle tragen Sonnenbrillen und für den Großteil des Fluges schweigen wir. Balqis schmiegt sich an mich und wir halten uns die Hände.

Wir landen in der Nähe des Resorts. Zwei weitere olivgrüne Helikopter haben dort geparkt, einer mit einem roten Halbmond auf der Seite. Männer mit Maschinenpistolen bewachen die Helikopter. Als wir landen kommt ein Polizist und öffnet die Tür von General Arief und salutiert und General Arief nimmt seine rechte Hand an die Schläfe und zerhackt die Luft vor seinem Gesicht. Im Resort sind mehr Polizisten und Soldaten als Gäste und Angestellte. Ein Kriegsschiff ist vor dem Strand vor Anker gegangen und ein Schlauchboot mit zwei Außenmotoren liegt im Sand. Eine Uniform bewacht das Schlauchboot mit gezogener Waffe. Die Soldaten und Polizisten tragen kugelsichere Westen und Sturmfeuerwaffen. Ich fange alles ein und in meinem Kopf formt sich die Überschrift:

Mord im Paradies
Wie der Terror in den Nationalpark kam

Oder so ähnlich. Natürlich werde ich es mit Balqis abstimmen. Auf jeden Fall bin ich der einzige Journalist vor Ort und ich habe die Bilder und die Story exklusiv. Glaube ich, bis sich eine dunkle Hand mit manikürten Fingernägeln vor mein Objektiv schiebt.

"Du kannst die Story nicht bringen."

"Willst Du mich zensieren?"

Meine Stimme kommt aggressiver rüber als ich es geplant hatte.

"Solange wir den Butcher von Jakarta nicht haben, muß es geheim bleiben, dass Rahman - wenn er es ist - tot ist und wir Mohammed Omar haben. Kein Wort darf nach draußen kommen."

"Sprichst Du zu mir oder die C.I.A.?"

Arief schüttelt seinen Kopf als wäre ich ein kleines Kind das es einfach nicht versteht.

"Und was wenn sich Viqaas hier im Dschungel versteckt und uns beobachtet und alles schon weiß?"

"Dass Du hier bist ist schon ein Vergehen. Niemand außer mir hätte Dich mitgenommen und das weißt Du auch. Ich weiß nicht gegen wie viele Auflagen ich damit verstoße."

Dann hält Arief seine Hand auf und ich gebe ihm die Kamera.

"Ich behalte sie bis die Story raus kann."
"Nett, dass Du mir vertraust."
"Nimm' es nicht persönlich."

Es ist mein Fehler, dass ich es tue. Ich lasse ihn zwischen den Hütten und den Polizisten stehen und suche Balqis. Sie hat ihre Gäste und Mitarbeiterinnen um sich versammelt, im Schatten der Palmen am Strand. Neben ihr verhören Polizisten jede Frau und nehmen ihre Personalien auf. Meine Augen suchen die Augen von Balqis und ich nehme ihre Hand und wir gehen ein Stück mit den Füßen im warmen Wasser des Indischen Ozeans.

"Musste es so kommen?"
"Es tut mir wahnsinnig leid."
"Nicht Deine Schuld. Vielleicht hätte ich keine Terroristin aufnehmen sollen."

Ihre Hand in meiner. Ich halte sie fest.

"T ist keine Terroristin. Sie ist auf der Flucht vor den Terroristen. Und wir haben ein Problem."

Sie schaut mich fragend von der Seite an. Hinter ihr das blaue Wasser.

"Arief vermutet, dass T meine Quelle ist. Taalea."
"So schwierig ist das ja auch nicht, wenn Du Chefdetektiv bist," sagt sie.
"Wir haben alles für sie getan. Was machen wir jetzt?"
"Ich muß für ein paar Tage hier bleiben. Die Frauen sind schockiert."

Ich vergesse zu gern, dass sie die Frauen in ihrem Hotel beschäftigt und eine Geschäftsfrau ist.

"Willst Du bleiben?"
"Ich habe nichts dabei. Weder zum Arbeiten noch zum Anziehen."
"Von mir aus musst Du nicht arbeiten. Und auch nichts anziehen."

Sie drückt meine Hand und küßt mich auf mein Ohr.
"Die Polizei wird bleiben und das Hotel überwachen," sagt Balqis.
"Und Deine Frauen?"
"Ich weiß es noch nicht. Vielleicht machen wir für ein paar Tage zu. Dann haben wir die Anlage für uns alleine."
"Das klingt charmant. Wenn ich sage, dass ich mich darauf freue, dann ist das eine Untertreibung."
Am selben Tag rufe ich Chander an. Er übernimmt die Tagesgeschäfte in Jakarta. Und ich sage ihm, dass er T aus dem Hotel zu einem sicheren Ort bringen soll.
"Wohin?" fragt er mich.
"Ich überlasse es Dir."

Viqaas

Wenn das Konzert mit dem DJ aus Europa Sodom und Gomorrha war, was in Gottes Namen ist dann Kuta bei Nacht? Viqaas steuert den Kijang die Jalan Legian entlang durch die Touristenhochburg auf Bali. Bars und Nachtclubs so eng aneinander gereiht wie Touristen in Economy Class Sitzen in den Billigfliegern aus aller Welt. Die Straße ist voll mit der nackten Haut junger Menschen, die mit Bier und Alkohol durch die Straßen laufen und kein Benehmen kennen. Und alte Männer mit dicken Bäuchen die ihre fahle Haut in Muskelhemden mit dem Logo vom Bintang Bier zur Schau stellen als wären sie Arnold Schwarzenegger. Viqaas weiß nicht was ihn mehr anwidert: Die dicken weißen Frauen, die ihre häßlichen Füße in Plastiklatschen ihren Männern von einem Biergarten zum anderen hinterher ziehen. Ihre

Gesichter nehmen in der Hitze die rote Farbe des scharfen Sambals an und machen Viqaas Hoffnung, dass ihre übergewichtigen Körper, die sie mit Fett, Zucker und Alkohol anfüttern, sich selbst entzünden und explodieren. Dann würden sie viele mit in den Tod nehmen und das Leben von ihm, Viqaas, dem Butcher of Jakarta, und von Mohammed Omar, dem Bombenbauer der Jemaah Islamiyah, leichter machen. Sie werden ihn bald auch den Butcher of Bali nennen.

Inshallah.

Viqaas gefällt die Alliteration, auch wenn er nicht weiß, was das ist.

Oder ob es die indonesischen Frauen sind, die mit den alten, fetten weißen Männern durch die Straßen von Bali ziehen und so tun, als würden ihnen die stinkenden Ausländer gefallen, als wäre der weiße Mann, der Bule, das Ticket aus der Armut ihres Landes, als wäre die Prostitution mit den Ungläubigen das Eingeständnis, dass der demütigende Imperialismus und der gottlose Kapitalismus der einzige Weg zur Glückseligkeit sind.

Zeigen wird er es ihnen.

Es gibt nur einen Weg zur Glückseligkeit und zum ewigen Leben. Und dieser Weg ist der Weg zu Allah und das Leben nach dem Gesetz Gottes.

Nichts anderes.

Und Viqaas ist entsetzt.

Entsetzt darüber wie perfekt Kuta ist, wie einfach es hier ist, westliche Menschen zu töten.

Im Vergleich zu Jakarta.

Wenn es ihnen in der Hauptstadt gelungen ist, dann wird es auf Bali ein Kinderspiel.

Perfekt.

Einfach nur perfekt.

Es gibt keine Sicherheitsvorkehrungen.

Noch nicht. Nach dem Attentat von Jakarta werden sie aufrüsten, denkt Viqaas.
Wir müssen schneller sein als sie.
Ein Lachen legt sich auf die Lippen von Viqaas. Deswegen ist er hier. Damit sie bald loslegen können.
Das scharfe Trillern einer Pfeife reißt ihn aus seinen Träumen hinter dem Steuer. Ein Polizist mit einer Gendarmenmütze und einer gelben Warnweste bläst in seine Trillerpfeife und zeigt mit seinem Gummiknüppel auf Viqaas. Nicht auf sein Auto, sondern auf ihn, den Mann am Steuer. Der Polizist hat eine Waffe an seiner Hüfte. Die Waffe döst schlafend im Halfter.
Noch.
Viqaas wird nervös. Er fährt sich durch den Bart und nimmt seinen Peci vom Kopf. In der Tasche auf dem Sitz neben ihm steckt ein Revolver. Geladen. Er wird ihn benutzen wenn er muss, vielleicht hat er eine Chance zu entkommen. Vielleicht war es auch ein Fehler mit einem Auto mit einem Kennzeichen aus Jakarta nach Bali zu fahren. Der Polizist winkt ihn zur Seite, dahin wo auch das Motorrad des Polizisten steht. Er pfeift unerläßlich und das Pfeifen ist schrill und laut und geht Viqaas auf den Nerv.
Der Polizist ist alleine.
Um ihn herum Touristen und ein nicht endender Strom aus spasssüchtigen Menschen. Zwei weinende junge Frauen mit heller Haut und blonden Haaren sprechen den Polizisten an. Die eine von den beiden, in einem kurzen Rock und mit weißen Füßen in Flipflops, hält sich ein Taschentuch ins Gesicht. Die andere hat einen Sonnenbrand der sogar Viqaas weh tut. Wie auf ein Zeichen von Gott wendet sich der Polizist von der Einbahnstraße ab und dreht sich den beiden Frauen zu, denen hoffentlich etwas Schlimmes passiert ist. Viqaas nutzt die Gunst des Augenblicks und reiht sich wieder in den

Verkehr ein, das Auto hinter ihm hupt und ehe der Polizist reagieren kann, schiebt sich Viqaas in der Kolonne der Taxis durch Kuta.

Das war knapp.

Hat der Polizist ihn erkannt?

Wenn ja, dann würde er ihm mit seinem Motorrad durch den Stau folgen, dann hätte er keine Chance. Viqaas checkt den Rückspiegel. Er sieht keinen Polizisten auf einem Motorrad. Keine Sirenen. Nichts.

Viqaas hat genug gesehen um zu wissen, wie sie es hier machen müssen. Jetzt geht es an die Planung in der Zelle und um die Frau von Mohammed Omar, die sie hier opfern werden. Eigentlich hat sie das Paradies nicht verdient, sie hat sich ihrem Mann widersetzt. Aber es ist eine praktische Art sie loszuwerden. Mohammed Omar und er hatten sie kräftig verprügelt als sie den Koffer mit dem Geld aufgemacht hatte, entgegen aller Anweisungen ihres Mannes. Sie hat sich selbst zur Schwachstelle ihrer Zelle gemacht. Das Gesetz der Zelle lässt das nicht zu. Mohammed Omar hatte daraufhin Rahman angewiesen, sie und das Haus zu überwachen.

Seitdem hat er nichts mehr von Mohammed Omar gehört. Mohammed Omar hat keine Nachricht in ihrem Emailaccount hinterlassen. Das heißt, irgendetwas ist passiert und jede Art der Kommunikation ist zu gefährlich, gleich ob per Email oder Telefon. Zu gerne nur würde er mit Mohammed Omar die Erfahrungen aus Bali teilen und das rote Leuchten in seinen Augen sehen und mit ihm die ganze Nacht das Attentat planen und die Rollen verteilen und durchrechnen, wie weit sie mit den 17.000 US-Dollar kommen. Oder ob sie auf Spenden aus den verschiedenen Moscheen angewiesen sind um all das zu kaufen, was sie brauchen. Und wer über Java fahren würde um das Geld ihrer Anhänger aus den Moscheen entgegen zu nehmen. Oder vielleicht würden die

Brüder in Pakistan und Afghanistan ihnen noch mehr Mittel zur Verfügung stellen? Nach ihrem großen Erfolg mit 160 Toten in Jakarta haben sie bewiesen, dass sich die Investition in die Zelle 3 in Südostasien lohnt. Sie haben weltweit Schlagzeilen gemacht. Viqaas würde gerne noch mehr Schlagzeilen machen und noch mehr Ungläubige in ihren Tod schicken.

Nach der Erfahrung des heutigen Abends entscheidet sich Viqaas abermals seine Handynummer zu wechseln und vernichtet die SIM-Karte bevor er in sein kleines Zimmer in Denpasar zurückkehrt. Als er das Emailaccount checkt sieht er den Entwurf von Mohammed Omar. Drei Worte:

Sumur. Balqis Resort.

Viqaas googelt das Resort und findet es. Auf der anderen Seite von Java. Er speichert eine Email im Entwurf-Ordner und informiert so die Zelle über seine neue Handynummer. Er schreibt Mohammed Omar, dass er Bali am nächsten Tag verlassen wird und sich auf den Weg nach Sumur macht. Er speichert die Nachricht als Entwurf und weiß, dass Mohammed Omar und die anderen die Nachricht sehen werden, wenn sie das Postfach prüfen.

Dann wäscht sich Viqaas, betet und geht zu Bett. In seinem Schlaf sieht Viqaas sich neben Mohammed Omar das Kalifat ausrufen. Gemeinsam stehen sie auf dem Platz in Jakarta der einmal Merdeka Square hieß und auf dem nun die Panzer mit den schwarzen Flaggen fahren und auf dem sie die Regeln und Gesetze der Scharia umsetzen. Tausende Menschen schauen zu wie sie Hände abhacken und Frauen auspeitschen. Das Monument Nasional haben sie abgerissen. Auf dem Sockel hängen sie die Ungläubigen und die Gottesverächter. Leblose Körper an Galgen mit Säcken über

ihren Gesichtern baumeln im Wind wie Lametta an einem kahlen Weihnachtsbaum. Der Imam spricht der Masse sein Gebet vor und wirft mit seinen Worten hunderttausend Gläubige wie willenlose Dominosteine in Richtung Mekka zu Boden. Auf offenen Jeeps patrouilliert die Glaubenspolizei durch die Straßen der Stadt und schießt Salven aus Maschinenpistolen in den Himmel. Endlich herrscht Ordnung in dem Land das nun ein Kalifat ist und endlich können sie ihren Kampf ausweiten: Die Philippinen und Singapur sind als nächstes dran, dann Malaysia.
    Inshallah.
    Am nächsten Tag tritt er die Rückreise nach Jakarta an.

Balqis

    Balqis macht ihr Resort für eine Woche zu. In Trauer und aus Respekt vor den Opfern. Sie gibt allen Frauen, die für sie arbeiten, frei. Einige von ihnen fahren in ihre Heimat oder nach Jakarta. Als wir am zweiten Morgen aufwachen, sind nur noch ein paar Arbeiterinnen da, die sich um die Hühner und das Reisfeld mit dem Büffel kümmern. Sie wohnen in der Hütte im Landesinneren. Balqis und ich ziehen in das Cottage direkt am Strand, auf der anderen Seite der Anlage.
    "Wie geht es Dir?"
    Sie schaut mich mit verträumten Augen an. Wir liegen im Bett mit diesem Blick auf den Ozean, den kein Geld der Welt kaufen kann und den keine Worte beschreiben können. Die Brise des frühen Morgens weht den Duft des Wassers durch die offenen Fenster. Das Cottage ist hell und lichterfüllt

und draußen hören wir das Rauschen des Meeres und tropische Vögel zwitschern im Gestrüpp.

"Ich weiß es nicht. Es ist so viel passiert in den letzten Tagen. Und dann auch noch Du."

Ich küsse sie auf ihre Stirn und streichle ihre Arme weil ich nicht weiß, was ich sagen soll.

"Wie machen wir weiter wenn Du zurück nach Jakarta musst?"

"Ist das nicht eine heftige Frage ohne Kaffee?"

"Mir fällt nur eine Sache ein, die ich ohne Kaffee tun kann."

Dann gleitet ihr Körper auf mich und wir lieben uns als wäre es das letzte Mal.

Arief hat zwei lokale Polizisten abgestellt um ein Auge auf das Resort zu werfen. Es gibt keinen Grund warum irgendjemand hier her kommen sollte, aber die Menschen fühlen sich sicherer. Und es war ein Wunsch von Balqis, ein Signal für die Bedeutung ihres Resorts und der damit verbundenen Einrichtung für Frauen aus Indonesien und aus aller Welt. Die lokalen Polizisten patrouillieren in unregelmäßigen Abständen um und durch das Resort und Balqis hat Vita, die verbleibende Mitarbeiterin, angewiesen, ihnen Kaffee, Tee und Essen bereit zu stellen. Ich grüße die beiden Polizisten jeden Morgen und frage sie, wie es ihnen geht. Ihre Gesichter haben dieses breite Lächeln auf ihren Lippen und ich kann mir nicht vorstellen, dass sie einen Terroristen abschrecken. Ihre Gesichter haben die Intensität eines Schülerlotsen der einen Zebrastreifen mit einem roten Stoppschild aus Plastik bewacht und den sogar die Schüler belächeln.

Für die Woche darauf haben sich Vertreter der EU-Kommission und der norwegischen Botschaft in Jakarta angemeldet. Sie wollen das Resort inspizieren und herausfinden, was die beiden Morde für das Resort und ihre Investitionen bedeuten. Spätestens dann will Balqis das Resort wieder aufmachen. Sie fragt mich, ob ich dabei sein will.

"Aber natürlich, und ich würde dies gerne mit einem Artikel über Dich und Dein Resort verbinden."

"Bist Du unabhängig genug?"

Und dann kommt die Frage wieder auf, in welcher Beziehung wir zueinander stehen.

"Auf jeden Fall in einer engen. Welche Beziehung hättest Du denn gerne?"

"Eine noch engere."

Später sitzen wir im Restaurantbereich bei unserer dritten Tasse Kaffee und Vita stellt uns Pfannkuchen und Obst auf den Tisch. Die nächsten Tage vergehen in einem Wirbelwind aus Glückseligkeit, Sonne und Strand. Wir laufen den Strand hinunter in Richtung Nationalpark, in ein kleines Warung und essen gegrillten Fisch, der direkt aus dem Ozean kommt und scharfes Sambal. Die Besitzerin kennt Balqis und kocht für uns das Essen, das der Ozean an diesem Tag hergibt. Ab und zu fährt ein Boot mit ein paar Touristen in Richtung Nationalpark auf dem Meer an uns vorbei. Wir hören den Dieselmotor bis der Wind das Geräusch in eine andere Richtung trägt. Dann stellen sich Stille und Einsamkeit wieder ein. Ab und zu taucht ein großer Tanker aus dem Nichts am Horizont auf. Wenn ich ein paar Minuten später wieder hinschaue ist er weg, als hätte das Meer ihn verschluckt. Wir lieben uns unter einer Palme am Strand und fühlen uns wie die ersten Menschen an diesem unberührten Ort. Meine Haut wird dunkler und mein Bart länger. Ich habe keinen Rasierapparat dabei und auch nichts in dem kleinen Indomaret in Sumur gekauft. Wie leben in einer Zweisamkeit ohne einen anderen

Menschen zu vermissen. Es sind die schönsten Tage in meinem Leben und der Terror in Jakarta und Taalea und die Dämonen der Vergangenheit verschwinden im Hintergrund wie ein schlechter Traum an den ich mich nach der ersten Tasse Kaffee nicht mehr erinnern kann. Zum ersten Mal seit Jahren trinke ich weniger.

An einem dieser Tage kommen wir vom Mittagessen im kleinen Warung am Strand zurück und Vita kommt auf uns zu und sagt:

"Die Polizisten sind weg."

"Was heißt weg?" sagt Balqis.

"Sie sind nicht mehr da," sagt Vita.

"Ich weiß, was das bedeutet. Was ich meine ist, haben sie sich verabschiedet oder gesagt, wohin sie gehen?"

"Nein. Und ihr Essen haben sie auch nicht angerührt."

Vita schaut uns an als wäre ihr Essen der Grund, warum die beiden Polizisten ihren Wachposten verlassen hätten.

Ich gehe mit Balqis zum Hauptgebäude der Anlage, wo die beiden Männer in ihren grün-weißen Uniformen heute Morgen noch gesessen und eine Kretek-Zigarette nach der anderen geraucht haben. Sie sind nicht da und nirgendwo zu sehen.

"Das hat erst einmal nichts zu bedeuten," sage ich zu Balqis.

"Lass' mich Arief anrufen."

Balqis und Vita bleiben in der Lobby der Anlage und ich mache mich durch den Dschungel auf den Weg zur Hütte in der Balqis und ich wohnen und wo mein Nokia auf dem Nachttisch liegt und lädt. Ich passiere die Stelle an der Rahman und Mohammed Omar die beiden Frauen aus Italien ermordet haben. Das Blut ist immer noch sichtbar, obwohl die

Frauen mit viel Wasser und Seife die Stelle geschrubbt und geputzt haben. Die Hitze und das trockene Wetter machen es schwer, den Beweis der genommenen Leben wegzuwischen. Wie ein Mahnmal erinnert die dunkelrote Stelle am Boden auch an das Attentat in Jakarta und ich frage mich, warum ich das überlebt habe und Anastasia nicht. In der Einsamkeit dieser Stelle vor der Hütte läuft ein Film in mir ab und ich habe ein starkes Verlangen nach etwas Stärkerem als einem Bier. Wie kann es sein, dass nur der Tod meiner Frau und meines Kindes mich zu Balqis gebracht hat und in dieses Paradies? Ist das Opfer des einen Menschen die Notwendigkeit für die Glücklichkeit des anderen? Und wenn das so ist, gibt es eine kosmische Gerechtigkeit? Ist nicht dieses Leben hier das Leben das ich immer wollte? Ohne Büro, ohne Verpflichtung, ohne alles und ohne den Stau in Jakarta? Reduziert auf die Notwendigkeiten und die Elemente des Wetters. Als ob ich mich vergewissern will suche ich nach einem Beweis am Boden und entdecke die Hülse einer Patrone, die einsam und verbraucht am Boden liegt nachdem die Kugel Rahman das Leben genommen hat. Oder Mohammed Omar *immobil* gemacht hat, wie Arief es nennt.

Ich bücke mich und will die Hülse aufheben, als wäre sie Zeuge der Geschehnisse und Beweis dafür, dass ich noch lebe, dass ich Glück im Unglück hatte und nun mit Balqis noch mehr Glück habe und dass das Leben immer weitergeht und es nie okay ist zu glauben, dass es keinen Weg mehr nach vorne gibt. Das Schicksal meint es vielleicht doch gut mit mir und ich werde ein Zuhause finden und es wird mir klar, dass ich Balqis liebe und ich keinen Tag länger warten will und ich es ihr sagen muß. Ich will mit ihr zusammenleben und endlich das Kind in meinen Armen halten das die Terroristen mir genommen haben als sie Anastasia und 160 andere Menschen mitten in Jakarta in wenigen Sekunden vernichtet haben. Das alles und noch viel mehr läuft durch meinen Kopf und durch mein Herz und ich habe Tränen in meinen Augen und eine Gänsehaut und ich will zurück in die Lobby und ich will Balqis festhalten und ihr sagen, dass sie meine zweite Chance ist und ich sie liebe und ich mit ihr zusammen sein will.

Für immer.
Bis der Tod uns scheidet.

Selten habe ich so klar gesehen und meine Zukunft ist kein Fragezeichen mehr. Ich sehe aus meinem Augenwinkel einen Schatten hinter dem Vorhang der Hütte die leer sein muss, unbewohnt, ein Ort der Trauer, der noch gereinigt werden muss, bevor wieder Frauen auf der Reise in den Nationalpark hier absteigen. Ich gehe die wenigen Stufen zur Hütte hoch und öffne die Tür und denke, es sind Kinder des Dorfes für die der Ort des Verbrechens einen Nervenkitzel darstellt und die in ihrer eigenen Welt Räuber und Gendarm spielen und die von den Hubschraubern der Polizisten und ihren Uniformen begeistert sind und dies nachspielen, so wie ich es in meiner Kindheit mit meinen Freunden in den Wäldern des Taunus gemacht habe.

Oder eine Putzfrau kehrt die Hütte mit einem dieser Besen aus den Garben der Zuckerpalme. Sie geht mit ihren knochigen Füßen barfuß durch das Zimmer und hält ihren Sarong hoch.

Er sieht anders aus als auf den Fotos. Und doch erkenne ich ihn sofort und ich wünsche mir, die Waffe zu haben, zu der die leere Hülse in meiner Hand gehört. Das Lachen verlässt die Lippen meines Gesichtes und meine Hand formt sich zu einer Faust. Das Blitzen der Klinge seines Messers zerschneidet das Halbdunkel der Hütte und meinen linken Unterarm. Der Schmerz zieht bis in mein Herz und der Geruch stickigen Eisens füllt den Raum. Mein Arm brennt als würden böse Männer eintausend Zigaretten auf ihm ausdrücken. Er ist einen Kopf kleiner und hat 25 Kilogramm weniger auf der Brust als ich (eigentlich ist es mein Bauch). Er ist schmal und unscheinbar und sein Bart erinnert mich an einen Teenager, der zum ersten Mal Haare im Gesicht hat und sie voller Stolz stehen lässt, obwohl er sie besser abrasiert hätte. Sein Hemd hängt lose über seinen Armen und die Arme sind braun und ohne Haare. Seine Augen sind furchtlos und sie starren mich an mit einem unmenschlichen Hass und einer Verachtung, die seine Augen auch nicht verlassen als meine rechte Faust auf seiner Schläfe landet. Er taumelt. Das Blut läuft an meinem Arm herunter und poolt sich um meine Armbanduhr bevor es in dicken Tropfen auf den gebeizten Holzboden fällt. Er nimmt Anlauf. Das Messer ist ein tödlicher Gruß in seiner Hand und in den Himmel gestreckt. Ich weiche aus und entgehe der Klinge um eine Haaresbreite. Mein Fuß stellt sich ihm in den Weg und er stolpert und ich stoße ihn von hinten in die Schulter mit meinem blutigem Arm. Das Blut formt einen Abdruck meiner Hand auf seinem Hemd. Die Wucht meines Körpers wirft ihn gegen die Wand und zu Boden. Die Klinge verläßt seine Hand. Wie eine giftige Schlange sucht er nach dem Messer und robbt über den Boden. Ich trete mit meinem nackten Fuß auf seinen Nacken und nagle ihn am Boden fest. Seine rechte Hand sucht nach etwas im Gürtel seiner Hose und ich springe mit der Wucht meines Körpers auf sein Genick. Dann ein zweites Mal. Das Knacken zerreißt die Stille der Hütte und ich spüre das Splittern seiner Wirbelsäule in meinen Füßen. Ich stehe auf seinem Körper wie auf einem Teppich. Draußen singen die Vögel in den Bäumen als wäre nichts passiert. Der letzte Atem verlässt seinen Mund und seine Hand bleibt leblos am Boden liegen. Ich kicke die Klinge in die Ecke und drehe ihn mit dem Fuss um.

Viqaas.

Er liegt leblos vor mir. Aus meinem Arm tropft Blut auf seinen Körper. Seine Augen sind grau und kalt und sie starren mich an, verärgert, dass er den Kampf nicht gewonnen hat, dass ich überlebt habe und nicht er. Ich trete ihm einmal mit meinem rechten Fuss in die Rippen. Keine Regung. Ich ziehe die Waffe aus seinem Gürtel und nehme das Messer vom Boden. Ich setze mich auf das ungemachte Bett und schaue ihn an. 161 Menschen hat er auf dem Gewissen. Beinahe auch mich, und ich hätte diese Geschichte nie schreiben können. Ich wünsche mir er wäre am Leben. Ihn zu töten war Notwendigkeit, keine Genugtuung. Es macht keinen Spaß auf einen Toten einzuprügeln. Ich sitze im Halbdunkel der Hütte. Durch die geschlossenen Fenster dringt Sonnenlicht ein und sie illuminiert den Staub der durch die Luft fliegt. Es ist ruhig und mein Atem wird ruhig und ich bin in einem Raum zusammen mit dem Menschen, der meine Frau und mein Ungeborenes getötet hat. Das Adrenalin lässt nach und mir wird kalt. Ich schüttle mich und ich kann das Knacken seines Genicks in meinem Fuß spüren. Ich möchte ihn hassen und ich möchte froh sein, dass er tot ist und dass ich ihn getötet habe, töten durfte. Mir geht es schlecht und ich fühle mich schuldig, ich bin kein Killer, keiner der tötet und anderen Menschen das Licht des Tages raubt. Wie kann es sein, dass ich Probleme habe, einen Menschen getötet zu haben wenn Viqaas jeden Tag mit 161 Menschen auf dem Gewissen durch die Straßen geschlendert ist?

Irgendwann ruft mich eine Stimme.

"Wolf?"

Ich muss mich räuspern, bevor ich ein Wort aus meinem Mund herauspressen kann.

"Hier."

Sie trägt ein scharfes Messer aus der Küche in ihrer Hand und hinter ihr geht Vita mit einem Hammer. Sie macht die Tür auf und sieht ihn tot am Boden liegen.

"Mein Gott. Was ist passiert?"

"Viqaas."

Ich zeige ihr meinen tropfenden linken Arm. Das Blut formt eine Pfütze.

"Du brauchst einen Arzt."

Dann zu Vita:

"Hol' Dr. Gunawan."

Vita macht sich auf den Weg ins Dorf.

"Glaubst Du es sind noch andere hier?"

"Ich hoffe nicht. Das war knapp. Noch einen schaffe ich nicht. Aber wir haben das hier."

Ich halte die Halbautomatik des Terroristen in meiner rechten Hand.

Sie bindet ein Handtuch um meinen Arm. Die weiße Baumwolle färbt sich im Takt meines Herzschlages rot.

"Kannst Du mein Handy holen?"

Ich bin ein paar Minuten alleine in der Hütte während Balqis mein Handy holt und Vita Dr. Gunawan aus Sumur.

Die Leiche von Viqaas liegt vor mir und der eiserne Geruch von Blut füllt die Hütte. Mir wird schlecht und schwindelig. Ich halte den Arm nach oben und das Blut läuft den Arm runter in mein Hemd. Balqis kommt zurück.

"Hier."

Ich wähle die Nummer von Arief.

"Wolf, what's up?"

"Er ist tot."

"Wer?"

"Viqaas."

"Wie bitte?"

"Besser Du kommst."

"Wohin?"
"Sumur. Gleicher Ort wie beim letzten Mal."
"Was ist passiert?"
"Ich habe ihn getötet."
"Das kann nicht sein."
"Und bring' einen Arzt mit. Ich muß genäht werden."

Wenige Stunden später landet zum zweiten Mal innerhalb von wenigen Tagen eine Armada von Helikoptern auf der Wiese hinter dem Resort. Zwei Polizisten und der am meisten gesuchte Terrorist des Landes sind tot. Wir haben die Polizisten hinter einer Hütte gefunden, erstochen und verblutet. Viqaas hat ganze Arbeit geleistet, was immer er erreichen wollte.

Die Toten haben die Macht und bringen alle nach Sumur: Arief, der zusammen mit dem Innenminister und dem Chef der Polizei kommt, der Gouverneur von Java Barat aus Bandung und unzählige andere Administratoren aus Jakarta in ihren Uniformen.

Sie verwandeln das Resort in einen Ameisenhaufen.

Wolf & Balqis

"Als ich auf dem Weg war, mein Handy zu holen, wurde mir klar, was ich von Dir will."
"Und was?"
Ich ziehe an der Flasche und das kalte Bier gibt mir den Mut, es zum zweiten Mal in meinem Leben auszusprechen.
"Ein Kind. Und eine Ehe."

Balqis schaut mich mit Rehaugen an. Wir sitzen am großen Pool des Borobudur Hotels in der Hitze von Jakarta. Wie als wenn sie sich abgesprochen hätten, tragen der Himmel und das Wasser heute das gleiche Blau. Die Palmen der Anlage winken uns im Wind zu und der Wind weht den Geruch der Stadt zu uns. Er ist eine Mischung aus Abgasen, Frittieröl, Kretek und feuchter Schwüle. Die Tropen riechen gleichzeitig nach verwesender Vegetation und frischen Blüten. Geburt und Tod sind hier näher beisammen als dort, wo die Jahreszeiten den Rhythmus des Lebens über das gesamte Jahr verteilen. Das Leben hier ist intensiver. Der Puls der Stadt schlägt als wäre nie eine Bombe explodiert und hätte 161 Menschen das Leben genommen.

"Ein Kind. Und eine Ehe. Das ist alles?"

"Vielleicht mehrere Kinder."

"Vielleicht?"

"Ja. Vielleicht. Ich weiß es nicht. Ich hatte noch nie eins."

Mein letzter Satz tut mir weh. Sie weiß es und sie geht verständnisvoll mit mir um.

"Fragst Du mich ob ich Dich heiraten will?"

Mein linker Arm ist bandagiert und die Naht juckt in der Wärme. Zu gerne würde ich in den Pool springen.

"Noch nicht. Ich will wissen, was Du willst."

Sie sagt nichts.

"Wir sind beide gebrannte Kinder. Ich will, dass Du glücklich bist. Gleichzeitig will ich mit Dir zusammen sein."

"Und was gibt Dir das Gefühl, dass ich es nicht will?"

"Nichts."

"Ich will mit Dir zusammen sein."

"Ich auch."

"Warum fragst Du mich dann nicht einfach?"

Das ist eine gute Frage. Ich habe keine Antwort und mir fällt nichts Besseres ein.

"Balqis, willst Du mich heiraten?"

Sie schaut zu mir rüber, lacht und steckt sich ihre Sonnenbrille ins Haar.

"Ja, Wolf, ich will."

Ich stehe auf und setze mich neben sie auf ihre Liege. Dann küsse ich sie auf ihren Mund und streichle ihr Gesicht mit meiner rechten Hand. Sie legt ihre Hand auf meinen Verband. Die Blicke unserer Augen sind fest miteinander verbunden und ich suche sie in ihren Augen.

"Ich bin der glücklichste Mensch der Welt."

Sie schüttelt ihren Kopf. Ihre Augen lassen meine Augen nicht los.

"Nein, das bist Du nicht. Ich bin der glücklichste Mensch," sagt sie.

"Gott sei Dank ist Glück kein Nullsummenspiel, sonst hätten wir jetzt unseren ersten Streit."

Sie küsst meine Wange, steht auf und köpft in den Pool. Sie taucht perfekt ein. Das Wasser liegt wieder flach vor mir. Ich winke Joe, dem Pooljungen.

"Bitte Nurul uns zwei Victoria's Secret zu machen. Wir haben etwas zu feiern."

Joe trägt die Bestellung an die Bar und lässt mich alleine mit meinem Dejavú und der Erinnerung an Anastasia. Draußen tobt der Lärm der Stadt und der Puls der Stadt schlägt als wäre nichts gewesen, als würde diese Stadt alles wegstecken und sich von nichts unterkriegen lassen. Der Muezzin ruft die Gläubigen zum Gebet auf.

Dann taucht Balqis auf der anderen Seite des Pools auf und winkt mir zu.

Glossar der verwendeten indonesischen Begriffe

Allah SWT	Allah, der Vollkommene, der Allerhöchste
Antara	Staatliche Presseagentur Indonesiens
Ayam	Huhn
Ayo	Komm!
Bapak	Vater; ein Mann, der älter ist als der Sprecher, respektvolle Anrede
Betawi	Einwohner von Jakarta
Bintang merah	Roter Stern (kommunistische Zeitung)
Bule	Kaukasischer Ausländer
Bung Karno	Bruder Sukarno
Dalang	Mastermind, Strippenzieher beim Wayang Kulit
Densus 88	Sonderabteilung zur Terrorismusbekämpfung
Enak	Lecker
Es teh manis	Eistee mit Zucker
Gado-gado	Gekochtes und rohes Mischgemüse mit Erdnusssauce
Gamelan	Traditionelle indonesische Musik aus Gongs, Metall- und Xylophonen

Die Jakarta Trilogie: Glossar

Gerobak	Mobiler Food Stall
Golkar	Politische Partei Suharto's
Hati-hati	Achtung
Ibu	Mutter; Frau, die älter ist als der Sprecher
Ibu kota	Hauptstadt
Jalan	Straße
Jalan-jalan	Spazierengehen
Jalan tikus	Kleine Straße, Gasse
Kampung	Dorf
Kebaya	Traditionelle, förmliche Kleidung
Kerbau	Büffel
Keris	Traditioneller indonesischer Dolch
Kerupuk	Frittierte Reiscracker
Kijang	Beliebtes Auto, von Toyota speziell für den indonesischen Markt entwickelt
KKN	Korruption, Kollusion, Nepotismus
Kopaja	Koperasi Angkutan Jakarta: Genossenschaft für den öffentlichen Verkehr
Kost	Pension, Wohngemeinschaft
Kretek-Zigarette	Nelkenzigarette

Macet	Stau
Marhaen	Bauer, Inbegriff des ländlichen Sozialismus
Martabak	Eine Art Sandwich, das mit Schafsfleisch, Knoblauch, Ei oder Zwiebeln belegt ist
Merdeka	Freiheit, Unabhängigkeit
Nasi goreng	Gebratener Reis mit typischen Gewürzen
Ondel-ondel	Große Marionettenfigur bei Volksaufführungen in Jakarta; Vorfahre, der auf seine Kinder aufpasst
Ojek	Motorradtaxi
Ojek payung	Regenschirmtaxi, meist von Kindern ausgeübt
Pariwisata	Tourist
Partai Komunis Indonesia, PKI	Kommunistische Partei Indonesiens
Pasti	Sicherlich, mit Sicherheit
Peci	siehe *Songkok*
Pembantu	Dienstmädchen
Pencak silat	Indonesischer Kampfsport
Peyek	Frittierte indonesische Cracker
Ratu adil	"Gerechter König", vergleichbar mit König Arthur in Europa
Rendang	Curry-artiges, indonesisches Gericht mit Fleisch

Die Jakarta Trilogie: Glossar

Sama-sama	Gerne geschehen, Bitte
Sambal kecap	Chilisauce
Sate kambing	Fleischspieße mit Ziegenfleisch
Sawah	Reisfeld
Sayang	Liebling
Selamat pagi	Guten Morgen
Songkok	Kegelstumpfförmige Mütze aus Filz (auch Peci, Kopiah)
Soto ayam	Hühnersuppe
Tata	Die Ordnung des javanischen Kosmos
Teh botol	Indonesischer Tee in einer Flasche
Tempeh	Fermentierte Sojabohnen
Terima kasih	Dankeschön
Toko	Laden
Wartel	Warung Telefon, Kiosk mit Telefonzelle
Warung	Geschäft, Laden
Wayang kulit	Indonesisches Lederpuppen Schattenspiel

Die Garuda-Serie geht weiter mit

"LÜGEN"

Danksagung

Insbesondere möchte ich an dieser Stelle folgenden Menschen meinen Dank aussprechen:

Meiner 2016 verstorbenen Mutter, die daher die Publikation der "Jakarta Trilogie" nicht mehr miterleben kann. Sie war es, die 2001 für mich den Kontakt zur Hanns-Seidel-Stiftung (HSS) hergestellt hat. Die HSS mit ihrem Büro in Jakarta, damals der Hanns-Seidel-Foundation Indonesia (HSF Indo) unter der Leitung von Christian Hegemer, hat es mir möglich gemacht, Jakarta und Indonesien kennen und lieben zu lernen;

Meinem Vater, der unzählige Male dieses Buch auf Fehler, inhaltlichen Zusammenhang und Logik gelesen und überprüft hat und dies zu seiner Sache und damit zur Chefsache gemacht hat;

Meiner Frau, die Tag und Nacht meine Fragen zu Indonesien, Jakarta, der Geschichte ihres Landes und ihrer Stadt sowie zur Rechtschreibung indonesischer Begriffe beantwortet hat und ein wichtiger Fels in der Brandung war, die Story so authentisch wie möglich zu verfassen;

Meinen beiden Töchtern, die mich öfter mit meinem Laptop in den Händen gesehen haben als ohne;

Dominik Schaerer und Hartmut Kappes für ihr Feedback und ihre Korrekturen.

Mein Schreiben ist das Produkt des Lesens unzähliger Bücher von unzähligen Schriftstellern, Kolleginnen und Kollegen unseres Metiers. Ihre Bücher habe ich verschlungen und ihre Kunst, Worte in Welten zu verwandeln, haben mich inspiriert, es ihnen gleich zu tun.

Ihre Bücher sind es, die das Feuer in mir entflammt haben, zu schreiben.

Und natürlich sind es die unzähligen Male in Jakarta und Indonesien mit vielen Indonesierinnen und Indonesiern, die die einmaligen Erlebnisse in meinem Kopf zu den Geschichten geformt haben, die ich hier wiedergegeben habe.

Schreiben ist Freiheit

Folge Axel Weber:

https://www.instagram.com/axelweberwriter/

https://www.facebook.com/AxelWeberWriter/

https://www.linkedin.com/in/axelweber/

sowie auf youtube.com und auf amazon.de